河出文庫

デカメロン 上

ボッカッチョ
平川祐弘 訳

河出書房新社

デカメロン　上　目次

中巻　目次

下巻　目次

凡例

各話の末尾に訳註を付した。

訳文中の〔 〕は、原文にない説明的な語を訳者が補ったものである。

訳語の一部には訳者の意図により歴史的仮名遣いが使われている。

例　いいなづけ、「地所」の振り仮名「ぢしょ」

デカメロン　上

これから始まる本書は『デカメロン』別名を『ガレオット公』という。

本書では百の物語が十日の間に七人の淑女（しゅくじょ）と三人の貴公子によって語られる。

著者序

嘆き苦しむ人に同情を寄せるのは人の人たる所以でございます。この思いやりは誰にも見られることですが、辛い目に遭い、他人から慰められたことのある人においては、他人をいつくしむの情は一層顕著であってしかるべきではないでしょうか。実は本書の著者もたいへん難儀して人に同情を求め、助けられ、その貴重な喜びを味わった一人です。まだごく若い頃から近年にいたるまで、理性の道を踏みはずし、私はいとも高貴な女性に熱烈に恋い憧れました。それを詳しく申せば「身分違いもいいところ」と世間は冷ややかにお笑いにもなりましょう。もっとも分別もあり心得もある方の中には、その間の事情をよくお聴きになられた上で、私のしたことを諒とされ、さらには良しとされた方もおられました。が、そうとは申せ、本人にとってはまことに辛く苦しいかぎりでございました。私は自分が憧れた方がつれなくて残酷だったからといって非難するつもりは毛頭ございません。抑えがたい欲望によって私の身内に燃えあがった恋の火のせいでございました。その恋の火は世の常識の度をはずれて燃え熾り、そのために私は不必要なまでに何度も何度も悩み苦しんだ次第です。

ところがそうした悩み苦しみの折、友人が楽しい話を聞かせてくれて、絶望に落ち込んでいた私を慰めてくれたのです。そのおかげで心身ともによみがえり、私はそれで救われたと確信しております。御自身は終わり無き身でありながら、不易の法により、現世のすべての事物に終わりを定め給う方〔神様〕の思召しで、かつてはいかなる恋にもまして激しく燃え熾り、人様の忠告にもごもっともな意見にも耳をかさず、世間の恥さらしやこの身に及ぶ危険すらもおそれなかった私の恋も、時のうつろいとともに、いつしかその火勢はおのずと衰え、いまではあの深く暗い大海原へ漕ぎ出すことをしなかった者のみが感ずる、ほっとした「助かった」という喜びの気持を私はかみしめております。以前は辛いことのみ続きましたが、その苦難苦痛はすっかり取り払われて、今日このごろは楽しい穏やかな気分のみが愛の名残として身辺にただよっているやに感じられます。

このように恋の苦しみは止みましたが、だからといって私が恋の重荷に押し潰されはせぬかと気づかってくださった皆さまのご好意を忘れたわけではございません。このご好意は死ぬまで胆に銘ずるつもりでございます。つらつら思いますに、報恩ほど人間の美徳の中で称讃に値するものはございますまい。また忘恩ほど非難に値するものもございますまい。私は忘恩の徒とならぬためにも、私にできることがたとえ些少なりとも、かつて受けたご恩に報いるためにも、恋の苦しみから解き放たれたいま、（私をかつてお助け下さった方々は思慮深くもありご運にも恵まれておられますから私ごとき者のお助けは不要と存じますが）、しかし少なくともその慰藉を必要とする方々には私はお返しをする務めがあると存じます。その私のお助け、と申しますか、私のお慰めなど取るにも足らぬものですが、しかしそれでもそれを一番必要とされる方に率爾ながらお助けの手を差し伸べたいと思います。そうすればそれだけ人様のお役にも立ち、それだけ人様に喜んでもいただけるのですから。

　そして誰が次のことを否定できましょうか。それはいかに僅かではあれ、その慰めは殿方よりもご婦人方に差し上げる方がずっと理にかなっているということでございます。それと申しますのは、ご婦人方は世間の目をおそれ、恥じらいながら、かよわい胸に恋心を秘めておられます。表沙汰になるのはごく僅かで、それが実際いかばかり強く激しいものであるかは、身をもって経験した者のみが知るところでございます。しかもうら若い淑女の皆さまには自由はない。父上や母上や兄様や弟様のご意向次第、言うがままにされておいでです。御主人様の気の向くままに抑えられておいでです。ご婦人方は悶々として、ご自分の寝室の小さな場所で空しく時を過ごしていらっしゃる。なかば無為にぼんやりと座って、こうしたい、いやこうすまいとあれこれ物思いをめぐらしていらっしゃる。しかしそのお考えになることがいつも明るく快活なことかといえば、当然ながらそうとはならないのでございます。そしてもしそのような暗い物思いによって、火のような欲望に端を発した憂鬱がご婦人方の脳裡にひとたび棲みつくや、それが新しい思いや別の理窟によって取って代わられない限りは、ご婦人方は悶々としてひどくお苦しみになりです。しかもご婦人方は殿方と違ってこうした憂鬱症(ゆううつしょう)に耐える力がおよそございません。それは皆さまよくご存知の通りで、こうしたメランコリアは恋煩(こいわずら)いをする殿方には滅多に生じないものでございます。それと申しますのも、憂鬱で気分が重いといった場合でも、殿方には症状を軽くし、ふさぎの虫をはらす術(すべ)がいくらでもあるからで、ご希望とあれば、殿方には耳の愉しみも数々あれば眼の楽しみも数々あるのでございます。散歩する。鷹狩(たかがり)や鹿狩に興ずる。漁(りょう)や釣をする、馬に乗って闊歩(かっぽ)する。賭(か)け事をする、商取引をする。左様、こうした事はどれもこれも殿方の落ち込んだ気持をさっぱりと引き立ててくれるものでございます。完全にとはいわぬまでもなにかと元気づけて、少なくともしばらくの間は憂鬱な思いを取り除いてくれます。そうすれば後はまたあれやこれやの方法で慰めも生じ、苦しみは薄れるものでございましょう。

　そうした次第でございますから、運命の女神(めがみ)によって〔女性方に〕なされた不正を私としてもできることなら少しなりと正したいと思います。私どもが見ての通り、この女神はかよわいものに対しては助力を惜しむのです。私としては恋する女性の皆さまを助け、慰めてさしあげたい――それというのも恋を知らぬ方々には針や錘(つむ)や紡(つむ)ぎ車(ぐるま)さえあればそれでもう十分用は足りるからでございます――そのために私は百のお話をいたすつもりでございます。その中には作り話も寓話(ぐうわ)も愚話(ぐわ)も実話(じつわ)もございますが、それらは七人のうら若い淑女と三人の青年紳士の一団が最近のあの死の恐怖のペストが猖獗(しょうけつ)を極めたころに集まって十日の間にお話しなさったものでございます。そしてその際、余興としてその同じ淑女方によってうたわれたいくつかの歌もございます。それらもやはり私の口からご披露させていただきます。これらのお話の中には楽しい恋の物語もあれば辛(つら)く悲しい物語もございます。また運命の有為転変(ういてんぺん)の事件もございます。そんな昔や今のお話を先刻申しあげたご婦人方でこれからお読みになる方は、その中に示された心慰められる事柄からは愉しみやお役に立つ助言や忠告を汲みとることもおできになりましょう。また心して避けるべきことも、見習うべきこともお認めになりましょう。そうしてその話に惹き込まれて悩み苦しみを一時(いっとき)お忘れになることかと存じます。神様の思召しでそうなりますことを私は心から念じておりますが、その際は、皆さまなにとぞ愛の神「アモーレ」に感謝の言葉を申し上げてくださいませ。愛の神はかつてはそのきづなでもって私を縛りましたが、いまはそのきづなを解いてくださいました。私が皆さまのご機嫌奉仕のために身も心も捧げてお仕え申すようにというご配慮からでございます。著者謹白。

第一日

第一日まえがき

『デカメロン』すなわち『十日物語』の第一日が始まる。そこではこれから登場する人物がどうした理由で一緒に集まり話をするようになったかが著者によって説明される。第一日はパンピーネアの主宰の下で各自が一番お気に入りの話を披露する。

しとやかな皆さま、つらつら思いますに、皆さまがた女性は天性たいへん感じやすくていらっしゃいます。それだけに本書のこの出だしの部分は皆さまに重苦しい不快な印象を与えるのではないかと懸念されてなりません。それと申しますのも、事もあろうに、ペストの思い出が本書の冒頭部分に現われるからでございます。ペストは今でこそ過去のものとなりましたが、しかしそれを目撃した人、見聞きした人には、痛切な思いを残しました。一人残らず心の傷を負いました。しかし皆さまが恐怖に怯えて「これ以上先はもう読みたくない」などと言い出されては大変でございます。それにこの『デカメロン』は先へ読み進んでいただけばおわかりになりますが、読者の皆さまが悲嘆にくれるというような書物ではけっしてございません。

皆さまにとりましてこの怖ろしい書き出しは、いわば旅人の目の前に苛烈で峻嶮な山[*1]がそそり立つようなものと申せましょう。その後にはすばらしく美しい野原が一面にひろがります。そこへ着くまでの登り降りが辛かっただけ、その平野は一層心地よい旅路になりましょう。喜びの果てに苦悩があるように、悲惨の極みもいつしか歓喜にとって代わられるものでございます。この冒頭部分はご面倒でご不快ではありましょうが、長くはございません、字数も短い内容でございます。そしてそれに引き続き、いまお約束したとおり、楽しく優しいお話が続きます。しかしそのような展開になろうとは、このように前もって申し上げないかぎり、これから述べます話の始まり具合だけからでは、およそ期待できないことでございましょう。そして実際、もし心に咎めもなくできますならば、著者の私としても、このような峻嶮な道でなく、別の道[*2]を通って皆さまを望みの地へご案内したいのはやまやまでございます。しかし皆さまが後ほどお読みになる事がどうして起ったか、そのいわれをご説明するには、どうしてもこの辛く苦しい思い出を抜きにするわけにはまいりません。それでいわば必要に迫られて、この世にも怖ろしい書き出しに筆を染めた次第でございます[*3]。

時は主の御生誕一三四八年のことでございました。イタリアのいかなる都市に比べてもこよなく高貴な都市国家フィレンツェにあのペストという黒死病が発生いたしました。これは天体がもたらす影響のせいか、それとも人間の不正のせいか、それとも神が正義の怒りにかられてわれわれの罪を正すべく地上に下されたせいか、いずれにせよ数年前、はるか遠く地中海の彼方のオリエントで発生し、数知れぬ人命を奪いました。ペストは一箇所にとどまらず次から次へと他の土地へ飛び火して、西の方へ向けて蔓延してまいりました。惨めなことでした。そのフィレンツェでは、人智を尽くして予防対策を講じましたが、空しうございました。市当局によって特別に任命された役人が市街の清掃につとめ、汚物を除去し、病人の市中への立入りを禁止し、衛生管理も周知徹底すべくお触れを出しました。〔わかりやすい歌にして流したほどでございます〕。お祈りも行なわれました。それも一度や二度ではございません。何十度、何百度でございます。信心深い方々は市中を行列して練りまわるなど種々の方法を講じて、神様に嘆願いたしました。しかしそれとても効き目はございませんでした。その年の春先から大災害は始まりました。それは信じがたいほどの凄まじさを私どもの目のあたりで見せつけたのでございます。

　オリエントでは、鼻から血を出す者はまちがいなく死んだ由でした。しかしフィレンツェでは徴候が違います。発病当初は男も女も股の付け根や腋の下に腫物ができました。そのぐりぐりのあるものは並みの林檎ぐらいの大きさに、また中には鶏の卵ぐらいの大きさに腫れました。大小多少の違いはあるが、世間はそれをガヴォッチョロと呼びました。俗にいうぐりぐりで、医者が横痃と呼んだものです。まず体の二箇所にできたその致命的なガヴォッチョロが、今度はところ構わず吹き出して腫れ出します。その次にこの腫物は、多くの人の場合、黒や鉛の色をした斑点となって腕や腰や体のいたるところに表面化します。あるものは数は少ないが大きく、あるものは形は小さいが沢山出てきます。このガヴォッチョロが出たら人間まちがいなく死にました。いや今でも間違いない、死の極印を押されたも同然です。ぐりぐりだけでなく斑点が出た人とても同じでした。

　この病気の治療に役立つ医者の処置はなにもなく、効く薬もありません。病気の特性が治療を受付けなかったか、それとも医師の無智のせいか。（当時は免状持ちの正規の医者のほかに、医学を全然勉強しなかった人が女も男も医療現場に加わって、その数はそれはたいしたものでした）。一体何が原因であるか医者にもわからない。だから処置の講じようもない。それに治る人はほんの僅かしかいない。というかまず全員いま述べた徴候が出た三日以内に、別に熱を出すでもなく、それ以外に特別の症状を呈するでもなく、多少の遅速の差はあれ、そのまま亡くなりました。このペストはいわば不可抗力です。これに罹った病人から病気が健康人に移るさまは、乾いた物体や油を塗った物体に近づくや火が飛び火するのと同じでした。いや事態はさらに深刻でした。病人と話したり近づいたりした人に病気がうつり、同じように死に至らしめたばかりか、病人の衣服とか病人が触ったとか使ったものに触れただけでも病気は伝染したからです。これから申すことは聞くだに空恐ろしいことで、こうした事は多数の人が目撃し、私自身がこの目で見たのでなかったら、とても信じられず、たとえ信用の置ける人から聞いたとしても、書く気にならなかったでしょう。ペストは非常な猛威をもって人から人へ伝わりました。人ばかりでない、こうしたことが頻繁に起って目撃されたのです。すなわち、人から人へだけでなく、病人が着た物とか病気で死んだ人の持物に触った人間以外の動物までが、病気に罹ったのです。いやそれどころか、あっという間にころりと死にました。いま申した通り、私はある日この目でそのことの実際をしかと見たのです。この病気で死んだ人の襤褸切れが道に捨ててありました。たまたまそこへ二匹の豚がやってきました。豚の習性で最初は鼻先であしらって次は歯で銜えます。そして頰の辺りへ擦りつけました。するとその直後、二、三度身をよじったかと見る間に、まるで毒でも喰らったかのように、二匹とも自分たちが引き摺ってきた襤褸切れの上にばたりと倒れて死んだのです。命取りとなった襤褸切れの上でした。

こうした事から、またこれと似た別の事やもっとひどい事から、まだ生き残っていた人々の心中に様々な恐れや空想が生まれ、パニックに襲われ、人々はみなおよそ不人情な仕打ちをしでかすようになりました。病人やその持物は避けて遠ざける。そうすれば自分だけは安泰だと思い込んだのです。また中にはつつましやかに暮らして、余計なことを一切しなければ、こうした災難から免れ得ると考えた人も何人かおりました。そうした考えの人々だけで仲間を組んで、ほかの人からは離れて暮らしたのです。病人は一人もいない、快適な生活のできる家に集まり、そこに閉じ籠もった。おいしい食物は準備した。極上の葡萄酒も用意した。それもきわめて節度ある飲み方をするにとどめました。何事につけても度は過ごさない。誰にも勝手に話はさせない。外部のこと、死にまつわること、病人のことなどは聞こうとしてはならない。音曲や自由にできる範囲内の娯楽を楽しみつつ、そこで日々を過ごしておりました。

これとは別の考え方にひかれた人々は、飲む、遊ぶ、代わる代わる歌いながら気晴らしをする。欲望のおもむくままに生きるがいい、来るならなんでも来い、俺たちは笑い飛ばし吹き飛ばしてやる、これが悪病退治の最高の良薬だ、などと言い張りました。そして言うだけでなく実際、実行に移したのです。昼夜を問わず、あるいはここの飲屋(のみや)で、あるいはあすこの酒屋(さかや)で、飲みに飲んでおよそ節度を知らなかった。しかしもっとひどかったのは他人の私宅へ繰り込んだ連中です。なにか面白そうな楽しそうなことがあると聞きつけるや、そこへどっと押しかけた。そんな事がやすやすと出来たのです。それというのは誰しも、もう余命はいくばくもないと思ったから、自分の持物も投げ出してかえりみなくなった。そのせいで、たいていの人は自分の家か他人の家か区別をなくしてしまったのです。それで赤の他人までがたまたま通りかかった家を我が家のように主人顔して使ったりしたのです。しかしこうした畜生(ちくしょう)にも似た振舞にもかかわらず、相手が病人だとこれだけは怖がって、近寄ろうとせず、逃げてまわりました。このフィレンツェ市に襲いかかった悲惨な大災厄(だいさいやく)の中で、法の権威は、人間の法であろうと神の法であろうと、地を掃(はら)った。もう掟(おきて)は何もないも同然です。法を奉ずるべき聖職者だろうが法を執行するべき行政官だろうが、こうなれば他の人間さまと同様です。死んでしまったり、病気に伏せったり、手下(てした)が誰もいなくなったりで、もはやなんの役にも立たない。それで誰も彼もが気儘勝手(きままかって)に振舞いました。

以上述べたのは両極端の場合ですが、その二つの間のその他大勢は、中間の道を行きました。前者のように食事を節倹するでもなく、後者のように暴飲暴食の快楽に耽るでもない。自然の欲するままに諸事をとり行ない、ことさらに家の中に引きこもるでもなくあたりを出歩きました。ある者は花を、ある者は芳しい草を、ある者はさまざまな香料を手に持って、しばしば鼻に当てては、こうした香りで脳を安静にするのが最良だと考えていたのです。死骸や病気や薬剤やらの臭気が大気にたちこめて異臭が鼻をつきました。中にはさらに性悪な連中もおりました。なるほどおそらくこれこそが一番確実な妙手だったのかもしれませんが、町から逃げ出すに限る、ペストに対してこれほどよく効く薬はほかにない、と説いてまわったのです。それに動揺して、もう自分のことしか念頭にない人々は、男も女も、自分の町、自分の家、土地財産、身寄りの者も見捨てて、続々とフィレンツェの外の別の土地へ、田舎のある人はその田舎へと向かいました。いまや神の怒りが解き放たれ、ペストによって人間どもの不正をあまねく罰そうとしている。だがフィレンツェ市から逃げ出した連中は、神の怒りの対象はあくまで市内に留まる連中であって、自分たちが落ち延びる先までは追い駆けてこない、とでも思っていたようです。というかあの市中では誰も生き残れまい、フィレンツェの最後の時が来た、と皆思い込んでおりました。

　このようにさまざまな考えの持主は皆が皆死んだわけではありません。だからといってその自分の方策のおかげで生き延びたというわけでもありません。いずれの考えの持主も、それぞれいたるところで結構病気になったのです。元気でいた間こそ皆に健康の範を垂れて得意顔でしたが、ひとたび病に伏すや皆に見捨てられ、病床に呻吟しました。誰もが相手を避け、誰一人隣人の世話をせず、親戚同士も見舞うことは絶えてない。会っても距離を置きました。この災厄は世間をかくも震撼させたから、男の胸にも女の胸にも深く刻まれました。兄は弟を棄て、叔父は甥を見放し、姉は弟を顧みず、時には妻も夫を顧みなくなりました。それればかりか信じがたいことですが、父親や母親が子供を、世話をするどころか、そんな子供はいないかのように、面倒も見ずに避けて通ったのです。そんな次第だから数え切れぬほどの人が、男も女も、病気に罹り、頼りとては、友人の慈悲に縋るか（もっとも友人などという者はもうほとんどいなかったのですが）、使用人の貪欲さ加減に頼るかしか手はありませんでした。そうした使用人は法外な報酬目当てに世話をしましたが、しかしそんな使用人さえもう滅多に見つかりません。そうした連中は男も女も粗っぽくて、看護の心得など毛頭ない。病人から頼まれた物を差出すか、死んでゆくのを見守るかくらいがせいぜいでした。しかもこうした仕事で稼ぐうちに、本人もしばしば病気に罹り、儲けた金を手にしながら死んでいったのです。こうして一旦ペストに罹ると、近しい者、身内の者、友人にも見放されたために、そして介抱してくれる使用人が減ったために、いままでおよそ聞いたこともない習いが生じました。どんな女であろうと、たとい優雅で美貌で高貴な女性であろうと、一旦病の床に就くや、男に看護されることを別に気にとめなくなったのです。その看護夫が若かろうが若くなかろうが、女たちはなんの恥じらいもなく体のどんな部分であろうと露わに見せました。ふだんならば同性の前でしか見せない部分、それも病気で止むを得ない場合にしか見せない箇所を、平気で見せたのです。そうしたことも原因となったのでしょう、ペストがおさまった後、病気から立ち直った女性たちの間で貞操観念が希薄になっていたことは否めません。このほかにも適当な処置さえ施せば助かったであろう人が、死ななくてもいいのに大勢死にました。運が悪かったのです。ペストの猛威にさらされてフィレンツェの市中では昼夜をわかたず死者があまりにも数多く出ましたから、その様を聞けば慄然とし、直接目で見れば茫然とするような事が次々と起りました。それで、以前の市民の風俗とは逆さの風俗が、いわば必然的に、生き残っている人々の間にひろまったのです。

　死人が出た家では、今日でもそうですが、親戚筋や近所の女たちが集まって、故人に近しい女たちとともに泣きあかします。〔いわゆる泣き女の風習です〕。他方、死人が出た家の前には故人と近しい男たちがそれ以外の町の人と大勢集まります。そして故人の身分に応じて聖職者もお見えになります。そして死者は故人の同僚たちの肩に担がれ、蠟燭がともされ、聖歌がうたわれ、盛大な葬列で故人があらかじめ選んでおいた教会へ運ばれました。しかしこうしたことはペストが猛威をふるうにつれ、全面的に取りやめになりました。そこまでいかずとも大部分は中止となりました。そして新しい風習がとって代わりました。それというのは人々が亡くなる時、世話をしてくれる女たちがあまり集まらなくなった。そればかりか、人にみとられずにこの世から去る人の数が増えだしたのです。そして死んだ時に自分の肉親が悲嘆にくれ涙を流してくれるというような人は本当に少なくなってしまいました。それに代わって、大笑いをする、駄洒落(だじゃれ)を飛ばす、仲間が集まってお祭り騒ぎをやらかす、というおとなしからぬ風俗がはやり出しました。するとなんとしたことか、女たちは生まれつきの女らしい信心を忘れ、我が身可愛さも手伝って、たちまちこの風俗に大方はなびいてしまいました。こうして遺骸が近親者の十人ほどの人に付き添われて教会へ運ばれるということは稀になってしまったのです。遺骸は由緒正しい近親の手で運ばれるのではなくて、下層民出身の墓掘人で、べッキーノと呼ばれる連中が、結構な金をもらって棺を担ぎました。そして急ぎ足で、本人が生前希望した教会でなくて、たいていいちばん近所の寺へ運び込まれたのです。そのお棺の前には坊さまだか寺男だかが数名先払いしましたが、蠟燭が数本もたててあれば上等で、時にはまったく明かりなしということもありました。坊さまたちは、長い間荘厳(そうごん)に法会(ほうえ)を執(と)り行なうなどという余計な労は惜しんで、墓掘人の助けを借りて、空いている墓穴が見つかれば、どこなりと即座に遺骸を片付けました。

ここまでは上流貴族にまつわる話ですが、もっと悲惨な運命は下層民は無論のこと中流階級の大半をも待ち受けていました。それというのはよそへ行こうにも金はなし、空しい希望をあてにして、自分の家か近所かに居残っていたからです。一日に数千人もが発病しました。誰も介抱してくれず、なんの助けもありません。救いの道は閉ざされたも同然です。みんな死にました。昼も夜もです。通りで亡くなった人も相当おりました。もちろん屋内（おくない）で息絶えた人はもっと多かったのです。腐敗した死体の悪臭でやっと死んだということが隣人にもわかりました。いたるところこうした死人やああした死人で町中が満ちました。それはなぜかというと、死者に対する同情や憐憫（れんびん）の情からではなく、死体が腐って害をなすのではないかという怖れからです。隣人は自分で手を下す人もいたが、運び屋に頼めれば頼んで、屋内から死んだ人の遺骸を引き摺りだして、それを戸口の前に置きました。もしそのあたりを歩いたならば、とくに朝方は、数限りなく遺骸が戸口の前に放置されているのを見ることもできたでしょう。それから柩（ひつぎ）を取り寄せました。それが無い場合には板の上に遺体を置きました。また一つの柩に遺体を二体も三体も一緒に入れることもありました。実際、一度に妻と夫、二、三人の兄弟、親子などを一つの柩に納めることもありました。またさらにこうしたことがそれこそ何度もありました。二人の司祭が一つの十字架を奉じて進みます。その十字架の後ろに運び屋に担がれて三つか四つ柩が続きます。司祭ははじめは遺体を一体葬るつもりであったのが、墓場に着いてみたら六体も七体も、時にはそれ以上に増えていたりしました。だが増えたからといって、泣いてくれる人がいるわけでなし、蠟燭一本立つわけでなし、由緒ある御親族が野辺（のべ）の送りに居並ぶでもありません。死んでゆく人間に対して心を痛めるなどということはさらさらない。まるでどこぞの山羊（やぎ）が姿を消したと同じ程度の気遣いです。日々の生活だと人間ごくたまにしか酷い目に遭いません。ふだんは苦しい目に遭うといってもまあ大したことはない。だから平常は「不感無覚で堪えよ」などという教訓は賢人に対してすらなかなか教え込めるものではありません。ところがこんな大災害は、ふだんはのんべんだらりと暮らしている凡人に対しても不感無覚で堪えるということをすぐ教え込んでくれました。教会という教会には毎日、いや毎時、人の死体が運び込まれました。これだけ大勢の死体を見せられると、教会の墓地ではとても足りないことがわかります。どこもかしこも地所は満杯です。昔からの慣習に則って一人一人にそれにふさわしい区画の墓地を与えるなどとても無理な相談です。それで教会は新しく教会の墓地に大きな溝を掘りました。そこへ何百人という遺骸を並べて寝かせました。船の船倉に荷物を層から層へと積むような具合です。上までぎっしり詰まると、そこに僅かの土をかけて表面を覆いました。

　当時市中で生じた過去の惨状[*4]をこれ以上一々細かく吟味することは控えますが、次のことは申しておきたく思います。それはあれはフィレンツェ市中にとってまことに怖ろしい禍の日々でしたが、市をとりまく郡部や田舎にとってもそれに劣らぬ災厄の日々であったということです。規模は小さいが構造が都市に似ている城砦については話は似たりよったりだから略しますが、散在する村落や畑地では貧しい哀れな小作人やその家族が、医師の介抱も付添人の手助けもなしに、道端や耕地や家の中で、昼夜を問わず、人間というより家畜や獣のように死んで行きました。そのために都市の市民たちと同様、農民たちも生活習慣がだらしなくなって、自分たちの持物にも仕事や用事にも構わなくなりました。それどころかみんな死の御到来をお待ちしているかのようで、そうなると家畜の世話も焼かず土地の手入れもしない、過去の耕作の実入りも、労働の酬いも、顧みようとはしません。また家畜や土地や過去の労働の出来栄えが将来どんな実りをもたらすか、その助けをしようともしません。そうではなくて何に努力を傾けるかといえば、いま目の前にある過去の働きの成果をどうかして食い尽くそうと智恵を働かせています。それでどうなったかといえば、牛も驢馬も羊も山羊も豚も鶏も、人間にこよなく忠実に仕えた犬すらも、自分の家から外の畑へ追い払ってしまった。そこにはまだ家畜の穀物の餌はふんだんにありました。誰も飼料を刈取らないでそのままになっていたからです。だから家畜たちはそこへ行って思う存分餌を食べました。そしてその何頭かは、まるで理性が備わっているかのように、昼間好きなだけ食べると、夜は牧童に命ぜられたわけでもないのに、満腹して自分の家に戻って来ました。

しかし郡部や田舎はこの辺で切り上げて、都市部に話を戻すと、はっきりと言えることは、天譴は酷いということです。また人間の酷さもひどいということです。健康な人間は病人を怖がって彼らの用を足してやらずに見殺しにしたのですから。それで三月と七月の間にペストが猛威を振るったせいと、多くの病人が介抱もされずに見捨てられたせいとで、フィレンツェ市の城壁の内部では十万人以上が確実に命を落とした、と信じられます。ペストという災厄以前、市中にそれほど人が住んでいたとは誰も思ってもいなかったでしょう。ああ、なんという多くの大きな館（やかた）が、なんという多くの美しいお邸（やしき）が、貴族のお住まいが、以前は家族でいっぱいで、貴顕淑女（きけんしゅくじょ）で満ち満ちていたのに、それがついには走り使いの端（はし）くれにいたるまで姿を消して、がらんとなってしまったことか。ああ、なんという立派な血統が、なんという莫大（ばくだい）な相続された財産が、なんという世にも聞こえた名宝の数々が、しかるべき血筋が絶え、継承すべき者がいない破目（はめ）におちいったことか。なんという数多くの立派な男子が、美しい女子が、軽やかな若人（わこうど）が、朝には両親や仲間や友人と食事を共にしながら、その夜にはあの世で亡くなった御先祖たちと一緒に食事をいただくようになったことか。いずれの男女も健康な人たちでした。いずれもギリシャの名医ガレノスやヒポクラテスにせよ、医学の神アエスクレピオスにせよ、必ずや身体壮健の判定を下したに相違ない人々だったのです。

　私としてもこうした悲惨で無残なことをくだくだ述べたくはありません。それで、この残酷無慈悲な悲惨事の中で話題とせずとも済む箇所はそのまま飛ばしましょう。で、フィレンツェ市がこんな住む人もほとんどいない状態におちいった時に、信ずるに足る方から私が聞いたのですが、いとも尊きサンタ・マリーア・ノヴェルラ寺に、ある火曜日の朝、ほかの人影はほとんど見かけぬ時に、いかにもこの時節柄らしい黒い喪服に身を包んだ七人の女性が落ち合いました。謹んでお勧めを聴聞（ちょうもん）したこの女性たちは、あるいは友情で、あるいはご近所の縁で、あるいはお互いにご親族の間柄で結ばれておりました。年頃は二十八を越した方はおらず、また十八以下の方もおられません。いずれも聡明な、高貴な血筋の方、見目麗しく、容姿端麗、しかも清らかな華やぎを感じさせるご婦人方でした。私としましてはこの方々のお名前をそのまま実名で申し上げたいのですが、よんどころない理由があり、申し上げるわけにはまいりません。その理由とはこうです。この七人の中のたといお一人でも、これから述べるお話を将来いつかお聞きになって「恥ずかしい」と顔を赤らめられるようなことがあっては、遺憾でございます。なにしろ今日は、前にも述べた理由により、当時に比べて風俗取締りの掟が一段と窮屈になりました。あの頃は法律は若い方にはもとより、もっとずっと年を召した方に対しても寛大でございました。〔今はそんな時勢でございますので〕世間のやっかみ連中に非難の口実を与えることのないように、また口さがない連中に嚙みつかれることのないように、そして潔白なご婦人方の徳性が下品な連中の悪口で多少なりとも汚されることのないように、配慮した次第でございます。

ただし誰がお話しになったか、後でこんがらがらずにわかるよう、めいめいにそれにふさわしい、あるいはそれに少しは適うお名前を私がつけて進ぜました。その中でまず初めに一番お年を召した方をパンピーネアとお呼びしたい。〔この方は葡萄の若葉が繁茂するように命の力に溢れる女性です〕。二番目は〔火花を散らすような〕フィアンメッタ、三番目はフィロメーナという〔歌の好きな〕方、四番目は〔お世辞の上手な〕エミーリアです。その次にお呼びするのは五番目がラウレッタで、六番目は〔まだうぶな」ネイーフィレと申しましょう。そしてわけがあって最後にお呼びするのはエリッサです。

その皆さんは、なにか目論見があったわけではなくて、たまたま教会の一隅に集まり、輪のような恰好になって座りました。幾度もため息を洩らした後に、『主の祈り』を唱えるのをやめて、ご時世のあれこれの様をいろいろ語り始めました。しばらくしますと、皆さんが静かになったところで、パンピーネアがこう話し始めました、

「親しい皆さま、自分の権利はきちんと行使する限りは、誰にも迷惑をかけることはない、とは皆さま何度もお聞き及びでございましょう。わたくしもそのように聞きました。できるかぎり、自分の命を助け、保ち、守るのが、この世に生まれた者に天然自然に与えられた権利でございます。その命という権利は大切なものですから、それを守るためにはたとい人を殺しても罪がないとされたことも幾度もありました。もしも法律がこのようなことをも認めているのだとするなら、人間誰しもが無事に生きていけるよう法律はこうして配慮しているのですから、わたくしども人間としては、自分の命を保とうすることはまことにもっともなことですから、他人に害を与えぬ限り、わたくしどもに出来る手段や対策を講ずることは、これはもう当然許されていることでございます。今日のわたくしどもの暮らしぶりやまた今日までの暮らしぶりをよくよく振り返って、皆さまがあれこれいわれたことを考えてみますと、皆さまもわたくしと同じことかと思いますが、自分の命がどうなることかと心配していらっしゃる。心配するのは当然でござい

ます。わたくしはそのことには驚きません。驚いているのは皆さまが女として当然講ずるべき対抗措置を講ぜずにいらっしゃることです。皆さんはここに突っ立って何人死体が埋葬されるべく運ばれたか呆然として見ていらっしゃる。また教会にいらっしゃるのも、まるでそこの坊様が――その数はどんどん減る一方ですが――決まった時刻にきちんとごミサをお上げになるかどうか、それを確かめるためだけのようです。さもなければ喪服姿で行きあう世間の人にわたくしどもの悲惨がいかなるものか、それを示しているだけのようです。ここから一歩外へ出ると、死体やら病人やらが次々と運ばれて行くのが見えます。また悪行や犯罪のためにすでに当局によって罰せられて市外追放の処分を受けた者どもが、法律の執行者が死んだり病気に罹ったりしたのをいいことに、お上の法律を嘲笑うかのように、市中を横行闊歩しています。またこの町の最下層の屑どもが、わたくしどもが血を流すのに昂奮して、墓掘人夫とか死体運びとか自称してわたくしたちに嫌がらせを働こうといたるところ馬を走らせて、わたくしたちの不幸を笑いものにした下卑た歌を高吟しながら駆け巡っています。わたくしたちがそうした場所で耳にするものとては「誰それは亡くなった。誰それは死にそうだ」というお話ばかりです。泣いてくれるような人がまだいたとしても、口から出るのは苦悩苦痛の呻きばかりでしょう。家へ帰れば、皆さまの場合はどうか存じませんが、以前大勢いたわが家の召使で残っているのはいまはもう小間使一人だけ、もう恐くて怖ろしくてたまりません。ぞっとして髪の毛が逆立つ思いでございます。どの部屋を通っても、死んだ者の影が見えます。どこかの部屋にはいって戸を立てても、やはり亡霊の影が浮かびます。生前の顔立ちではなくそれは怖ろしい様をして、つい先日もどこからともなく現われてわたくしをぎょっとさせました。

　こうした時に教会の中に居るのも、教会の外に出るのも、家に戻るのも、間違いでございます。わたくしたちのように財力があってどこへでも行けるような人たちの中で、こんな市中に居残っているのはわたくしたちだけではございませんか。なるほどわたくしは何度も見聞きいたしました。お金持の中でまだ当地に居残って、もはや善悪是非をわきまえず、欲望に身をまかせ、単身であろうが仲間とであろうが、夜も昼も、快楽に耽（ふけ）っている方も確かにおられます。世俗の方とは限りません。願（がん）を立て掟（おきて）に縛られたはずの修道院内の方々も、掟を破り肉体の欲望に身をまかせてこそ浮かぶ瀬もあれと思い込み、平然と色事（いろごと）に耽るようになりました。

　見るもの聞くものこんな有様でございます。わたくしたちはこの市中で何をしたらよいのでしょうか。皆さまは一体何をお待ちなのですか。何か夢でも見ておいでですか。なぜわたくしたちだけが愚図愚図して自分自身を守ろうとしないのですか。わたくしたちは人様に比べてそれほど取るに足らない人間なのでしょうか。わたくしたちの肉体と命とをつなぐ鎖（くさり）は他の人と違って強くしっかりしているから、わたくしたちを襲う病魔をおそれる必要はないとでもお言いなのでしょうか。命を脅かすような力をもつものは一切気にかけずともよい、とでもいうのでしょうか。もしそんな風に思い込むのならとんでもない料簡違いでございます。騙されていらっしゃいます。そんな風に信じ込むのは失礼ながら馬鹿の骨頂ではございませんか。なんと多くの若い男女がこのペストという残酷な天譴の生贄となったことでしょう。そのことを何遍思い返せば、皆さまは得心なさるのでしょうか。淑女ぶった度の過ぎた引っ込み思案や健康には自信があるという自惚れやらのために、二度と取り返しのつかぬ羽目に落ち込んでしまうことのないようお気をつけくださいませ。

そう、皆さまもわたくしと同感でいらっしゃいますか。もしそうならば、わたくしたちは良家の子女らしく、すでに何人かの方がわたくしたちより先になさったし今も次々となさりつつあるように、この市中での不行跡、不品行を避けて――あのような慎みを忘れたふしだらな所業こそ避けて通りたい死神でございます――田舎の地所へ避難するのが上策と信じます。わたくしどもは幸い田舎に別荘を持っております。そちらへ参って慎み深く逗留することにいたしませんか。そこでゆったりと休息し、何事につけても理性の枠を越えず、楽しく朗らかに過ごそうではございませんか。田舎へ行けば小鳥の囀りも聞こえます。岡や平野は緑に蔽われています。麦畑は海のように波打つことでしょう。さまざまな恰好をした樹々、広々とひろがった天。天は怒っているかもしれませんが、だからといって陽光が燦然と輝くことの邪魔立てまではいたしません。永遠の美を表にあらわしております。その青い天を眺める方がこの町の人気の絶えた灰色の城壁を見つめるよりよほどましではございませんか。それに空気もここよりずっと爽やかでしょう。こうしたご時世の際に入用な品は田舎には沢山ございます。そして煩わしい事はずっと少のうございます。もちろん田舎の百姓も都会の市民同様ばたばた死んではおりましょう。しかし都会に比べれば家も住民もずっと少ないから不快もまたそれだけ少のうございます。それに、よく考えてみますと、わたくしたちは誰かを見捨てて逃げ出すというのではございません。それどころか、うっかりすればわたくしたちの方こそ見捨てられてしまいます。それと申しますのも、家の者は死にかかったり、死を逃れようとしたりして、わたくしたちが赤の他人ででもあるかのように、一人ぼっちに置き去りにいたしました。よりによってこんな困った折にでございます。ですから今ここで田舎へ行くことを決めたとしても、世間からとやかく言われる筋はございません。ここでもしこの案を実行いたしませんと、苦しみや難儀やあるいは死も免れないかもしれません。

ですから皆さまもし宜しい、賛成とお考えでしたら、小間使たちを連れて、必要な品物はすぐ後から届けさせることにして、今日はここ、明日はあすこと、このご時世の許す範囲内で楽しく朗らかに時を過ごそうではございませんか。そうする方が良くはございませんか。そしてこうした事にどんなしめくくりを天がつけてくださるのか、それを見届ける日まで、そのようにして田舎で暮らすことにいたしましょう。もちろん死神に襲われてしまえばそれまででございますが。なにとぞ思い出してくださいませ、もしこのような町に大勢居残って不品行を働くのも女たちの勝手というのなら、品行正しく立ち去るのもまたわたくしたちの自由ではございませんか」

ほかの女性たちはパンピーネアの言うことを聞くや、その意見をもっともだと頷いて褒めあげたばかりか、その案をすぐにも実行に移したくて、具体的にどうすればよいか細かい点をあれこれ考え始めました。その様子は今この会が散会したら皆即座に出発するといわんばかりの有様でした。しかしいつも慎重なフィロメーナがここでこう申しました、

「皆さん、パンピーネアの申し分はまことに結構ではございますが、だからといって皆さまのように浮足立ってお急ぎになることはございません。わたしどもは皆女であることをお忘れにならないでくださいませ。わたしどもの誰一人子供ではありませんから、わたしどもに理性がかった考えができるかどうか御自覚はおありのことと存じます。やはり殿方のお助けを借りないときちんとした処置が取れないこともあるかと思います。女は気が変わりやすく、仲間割れもしがちです。疑い深く、怖がりで、臆病です。女だけの判断で事を進めると、この一団はたちまち仲間割れをして、おたがいの名誉に泥を塗るような、あってはならない事態が起らないともかぎりません。ですから始める前にその点にも留意したいと思います」

するとエリッサが言いました、

「本当に殿方は女の頭でございます。殿方のご指示なしにはわたしどものすることは滅多に立派な結末にいたらないものでございます。でもどうしたらわたしどもの仲間に殿方を加えることができましょうか。皆さまそれぞれご承知のように、家の者や身寄りの

者の大半は亡くなりました。生き残りの方もある方はある仲間に、またある方はどこぞの別の仲間に加わって、わたしども同様、死神を恐れて逃げまわっていらっしゃいます。居場所すらわかりません。しかしそうかといってよく知りもしない殿方をお仲間に加えるわけにもいきますまい。わたしどもが身の安全を願う以上、騒ぎやいさかいが気晴らしのための保養の地まで続くことのないよう万全(ばんぜん)の手筈(てはず)を整えたいと思います」

ご婦人たちのあいだでこうした論議がなされている間にちょうど教会へ三人の青年紳士がはいって来ました。青年とは申しても一番若い人でも年は二十五にはなっていたと思われます。多くの友人や親族を失い、悲惨なご時世の憂目(うきめ)に遭い、わが身に降りかかる死の恐怖もありましたが、それでもこの三人の恋心は消えることも冷えることもありませんでした。その三人の一人はパンフィロ、次はフィローストラト、三人目はディオネーオと申します。いずれも洗練されたまことに気持のよい貴公子です。この混沌の時期に心の慰めを求めて三人は自分の恋い憧れる女性に会うべく探しに出て来たのです。なんという幸せでしょう、相手の女性たちはいま話題としていた七人の女性の中にたまたまいらしたのです。[*5] そしてほかの何人かの女性方とはご親戚の間柄でした。

二つのグループは同時に相手のことに気づきました。するとパンピーネアが微笑(ほほえ)んでこう話し始めました、

「なんという幸先(さいさき)の良さでしょう。めでたくも今ちょうど目の前に慎み深い御立派な紳士がお見えになりました。この方々なら喜んでわたくしどもの案内もし手助けもしてく

ださると思います。それとも皆さまお嫌(いや)でございますか」

するとネイーフィレはその若者の一人から愛されていた女性だけに恥ずかしさに顔をすっかり赤らめて言いました、

「パンピーネア、後生(ごしょう)だからお言葉にお気をつけあそばせ。わたしにははっきりわかっています。この三人の方でしたらどなたについてもお褒めするよりほか非(ひ)の打ちどころはございません。この方々はこうした事よりももっとずっと大事なお仕事に向いていらっしゃいます。この方々はわたしどもなどよりももっとずっと美しくて大事な方々のお伴をするにふさわしい立派で高貴な殿方でいらっしゃいます。でもここにおります女性の何人かの方がお三人の思い人であることは明らかでございますから、もしこのお三人を一緒にお連れすると、わたくしどものせいでなくとも、またお三人様のせいでなくとも、非難が生じ悪口がいいふらされるのでないかと心配でございます」

するとフィロメーナが言いました、

「そんなことはなんでもございません。こちらがきちんと日々の暮らしを送るかぎり、また良心に咎(とが)めがないかぎり、勝手なことを言いたい人には言わせておけばよいのです。いざとなれば神様と真実がわたくしどもを必ず守ってくださいます。もしお三人が同行してもよいというお気持でしたら、パンピーネアが申したとおり、それこそ幸先のよいこと、天のお恵みでございます」

ほかの女性たちはフィロメーナがこのように話すのを聞いて、もはや余計なことはいわず口をつぐんだばかりか、全員一致して新来の殿方に声をかけてお招きし、自分たちの計画を打明けて、こうした別荘行きにお伴してくださるかどうかお願いしてみることといたしました。そのように意見がまとまりましたので、パンピーネアが立ち上がりました。彼女は殿方の一人と縁続きなのでそちらに向かって行きました。殿方は女性たちを見かけたものだから、向うの方で立ち止まってこちらを眺めております。彼女は顔に笑みを浮かべご挨拶すると、自分たちの意向を伝え、女性方全員のお願いとして「どうか清らかなお兄様のようなお気持でお伴していただけないでしょうか」と申し出ました。青年紳士たちは最初自分たちはからかわれていると勘違いしましたが、しかし実際相手は本気で話しているとわかり、三人は喜んでお伴するといそいそ返事をいたしました。

しかし出発を遅らせるわけにはまいりません。それで教会を立ち去る前にこれからどのような手筈を整えるべきか取り決めました。そして順序よく必要な品を用意すると荷物は前もって行く先に送り出させ、翌朝、すなわち水曜日の夜が明けるころ、女たちは何人かの小間使を引き連れて、そして三人の青年紳士は三人の召使を連れて、フィレンツェ市の城門から出ると、歩き始めました。それから二哩（マイル）*6足らず行ったところでかねて定めてあった場所に着きました。

その場所は小さな岡の上にあり、四方とも街道筋からかなり遠く離れていました。さまざまな灌木（かんぼく）や緑の葉の植物がいっぱいで実に気持のよい眺めです。その岡の頂きに御殿（ごてん）*7が一つございました。美しい大きな中庭のある館です。開廊（かいろう）があり、大小の部屋が並び、その一つ一つが見事な美しさでした。楽しげな壁画で飾られていて、そのフレスコ画は見とれずにはいられません。館の周囲には牧場がひろがり、すばらしい庭園が続き、井戸は爽やかな清水にあふれ、地下の蔵には貴重な葡萄酒がずらりと並んでおりました。これは御酒を召上らないお堅いご婦人方よりも通のお酒飲みにふさわしい銘柄が揃っておりました。御殿はすっかり掃き清められて、部屋にはそれぞれ寝台がきちんと用意されております。時節の花が色とりどりに飾られ、藺草が床に敷き詰められています。到着した一行は思いもかけぬ心づくしにたいそう喜びました。

　到着するやいなやそこに腰をおろして、一行の中で誰にもまして愛想がよく才気煥発な紳士ディオネーオが口を開きました、

「ご婦人方、男たちの思慮分別よりも皆さま方の才覚のおかげで私ども当地へ安着しました。皆さまのお考えや何をなさろうというおつもりかは存じません。私は自分の考え事や計画は、先刻皆さま方とご一緒にフィレンツェ市の城門の外へ出た時に、市中に置いて来てしまいました。ですから皆さまが私と一緒に楽しんだり笑ったり歌ったりしようというお気持でございましたら（もちろん皆さまの品位が許す範囲内でのことです）、なにとぞそのように打ち興じてください。しかしもしそうでないのなら、さっさとお暇を取らせてください。私はフィレンツェに戻って、打ちひしがれた市中に留まり、いろいろ自分の考え事や悩み事に対処するつもりです」

　これに対してパンピーネアは、彼女もまた自分の考え事や悩み事はすべてどこか遠く

へ打ち棄ててしまったかのような気軽さで、楽しげに答えました、

「ディオネーオ、あなたはいい事をおっしゃいました。ここでは陽気にお祭り気分で皆さん暮らしたいのです。それだけが理由でわたくしたちは市中の悲惨から逃げ出して来ました。しかしそうは申しても、なにか規則をきちんと立てませんと、何事も長続きはいたしません。わたくしがこの話のいいだしっぺでございます。そのお話のおかげでこんな素晴らしいお仲間ができました。わたくしたちの喜びや楽しみが続くように思案しますと、どなたか一人この一行を主宰すべき上に立つ人を選ぶことがどうしても必要ではないかと思われます。その方をわたくしどもは上司として尊敬し服従することといたしましょう。そしてその方にはわたくしたちがしあわせに暮らせるよういろいろ配慮していただくようお願いいたしましょう。そのような気配りすることの重責と命令することの喜びを、その辛さ楽しさの双方とも、めいめいに体験していただくために、一人に一日ずつその重責と名誉とを振当てて、誰一人自分にはその番が回って来なかったなどという不満の生じることのないようにいたしましょう。そして最初に誰が上に立つかは皆さん全員の選挙で決めることといたしましょう。その次の長となる方については、夕方が近づいてきたころ、その日の長だった方が殿方であれ御婦人方であれ、ご自分が良いと思う方を男女の中からご指名ください。そしてこのようにして長に選ばれた者は、主宰するよう許された時間や場所や暮らし方について、ご自分の判断で自由にとりしきって命令をお下しください」

この発言には全員が大賛成で、皆は声を揃えて第一日の長にはパンピーネアを選び出しました。するとフィロメーナがすばやく駆け出して、月桂樹の方に向かいました。(それというのも今までにこの樹の葉は尊いもので、その枝と葉で編まれた冠をいただくことは、それにふさわしい人にはいかに名誉であるかを何度も聞き知らされていたからです)。その樹の枝を何本か折るとそれで輪を編みました。それはいかにも端正な名誉ある月桂冠でありました。それをパンピーネアの頭上に戴せました。この仲間が続く限りは、この冠は真に長たる者の権威を示す明白な象徴でありました。

パンピーネアは、冠をいただいて女王に選ばれるや、皆に静かにするように命じました。すでに三人の青年紳士の召使と女性方の小間使四人が呼び出されておりましたが、静粛になったところで、こう申しました、

「皆さまがお望みになるかぎりはいつまでも、この一行がきちんと、日々をいよいよ楽しく、俯仰天地に愧じず、当地で暮らせるように、わたくしがまず皆さま全員に範を示さなければならないと思います。わたくしはディオネーオの家の者であるパルメーノをこの一行の執事に任命いたします。パルメーノにこの一家の召使や小間使の取り仕切りを任せます。それから食堂の世話もお願いします。パンフィロの家の者であるシリスコにはこの家の会計係と出納係をお願いします。パルメーノの命令に服してください。ティローストラトの身のまわりの世話をしているティンダロにはほかの二人の殿方の身のまわりの世話もそのお部屋でやいてください。とくにパルメーノとシリスコがほかの用

事に手を取られている時はそのようにお願いいたします。わたくしの小間使のミージアとフィロメーナの小間使リチースカはずっと台所で働いて、パルメーノの言いつけ通りにきちんと食事の用意をしてください。ラウレッタのところのキメーラとフィアンメッタのところのストラティーリアは女性方のお部屋の係としてわたくしたちがいる場所を掃除して清潔にしてください。それから皆さま全員に申し渡すことがございます。ここでうるわしいおつきあいをお互いずっと続けたいと心からお望みなら、是非次の点にご留意ください。それは皆さまがどこへ行かれようと、またどこから帰られようと、またなにを見聞きなさろうと、外部からの事は明るい便り以外は一切お知らせにならないでください、ということです。それがわたくしの希望でありかつ命令でございます」

そしてこうして手短かに下した命令が、皆に承認されたのを見てとると、パンピーネアはにっこりと立ち上がって言いました、

「ここには庭園もございます、牧場もございます。ほかにも閑雅な場所がいくつもございます。どうぞ皆さまご自分のお好きなところへお楽しみにおいでくださいませ。九時の鐘が鳴りましたら皆さまここにお集まりください。涼しいうちに食事をすることにいたしましょう」

こうして新しい女王に選ばれたパンピーネアから解散の声がかかりました。朗らかな一行は、青年紳士は美しい女性たちと連れ立って、楽しい会話を交わしながら、ゆっくりとした足取りで庭園の方へ向かいます。さまざまな枝や葉で花輪を編んで頭にかざし、

歌をうたいながら足取り軽く進んで行く。恋心が湧かずにいられぬような歌でした。女王からいただいただけの時間をそこで過ごしてから御殿に戻ってみると、パルメーノが自分の職務をきちんと始めたことがわかりました。一階の広間にはいってみると、食卓が並び、そこには真っ白な布が敷かれています。どうやら銀製らしいコップも置かれているではありませんか。エニシダの花がすべてを覆うています。手を水で洗うと[*8]、女王の合図で、パルメーノが配置した席に全員が着席します。上手に調理された食事が運ばれてきます。極上の葡萄酒が用意されます。三人の召使が順序よく音も立てずに給仕します。こうしたことが整然と見事になされたので、皆さん心明るく、はしゃいだ言葉を交わしながら、楽しく食事をいたしました。食器が下げられると、女性方も青年紳士も輪になって踊ることをよく心得ており、何人かの人は歌や演奏の嗜（たしな）みがございましたから、女王は楽器を運んでくるようお命じになりました。そして女王の命令でディオネーオはリュートを、フィアンメッタはヴィオラを取り、爽やかにダンスの曲を演奏し始めました。そこで女王はほかの女性たちと二人の青年紳士と一緒に輪を作って、ゆっくりとした足取りで、踊り始めました。召使や小間使たちはもう食事にさがらせてあります。そしてこの輪舞（りんぶ）が終わると、今度は優しい愛の歌や陽気な歌を皆さん歌い始めました。こうした風に時間を過ごすうちに女王には昼寝の時が来たように思われました。それで皆さんに部屋にさがるよう合図しました。殿方三人はそちらの部屋へ、ご婦人方の部屋とは離れた別の区画へ、向かいました。部屋は寝台がきちんとしつらえてあり、食堂の広間と同じようにたくさんの花でいっぱいに飾られてありました。同じようにご婦人方はご自分たちの部屋へ向かい、服を脱いでお休みになりました。

　午後三時が過ぎてほどない頃、女王のパンピーネアは起き上がりました。そして昼間眠りすぎるのは体に良くないと、女性方にも殿方にも起きるようお命じになりました。そして草が緑に丈高く茂る草地に行きました。どこからも日の当らぬ草地です。軽やかな微風（そよかぜ）が肌に爽やかで、女王の希望にかなった場所でした。全員草の上に輪になって座りました。その人たちに向かい女王は申しました、

「皆さまご覧の通り、陽はまだ高く、暑気（しょき）も去りません。聞こえるものとてはオリーヴの樹にとまって鳴く蟬（せみ）の声ばかりです。ですから今の時刻にどこかへ歩いて行こうというのは間違いなく愚（おろ）かしいと思います。幸いここは爽やかで快適です。ここにチェスの盤もチェッカーの盤も用意してあります。皆さまお好きなようにお遊びいただいても結構ですが。ただしここでもわたくしから提案がございます。こうした勝負事ではお二方の一人がとかく熱狂し、相手もまた勝負を見ている方も索然（さくぜん）たる気持におちいりがちでございます。ですからこうした勝負事は止（や）めにして、どなたかお一人に物語を話していただき、皆さんがそれを拝聴するというのはいかがでしょう。日中暑い間はこうして時を過ごしたら良いのではないかと思います。皆さまの全員がめいめい一つずつ物語をお話しなさりきらぬうちに、陽も傾きましょう。暑気も去りましょう。そのころにはお好きなままにお楽しみにお出かけになれるかと存じます。このご提案がもしお気に召しま

すなら、皆さまのご意向に従って、そのようにさせていただきます。もしお気に召しませぬなら、皆さま日没の時刻までお好きなようになさってくださいませ」

ご婦人方は揃って、そして殿方も全員、物語を語るという女王の提案に賛同しました。

「それでは」

と女王が申しました、

「そのようなご意向でしたら、今日の第一日についてはどんな話題にせよ、お好きなものを自由に選んで話していただくことといたしましょう」

そして自分の右手に座っていたパンフィロの方に向かい、口に微笑をたたえて「どうかなにか一つお話をして一同の口火を切ってくださいませ」と言いました。するとこの命令を聞いたパンフィロは、皆が耳を澄ませている様を見てとり、直ちに次のように話し始めました。

＊1　ダンテは『神曲』地獄篇で「苛烈で峻厳な（aspra e forte）道」（第一歌五行、平川訳では四行）を進むこととなる。その旅路のことが『デカメロン』執筆のボッカッチョの念頭にもあるので同様の形容詞「苛烈で峻嶮な（aspra e erta）」が用いられているのである。
＊2　「別の道」もダンテ『神曲』地獄篇第一歌九一行で、救いの道の可能性としてウェルギリウスがダンテに提案する際の表現である。
＊3　ボッカッチョが次に言及するように、二年前にシリアからシチリア島へ飛び火したペストは一三四八年、彼が三十五歳の年にフィレンツェで猖獗（しょうけつ）を極めた。『デカメロン』はその三年後の一三五一

年、作者三十八歳のときに出来上がった。

＊4　マンゾーニ『いいなづけ』第三十一章から第三十七章にかけてのペスト描写は真に迫力に富むが、マンゾーニの発想の有力な一源泉がボッカッチョの『デカメロン』「第一日まえがき」のこのペスト描写に由来することは確実である。マンゾーニはボッカッチョが記録したことをベースに、あとは細部を念入りに仕上げたといえるだろう。

＊5　男性のパンフィロとネイーフィレ、フィローストラトとフィロメーナ、ディオネーオとフィアンメッタの組合せがボッカッチョ研究家の間で取り沙汰されてきたが、この三組に間違いないという確証はない。それというのも三人の青年紳士の中でフィローストラトは女運のない「もてない男」としてぼやく人物として登場しているからである。

＊6　ピエモンテ地方の miglio は当時イタリア北西部で広く用いられたが、およそ二五〇〇メートルに当った由である。なお十九世紀にメートル法が導入されるまで哩(マイル)の長さはイタリアの各地方で違っていた。ローマでは一哩(マイル)は一番短く一四八〇メートルであった。

＊7　ボッカッチョはフィレンツェ郊外のマイアーノに別荘を持っており、それがこの御殿のモデルだと十六世紀以来いわれてきたが、現在はモデル説は否定され、彼が理想の御殿を文筆で描いたのだとされている。

＊8　食卓に着席して水で手を洗うのは慣例であった。千三百年代のイタリアではフォークはまだ使わなかったから、新しい料理が給仕される度ごとにと、食事の後とに手を洗うための水が用意された。なお当時はコップは普通は錫製かピューター製かガラス製であった。食事は午前中に一度と夕方に一度と一日に二回であった。

第一日第一話

チェッパレルロ氏は嘘の懺悔をして尊い坊様を騙して、死ぬ。生涯を通じて極悪非道の人間であったにもかかわらず、チェッパレルロ氏は死後にわかに聖人の名が高くなり、聖チャッペルレットと呼ばれるにいたる。〔パンフイロが物語る〕

――親しいご婦人方、人間、なにをするにつけ、万物を造られた方の聖なる御名により始めるのが適当かと存じます。私が第一番に皆さまにお話し申しあげよ、との仰せですので、では神様のすばらしい奇跡の一つからお話し申しましょう。このお話をお聴きになれば、私どもの神様への信頼はいよいよゆるぎないものとなり、神の御名は私どもにより永久に讃えられることとなりましょう。

さてこの地上のものは万事はかなく、うつろいやすい以上、万事、内も外も、面倒で厄介で苦労苦痛に満ちています。私どもはその中にまじってその一部として生きている以上、もし神様が特別の御恩寵で私どもに力と智恵とをお授けにならぬかぎり、私どもはどうして誤りなしにこの状況に耐え身を守ることができましょう。ただし私どもは、神様の御恵みが私どものなんらかの功徳でもって私どもの上に降り注ぐとか、私どもの身内に留まるとか考えるべきではありません。神様の御恵みは、神様の内なる善意と、私どもと同様に死すべき人間でありながら生きている間に神様の御旨に添い、そのためにいまは神様とともに永遠の福者となられた方の祈りとにより、授けられるのです。そうした方々は御自身の体験に照らして私どもの弱点をよく御存知ですが、そうした方々にお祈りし、私たちのためになるようおとりなしをお願いしようと存じます。それと申しますのも直接最高の裁きの神様の御前にお願いを述べますことはあまりに畏れ多いからです。ところで私どもは神様が私どもに対し惜しみなく慈悲を垂れ給うことを承知しております。私どもも死すべき人間の眼力では神様の摂理の秘密を見通すことはできません。そのため世間の噂に騙されて、私どもは本来は永劫の罰を受けてしかるべき者に誤って主へのおとりなしをお願いしているかもしれません。しかしたといそのようなことがあろうとも、すべてをお見通しの神様は、願う者の真心を、その者の無智無識よりも重んじて、永劫の流謫の地にいる者があたかも天上の福者であるかのごとくそのおとりなしを聴許してくださることを私どもは承知しております。そのことはこれから申しあげる話の中に明らかに示されるでしょう。神様の目にも明らかとは申しませんが、人間の目にははっきりと明らかに示されると存じます。

たいへんな金持で大商人であるムシアット・フランチェージはフランスで騎士の位を

授けられ、フランス王の弟シャルル・サン・テールと一緒にトスカーナへ来ることとなった。これは法王ボニファチオ八世[*1]の要請があったからである。彼のような大商人というのは、とかくそうなりがちなものだが、自分の業務があちこちでたいへん滞（とどこお）っていて、その解決がとても一筋縄（ひとすじなわ）ではいきそうにない。そのことを見て取るや、数人の人にその業務を委せようと考えた。たいていの案件は無事に片付いたが、ブルゴーニュ人たちに貸した金の取立ての件だけは誰に委せればよいかなかなか決めかねた。というのはブルゴーニュ人は訴訟好きの性悪（しょうわる）でとかく信用が置けぬという風評があったからである。こうした性質（たち）の悪い連中を手玉に取れるような狡賢（ずるがしこ）い人間というのがちょっと思い浮かばない。いろいろ思案した挙句、プラート出身のチェッパレルロという男がいたことを思い出した。その男はパリの氏の自宅にもしばしば厄介（やっかい）になりに来たものである。背は小柄で、なかなかのお洒落（しゃれ）であった。フランス人はチェッパレルロという言葉の意味を知らず、それをフランス語の頭飾りの意味と取り違え、相手が小男だからそれを縮めてチャッペルレットと呼んだ。それで世間ではチャッペルレットの名でまかり通り、チェッパレルロという実名を知っているものはほとんどいないくらいであった。

　このチャッペルレットというのはどんな男か。彼は代書人である。ただし自分が取り結んだ契約書が——彼が結んだ契約書の数は多くなかったが——いんちきでないとわかった時は大いに恥じ入るというタイプの人間であった。要するに人を騙すのが好きで好きでたまらぬ男で、偽の証書を作るのなら只（ただ）でも仕事をした。たんまり報酬をもらってきちんとした証書を作るよりそちらの方がよほど好きだったのである。頼まれようが、頼まれまいが、喜んで偽証した。当時のフランスでは誓言はたいへん重きをなしたが、チャッペルレットは宣誓しても平気で嘘をつく。名誉に誓って口述するよう求められた法廷でも平気で嘘をつく。それやこれやで、訴訟事件では片端から勝訴した。友人と友人の間、親族の間、その他誰であれ彼であれ、その間に不幸、敵対感情、スキャンダルが生ずれば生ずるほどそれを見ては喜ぶ、それで結果が悲惨であればあるほどはしゃぐという様であった。人殺しなどの悪事にも頼まれれば喜び勇んで手を貸した。いやそれどころか自分から真っ先に手を下して殺すということも何回もあったほどである。神を罵り、聖人を罵倒することも平気の平左で、ちょっとしたことでもすぐ激怒した。教会へは行ったこともなく、教会の秘蹟をも呆れはてた言葉で愚弄した。他方、飲屋とか悪所には足しげく通う常連で、女が好きなことといったら盛りのついた牡犬のようである。あまつさえ男の方も大好きだったのである。聖人が金を寄付するのと同じ調子で他人の金を掠め取り、平然と強奪もした。たいへんな大食漢でへべれけに飲むものだから時々醜態をさらしたほどである。賭け事は大好き、いかさまも尋常の程度ではおさまらない。だがこんな長話をしてなにになろう？　要するにチャッペルレットはこの世に生まれついた悪の権化であった。が、その男の悪智恵こそが長い間ムシアット氏の力と位を支えていたのである。その男のおかげでムシアット氏は氏がしばしば迷惑をかけた私人からの攻撃も、また警察からの取締りも、免れていたのである。

それでこのチェッパレルロがムシアット氏の念頭に浮かんだ。氏はこの男のことを知り抜いていたが、この男ならブルゴーニュの連中がいかに狡賢かろうとも相手として不足はないだろうと思い、男を呼び出してこう言った、

「チャッペルレット、お前も承知の通り、私はここからすっかり身を引かねばならない。それでブルゴーニュの連中との取引にも決着をつけねばならないが、連中は名うてのずるだ。あの連中から取立てるのにうってつけの男はお前を措いてほかにない。お前はさしあたって何も仕事がないようだから、お前さえその気なら、お前をその筋のお覚えがめでたくなるよう取計うから、一つこの仕事をやってもらいたい。取立分のしかるべき額はお前に渡す」

チャッペルレットはそのとき仕事がなく、暮らしが不如意であった。長いあいだ自分の支えで後楯だったムシアット氏がいまは国を去ろうとしている。決めるのに時間はかからなかった。必要に迫られていたから早速お引き受けした。話がまとまり、国王陛下の御推薦状とムシアット氏の委任状を頂戴すると、二人は別れた。ムシアットはその土地を去り、チャッペルレットはブルゴーニュを目ざした。その土地には彼を知る者は誰もいない。そこでは本性を隠し善良穏和の風をよそおい貸金取立ての仕事を始めた。怒るようなことは一切しないようにつとめたのである。

このようにして仕事をする間、フィレンツェ人の二人兄弟の家に宿を借りた。兄弟は当地で金貸業を営んでいたが、ムシアット氏のこともあってチャッペルレットを厚くも

てなした。そのころチャッペルレットは病に倒れたのである。兄弟は医者や看護人をすぐさま呼んで治療に必要なことはなに一つ抜からぬようにと気をつけた。だが薬も治療も効き目がない。それというのもチャッペルレットももう年で、長年の御乱行のこともあり、病勢は日々つのるばかりで、もはや臨終もそう遠くないのでないか、という医者たちの見立てである。フィレンツェ人兄弟の心痛は只事ではなかった。

それである日、チャッペルレットが病臥している部屋の近くで二人で額を寄せて相談を始めた。

「一体この男をどうしたものだろう。こいつのせいで俺たちは酷く分の悪い目に遭うぞ。この病人を俺たちの家から外へ出してしまえば、非難を浴びるに決まっている。分別のある措置とは言えまい。なにしろ世間は俺たちがこの男を最初は鄭重にお迎えして、まめまめしくお世話し、介抱も看護もした。それを見ていた。それがもう助かりそうにないというので、こいつが俺たちに別になにか悪さを働くだけの余力があったはずもないのに、突然死にかかっている重病人を外へ抛り出してみろ。そんな真似はできない。だがこいつは極悪非道な男だった。死ぬ間際になっても懺悔はするまい。最終の秘蹟も受けるまい。きちんと懺悔せずに死んだとなれば、どこの教会もこいつの亡骸を引取って墓にきちんと埋めてはくれまい。そうなれば犬の屍骸と同様大きな溝に抛り込まれるのが落ちだ。またかりに懺悔したとなれば、こやつが犯した罪の数々は空恐ろしいものになるから、世に比を見るものもあるまい。それだから表沙汰になれば、どんな坊様だろうが修道士様だろうがこいつの罪を赦すわけにはいかないだろう。お赦しが得られなければやはり溝かどぶに抛り込まれるだろう。だがそうなれば、この土地の者は俺たちのような金貸業の悪口や蔭口を年中いっているから、それをきっかけになにをしでかすかわからない。押しかけてきて盗みもしよう、大声をあげて罵りもしよう、「あのイタリア人の金貸め、あいつらは教会からも閉め出されたぞ。ああした奴らを当地におめおめ生かしておくわけにはいかねえ」そう言って押しかけて、乱暴狼藉、ものを盗むくらいならいいが俺たちの命までとりかねない。だからこいつが死ぬと、どう見ても俺たちはとんでもない破目におちいるぞ」

チャッペルレットは、先に述べた通り、二人がこうして話し込んでいる近くで病臥していた。病人によくあることで、耳がさとくなっていた。フィレンツェ人の兄弟が自分について話したことを聞いてしまった。その二人を身近に呼び寄せると、こう言った、「御両人、どうか私のことで酷い目に遭うなどと余計な御心配はなさるな。皆さんが御相談になったお話は篤と聞きました。もし事態がお考えの通り進むなら、言われた通りのことも起りましょう。しかしそうはなりますまい。私はいままで神様にさんざ悪態をついてきた。だから死ぬ一時間前にもう一度悪さをしたところで、もはやそれ以上悪くも良くもなりますまい。ですから一人聖人の聞こえの高いしっかりした坊様を私のところへお連れください。この辺りで一番立派な方をお頼みします。その先は私にお任せなさい。御心配のあなた方の件も私の件もきちんと片付けてみせるから、万事うまく納まって御両人も御満足なさいましょう」

　二人の兄弟はこの話にあまり期待はしなかったが、それでもともかく修道院へ出向いて、自分たちの家で重態に陥ったイタリア人の金貸の懺悔を聴いてくださる賢くて尊い坊様はおられないかとたずねた。すると身を持する(じ)こと潔く(きよ)尊い年老いた修道士で聖書の教えに精通した尊師(そんし)を紹介された。土地の人は特別の尊崇の念を尊師に抱いているという。尊師はチャッペルレットが病臥している部屋に着くや、その横に腰をおろし、まず優しく声をかけて慰め始めた。ついでこの前に懺悔したのはいつだったかとたずねた。

　その問いに対してかつて懺悔などしたためしのないチャッペルレットはこう答えた、

「神父様、私はふだんは週にすくなくとも一度は懺悔をするのが習いでございました。たいがいはそれ以上でございました。それが病気になって今日で八日目、一度も懺悔に参りませんで、病気には勝てないもので気が重くてなりませぬ」

　すると尊師はこう言った、

「いやなかなか殊勝(しゅしょう)なお心掛け、これから先も左様お続けください。それだけ何度も懺悔されたからには、別にこれ以上お尋ねしたりお聴きしたりすることはあまりございますまい」

　チャッペルレット氏が言った、

「神父様、そうしたことは申さないでくださいまし。私いつも生まれた日から今日の告白の日まで思い出せる罪の数々をすべて懺悔しようと心掛けておりますが、それだけきちんと存分に告白することはありませんでした。それでございますから、私が一度も懺悔したことのない人間のように、細かく、一点一点お尋ねください。病気だからといって手心をお加えなさいませぬように。主は尊き血で私どもの霊魂をあがなってくださいました。この肉体を甘やかして魂の破滅を来たすような真似をするよりは肉体をいためつける方がよほどましでございます」

　こうした言葉は尊師にはまことに結構な覚悟のように思われた。それでチャッペルレットに向かいいつまでもそうした殊勝な心掛けを守るよう懇（ねんご）ろに諭（さと）してから、おもむろに尋ね始めた。色欲（しきよく）の罪を女と犯したことはないか。

　それに対してチャッペルレット氏は嘆息をまじえながら答えた、

「神父様、こうしたことにつきましては本当の事を申し上げてよいかどうかお恥ずかしく存じます。虚栄の罪を犯すことになりはせぬかと思うからでございます」

　それに対し尊師が答えた、

「真実を言うことは、懺悔の際にせよ他の際にせよ、罪にはなりませぬ。きちんとお話しなさい」

　そこでチャッペルレット氏は言った、

「神父様が大丈夫とおっしゃいますから、お話し申し上げます。私は母の体から出てきた時と同じように童貞のままでございます」

「おお、神に祝福されてあれ」

と尊師は言った、

「よいことをなさいました。しかも私ども聖職者やそのほかなんらかの規則で拘束されている人とは違って、お前は道ならぬことも犯そうと思えば犯せる立場にあった。それだけますます立派です」

　そしてその次に尊師は大喰らいの罪で神に対し不敬を働いたことはないかとたずねた。それに対し深々と溜息をつきながらチャッペルレット氏は「はい、何度も」と答えた。それというのも、年に一度四旬節(しじゅんせつ)の際に信心深い人たちは断食(だんじき)するが、自分はそのほかにも毎週少なくとも三日はパンと水だけですませる習慣がある。それで水を飲むのも大酒飲みが葡萄酒を飲むのと同じようにうまそうにごくごく飲んでしまう。とくに長い間お祈りをした後とか長い巡礼をして疲れたとかいう後はそうである。女たちが田舎で野に出て草を摘んでいるとそれが欲しくてたまらなくなったことが何度もある。また信心から断食している身でありながら、こんなにも食べる物がおいしくていいのかと思ったことも何度かある。

　それに対して尊師が答えた、

「息子よ、こうした罪は人間自然なもので、どうというほど重くはない。だからお前が必要以上にこうしたことで良心の咎(とが)め立(だ)てをするには及ばない。どんな聖人様でも長い断食の後では食べ物はうまいし、疲れた後では飲み物はうまいものだ」

「おお」

とチャッペルレット氏は言った、

「慰めにそうしたことはお話しにならないでください。御承知と存じますが、私もよくわかっております。神に仕えるためにする事はすべてきちんと汚(けが)れのない心で行なわねばなりません。それ以外の人は罪を犯しております」

尊師はもう有頂天(うちょうてん)になって言った、

「いや、お前がそのような心づもりで私も満足じゃ。お前の清らで善良な心根(こころね)は喜ばしいかぎりだ。だがちょっと聞くがお前は貪欲(どんよく)の罪を犯したことはないか。たとえば不相応にものを欲しがったり、持っていてはいけないほどものを持っているとか」

それに対してチャッペルレット氏は言った、

「おお神父様、私こうした高利貸どもの家にいても、なにとぞ私をお疑いになりますな。その仕事とはなんの関係もございません。彼らを説教し、叱責し、憎むべき金儲けから手を引かせようとこの家に来たのでございます。もし神さまがこんな風に私をお召しにお訪ねくださらなかったら、私はその仕事をやりとげられたかもしれません。私の父は亡くなった時、御存知でしょうが、私に豊かな資産を残してくれました。私はそのほとんど全てを慈善につかいました。それから自分の生活を支えキリストの友の貧乏人を助けることができるようにと、つつましいが商売もやりました。それで儲けようと思ったのです。そしてキリストの友の貧乏人と私は儲けたものをいつも折半(せっぱん)しました。半分は私の必要に他の半分は連中にくれました。この仕事を神さまは助けてくださいましたから、仕事はいつもいい方へいい方へと進みました」

「いやお前はよくやった」

と尊師は続けた、

「だがまたなんでしばしば怒り散らしたのだ」

「ああ、それは」

とチャッペルレット氏は言った、

「本当にそれはよく怒り散らしました。神さまの戒めも守らず、神罰も恐れず、朝から晩まで卑猥なことをやらかす連中を見ていれば、人間誰が我慢ができますか。若いのが空しい快楽を追い求め、誓言を立てたとみるまに誓言を破り、居酒屋から居酒屋へ梯子はするが、教会へは行こうともしない。神さまの道には従わず現世の道を行こうとする。一日にそうした様を何回も目にすれば生きているより死んだ方がましという気持にもなります」

するると尊師は言った、

「息子よ、お前の怒りはもっともだ。こうなれば私としてもお前に悔悛を強要するわけにはいかん。しかしひょっとしてお前は怒りにまかせて人殺しをしでかすとか、人に悪態をつくとか、無法を働いた、ということはないのか」

それに対してチャッペルレット氏は答えた、

「まあこれは、あなた様は神の僕とお見受けしますが、どうしてまたそのような事を口になさいますか。もし私があなた様が申されたような事のなにか一つでもやらかそうという考えを抱いたとするなら、神さまのお助けをこれほど当てにできたでしょうか。そうしたことはやくざや悪党のしでかすことでございます。そうした連中を見かけるたびに、いつも私は申しました、『さあ、神さまにお縋りして悔い改めるがいい』と」

「では聞くが、息子よ、――なにとぞ神の祝福あれ――お前は誰か他人に対し偽りの証しを立てたことはないか、他人の悪口を言ったことはないか、他人の同意なしにその人の持物を取ったことはないか」

「いや、もちろん」

とチャッペルレット氏は答えた、

「悪口は言いました。家の近所になにかというと奥さんをひっぱたく男がいて、見かねたから、そいつの悪口を奥さんの親にいいつけた。いや気の毒な女で、男は飲み過ぎると、神さま、それはそれは女をひどい目にあわせた」

するとし尊師は言った、

「それはまあ結構だ。お前は商人だったそうだが、商人ならばさぞかし人様を騙したにちがいないが、どうだ」

「ほんとをいうと」

とチャッペルレット氏は答えた、

「実は騙した。しかし誰だったかよくわからない。私が売った布地の代金を私に払ったが、それを受取ったまま箱に入れておいた。一月経って調べたら四枚小銭が余計はいっている。それで男が戻ってきたら返そうと一年間取っておいたが、戻ってこなかった。それで慈善事業に寄付してしまった」

「そんなのは騙したうちにはいらない。お前のしたのは良いことだ」

そしてそれ以外にも尊師はいろいろ聞きただしたが、どれもこれも同じ調子で返答した。それで尊師がいよいよ罪の許し赦免を与えようとした時、チャッペルレット氏が言った、

「実はまだ打明けてお話ししてない罪があります」

尊師はそれはいかなる罪かと問うた。すると言った、

「ある土曜日の午後三時過ぎに使用人に家の掃除をさせました。これは聖なる安息日の日曜に対する礼を失したことでございました」

「ああ、息子よ、それはたいしたことではない」

「いえいえ」

とチャッペルレット氏は言った、

「たいしたことではないなどと申してはなりませぬ。日曜日はいくら敬意を表しても表し過ぎることはございません。この日に我らの主は死から蘇り給いました」

尊師はそこで言った、

「でそれ以外に何かしでかしたか」

「はい」

とチャッペルレット氏は答えた、

「私は一度迂闊にも教会の中で唾を吐きました」

尊師は微笑して言った、

「息子よ、これは気にすることではない。私ども聖職者も一日中唾を吐いている」

するとチャッペルレット氏は言った、

「それはまことにけしからぬことでございます。世の中で教会ほど清潔にしておかねばならぬ場所はほかにございませぬ。この聖なる殿堂で神への犠牲は捧げられるのでございます」

要するにこうした事についてチャッペルレット氏はいろいろと言った。そして最後に溜息をつきその後で激しく泣き出した。チャッペルレット氏は泣きたい時には泣け、泣き止みたい時には泣き止むことのできる人だった。

「息子よ、どうしました」

と尊師が言った。チャッペルレット氏が答えた、

「ああ、尊師さま、まだ罪が一つ残っております。この罪を告白したことはございませんん。あまりにも恥ずかしくて口にすることもできませぬ。それを思い出すと、涙がこのように溢れるのでございます。このような罪に対しては神さまはけっして私をお赦しにはなりますすまい」

するとと尊師が言った、

「なにを申す。息子よ、人々すべてによってかつて犯された罪のすべてであろうとも、またこれから先この世が続くかぎり、人々すべてによって犯されるであろう罪のすべてがたとい一人の人の中にあろうとも、その人がいまのお前のように前非を悔いて改悛するなら、神様は寛大でお慈悲は限りないから、もし告白し神様に懺悔するなら、神様は鷹揚に赦してくださる。それだから心配せずにお言いなさい」

するとチャッペルレット氏は激しく泣きながら言った、

「おお、神父様、私の罪はあまりにも大き過ぎて、もしもあなた様がお祈りしてくださらなければ、私が神さまから赦されるなどとはゆめゆめ信じることは出来ませぬ」

それに対して尊師が答えた、

「約束だ、お前のために神様に祈って進ぜるから、心置きなく言うがよい」

チャッペルレット氏は泣くばかりでなにも言わない。尊師は慰め励ましてなにか言わせようとする。チャッペルレット氏は泣きながら尊師を長い間やきもきさせて、最後に溜息をついて言った、

「神父様、あなた様が私のためにお祈りを捧げてくださるとお約束になりましたから申しあげます。私は小さな時に、一度母親を罵りました」

こう言って、また激しく泣き出した。

尊師がいう、

「息子よ、お前にはそれが大罪のように思えるのか。人間どもは一日中神様を罵っている。それでも主はたとい悪態をついた者でも後悔すれば進んでお赦しになる。お前は神様がこうしたことでお前を赦さないとでも思っているのか。泣くな。元気を出せ。たといお前が主を十字架にかけた一人だったとしても、いまのお前のように前非を悔いるなら、主はお前をお赦しになるでしょう」

するとチャッペルレット氏は言った、

「ああ、神父様、何をおっしゃいますか。私の優しいおっ母さんは、九ヵ月の間昼も夜も私を胎内ではぐくみ、生まれてからも何百回も私を抱きかかえてくれました。そのおっ母さんを罵った。これはあんまり悪がひどすぎます。度を越した大罪です。もしあなた様がお祈りしてくださらないなら、この罪が赦されることはないでしょう」

尊師はこれ以上チャッペルレット氏が言うべきことはもはやなにも残っていないと見てとると、これは世にも稀なる聖人であると思い、赦免を与え、祝福を授けた。なにしろチャッペルレット氏が言ったことはすべて事実だと信じたからである。人間死に瀕してこうしたことを話すのを聞いたら、誰が信ぜずにいられようか。

それがすべて済んだところで尊師は言った、

「チャッペルレットさん、神様のお助けであなたはじきにお治りになるでしょう。しかし万一神様があなたの祝福された殊勝な魂を御自分のもとへお呼び寄せになるようなことがあるなら、あなたのお体を私どもの処に葬るというのはいかがでございますか」

それに対してチャッペルレット氏は答えた、

「願ったり叶ったりでございます。よそに葬られることは望みませぬ。それと申すのもあなた様が私のために祈ってくださるとお約束されたからでございます。それは別といたしましても、あなた様の教団に対しまして私はずっと特別の信心を捧げてまいりました。それでございますからお願いでございます、あなた様の処にお戻りになりましたら、毎朝祭壇の上で聖別されますキリストの御聖体を私のところへお届けくださいませ。私がそれに値しない人間であることは重々承知しておりますが、あなた様のお赦しを得て、御聖体を拝領したく存じます。その後に最後の塗油（とゆ）の秘蹟（ひせき）をお授けくださいませ。そういたしましたら、いままでは罪深い者ではございましたが、死ぬ時だけはキリスト者として死にとうございます」

　尊師は殊勝な願いでまことに結構なお話だ、いますぐ御聖体をとりよせる、と言い、その通りにした。

　二人の高利貸の兄弟は、チャッペルレット氏が自分たちを騙すのではないかと眉に唾つけていた。それでチャッペルレット氏が病臥している部屋と隣の部屋の間仕切（まじきり）となっている板壁に身を寄せた。するとチャッペルレット氏が尊師に話す言葉が筒抜けに聞こえた。チャッペルレットがしでかしたと懺悔する事の数々を聞いて二人ともおかしくて笑い出しそうになったことが何度もあったが、かろうじて吹き出すことは抑えた。そして二人は互いに囁（ささや）いた、

「この野郎はこれは何という男だね。年が老いても、病気になっても、もうまもなく御臨終だというのに死の恐れも、神様の恐れも平気の平左だ。神様の御前に引き出されてまもなく裁かれるというのにこ奴の悪さに変わりは全然ない。いままで生きてきたと同じ調子で死のうとしてやがる」

しかし教会で葬られたいと話すのを聞いて、二人は安心してそれ以外のことはもう気にしなくなった。

チャッペルレット氏はその直後に聖体を拝受した。その後具合は救いようもなく悪くなり、最終の塗油を受け、殊勝に懺悔をすませたその同じ日、夕べの祈りの時刻の少し後に、亡くなった。そこで二人の兄弟は故人の金を持ち出して、チャッペルレット氏がきちんと埋葬されるようしかるべく手配した。そして僧院の修道士たちのところにお願いした。故人の意志だとしてその夜は世の仕来りの通り御通夜に来て御聖歌を唱えてもらいたい、そして翌朝は遺骸を運んで行ってもらいたい、と依頼したのである。

チャッペルレットの懺悔を聴聞した尊師はチャッペルレット氏が亡くなったと聞いて、僧院の院長と相談した。そして鐘を鳴らさせて寺の修道士をみな講堂に集めた。そして一同に向かい、自分が懺悔を聴聞した事から判断するとチャッペルレット氏は聖人さまであった、この人については主は数々の奇跡をお示しになるであろう、それだから修道士たちはみな最大の敬意と信心をこめてチャッペルレット氏の御遺骸を受取らねばならない、と説得した。こうしたことについて修道院長もお人好しの修道士たちもごもっともと同意した。それで夕方、一同揃ってチャッペルレット氏の遺骸が横たわる部屋に行き、盛大で厳粛な通夜をした。そして朝になると、一同ミサ用の白い麻の服とマントをまとい、手には祈禱書を持ち、十字架を先頭に掲げ、御聖歌を唱えつつ、遺骸を受取りに来、いかにも厳粛にたいへん盛大にそれを教会へ運んだ。すると町の住民たちもほとんど全員が、男も女も、その行列に随った。

教会に到着して遺骸を安置するや、チャッペルレット氏の懺悔を聴いた尊師は説教壇に登り、故人についてその生涯、その断食、その童貞、その質朴、その無垢、その聖人にふさわしい態度など数々の驚嘆すべき事柄を説教し始めた。中でもチャッペルレットが自分が犯した最大の罪と思い込んで涙して告白したことなども語り、尊師はチャッペルレットに神様はそのような罪は必ず赦してくださると言って聞かせたが、納得させるのが大変だった、という話もした。そしてそこで話頭を転じて話に耳を傾ける聴衆を叱責して言った、

「それにしてもお前たちは呪われた者どもである。ほんの取るにも足らぬことで神を罵り、聖母様を罵り、天堂にましまず聖人様を片端から罵る。お前たちは嘆くべき者どもである」

そしてこれ以外にもチャッペルレット氏が人に仕えて二心がなく、清らかであることについて滔々と弁じた。要するに田舎の人は尊師の言葉を頭から信じきっていたので、頭も心も信心で燃えたぎり、法事のお勤めがすむと、人々は遺骸のまわりに一斉にどっ

と詰めかけた。チャッペルレット氏の手にも足にも接吻し、着ていた服はみな引き剝がされ、その着物の小さな一片なりとも手に入れることのできた人は有難い仕合せと歓喜した。そして丸一日遺体はそのままそこに安置して、拝みに来たい人は誰でも来て拝めるようにした。そしてその日の夜に大理石の墓に納められ、礼拝堂に立派に礼を尽くして葬られた。その翌日からというもの、人々がお詣りに来て蠟燭に火をともして故人に崇敬の念を示し始めた。お慈悲を得ようと願を立てる者もいる。そして願を立てた印として蠟製のお像を掛ける者もいれば絵馬を掛ける者もいる。チャッペルレット氏の聖人の聞こえはいよいよ高く世間の信心も増して、不慮の災害に遭遇した人は、ほかの聖人様でなく必ずチャッペルレット様にお願い事をするようになった。そして聖チャッペルレット様と呼ぶようになった。その呼び方は今も続いている。なんでも信心深くチャッペルレット様にお願いする人には、神様はチャッペルレット様を通して多くの奇跡をいつも示してくださったとのことである。

このようにプラートのチャッペルレット氏は生きかつ死にました。そして皆さんお聞きの通り聖人となりました。私は彼が神様の御前で福者の境涯を楽しんでいるという可能性を否定しようとは思いません。それというのも奴の生涯はやくざで悪意に満ち満ちていましたが、奴は末期の席で前非をものの見事に悔いたからです。それで神はチャッペルレットを憐れみ給い、その王国に受入れてくださいました。しかしこの件については外見的な証拠から推理すれば、奴は天国にいるというより悪魔に捕まって地獄で破滅の苦しみに遭っているというべきではないでしょうか。ただしもしかりにそうであるとしても、神の大いなる善意は、私たちの過ちには目をつむり、もっぱら信心の清らかさにお目をおとめになりました。神の敵である者を私たちのためにとりなす友とし、その男が真の聖人であるかのごとくに神の恩寵の取次ぎ役として私どもの願い事を聴いてくださいました。おかげさまで今日このペスト流行の逆境の最中でも私たちはここで愉快な仲間と集(つど)って健康で元気溌剌(はつらつ)に過ごしております。ひとえに神様の善意のおかげでございます。その御名を讃えることでこの話も始めました。主を崇め奉り、何事につけ主にお縋りし、私どもの願いの叶うことを信じましょう。——

こう言ってここでパンフィロは黙った。

＊1　イタリア語ではBonifazio、すなわち法王ボニファチオ八世、ラテン語ではボニファキウス八世。在位期間は一二九四‐一三〇三年。詳しくは第六日第二話の註1を参照。この作中の十三世紀末から十四世紀初めまでの時はダンテ（一二六五‐一三二一）がフィレンツェで政治家として活動していた時期である。

＊2　原文は四デナーロ。カロリング朝の貨幣制度では一リラは二〇ソルド、一ソルドは一二デナーロ（デナーロはピッコロとも呼ばれた。それでここでは小銭と訳した）であった。一二五二年にフィレンツェでフィオリーノが鋳造(ちゅうぞう)された時にリラとフィオリーノは等価とされた。そのフィオリーノは一面にはフィレンツェの国花である百合が他の一面には洗礼者ヨハネの像が刻まれていた。しかしその後小額貨幣の価値下落が始まった。一フィオリーノは一三〇〇年には四六ソルド、一三一八

年には六八ソルドであったという。なお第九日第三話の註2にも貨幣についての説明を補足してある。

第一日第二話

キリスト教に改宗するようジャノー・ディ・シュヴィニーに懇ろに説諭されたユダヤ人アブラハムはローマの都へ行く。そこで僧侶たちの邪まな生活を目のあたりにしたアブラハムはパリへ戻るやいわれた通りにキリスト教に改宗する。〔ネイーフィレが物語る〕

パンフィロの話は時々ご婦人方の笑いを呼び、皆は彼のこの話に御満足の様子でした。熱心にお聞きでしたが、話が終わるや、パンフィロの隣席のネイーフィレが女王から話をするよう指名されました。座は盛り上がっています。さらに座興を添えるようにとのお達しです。ネイーフィレは挙措は端正、容貌は美しい女性ですが、「お話し申しあげます」と喜んで引き受けました。そしてこんな風に話し始めました。

パンフィロは神様がご好意からわたしども人間の過ちを――その過ちが起きたわけをわたしたちが知らない場合には――大目に見てくださることを今のお話で説き明かしてくれました。その同じ神様のご好意がどれほどなものかわたしからお話しいたそうと存じます。世間には欠点の多い人がいます。神様はそれを辛抱強く我慢しておられます。そうした人々は何かするなり話すなりして神様のご好意のほどをきちんと証言せねばならぬはずですが、たといその逆さをする者がおろうとも、神様はそのご好意についてまごうことない証しを世に示しておられます。それですからわたしどもの確信はいよいよゆるぎないものとなるのでございます。では麗しいご婦人の皆さま、わたしが聞きました話を申し上げます。

　パリに昔ジャノー・ディ・シュヴィニーという布を扱う大商人がいた。善良で廉直でおよそ裏表がなかった。この人はユダヤ人のたいへんなお金持でアブラハムという男と深い友情で結ばれていた。このアブラハムも同様に正直で真っ直ぐな男であった。その真っ直ぐで正直な性質を見てジャノーはこんな立派な賢い善良な男が、キリスト教信仰に欠けるために地獄落ちを免れぬかと思うといたたまれなくなり、ユダヤ教の錯誤を棄ててキリスト教の真理につくよう懇々と諭し始めた。キリスト教が聖なる良き教えで、日々栄え、信者の数も増しているのは御覧の通りだ。それに反してユダヤ教は日々衰え数も減少しているのは御承知の通りだ。

　ユダヤ人のアブラハムはそれに対して答えた。ユダヤ教のほかにどの宗教も聖なるものとも良きものとも思えない。自分はユダヤ教の中で生まれ、その中で生きかつ死ぬつもりだ。自分をそこからよそへ移せるようなものがあろうとも思えない。だがジャノーはくじけない。数日たつと、また同じような話を始める。いかにも商人らしい無骨な言葉遣いで、キリスト教の方がユダヤ教より優れている所以を説き出した。アブラハムは学がありユダヤ教の教義に精通している。しかしジャノーに対する友情に動かされたのか、それとも聖霊が無学のジャノーの舌にのせた言葉に動かされたのか、アブラハムはジャノーの話に耳を傾けるようになった。といっても頑固に自分の信仰にこだわって改宗の兆しなどまったくなかった。

アブラハムが頑なであればあるほどジャノーは口説いて止まない。それでアブラハムも根負けして言った、「お前さんは私にキリスト教徒になれという。よし、それならジャノー、なりましょう。ただしそれにはまずローマへ行って、お前さんが地上における神の代理人という人をとくと観察し、どんな生活を送っているか、またその法王だけでなく仲間の枢機卿の暮らしぶりもとくと拝見しましょう。その振舞がお前さんの言う通りで、お前さんがいろいろ説いたように、キリスト教の方がユダヤ教よりましならば、約束通りキリスト教になりましょう。ただしもしそうでないなら、今までの通り、ユダヤ教のままでいます」

ジャノーはこれを聞いて「ああ、しまった、駄目だ」と内心でがっかりした。「上首尾にいった、アブラハムを改宗させたと思ったが、折角の苦心も水の泡だ。ローマの都へ行けば坊主どもの無軌道で低劣な暮らしぶりを目のあたりにするだろう。そうなればユダヤ教からキリスト教へ改宗するどころか、たといすでにキリスト教徒になっていたとしても間違いなく必ずやユダヤ教徒に戻るに相違ない」

それでアブラハムの方を向くと、「いやはや、またなんで面倒なことをするのです？ここからローマまで行くとすれば金はかかる。しかも海で行くにせよ陸で行くにせよ、あなたのようなお金持は狙われて物騒千万ですよ。しかも当地にもあなたに洗礼を授けてくれる人はいるはずですよ。私が述べた信仰について疑問をお持ちなら、その点について質問に答えて説明してくれるような大学者や大先生がこれほどおられる土地はパリをおいてほかにはありません。だから私が見るところではあなたのローマ行きは無駄で余計でしょう。坊様たちは当地でも見ることができますし、しかもローマ在の坊様は法王様のお膝元にいるだけにさらに優れていらっしゃいます。ローマ行きはまたの機会に私も多分お伴するから一緒に巡礼に参りましょう」

それに対してユダヤ人のアブラハムはジャノーに答えた、

「あなたのお説の通りとは思いますが、一言でいうと、あなたの熱心なご説得に応じるためには、その前にどうしてもローマへ行かなければならない。さもなければ改宗もなにもする気はまったくありません」

ジャノーは相手の意志の固さを見てとって、「それなら行ってらっしゃい」と叫んだ。しかし内心では、もしローマの都を一旦見たらアブラハムがキリスト教徒になることはもはや絶対あるまいと思った。しかし改宗しなくとも元のままで損になるわけでもないから、無理に引き留めることはしなかった。

アブラハムは馬に乗り、ローマの都へ急行した。到着するや同信のユダヤ人たちから鄭重な出迎えを受けた。そして誰にもローマへ来た理由は告げずに注意深く法王や枢機卿やその他の聖職者や宮仕えの者どもの振舞を観察し始めた。なにしろ目先の利くさとい男だから本人もいろいろ気づくし、他人もいろいろ教えてくれる。それで上に立つ人から下々の小役人や小僧にいたるまで皆ことごとく許されぬやり方で色欲の罪に耽っていることを発見した。女を相手とするばかりか男も相手にする。恥も外聞も気にしない。それだから法王庁ではなにか大事な事をお願いする場合に、そうした女たちや若い男たちが大層な口利きの力を持っている。そればかりではない。好色の次には誰も彼も大喰らい、大酒呑み、へべれけに酔っ払った連中で、獣のごとく口腹の欲の奴隷と化していることが見え見えだ。さらに吟味すると誰も彼もが貪欲で金を溜め込んでいる。それだからキリスト教徒の血であろうと人様の血であろうと、聖なるものであろうと俗なるものであろうと、彼らは金目当てに売りもすれば買いもする。その取引たるやパリの布問屋の取引はおろかパリのあらゆる商売の仲買人の取引をあわせた以上のもので、聖職売買であるのは明白なのに「御用達」、暴飲暴食は「厚生慰安」などと呼んで、まるで神様がこうした言葉の意味はともかく悪者どもがこうした言葉を用いる意向を御存知なくて、世間の人様と同様、そうしたことにつけられた名前に騙されていられるかのようだった。

こうした事やその他ここでは述べないほかのいろいろな事はユダヤ人アブラハムにと

ってこの上なく不快であった。アブラハムは節度を守る、つつましい男だったからである。自分はもう十分見たと思い、パリへ戻ると言い出し、実際旅立った。

アブラハムが帰って来たと知ったジャノーは、相手がキリスト教に改宗することだけはあるまいと思っていた。会いに来て、再会を大いに祝した。相手が数日間休息したのを見はからって、ジャノーはアブラハムに法王様、枢機卿様、その他宮仕えしている人々の印象を問うた。

アブラハムは即座に答えた、「いやはやなんという連中でしょう。良いことは何一つもありません。神様からも何一つ良いことは期待できない連中です。こういうことが言えるのは、よくよく考えてみましたが、坊様たちの中に、聖人様の面影はおろか、信心も、善行も、慈悲の模範もひとかけらも見なかったからです。見えたのは色好み、貪欲、大喰らい、欺瞞、妬み嫉み、傲慢、等々、いやはや人間の中にこれほどの悪があるかと思えるような悪ばかり。その悪徳がいまを盛りという様でしたから、これはもう神様のお家でなくて、悪魔の巣窟に落ち込んだかと思いました。私が判断するところ、あなたの法王はじめその手下の人たちは、キリスト教の基礎であり支えであるべきはずだが、キリスト教を潰してこの世からキリスト教を追放しようとひたすら励んでいます。ところが私の見るところ、そのような精励努力にもかかわらずその目的は達成されず、キリスト教の光明はあまねく、その教えはいよいよ栄えています。私はそれでこう判断しました。キリスト教の聖霊は他のいかなる宗教よりも真実であって聖なる信仰の基礎となりまた支えとなっている。私は以前あなたのお勧めにもかかわらず、頑固にかたくなに改宗を拒みました。いまでははっきりと公言いたします。なにがあろうともキリスト教に改宗いたします。教会へ御一緒に参りましょう。そこであなたの聖なる信仰の仕来り（しきたり）に従って私に洗礼を授けてくださいませ」

ジャノーはこれとは逆の結論に達するものと思っていたものだから、この上なく喜んだ。二人は一緒にパリのノートル・ダム寺へ行き、アブラハムに洗礼を施すよう僧侶たちに願い出た。僧侶たちはアブラハムが自発的に申し出たと聞いて、急いで洗礼を施した。ジャノーはアブラハムが洗礼を受ける際代父（だいふ）をつとめ、ジャンという名前を与えた。それから学識のある人々に託してキリスト教信仰の教理をすっかり教え込ませた。たちまち習得したジャンは良き有徳の人として余生を過ごしたとのことである。

第一日第三話

ユダヤ人メルキゼデックは、サラディンが自分に仕掛けた、答えようによってては財産を没収されかねない質問に対し、三つの指環（ゆびわ）の物語を語ることで、たくみに難を免れる。〔フィロメーナが物語る〕

列席の皆さん全員から褒め言葉をいただいて、ネイーフィレは口を閉じました。女王さまがフィロメーナを指名したので、今度は彼女が語り始めました。

ネイーフィレが物語ったお話はもう一人のユダヤ人の身の上に起きたはらはらする事件のことを思い出させます。わたくしどものキリスト教信仰の真理や神様についてはもう十分にお話がございましたから、これからはわたくしたち人間の事件や人間の振舞についてお話ししても、ご異存はありますまい。わたくしがこれからお話しすることをお聞きになりますと、皆さまは思いもかけぬ質問に返事をなさる時も以前より注意深くお答えになられるようになりましょう。

恋心多きお仲間の皆さま、愚（おろ）かな事をしでかすとしばしば幸せな状態からたいへん惨（みじ）

めなさまに落ち込むものでございます。それと同様、気が利けばたいへんな危険から人々を賢明にも救い出し平和で安寧(あんねい)な境涯(きょうがい)に導いてくれもいたします。愚かさが良き状態から悲惨へ人を導くことがあることは皆さま毎日その例を目にしておられます。そうした例は多過ぎますからいまはお話しいたしません。そうでなくて分別が救いの種となるということを手短かにお話し申しましょう。

サラディン*1はもと無名の男だったが、その豪勇でバビロニアの君主サルタンとなったばかりか、サラセンの王やキリスト教国の王を次々と打ち破って赫々(かくかく)たる武功をたてた。しかし多くの戦いと豪勢な生活で自分の財力をことごとく使い果たしてしまった。その時、事件が持ち上がり結構な金額が必要となった。さてどこからその金を急いで取立てることができるか、見当がつかない。その時大金持のユダヤ人でメルキゼデックという大商人がいることを思い出した。この男はアレクサンドリアの町で高利貸を営んでいる。この男が承知してくれるなら、埒(らち)が明く。これは役に立つとは思ったが、なにしろ欲得づくの商人だから、自分から御用立てしようとはとても言い出しそうにない。さればといって力づくで取立てることはしたくない。しかし必要に迫られてどうかしてメルキゼデックを自分の役に立てようと思い、もっともらしい口実をつけて男に迫ることとした。

宮中にユダヤ人を呼び出すと、親しげに出迎え、自分の脇に座らせ、こう切り出した、

「何人もの人から聞きましたが、貴君はたいへん賢くて神様の事にかけて深い知識をお

持ちとのこと。それで是非貴君にうかがいたい。ユダヤ教、イスラム教、キリスト教の三つの法の中で貴君はどれを一番真実の法とお考えになりますか」

　メルキゼデックはまことに賢い男であったから、さてはサラディンは自分が迂闊な答えをしたら言葉尻を捉えて自分を引っ掛けるつもりだなとすぐに見てとった。そして三つの宗教のどれか一つをとくに褒めてはならぬぞ、一つを貶めて一つを褒めたら相手の思う壺に嵌まってしまうぞと考えた。それで揚げ足を取られぬようにと頭を鋭く働かせ、次のような言分を考えた。

「陛下のご質問はまことに結構なお尋ねでございます。それについて私が思いますことを述べますために、ひとつお話を申しますからお聞きください――記憶に誤りがなければ、何度も耳にしましたが、昔大金持がいた。家宝としていろいろ大切な宝石を持っていたが、一つ立派な、きわだって美しい指環があった。これだけは美しさといい格別の宝である。永久に我が家の子孫に家宝として伝えたいと思い、自分の息子たちの中で自分からこの指環を遺贈された者が自分の後継者として家を継ぎ、他の者はその息子を家長と目して尊敬し服従せねばならぬという家憲を定めた。そしてその息子から指環を遺贈された者も子孫たちに対して先代が自分に対してなしたと同様の掟を守った。それでこの指環は何代もの間次々と伝わった。こうして家宝はある子孫の手に伝わった。その男には三人息子がいたが、揃いも揃って美しく優しく賢い息子である。それだから男は三人の息子をひとしく愛した。息子たちは指環にまつわる家の掟を承知していたから、みな自分こそその名誉にあずかりたいと思い、それぞれ父親に言葉たくみに願い出た。「父上はもうお年ですが、どうか家宝の指環は自分に遺してくださいませ」と懇願したのである。父親はなかなかしっかり者で、息子たちを依怙贔屓せず全員ひとしく愛したが、さて自分でも三人の誰を跡取りにしたらよいかわからない。それでせがまれてどの子にも「お前に指環を譲る」と約束してしまった。それで息子たちみんなを喜ばせようと思い、ひそかに名工を呼んでそっくりの指環を二つ作らせた。それが見事な出来映えで、拵えさせた本人も区別がつかなくなったほどである。死期が近づくと父親は息子の一人一人に指環を与えた。父の死後、自分こそが父の名誉ある遺産相続人だと三人とも名乗り出た。互いに相手の言分を斥け、その証拠として自分は指環を嵌めている、これが証拠だと言い張った。しかしその三つの指環がいかにも似たり寄ったりなので、どれが本物だかわからない。それで裁判沙汰となり、その訴訟騒ぎはいまなお続いているという」

――「陛下」とユダヤ商人は話を続けた。「先刻ご下問がありました父なる神から三つの民に授けられた三つの法についても同様にお答えしたく存じます。みな自分こそが父なる神の正当な相続人であると思っております。自分こそが真の法の所有者、自分こそが真の戒律を神から直接授かったものと思い込んでおります。しかし三者の誰が本当に授かったのか、それは指環の場合と同様、いまだに解決されていないのでございます」

サラディンは自分が相手の足もとに仕掛けた罠をメルキゼデックがものの見事に躱したことを見てとった。そこで率直に自分が必要としているものについて打明けた。そして自分に御用達をしてくれるか否かを尋ねた。そしてそう言いながら、相手がかくも賢明に返答しなかった場合には自分が何をしようとしていたかその心中で考えていたことをも明らかにした。ユダヤ商人は義俠心をおこしてサラディンの要求する莫大な額に鷹揚に応じた。サラディンも後にその全額を返済したばかりか、多くの贈物を与えた。そしてメルキゼデックを引き立てて宮中では自分の身近の名誉ある地位に座らせ、以後友人として常に大切に遇したとのことである。

＊1　サラディン（一一三八－一一九三）はここでは固有名詞扱いをされているが、サルタンと同義語で、イスラム教国の君主の謂いである。ボッカッチョらによってバビロニアと呼ばれたカイロのイスラム教国の君主サルタンであった。キリスト教勢力からエルサレムを一一八七年に奪回した。西洋中世の文学や民衆のファンタジーの中で不思議なほど人気のある存在で、ダンテも『神曲』地獄篇第四歌一二九行でサラディンを高貴な城に位置させている。「解説」（中巻）の第五章「寛容の主張」を参照。

第一日第四話

ルニジャーナのベネディクト会の僧院で、厳罰に値する、女と交合(こうごう)する罪に落ちた修道士が、修道院長が犯した、自分と同じ罪を巧みに難詰(なんきつ)することで、ものの見事に厳罰を免れる。〔ディオネーオが物語る〕

フィロメーナが物語を語り終えて口を閉ざした時、その隣に座っていたディオネーオは、女王さまからの指図を別に待たず、これまで通り席順に従って自分の番と思い、次のように話し出しました。

恋心多きご婦人の皆さま、皆さま方のご意向を私が正しく理解したとしますと、本席では話をしながら気晴らしをして楽しむというのが私たちの狙いにかなうことかと思います。ですから、先刻女王さまもいわれましたが、その方針にそむかぬ限りは、私たちは自分にとってこれぞと思う面白いお話をすることが許されるのだと思います。ジャノー・ディ・シュヴィニーの忠告のおかげでアブラハムは魂を救われた。分別があったおかげでメルキゼデックはサラディンの罠(わな)にかからず自分の財産を守ることができた。それで私はごく手短かにある坊様がいかなる機転（きてん）を利かすことで厳罰からわが身を救ったか御説明いたしましょう。なにとぞ皆さま方のお咎（とが）めを蒙（こうむ）らずに話をしたいと思います。

　ここからほど遠くないルニジャーナに僧院があった。今日（こんにち）よりも坊様の数も多く霊場（れいじょう）として名が知られていた。大勢いた中に若い坊様が一人いた。その若い修道士の颯爽（さっそう）とした精気やはやる血気は、断食（だんじき）しようが徹夜でお勤めをしようが、減（げん）ずることはまったくなかった。それがある日の昼日中、ほかの坊様がみな昼寝をしている時、教会の外へ出てぐるりを散歩に出た。修道院は人里はなれた場所にある。その時一人娘が目にはいった。なかなかきれいで、このあたりの百姓の誰かの娘らしい。それが原っぱで草を摘んでいた。今まで見たこともない娘だが、むらむらと欲望が身内に燃えた。近づくと言葉をかけた。そして話がはずむにつれて、二人はむつまじくうちとけ、若い坊様は娘の手を引いて自分の僧房に引き返した。ほかの修道僧は誰も気がつかない。

　そうなるともう無我夢中で、娘と欲望のおもむくままに戯れた。床も蹴る。声も立てる。するとその時、昼寝から起き出した修道院長が、その僧房の前を通りかかって、二人が立てる物音やら嬌声（きょうせい）やらを聞きつけた。誰の声かとそっと抜き足で僧房の戸口に近づいた。聞き耳を立てるとあきらかに女の声もする。がばっと戸口を開けてしまいたい気持にかられたが、しかし別に対処する方法もあると考えて一旦自分の部屋に戻り、若い僧が自分の僧房から出てくるのを待ち構えることにした。若い僧は娘と快楽にひたり恍惚として我を忘れていたが、それでもさすがに警戒心は働いていたから、僧院の共同寝所の方で足音がしたような気がして節穴から外を覗いた。なんと修道院長が聞き耳を立てている姿が見える。この僧房に若い女を連れ込んだのがばれたことはもう間違いない。これは厳罰を喰らうぞ。そうわかった途端、心が重くなった。しかしそうした不安は表に出さず、頭の中ですばやくいろいろ思いめぐらして、この窮地から脱する道はないかと思案した。一計が浮かんだので、もうすっかり堪能したという振りをして女に言った、

「おまえが人に見られずここから出られるよう策を講じてくるから、おとなしく物音を立てずにここでじっとしていてくれ。じきに帰ってくるから」

　そして外へ出ると僧房に鍵を掛け、まっすぐに修道院長の部屋へ行った。そして外出する時は修道僧の皆がするように鍵を修道院長に渡し、落着いた顔で言った、

「院長様、私は今朝、必要な薪をすべて運んでくることができませんでした。もしお許しがあれば今から森へ行って残りを運んで来ようと思います」

　院長は、相手が自分に察知されたことに気づいていないと思い、これでこの若者が犯した過ちのほどをしっかり調べ上げることができると思って、この思いもかけぬ申し出を奇貨とし、喜んで鍵を預かると、森へ行く許しを即座に出した。そして若い僧が行ってしまうのを見るや、まず何からやるべきかを考えた。修道僧を全員集合させてその目の前で僧房の戸を開けひろげて、若い僧の落度のほどを皆にしかと見せつける。そうす

れば自分が若造を厳罰に処しても誰もぶつぶつ苦情はいうまい。それとも女から二人で何をどうやったか、その一部始終を聞き質すとしようか。もしかすると女はしかるべき御婦人かあるいはしかるべき男の令嬢かもしれない。そうなれば修道僧全員の前に恥をさらさせてはまずかろう。それでまず女が誰か自分で確かめてそれからどうするか決めることとした。そっと僧房に近づき、戸を開けると中にはいりこみ、戸口をまた鍵で閉めた。娘は修道院長が入ってきたのを見てすっかり動顛し、これは衆人環視の中で恥さらしの目に遭うと思って怯えて泣き出した。

院長様はその背に目を注ぎ、女が美しくてぴちぴちしている様に、にわかに激しい欲情を覚えた。年は取っていたが、むらむらと湧いた身内の熱気の激しさは若い僧が覚えた興奮に劣らない。そして内心でこう言い出した、

「うむ、このような絶好の機会になんで自分が快楽を味わってはいけないのか。不快とか面倒とかはいつでも手にはいるが、こればかりはそうはいかない。これは若くて美人だ。それがここにいることを知る者はどこにもいない。口説いて相手がなびくなら、遠慮することはない。誰にわかろうか。誰一人わかるまい。世間にわからぬ罪はすでに半ば許された罪だ。こうした機会は二度と来るまい。神様が据えてくれたお膳を頂かないのはかえって罰当りだ」

こういってなんのためにここに来たか、当初の目的はそこのけにして、娘に寄り添いおだやかに慰め始めた。そして泣くのでないと諭した。そして話が進むにつれて、つい

に自分の望みを打明けた。娘とても木石や鉄や金剛石でできた女ではないから、じきに院長に靡いてその欲望に応じた。院長は幾度も幾度も女を抱き、女に口づけし、若い僧の寝台に上がって、自分の品位の厳粛な重さに気をつかったのか、それとも女の柔らかな若さや年に配慮したのか、女の胸の上に乗らず、女を自分の胸の上に乗せ、長い時間をかけて、女をあやすようにして楽しんだ。

若い僧は森に出かけたふりをしたが、共同寝所の中に隠れていた。修道院長が一人で自分の僧房にはいるのを見とどけたので、自分の目論見はすっかり当ったと確信した。内から鍵が掛けられた時は成功間違いなしとさらに確信した。それで隠れ家から外へ出ると、そっと自分の僧房に近づいて例の節穴のところへ行き、そこから修道院長のすること、いうことをすっかり見聞きした。女と十分に時間を過ごしたと思えた時、修道院長は女をそのまま僧房の中に閉じ込め、自分は部屋に戻った。しばらくして若い僧の声がする。森から戻ってきたと思い、厳重に叱責して牢に入れようとした。捕まえた獲物は自分で独り占めにしようという下心であった。若い僧を呼びつけ、怖い顔をしていとも厳粛に叱責し、牢に入れるよう部下に命じた。

若い僧はすかさず答えた、

「院長様、私はベネディクト会に入りましてまだ日が浅うございます。それで会の規則の細部までまだ覚えきっておりません。修道士は断食とか夜を通してのお勤めを何よりも上にすべきことは存じていましたが、女を上にするということは存じませんでした。

しかしいま習いましたので、もしこのことでお許しが得られますなら、これから先は二度と過ちはいたしません。あなた様がなされたのを見た通りにこれからはいたします」

修道院長は、頭の切れる男だったから、この若い僧がはしこくて自分よりも抜目のない男で、自分の所業を見聞きしたと悟った。それで自分が犯した罪を悔い、自分も彼と同様に値する刑罰を彼のみに加えようとしたことを恥じた。それで彼を許し、彼に見聞きしたことを一切口外せぬよう誓わせると、娘を誰の目にもつかぬようにそっと外に出した。しかしその後も二人は女を何度も修道院にまた呼び戻したに相違ないとのことである。

第一日第五話

モンフェッラート侯爵夫人は牝鶏(めんどり)の料理としとやかな言葉でフランス国王の道に外れた恋心をたしなめる。〔フィアンメッタが物語る〕

ディオネーオが語る話を耳にしてご婦人方ははじめは心中いかにも恥ずかしく、いかにもばつの悪そうな様子で、顔が思わず赤らんでしまいました。しかしこっそりと上目(うわめ)使(づか)いをしてお互い眺めると、誰も彼も吹き出しそうな様子です。それを辛うじて堪(こら)えて、顔をほころばせて皆さんしまいまで耳を傾けました。しかし話が終わるやご婦人方は優しい言葉をかけてディオネーオをたしなめました。こうした話は女性たちの間ではしてはいけないというのでした。さてそこで女王はディオネーオの隣に座っているフィアンメッタの方を向き「順番だからお話しなさい」と命じました。彼女はいそいそと嬉しそうな表情で語り始めました。

お話楽しくて興が湧いてまいります。すばやい巧みな応答がいかに力となるものかはっきりいたしました。また男はとかく智恵を働かせて自分より生まれや育ちが上の女に言い寄るものですが、女はよくよく気をつけて自分より身分が上の男から言い寄られるのを上手に躱すべきだと思います。では美しいご婦人の皆さま、わたしがお話しする番ですので、考えました。さる高貴なご夫人がどのようにどんな事とどんな言葉で危ない目から身を守って相手を遠ざけたか、その次第をお話しいたしましょう。

高貴な騎士で教会の旗手であるモンフェルラート侯爵は多数の軍勢とともに十字軍に参加して海のかなたへ渡った。フランス国王フィリップ独眼王の宮廷でも侯爵の真価がひとしきり話題となった。フィリップ王もフランスからその十字軍に参加する心づもりであった。それがとある騎士から、この星空の下、モンフェルラート侯爵と侯爵夫人ほど似合いの夫妻はない、と聞かされた。世にある騎士たちの中で侯爵こそがあらゆる徳を備えた人であることは天下に周知だが、それと同様に世にある貴婦人たちの中で侯爵夫人こそが絶世の麗人で美徳に輝いている、と噂した。その言葉がフランス国王の胸に深く刻まれて、まだ侯爵夫人を見たこともないのだが、はや恋慕の情にとらわれた。そしてジェーノヴァからでなければ船出しないと言い出した。そこから乗船するのならば陸地づたいに進む途中、もっともらしい口実で侯爵夫人にお目にかかることもできるはずと考えたからである。侯爵はすでに出征して不在、それに乗じてわが望みをかなえることもできようという心算であった。そしてその考え通りに事を運ばせた。部下の兵士たちをさっさと先へ進軍させると、自分はわずかな供廻りを連れて道を進んだ。侯爵領に近づくと、前日に「翌日の朝お食事の時間に参上するゆえなにとぞお待ちいただきたい」と使いに言わせた。

侯爵夫人は賢いよく気がつく人であった。「これはなににも優る誉れでございます。御出でを心からお待ち申し上げます」と返事した。そしてはたと思案した。一体これは何事か。事もあろうにこのような大王が夫の不在を知りつつわたしに会いに来る。これはわたしの美貌の評判に惹かれてお見えになるにちがいない。そう相手の下心を見抜いた。しかし才たけた女性である。きちんと国王をお迎え申そうと当地で留守をあずかる家臣を集め、その意見に従い諸事万端ぬかりなく準備を整えさせた。しかし食卓の用意と料理のことは夫人がひとり取り仕切ることとした。そして早速土地にあるだけの牝鶏をことごとく集めさせると、国王歓迎の宴のためにその牝鶏だけでさまざまな料理を拵えるよう料理人に命じた。

当日国王は到着するや、非常な栄誉と礼を尽くした侯爵夫人のお出迎えを受けた。騎士からかねがね噂に聞いた言葉にも優る夫人の様を国王は打ち眺め、うっとりした。その美しさ、気品、立居振舞に讃嘆し、褒め言葉は尽きるところを知らない。望みはいやましに身内にたかぶった。なにしろ実際の夫人はかねての評判をはるかに凌ぐ方である。このような高貴な国王をお迎えするにふさわしく飾られた部屋でしばし休憩した後、食事の時が来た。国王陛下と侯爵夫人は上座の一つのテーブルに座り、他の者は位に応じて他の席に招かれた。

ここで国王は次々と御馳走（ごちそう）を饗応される。最高級の葡萄酒はすばらしい。そればかりかこよなく美しい侯爵夫人を時々眺めてはこの上ない喜悦（きえつ）をおぼえた。しかし次々と差し出される食事が、料理の仕方こそ違え、どれもこれも牝鶏だけであることに気がついて一体これは何事であるかといぶかしく思った。王はこの辺りの土地柄も知っている。近辺には鹿や猪や野鳥もたくさんいるはずだ。自分の到着は前もって予告しておいたから、狩をするだけの時間は十分あったはずだ。それでこれはひどく不思議なことだと思ったものだから、ほかの事は話題にしようとはせず、牝鶏にこと寄せて言い寄ろうと思い、明るい顔をして侯爵夫人に向かい、

「奥様、この土地では雄鶏（おんどり）は一羽もなしに牝鶏（めんどり）だけが生まれるものですか」

と言った。侯爵夫人は国王のその問いを聞いて相手が何をいいたいか、その下心もすっかりわかったが、願い通り神様はわたしの心の内を打明ける機会を与えてくれたと思い、国王の方を振向くと、悪びれもせずあっけらかんとこう答えた。

「いえ、陛下、女は外見や飾り付けは違いましても、中味はどこもここも同じでございます」

国王は、これを聞くや、なぜ食事に牝鶏しか出さなかったのか、相手が何を言おうとしたのか、その秘められた覚悟に気おされて、こうした女にこれ以上つべこべ言葉をかけて口説いても無駄と観念した。しかしまさかここで力づくで事に及ぶわけにはいかない。王の名誉のために一言添えると、はなはだ良からぬ料簡（りょうけん）でめらめらと燃えあがった

情欲の火ではあったが、そこは賢明に静かに消えた。これ以上戯れを言うとどんな返事の矢が返ってくるかわからない。いまや望みは絶えたが、ともかくも食事をし、食事が済むや、すぐに辞去した。早速辞去すればここまでやってきた怪しからぬ下心も世間には隠しおおせることもできようと体裁をつくろったのである。侯爵夫人に歓待を受けた礼を述べ、「神の御加護がありますように」と祝福のご挨拶を夫人からいただくと、ジェーノヴァの港をさして立ち去った。

第一日第六話

見事な一言でしっかり者が、フィレンツェの聖フランチェスコ会で異端邪悪糾問役をつとめる修道士の偽善の皮をはぎ、性悪の坊様どもをやりこめる。

〔エミーリアが物語る〕

座に居合わせた御婦人方がみなフランス国王をやりこめた侯爵夫人のしとやかな振舞とその貞節を褒めました。フィアンメッタの次に座っていたエミーリアは、女王さまのご指名なので、彼女は悪びれもせず語り始めました。

それではわたしも遠慮せずに、しっかり者が貪欲な坊様に浴びせた皮肉な一言のお話をいたしましょう。親しい若いご婦人の皆さま、笑うべき話というよりはすばらしい話でございます。

まだそれほど遠くない頃、わたしどもの市フィレンツェに異端邪悪糾問役の聖フランチェスコ会修道士がいた。坊様たちは皆とかくそうするものだが、できるだけ聖人らしくキリスト教信仰のいかにも優しい愛護者のように振舞った。しかしそうした外面(そとづら)ではあったが、なかなかしたたかな糾問役で、誰が信仰に乏しいかもよく掴んでいたが、誰の財布が豊かであるかもよく承知していた。さてそうして一生懸命仕事に励んでいると、結構な鴨(かも)が見つかった。良識にはそれほど富まない割には金銭には富むお人好しがいたのである。信仰に間違いがあるというわけではないが、もともと軽率な男だから、酒の勢いか浮かれ過ぎたかして興奮し、ある日仲間に向かって「キリスト様でもお飲みになりたくなるようないい葡萄酒があるぞ」と口走った。そのことが糾問役の耳に入った。男は資産家で財布ははちきれんばかりとかねがね聞いていたから「剣と棒とを持ち」[*1]喜び勇んで仕事にとりかかった。重罪(じゅうざい)として断乎告発するという。糾問の場で不信心の不心得を諭(さと)して罪の咎(とが)めを軽くするなどという配慮は毛頭念頭にない。相手から受取る金貨の目方で自分の財布を重くするのが狙いで、事実その通りにしおおせた。本人を呼び出し、それでもって告発された酒にまつわる話は本当かと尋ねた。本人は本当だと白状し、どうしてそんなことを口走ってしまったかについて話した。

それに対して糾問役は——黄金の髯(ひげ)バルバドーロの聖ヨハネ様の熱烈な信仰者であったが——言った、「さてはお前はキリスト様を呑み助に仕立てたのだな。チンチリオーネにも劣らぬ美酒には目のない稀代(きだい)の酒飲み、お前ら呑み助、酔っ払い、酒屋の常連と同じだというのだな。今になってお前は殊勝(しゅしょう)な口を利いて、これは軽いことで大したことではないと言いたいらしいが、とんでもないことだ。心得違いだ。わしらが義務づけられた通り、お前に対して刑を下すとなると、お前は火焙りの刑が相当だ」

　こうした言葉やああした言葉、またそれは恐ろしい表情で、まるで相手が霊魂不滅を否定するエピクロスででもあるかのように話し続けた。すると男はたちまち狼狽し、仲介人を立てて黄金の口をしたボッカドーロの聖ヨハネ様の金貨[*2]をしこたま積んでおしるしとして差出し、お手に油を塗らせていただいた。（これは聖職者、とくに金銭に触れることをあえてしないフランチェスコ会修道士が吝嗇というペストに罹って衰弱した時には大層な効き目がある）。そうすれば自分に対して大目に見てくれるだろうと思ったのである。その塗油は、ガレノスの『医学集成』のいかなる箇所にも出てはいないけれども、たいへんよく効いたものだから、火刑に処せられるはずだったのが御慈悲で胸に十字架を縫いつけて悔悟すれば宜しいということとなり、十字軍の一員として海の彼方に渡る人さながらに、黒地に黄色の十字という旗印を美々しく胸に飾りつけた。そしてそれだけでなく、金子を頂戴してからもなお数日、男を自分の側に引き留め、贖罪のため毎朝サンタ・クローチェ寺でごミサを聴き、それから食事の時間に糾問役のところに出頭するよう命じた。一日の残りの時間は本人の好きなように使ってよいとのことだった。

　男は毎日きちんと命じられた通りにしていたが、ある朝、ごミサでいろいろ聞く中に福音書のこんな言葉が唱えられた、「汝ら一を棄つる者は、百倍を受け、かつ窮なき命を継がん」[*3]その言葉をしっかり記憶に留め、命令通り食事の時間に出頭すると、糾問役

の修道士は食事の最中である。修道士は男に今朝ミサを聴いたかと問うた。それに対し、

「はい、聴きました」

と神妙に答えた。すると糾問役は言った、

「なにかごミサの中で、疑問に思ったこと、質問したいと思ったことはないか」

「ありました」

と男は答えた、

「私が聴いたことはみな本当で、疑問に思えたことは一つもありません。しかし聴いていてあなた様やほかの修道士様の皆様は死んでからあの世でさぞかし不如意(ふにょい)な目にお遭いになるだろうと思うと、お気の毒でたまらなくなりました」

そこで糾問役の修道士は尋ねた、

「一体お前が聴いたどの言葉のせいでわしらのことを気の毒に思うようになったのか」

男は答えた、

「修道士様、それは福音書の「一を棄つる者は、百倍を受く」という言葉でございます」

修道士は答えた「これはまさにその通りだ。しかしまたなんでその言葉でお前は心を動かされたのか」

「修道士様」

と男は答えた、

「申しあげます。私がこの修道院へ来てから見ておりますと、毎日この中から外の大勢の貧乏人にスープの上澄み（うわず）をすくって施しをしております。大きな釜一つになみなみと、時には二つになみなみと入れた上澄みを配っておられます。あれはここの修道院の修道士や皆様の食物（たべもの）からいわば余分なものとして取って棄てた物です。だが釜一つ分に対して将来百倍が返されるとなると、皆様は全員スープ漬けになって溺れ死んでしまうに相違ない」

　糾問役と同じ食卓にいた他の修道士たちはみなどっと笑いこけたが、糾問役はスープの上澄みを施しとして配る偽善をつかれたと感じ、ぎょっと顔を曇らせた。しかしすでに怪（け）しからぬ糾問をしてその筋のお咎めを蒙（こうむ）りかねない所業（しょぎょう）を働いた自分である。自分をはじめ怠け者の同僚修道士たちに向けて放たれたこの皮肉な言葉に対し、いまさらこの男を告発するわけにもいかない。腹立ちまぎれに「もうこれ以上私のところへ来なくても宜しい、お前は自分の好きなことを勝手にやるがいい」と言って追っ払った。

＊1　『新約聖書』マタイ伝第二十六章四十七節。
＊2　フィレンツェの守護聖人は洗礼者聖ヨハネ、イタリア語でサン・ジョヴァンニで、都市国家フィレンツェが出していた金貨フィオリーノには洗礼者聖ヨハネの像が刻まれていた。
＊3　『新約聖書』マタイ伝第十九章二十九節。

第一日第七話

ベルガミーノはプリマッソとクリュニーの修道院長の逸話を語ることで、にわかに貪欲（どんよく）となったカン・デルラ・スカーラに堂々と一矢（いっし）を酬（むく）いる。〔フィローストラトが物語る〕

エミーリアの楽しげな語り口のお話は女王さまをはじめ一同の頤（おとがい）を解きました。皆は笑いながら胸に十字の印をつけさせられてしまった男の意想外な思いつきをあれこれ批評いたしました。しかし笑い声も静まり、皆さん落着きを取り戻し、今度はフィローストラトが物語る順番となったので、彼は「ご立派な御婦人方」と声をかけ、このような風に話し始めました。

動かぬ標的を射貫くだけでもすばらしいことですが、突然思いもかけぬ物が現われてそれを即座に射落したなら、それこそそれは奇跡に近い腕前ということになりましょう。坊様どもの腐敗堕落した生活は、多くの点で悪事の動かぬ標的のようなものです。それについて語り、皮肉り、叱責することは、そうしてやろうと思う者にとっては、さしたる難事ではありません。それだから本来は豚にでもくれてやるか、そのまま棄てるがいいものを貧乏人にくれてやる修道士たちの偽善的な慈善を鋭くついた男の言分はまことにもっともで、ものの見事に糾問役の坊様に一矢を酬いてはいます。そのお話で思い浮かんだのはこれから申しあげる次の話ですが、その主人公はそれこそさらに賞讃に値すると思います。その人はお偉方のカン・デルラ・スカーラ[*1]のお殿様が突然思いもかけず貪欲にとりつかれた時、軽やかな物語で、他人のことをお話しになるふりをして御自分とお殿様のことをそれとなくお話しになりました。それがこの物語でございます。

カン・デルラ・スカーラ様の名声はほとんど全世界にあまねく轟いているが、この殿様は多くの点で運命に恵まれた方で、皇帝フェデリーゴ二世以来この方、イタリアのもっとも高名偉大な殿様の一人であった。殿様がヴェローナで盛大華麗な祭を行なおうと言い出すや、各地から大勢の人がやってきた。なかでも多かったのは芸人をも含むさまざまな種類の宮仕え人である。ところが突然、どうしたわけか、祭はとりやめになった。そして当地まで出向いた宮廷芸人たちに旅費の一部は支払い引取ってもらった。ところがベルガミーノという名の男だけは、殿からなにも支払われず、帰ってよいというお声もかからない。ところでこの男がどれほど弁が立つかは、聞いたことのない人にはわからぬほどの口達者である。それでベルガミーノは居残っていた。なにか自分にはお役に立つ機会が与えられるのでないか、と心待ちにしていたのである。ところがカン・デルラ・スカーラは「こんな男に金をくれるなら火中に捨てるがまし」と思っていた。それでベルガミーノに対してなにも言わず、なにもしなかったのである。

　ベルガミーノは何日か待ったが、呼び出されもせず、自分の技を披露する機会も与えられない。それればかりか宿代は嵩む、馬の世話、子分たちの世話の費用もかかる。次第に憂鬱になった。しかしとにかく待つことにした。ここで出発しては不味かろうと思われたからである。ベルガミーノは立派な美しい仕立ての服を三着、手元に持っていた。これはほかの殿様から頂戴したもので、祭の際にそれで恰好よく登場しようと思っていた。宿の主人が支払いを請求するから、とりあえずまず一着渡した。それからさらに滞在が長引いたので、「これ以上まだ泊るつもりなら」という主人との取り決めで、二着目も手渡した。そして三着目を当てにして、それでもって食える限りはできるだけ滞在し、最後に駄目なら出発してやれと決心した。

　ところで彼が三着目を当てに宿で暮らしていた時、ある日カン・デㇽラ・スカーラの殿様が自分の前で食事をしていた。殿様はベルガミーノの表情が冴えないのを見て、この男からなにか気の利いた言葉でも聞こうというつもりはなく、この男を馬鹿にしてやれとこう声を掛けた、

「どうした、ベルガミーノ、ひどく冴えない顔をしているじゃないか。なにか言ったらどうだ」

　するとベルガミーノは、得たりやおうと、まるで長い間考え抜いていたかのように、

次のような我が身の上に結びつけた話を語り始めた。

御前様、御前様も御存知の通り、プリマッソは傑出した文法学者で、並はずれてすぐれた詩作者でもございました。[*2] すばやく筆も立ち、おかげでたいへん有名となり世間からも敬意をもって遇されました。直接会ったことのない人でも皆その名声は伝え聞いてプリマッソが誰か存じておりました。そのプリマッソがある時パリで貧窮しておりました。それというのはお金をたくさん自由にできる人は徳に恵まれなかったからでございます。そのプリマッソの耳にクリュニーの坊様で、法王様を除けば、これほど実入りのいい教会のお偉方はいないという人の噂がはいりました。その御前にはいつも驚くべく素晴らしい物が揃っていて、その修道院長様が食事する時にさえ伺えば、そこへ来た人で飲み食いを拒まれた人はないとのこと。プリマッソはそれを聞いて、お偉いさんとのつきあいが大好きな仁なものだから、院長様の大盤振舞のほどを篤と拝見しようという気をおこし、パリからどれほど離れたところにお住まいかと尋ねたら、六哩ほど先の修道院の由。そこならば朝早く出かければ食事の時には着けるとプリマッソは思いました。道を教えてもらうと、そちらの方へ行く同行者が見当らぬものだから、万一道に迷った際、時間も時間だし食物に事欠いてひもじい思いをせぬよう用心し、パンを三つ持っていくことにいたしました。水の方は、本人水はあまり好きでなかったが、どこでも飲めると思っておりました。それでパンを懐に入れると出発し、すたすた歩いたから、食事時間の前にお坊様のいる場所に到着しました。中にはいって辺りをおもむろに見まわすと、たくさんの食卓が並び、料理の用意をはじめ万事ぬかりなく整っている。これを見て内心で言いました、「これは、これは。なるほど噂の通りの御大尽だ」

そうした場所近くに注意深く控えていると、坊主頭が食事の時刻と見て、手を洗う水を運ばせ、それが済むと、人々はそれぞれ着席いたしました。するとたまたまプリマッソの席は修道院長が自室から出て食堂に来るその出口の扉のちょうど向かいに当てられた。この修道院では院長が席に着くまでは食卓に葡萄酒もパンもほかの食物も飲物もいっさい置かないのが仕来りでした。食卓に皆が揃ったところで坊主頭は給仕に命じ院長に「食事の用意はできました。よろしければお越しください」と伝えさせます。院長は自室の扉を開けさせ、食堂へ来ようとします。そして来ながら、前方を見ると、たまたま目にはいった第一の男がプリマッソで、その身なりはかなり貧弱でした。それに見覚えもありません。その男を見た時、突然「おい、私はこんな男にも食わせてやらなきゃいかんのか」という意地悪に駆られました。そんな気になったことは今までになかったことでした。そして後ろを振向いて、部屋の扉を閉めさせると、近くにいた者に、

「私の部屋の戸口のちょうど真向かいの食卓に座っているあの襤褸をまとった悪党が誰か知っているか」

と尋ねました。

「存じません」

と誰もが答えます。プリマッソは食欲の旺盛な男で、歩いてきたから腹は減っている、断食する習慣はもともとない。いい加減待ちくたびれた上に修道院長が出て来ない——。それで、懐から持参したパンの一つを取り出して食べ始めました。しばらくすると修道院長は自分の側近の一人に件の男はもう立ち去ったか見るように命じました。お側の者が答えました、

「立ち去るどころか、パンを食べております。どうやら自分で持参した様子でございます」

すると修道院長は答えました、

「自分のパンがあるなら、それを食べるがいい。私たちのパンを今日は食べさせてはならぬ」

相手にお引取り願うのはさすがに気がひけるらしく、院長はどうやら男が自分から立ち去ることを望んでいたのでしょう。ところが一つ目のパンを食べ終えたが院長は依然出て来ない、プリマッソは二つ目も食べ始めた。そのことが前と同様報告されると、院長はやはり男はもう立ち去ったか見るように命じました。院長が出て来ないものだから、二つ目を食べ終えたプリマッソは、しまいに三つ目を食べ始めました。そのことも前と同様報告されると、修道院長はさすがに考え始めてこう独り言をいい

ました、

「今日は私ともあろうものが一体なんということを思いついたのだ。なんという吝嗇な物欲、なんという無礼、しかもまた誰を相手にしてだ。私は今までもう何年もの間、私のところで食べたい者には、自分の食物を与えてきた。紳士であろうが悪党であろうが、貧乏人であろうが金持であろうが、商人であろうが如何様師であろうが、区別せずに施しをしてきた。数え切れぬほどの無頼の徒が私のものを勝手に食い散らかすのもこの目で見てきた。だがその間、この男に対して浮かんだような考えがこの頭に浮かんだことはなかった。私がにわかに吝嗇になったとすれば、これは相手が取るに足らぬ男だからではあるまい。ただの御招待をする気が私に失せたというからには、一見悪党のようだが、これは相当な大物であるに相違ない」

こう言うと、相手が何者であるか知りたくなりました。すると相手の正体はプリマッソでありかねて聞いていた当地の大盤振舞を篤と拝見しようとして来たのだとわかると、修道院長は彼が大した人物だというその名前は前々から聞いていたので、深く恥じ入り、非礼の詫びに様々な工夫をこらしてもてなしました。そして食事がすむと、プリマッソの人品にふさわしい高貴な衣服を仕立て、金子ばかりか立派な乗馬を贈り、滞在退出本人の御随意といたしました。

カン・デルラ・スカーラは物わかりの良い殿様だったから、これ以上は相手が言わず

とも、ベルガミーノがなにを言おうとしているかわかりすぎるくらいわかったので、微笑しながら彼に向かって言った、

「ベルガミーノ、お前が蒙った被害のほどをお前はずいぶん言葉巧みに説き明かしたな、お前の力量のほども、私の物欲のことも、お前が私から何を期待しているかもよくわかった。いや私が今ほど物欲のために酷い目にあったことはかつてなかった。だがこれからはその物欲をお前が拵えてくれた杖で追い散らすこととしよう」

そして殿様は家臣に命じてベルガミーノの宿の主人への支払いを済ませ、自分の服を一着賜り、彼をいかにも高貴な風に着飾ると、金子と立派な乗馬を贈り、この回限りは滞在退出本人の随意とした。

＊1　カングランデ・デルラ・スカーラ（一二九一－一三二九）はヴェローナの主君でダンテを庇護したが『神曲』天国篇第十七歌七三行以下にその人徳が歌われている。

＊2　千三百年代の前半、ケルンの聖職者であったプリマッソ（プリマスともユゴー・ドルレアンとも呼ばれる）はたいへんな有名人で、彼はゴリアスの名前で数多くの遍歴書生詩をラテン語で書いた。傑出した文法学者と呼ばれる所以である。

第一日第八話

グリエルモ・ボルシエーレは軽やかな言葉でエルミーノ・デ・グリマルディ氏の吝嗇にとどめを刺す。〔ラウレッタが物語る〕

フィローストラトの近くにはラウレッタが座っていました。彼女はベルガミーノの抜目なさが称賛されるのを耳にし、次は彼女がなにか言う番だと聞いて、誰かに命令されるのを待つこともなく、いかにも楽しげに次のように話し始めました。

親しいお仲間の皆さま、いまお聞きした話につられて、わたしもやはり、宮仕えの立派な方が、大金持の強欲さ加減をいかに懲らしめたか、そしてその懲らしめがいかに効いたかをお話ししたく存じます。もしわたしの話の結末が前のお話とそっくりだとしても、だからといってわたしの話の意義が減ずるものではございますまい。思いますにこの話の結末はまことに結構なことだからでございます。

ジェーノヴァに、もうずいぶん昔のことだが、エルミーノ・デ・グリマルディ氏という紳士が住んでいた。この人は、世間はそう信じていたが、たいへん多くの資産と金とを持っていて、当時イタリアで知られた他のいかなる金持をも不動産においても動産においてもはるかに凌駕していた。そして財産にかけては他のイタリア人の誰よりも上を行ったと同じように、吝嗇としみったれにかけてもこの世の他のいかなる惨めなけちん坊よりも並はずれて上を行っていた。それなものだから、財布の口をきつく締め、他人を鷹揚に遇することなど一切しない。それどころか本人自身のために良かれということにすらも一切金をつかわない。ジェーノヴァの人は高貴に着飾るのが習いだが、その世間一般の良俗にもかかわらず、出費節約のために非常な欠乏にも耐えた。飲み食いについても同様で、そうした吝嗇のために、世間からは当然といえば当然だが、名前から貴族の姓のデ・グリマルドの方は落ちてしまい、世間からはエルミーノ・アヴァリーツィア、すなわち「ドケチのエルミーノ」と呼ばれる仕儀となった。

ところでこの男がこのように金を使わずに資産を増やしていた頃、風采もよく口達者なグリエルモ・ボルシエーレ[*1]という名の宮仕え人がジェーノヴァにやってきた。(今いる輩どもは好きこのんで紳士貴顕と呼ばれたり殿御とおだてられたりして悦にいっていますが、とんでもない心得違いです。近頃の宮仕えの連中はとてもそんな名前に値しません。その嘆かわしい腐敗堕落した所業は恥ずかしい限りです。本物のお公卿さまとはそもそも育ちが違います。なにしろ悪意と汚穢に漬かって餓鬼に育った糞まみれの連中です。奴らを馬鹿と呼んではいけないというなら、驢馬と呼びたいですね。さてさて昔は高貴の方のお仕事は、人々の間で騒ぎが起きれば騒ぎを鎮め、険悪となれば両家の仲をなごませ、親族を紹介し友誼を結び、男女の縁を取り持つなどしたものです。気落ちしている人がいれば気の利いた言葉のひとつもかけて気分を引き立てる。それで宮廷もなごやかになる。また時には辛辣な言葉を浴びせて性悪の者どもの悪辣さ加減を暴露する。その叱り様はまるで親父のようでした。だからといってそうした仕事は手弁当で、手厚く酬われるわけのものでは全くありませんでした。

　ところがそれが今日この頃となると、宮仕え人のお仕事はざっとこうです。何某の悪口を彼某に伝え、彼某の悪口を何某に伝える、醜聞の種をまく、不行跡やら悪事やらを言いひろめる。しかも性質の悪いことに人様の大勢いる前でやらかす、公然と面罵し、恥さらしをするが、あちこちで言うことが違っていて、どれが本当でどれが嘘か見当もつかない。かと思うと心にもないお追従をいっては紳士貴顕を極悪非道の道に誘い込む。時間をかけ智恵を働かすのはもっぱらその悪事の方面です。浅ましい限りですが、さもしい、道にはずれた紳士貴顕方にいちばんちやほやされ持て囃されるのはこうした奴らです。言うこと為すこと忌まわしければ忌まわしいほど大層なご褒美にありつきます。いやはやなんとも恥ずかしい御時世となりました。美徳が消えて久しいとは誰の目にも明らかでしょう。取残され、悪事の滓の中に見捨てられた者は、それでもまだかつかつ生きていますが、やれやれ気の毒千万です）

　義憤に駆られて思わず脱線したが、話を元に戻すと、そのグリエルモ・ボルシエーレはジェーノヴァのあらゆる紳士貴顕から名誉をもって遇せられ、皆喜んで会いに来た。グリエルモはこの町に数日間滞在すると、エルミーノ氏の吝嗇というか「どけち」について色々聞かされたので、会いたいと思った。エルミーノ氏の方もこのグリエルモ・ボルシエーレが大層立派な御仁とかねがね聞いていた。それで本人大層な締り屋だが、それでも一抹の育ちの良さはあったから、いかにも楽しげな顔と親しげな言葉でグリエルモ氏を出迎え、様々な議論の花を咲かせた。そして議論するうちに彼や彼に同行したほかのジェーノヴァの人々を案内して、最近美しく普請した新居の一つに連れて行った。

その家をすっかり見せてから、言った、

「グリエルモさん、あなたは色々なものを見聞きしていらっしゃる。そのまだ世間が見知らぬものを何かお教え願えませんか。そのものをこの家の広間に描かせたいと思います」

それに対してグリエルモは、エルミーノの言うことは彼の性分に合わないと思ったから、こう答えた、

「くしゃみした拍子に何か飛び出したとかそれに類したものならともかく、ほかにまだ見知らぬものをお教えすることはできそうにありません。しかしもし宜しければ、一つだけお教えしたいものがある。これは思うにあなたがかつて決して見た覚えのないものです」

「それは、それは。お願いです、それがなにかおっしゃってください」

エルミーノ氏はそう言ったが、相手がまさか次のような返事をしようとは予期しなかったのである。グリエルモ氏はそこですかさず語(ご)をついだ、

「この壁には『気前の良さ』[*2]を描かせるがいいでしょう」

エルミーノ氏はこの言葉を聞くや、さっと恥じ入った。それはひどい恥じ入りようで、その一言にはそれまでの氏の性格をまるで正反対の方向に変えてしまうほどの力があった。エルミーノは言った、

「グリエルモさん、ここにその絵を必ず描かせます。それもはっきりそれとわかるように描かせて、これから先、私が他人に対する思(おも)い遣(や)りは見たこともなければ聞いたこともない、などとあなたにも誰にも言わせないだけのことはきちんといたします」

グリエルモが言った言葉にはそれは大層な力があったものだから、この時以来、エルミーノはもっとも物惜しみせぬ、もっとも優雅で愛想の良い紳士となった。そして当時ジェーノヴァという都市国家で、外国の人に対しても自国の市民に対してもほかの誰よりも鷹揚に振舞う人となったとのことである。

＊1　グリエルモ・ボルシエーレはダンテ『神曲』地獄篇第十六歌七〇 - 七二行にも登場する。

＊2　「気前の良さ」とここで日本語に訳したが、イタリア語原文では Cortesia が用いられ、同一語源の Courtesy が多くの英訳でも用いられ、フランス語訳でも同様に Courtoisie が用いられている。なお大文字で始まるのは、この観念が擬人化されているためである。絵はこの女性名詞にふさわしく女性が寓意画として壁に描かれることであろう。しかしドイツ語訳に Freigebigkeit「物惜しみせず与

えること」とcortesiaを前後関係の中で解釈した訳語もある。cortesiaの「礼儀正しさ」「礼節」「親切」などの観念は、具体的な人間関係の中では「物惜しみせず与えること」にもなるからであろう。それでGenerosityとした英訳もある。語の本来の意味である「礼儀正しさ」とその具体的な一例である「物惜しみせず与えること」の両者に跨る簡単な言葉として、ここでは「気前の良さ」を拙訳に用いた。エルミーノがさっと恥じ入ったのは自分の吝嗇と逆の徳目をグリエルモ・ボルシエーレに言われたからである。なお第三日第十話の末尾ではネエルバーレという若者がcortesiaに金を使い果たした、と「物惜しみせず」の意味で用いられている。なお第一日第八話の中で、ボッカッチョの口から当世の「宮仕え人」に対する猛烈な非難が行なわれたのは、「宮廷」corteとの連想で、礼儀知らずの当世の宮廷人に対する憤懣が爆発したからであろう。この部分は訳者の工夫で括弧にはさみ、意図的に口調を改め、本筋からの脱線であることを明示した。なお「礼儀正しい」も同じ語源のcorteseという。原作者の憤懣の根底には、商人階級出身のボッカッチョの貴族階級の紳士貴顕に対する反感もあったことかと思われる。

第一日第九話

臆病者だったキプロス島の王様が、ガスコーニュの婦人の嘲罵（ちょうば）を浴びて、恥を知る支配者となる。〔エリッサが物語る〕

女王さまの最後のご命令が下る人はエリッサだけとなりました。彼女は御下命（ごかめい）も待たずに楽しげにいそいそと話し始めました。

お若いご婦人の皆さま、よくあることですが、いくら叱ってもいろいろ罰しても全然効き目のない人に、ほんの一言（ひとこと）が、ふっと言われただけで、よく効くことがあるものです。そのことはラウレッタが話した物語にもよく出ておりました。わたしももう一つ手短かな物語を皆さまにお話しすることでその裏打ちといたしましょう。というのはなんといっても、いいお話はいつもお役に立つものですから、その語り手が誰であれ、注意深くお聴きいただけるかと存じます。

さてキプロス島の初代の国王[*1]の時代、ゴッドフロワ・ド・ブイヨンが聖地エルサレムを征服した後に、ガスコーニュのさる貴婦人がキリスト様のお墓へお参りに行った。そこからの帰りに、キプロス島へ着いたところ、数名の悪者に酷い目に遭わされた。慰めようもなく心傷ついた婦人は、国王のところへ行って直訴しようと思った。ところがそれは時間の無駄で労して功なしと人から言われた。というのは国王はおよそ小心者で無気力で、ただ単に他人が蒙った辱めをはらすことをせぬばかりか、自分自身に加えられた恥辱すらもじっと耐えている。それがあまりなものだから、誰でも心がもやもやしている人は、国王に恥を掻かせることで、憤懣をはらしているさまだ、というのである。

　この事を聞いて婦人は理非曲直を明らかにすることは無理と思って絶望し、鬱憤を多少なりと晴らすために国王の腰抜けぶりに嘲罵を浴びせてやろうと考えた。泣きながら国王の御前に行くと言った、

「お殿様、御前へ参りましたのはこの身に加えられた辱めの復讐を求めてではございません。なにとぞ心の安らぎのためにわたくしにお教えくださいませ。噂を聞きますと貴方様は世間からいろいろ馬鹿にされておいでですが、それを堪えておられます。どうしたら辱めを堪えられますか。お教えいただければ、わたくしも怺えます。そして神様、できますなら、その辱めを殿様にわたくしから差し上げたく思います。貴方様はそれはすばらしい堪え性のお殿様でいらっしゃいますから」

　国王はそれまで愚図で怠け者であったが、にわかに夢から醒めたように、この女に恥辱を加えた者どもを厳罰に処した。そしてそれを手始めに以後、王冠の権威に何であれ

無礼侮辱を働く者に対しては断乎たる措置で臨む国王となった。

＊1　キプロス島の初代の国王は、一一九二年から一一九四年まで、以前はエルサレムの国王であったグイド・ディ・ルジニャーノであった。その無能とお人好しは伝説的に有名であったという。その点はボッカッチョの語りと符合するが、彼の人柄が後に変わったとするような史実は『デカメロン』以外には伝えられていない、とのことである。

第一日第十話

マルゲリーダに恋した外科医アルベルト・ダ・ボローニャを女は赤面させてやろうとしたが、男は巧みに女を赤面させる。〔女王パンピーネアが物語る〕

エリッサが話し終えて黙ったので、最後の語り部(かたりべ)の役は女王にまわりました。「ご立派な、お若い皆さま」と女王はいかにも優雅な貴婦人らしく語り始めました。

星は澄んだ夜空を飾り、花は春の野辺を飾ります。同じように軽やかな言葉は世の良き社交を飾り、機智に富める言葉は心地よき会話を飾ります。この寸言隻句(すんげんせっく)こそ、短いがゆえに、殿方(とのがた)よりもご婦人方にお似合いでしょう。それと申しますのも女の長話はとかく聞き苦しいもの、できればしないに越したことはございますまい。しかし今のご時世で、寸鉄(すんてつ)胸を刺す殿方の言葉が即座に合点できる婦人がおられましょうか。合点できても答えられる方がおられましょうか。短くても人の心にふれる言葉を即座にいえる女性が一人もいないようなら、女として淋(さび)しく恥ずかしいかぎりではございませんか。昔は女は優雅な機智で光りました。その才覚を今ではもっぱら姿かたちを整え化粧することに用いております。色とりどりの縞模様の衣裳を派手に着れば着るほど世間からちやほやされて当然と思い込んでいらっしゃる。ただ着飾ればいいのなら、驢馬でもそれくらい着せることはできるとはご存知ないのでしょうか。こうしたことを申すのは恥ずかしいかぎりでございますが、ほかの同性の恥はわたくしどもの恥でもございます。こうした色とりどりの縞模様の衣裳を派手に着た方々は大理石の彫像のようなもの、不感無覚で突っ立って、返事もなさいません。もっとも声をかけられて口でも利こうものなら「あら黙っていらっしゃればいいのに」というようなお返事ばかりをなさいます。それでいてご婦人方や紳士方の中に立ち交じってまともな口が利けないのは本人の心が生まれつき正直で清らかなせいだなどと思い込んでいらっしゃる。そんな愚かさ加減を正直な美徳と信じておられますが、それではまるで徳のある婦人とはお手伝いや洗濯女、パン屋の上さん以外とは口が利けない女性をさすようではございませんか。天然自然の女の天性が本当にこのようであることを天は望まれたでしょうか。女たちはそうと信じている様子ですが、しかしそれならあのぺちゃくちゃのお喋りもなにか別の方法で抑えていただきたいものでございます。

　何事でもそうですが、人様とお話しするには、時と所と誰と話すかが大切でございます。それと申しますのも男にせよ女にせよ、軽やかな一語で相手を赤面させようとして、相手の力を自分よりも下とみくびったために、相手を赤面させるどころか自分が赤っ恥

を掻くことがございます。そんな無様な目に遭わぬようにするためにも、また皆さまが

「何事につけても女はいつも最悪を選ぶ」という世間に流布した諺どおりにならぬため

にも、今日の話の最後のお話では、わたくしの順番でございますが、皆さまがそんな目

に遭わぬようをお話ししたいと存じます。皆さまは世間の人様とは違い気高い心をお持

ちです。なにとぞご立派な振舞でも人様と一線を劃してくださいませ。

まだ何年も経たぬ前だがボローニャに名声世に明らかな名医がいた。まだ存命かと思うが、名前はアルベルト先生といった。七十歳に近い老人だったが、気力はたいしたものので、肉体の生得の熱気はもうおおむね消え去ったはずだが、それでも恋の炎を受け付けるにやぶさかでなかった。あるお祭の日、アルベルト医師は美しい寡婦を見そめた。人々のいうところではマルゲリーダ・デイ・ギゾリエーリという。好きでたまらなくなったが、その様は若者が恋に落ちたも同然で、大の男の胸に恋の火は燃えさかった。それは狂おしいほどで昼間のうちに素晴らしいマルゲリーダの愛らしく繊細な面立ちを見ないことには夜ろくろく休めないほどであった。それでこの婦人の家の前まで時に応じてあるいは徒歩であるいは馬で通い続けた。それで婦人はもとよりほかの女たちもなぜ彼が足しげく通うのかそのわけを察し、こんなお年の老人が恋に胸を焦がすとはとしばしば一緒になって笑った。女たちはこうした無我夢中になる愛は世間知らずの若者の胸にだけ宿るものと信じていたのである。

それで、アルベルトが通い続けると、ある祭の日にこんなことが起った。この婦人がほかの女たちと門の前で座っていると、遠くからアルベルト医師が彼女たちの方に向かって来るのが見えた。そこで婦人は彼を迎え入れて最初はまず鄭重（ていちょう）にご挨拶して、その後で老人の恋をからかい冷やかそうと決めた。そしてその通りにした。ご婦人方はみな起立して彼を出迎え、爽やかな風の吹く中庭にご案内した。上等の葡萄酒と菓子が出された。そしてそれがすむと上手に軽やかな言葉で、このご婦人は大勢の美男子で若い貴公子に言い寄られている。それがおわかりのはずなのに、どうしてアルベルト様はこのご婦人にご執心（しゅうしん）なのかと問うた。

　アルベルトは自分が慇懃（いんぎん）に責め立てられているのを見て、楽しそうな表情を浮かべ、こう答えた、

「奥様、私は恋いこがれておりますが、どなたもお驚きにはなりますまい。世の分別ある人は私があなた様に恋するのはこれは当然と思っております。あなた様はそれに値する方だからです。老人には愛の営みに必要な力は自然に奪われていますが、だからといって、人間の善意が奪われたわけではなく、なにを愛すればよいか、そこは自然に年の功で若者よりもよく心得ております。多くの若い貴公子に愛されているあなた様を私のような老人が愛してもよいと思い、心が期待にはずむのはこうしたわけです。私はご婦人方がおやつにはうちわ豆を韮（にら）や葱（ねぎ）と一緒に召上（めしあが）るのを何度もお見かけしました。韮や葱でおいしいのは頭のあの丸くなった球根部分[*1]です。よく口に合い、悪くない。ところ

が皆さまは間違った欲にかられて頭を手にはさんで葉の方ばかり食べていらっしゃる。あの葉はたいしたことはありません、味もつまらない。奥様、奥様もひょっとしてお友達を選ぶのに同じことをなさっておられませんか。いやあなた様が誰かお選びになるなら、私こそあなたのお目にかないましょう。そして他の者は追い出してしまいましょう」

ご婦人は、他の婦人方ともどもたいへん恥じ入って、言った、

「先生、わたしどもが無礼な真似をしましたのに、先生は慇懃にわたしどもをたしなめ、きちんとお諭しになりました。あなた様は分別のある紳士でいらっしゃる。そのお気持はわたしには有難く嬉しいかぎりでございます。なにとぞ、名誉の許すかぎり、わたくしをあなた様のものと思召して、どうかご存分においつくしみくださいませ」

先生は仲間とともに立ちあがると、貴婦人に礼を述べ、にこにことお祭り顔で笑いながらその席を辞去した。

こうして、かの婦人は戯語を弄してもよい相手とそんな真似をしてはよくない相手の見境がつかなかったために、自分は勝てると思って負けてしまいました。ですから皆さま、お悧巧さまでいらっしゃりたければ、心してよくよくお気をつけくださいませ。

＊1　第四日まえがきにも「韮葱の頭は白くとも葉は青い」とおそらく性的な暗示を含んだ表現が出てく

る。そこから類推すると、若い男に性的に愛されることだけを喜ぶより、老人に知的にも情的にも愛される方が味がある、といっているのではあるまいか。ただし第一日第十話では「葉」の原語はcoda（尻尾（しっぽ）。第四日まえがき註6参照）ではなくfrondiなので、この解釈は下種の勘繰りかもしれない。

第一日結び

陽はすでに西に傾いて暑気はおおむね減じました。若いご婦人方のお話も三人の青年紳士の話も終わりました。

それで女王は「親しい皆さま」と楽しげに言いました、

「今日のわたくしが主宰すべき行事は新しい女王を選ぶことを除けばすべて終わりました。次の方のお仕事はご自分の判断でご自身とわたくしどもの生活を清く正しい楽しみに導いてくださることでございます。今日の残りはまだ夜まで続くとお考えの方もおられるかと思いますが、十分な時間がなければ明日の用意は整いません。新しい女王に明日の行事の支度をお考えいただくには、この時間から次の日が始まるとする方が好都合かと存じます。そのためにその方のおかげで万物がめでたく育まれる御方に恭しく敬意を表し、皆さま方の慰藉ともなりますよう、この第二日の女王としていとも慎み深き若きフィロメーナがこれからはこの国をお導きになります」

こういうとそれまで女王であったパンピーネアは起立して自分の頭から冠を取ると、恭しくフィロメーナの頭に月桂樹の枝と葉で編まれた冠を戴せました。まずパンピーネアが新女王の御前で礼をすると、ほかの若い婦人方も青年紳士も同じように御挨拶し、喜んで臣従する旨を誓いました。

　フィロメーナは月桂冠を戴いて、恥ずかしさに顔を赤らめながらも、王国の女王として今しがたパンピーネアがいった注意を思い出し、自分がここでまごついてはいけないと思い、威儀を正して女王としての職務をお受けすると確言いたしました。そして翌日午前の計画と次の食事のためにするべきこと、および皆はいまいる場所にとどまることを決定し、次いでこう述べました、

「親しい皆さま、パンピーネアさまは、ご好意により、わたくしにそれだけの力があるわけではございませんのに、わたくしを皆さまの女王にお選びくださいました。とはいえここでのわたくしどもの暮らし方について一人で決めてしまうつもりは毛頭ございません。わたくしの判断とともに皆さまのお力添えも仰ぎたいと思います。これからするべきことを皆さまにもお知りおき願いたく、皆さまのご要望に従い増やすことも減らすこともあると存じますので、二、三ご説明いたしましょう。パンピーネアさまのやり方をわたくし今日篤と拝見いたしました。それはお見事で楽しうございました。もし話が続き過ぎるとか、ほかになにか理由があって面倒が生じるのでないかぎり、いまのこのやり方を改めることはないと思います。今日始めたことを明日も続けることにいたしましょう。ここでとりあえず散会といたしますが、しばらくあたりを御逍遥くださいませ。陽が沈むころ戸外の涼しい場所で夕食にいたしましょう。食後は何曲か歌をうたい、またなにか遊びに打ち興じ、それからお休みになるがよいと思います。明朝はまだ涼しい

うちに起きて、やはり各自お好きなように時間をお過ごしになり、今日と同じように決めた時刻に昼食にお戻りくださいませ。食後は踊りも舞いもいたしましょう。そして昼寝をとりました後、今日そういたしましたように皆さまここへお話しにお戻りくださいませ。為にもなり楽しみにもなるのはやはり皆さまのお話が第一でございます。パンピーネアさまは女王に選ばれたのが遅くてご自分のご裁量でおできにならなかったことがございました。わたくしはそれを始めたいと思います。それはあらかじめ定めた一つの題目に限って話をしていただく、そしてそれは前もって皆さまにお知らせする。そうすれば決められた題についてどんな素敵なお話をすればよいかお考えになるゆとりもございましょう。ではその題は、これで宜しうございましょうか、世の初めよりこの方、人間は運命の女神の気まぐれに翻弄されてまいりました。これから先も世の末まで左様でございましょう。それでは次の題についてお話しくださいませ。「様々な悪運にさいなまれたが、予期に反して幸福な終わりを迎えた人について」

女たちも男たちもひとしくこの題目に喝采しました。皆この題で好いと言いましたが、ディオネーオだけは皆が黙った時にこう言いました、

「女王様、本席の皆様が全員申されたごとく私も貴女様が下された命令は楽しそうで誠に結構でございます。さりながら特別のお許しをお願いしたいのです。なにとぞこの集いが続く限り、この特典をお認めくださいませ。それは私が望む場合は私はこの決められた題目に即して話をするという掟に縛られない、そうでなくてどうしても話したいこ

とを言わせていただくわけにはまいりませんか。さては話題が乏しいからこうしたお願いを私がするのだと勘違いされても困りますから、これから先は私は最後にお話しする順で宜しうございます」

女王はこの青年紳士の陽気で人を楽しませることの好きな性格をよく心得ていたので、この申出でがどういうつもりかたちどころに見当がつきました。一同が話に倦んで疲れた頃、ディオネーオならなにか抱腹絶倒の話をして皆をまた明るく楽しませてくれるに相違ないからです。ほかの人々の同意を得て女王は喜んでこの特典を彼に与えました。

女王は腰を上げ、清らかな流れの岸辺に向かいました。川は、小さな山から多くの樹々で影深い谷間をつたって、すべすべした石や青い草の間を下って流れてきます。一行はゆっくりとそこに向かいました。そこへ来ると女たちは裸足となり、白い腕も露わに水の中へつかると、互いに種々興じあうのでした。やがて晩餐の時刻が近づきました。館へ戻ると一同楽しく御馳走をいただきます。食事が済むと、楽器を取り寄せて、女王は舞踏の開始を告げます。ラウレッタが先頭に立って舞い、エミーリアはディオネーオのリュートの伴奏で歌うように命じられます。そのご下命に従い、ラウレッタはいそいそと踊り始め、エミーリアは「みめうるはしきわれにしあれば」*1と恋心あふれる声で歌いました。〔その趣旨は今の言葉にかいつまんで訳すとおよそ次のようになりましょう〕

みめうるはしきわれにしあれば――ああ、わたしはわが美しさを愛します。それは魅力に富み、ほかの愛が心を捉えるとは思われません。そんな望みが湧くとも思えません。鏡に映る姿を見るごとにわたしは幸せと感じます。昔の事も新しい恋もわたしのこの喜びを奪えるとは思えません。わたしの美しさは慰めです。その優しさは言葉につくせないほどです。見れば見るほど心は燃え、われを忘れます。しかし同じように燃えるものが内にあればこそこの鏡に映る気持もわかるのです。それを見つめそれに身も心もゆだねたい。そしてさらに大いなる喜びがその後に来ることを願います。

居合わせた人たちも一緒に歌いました。「さればうれしきわが胸に　新たなる火をかきたつる　たのしきもののあるべきや」の歌詞の真意をあれこれ思いめぐらすうちに、歌は終わりました。それから手に手を取って活発に踊るロンドがなお二、三続きましたが、短い夏の夜もはや更けたので、女王は第一日の終わりを告げます。松明に火がともされ、みな明朝まで休むようにとのお達しでした。それで各自は引き返してそれぞれの部屋に戻りました。

＊1　この歌の出だしはもとはチーノ・ダ・ピストイアの詩を踏まえたものという。日本語の既訳の中で高橋久訳が「みめうるはしきわれにしあれば」と雅語を用いている。その高橋訳の別の一節「されぱうれしきわが胸に」も使わせていただいた。

第二日

第二日まえがき

『デカメロン』すなわち『十日物語』の第一日が終わり、第二日が始まる。そこではフィロメーナの主宰の下で、散々な目に遭いながら、予想外なめでたい結末を迎えた人の話が披露される。

すでにいたるところに陽の光はさしそめて新しい日を迎えました。鳥は緑なす枝に気持よく囀り、夜明けをわたくしどもの耳に告げました。そのころ七人の淑女も三人の貴公子も起き出して庭にあらわれました。露に満ちた草をゆったりと足で踏み分けつつ、あちらこちらを逍遥します。美しい花輪を編みながら、長い間、朝の散策を楽しみました。その後は前の日にしたと同じような風に、この日もいたしました。まだ涼しいうちに食事をすませ、しばらく踊った後に、昼寝をいたします。そして午後三時過ぎに起き、女王さまの思召しにより、涼しい牧場の樹蔭に集まり、女王さまを囲んで座ります。フィロメーナは愛くるしい、たいへん魅力的な顔立ちで、月桂樹の花輪を頭に戴いていましたが、皆の顔を見てしばし思いめぐらした後、ネイーフィレに本日の一連の話の端緒を切るようお命じになりました。彼女はあれこれいわず、いかにも楽しげに話し始めました。

第二日第二話

マルテルリーノは蹇（あしなえ）の振りをし、アルリーゴ聖人の遺体の上にのせられたお蔭で快癒（かいゆ）したかのような様を演じる。その正体を見破られ、皆に寄ってたかって半殺しの目にあわされる。吊（つ）るし首（くび）の刑に処せられるところを辛うじて助かる。〔ネイーフィレが物語る〕

したしいご婦人の皆さま、人様を愚弄（ぐろう）しようとして、特に尊崇（そんすう）すべきものを愚弄しようとして、結局その本人が愚弄されてしまう、いやそれどころかもっとずっと酷（ひど）い目に遭うということはよくあることでございます。わたしは女王さまのご命令に従い、第二日の話題に沿ってわたしのお話で口火を切らせていただきます。最初はまことに不運であったが、後にまったく思いもかけずたいへん幸せになったフィレンツェの市民の身の上に起きたことをお話し申します。

まだそれほど昔のことでもないが、[*1] トレヴィーゾのドイツ人[*2]でアルリーゴと呼ばれた人がいた。貧乏であったから、日雇い人足の仕事をしていた。だがそれでも世間から聖人様のような善良な人と目されていた。それなものだから、本当か本当でないか知らないが、トレヴィーゾの人たちにいわせると、アルリーゴが死んだ時、誰も鳴らさないのにトレヴィーゾの総本山のドゥオーモの寺の鐘という鐘がみな鳴り出した、とのことであった。町の人々は口々に「これぞ奇跡だ」「このアルリーゴはやはり聖人様なのだ」と言って、みな遺体が置かれている家に駆けつけた。そしてアルリーゴの遺体を聖人の御遺体と同じようにドゥオーモの中に担ぎ込んだ。その際、跛も、蹇も、盲も、その他さまざまの不具や片端の者も、ほとんど皆その後について来た。御遺体に触れれば病も不具も治るにちがいない、というのであった。

この民衆の雑踏と往来の騒ぎの真っ只中に私たちと同郷のフィレンツェの市民が三人トレヴィーゾに到着した。一人はステッキ、もう一人はマルテルリーノ、三番目はマルケーゼといった。この男たちは各地の宮廷を歴訪し、奇妙奇態な仕種をすることや他人の物真似をすることで観客を楽しませていた。トレヴィーゾは初めての土地だったから、市中の人々が熱狂して駆けつける様にすっかり驚いた。そしてその理由を聞いて、自分たちも現場を見に行こう、という気になった。

宿屋に荷物を置くと、マルケーゼが言った、

「俺たちもその聖人様を一目見たいが、さてどうやったらその場所に辿りつけるか俺には見当がつかない。なんでも広場はドイツ人や武装した連中で一杯だそうだ。当地の主君は騒動が起きないよう兵隊を配置したとのことだ。それから肝心のお寺だが、人で一

杯で、もうこれ以上はまず一人もはいれない、という話だ」

するとこうした事が見たくてたまらないマルテルリーノが言った、

「いや、行かないという手はないね。聖人様の御遺体のところに辿りつく手立て（てだ）は俺が見つけてやるよ」

「どういう手立てだ？」

とマルケーゼが尋ねるとマルテルリーノが答えた、

「いいか、よく聞いてくれ。俺は蹇の振りをするから、お前は片方の側から、ステッキはもう一方の側から、俺が一人では歩けないみたいにこの体を支えて、聖人様に治していただくように、その場所まで連れて行ってくれ。そんな俺たちを見て、道を空けないような奴はいないだろう」

マルケーゼとステッキは「なるほど」「こいつはいい」と手を打った。それですぐさま宿屋を出ると、三人は人気（ひとけ）のない場所へ行き、マルテルリーノはいかにも体が麻痺（まひ）した男のように手、指、腕、脚、さらに口、目、顔面全部をよじってみせた。それは見るも怖ろしい恰好である。これを見た人ならば誰しもこれは本当に体が麻痺した全身不随の不具者と言ったに相違ない。こうした姿で、マルケーゼとステッキに支えられて、お寺の方へ向かった。見る目にしるくお慈悲を乞い、頭を垂れて「なにとぞお願いでございます」と前にいる人に声をかけては、道を空けてもらう。人々は気安く場所を譲ってくれた。皆が注視する中で、いたるところで「道を空けろ、道をあけろ」の声があがり、三人は聖アルリーゴの遺体が安置されている場所にはやばやと到着した。そして遺体を取り囲んでいる市の名士たちの手ですぐさまマルテルリーノのひん曲がった体は持ち上げられ、聖人の御遺体の上に恭しく置かれた。そうすれば聖人様のご利益があるやもしれぬというのである。押し寄せた人々がみな自分に何事が起こるかと固唾をのんで注視しているのを見て、マルテルリーノはしばらくそのままにしていた。そして、いかにもこうしたことをやりつけている男らしく、おもむろに指が一本、麻痺がゆるんで自由に動きだした振りをした。ついで手を、それから腕を伸ばした。そしてしまいには全身を動かした。それを見て群衆は大歓声をあげた。アルリーゴ聖人様を讃える声は空高く響きわたり、その時は雷が鳴ろうと聞こえないほどであった。

ところがたまたまその場近くにフィレンツェの男が一人いあわせた。その男はマルテルリーノをたいへんよく知っていたが、引き摺られるようにしてその場に到着した全身不随の男を見ても、よもやそれが彼だとは思わなかった。ところがまっすぐに立ち上がった男を見れば、ほかならぬマルテルリーノではないか。腹を抱えて笑い出して、大声で叫んだ、

「この罰当りめ！　あんな恰好でやってくれれば、皆が皆本当に蹇と思うにきまっているじゃないか」

この言葉を何人かのトレヴィーゾの人が聞きつけて、これは聞き捨てならぬとその場で男に尋ねた、

「なんだ、あいつは本当は不具ではなかったのか？」

　それに対して男は答えた、

「冗談じゃないよ。奴は俺たちと同様いつもずっとすらっとしていた。しかし奴は人真似がうまくてね。御覧の通りだ、どんな恰好でも自由自在に化けて人を担ぐのが大好きなのさ」

　それだけ聞けば、もうそれ以上は必要なかった。人々を搔き分けて前に進み出ると口々に叫び出した、

「取っ捕まえろ！　神を畏れぬ裏切者だ、聖人様を愚弄する悪者だ。奴は不具でもないくせにこの町の俺たちやこの町の聖人様を笑いものにするために、この町へ蹇のふりをしてやってきた」

　こう叫びながらマルテㇽリーノを引っ捕まえ、彼をその場から引っ立てた。髪の毛を摑んで引き摺る。着ていた物はみな引き裂かれる。ぼかぼか殴る。ぼんぼか蹴飛ばす。皆とともにこ奴を引っぱたかないような者は男ではない、卑怯者とみなされかねない空気となった。マルテㇽリーノは「神様、お慈悲を！　神様、お赦しを！」と叫び続けたが、身を振りほどこうとももがきにもがいたが、なんの役にも立たない。迫ってくる群衆はさらに数が増し、激昂はいよいよつのるばかりだ。

　その様を見たステッキとマルケーゼは内心「これはまずいぞ」と思い始めた。そして迂闊なことを言えば自分たちにも危害が加わりかねないと思い、とてもマルテㇽリーノ

を助け出すどころでない。それどころか側にいる群衆と一緒になって「奴を殺せ」「殺してしまえ」と叫んだ。それでもどうしたら激昂した連中の手から奴を取り返せるかと思案していた。そしてマルケーゼがその場で思いついた妙案を口に出して言わなかったなら、暴徒は間違いなくマルテッリーノをぶち殺してしまったに相違ない。当地の主君の配下の警護隊の兵士たちが群衆を遠巻きにしている。マルケーゼは大急ぎでそこの指揮を執っている隊長の許へ行き、こう言った、

「お助けください。あすこに悪い奴がいて、フィオリーノ金貨[*3]が百枚たっぷりはいっていた俺の財布を盗んだ。お願いです。財布を取り戻したいから、奴を取っ捕まえてください」

これを聞くや、ただちに十数名ほどの警護隊の捕吏が現場に駆けつけた。そこでは哀れにもマルテッリーノがしたたか打擲されて半死半生の目に遭っている。捕吏はやっとのことで群衆の中に割り入り、打ちのめされて息絶え絶えのマルテッリーノを暴徒の手から引き離し、市長[*4]の館へ引き立てて行った。大勢の弥次馬もぞろぞろついて行く。「俺たちは奴に笑いものにされた、ただではすまねえ」と言い立てていた連中は、マルテッリーノが財布を盗んで捕まったと聞くや、奴を懲らしめるためにこれ以上いい口実はないと思い、皆口々に自分も財布を盗られた、俺もやられた、と同じように言い出した。それを聞いてポデスタの判事は、ぶっきらぼうな男であったが、急いで別室へ連れて行き、それについて尋問を始めた。しかしマルテッリーノは、この逮捕の件について

は本気にせず、言を左右にしてまともな返事をしないので、判事は立腹し、拷問にかけ、したたか痛い目に遭わせた。ロープで吊るし上げては繰返し下に落としたのである。こうして皆が言い立てていたことを白状させた挙句、縛り首の刑に処する心算であった。

しかし地上に落とされたマルテッリーノに向かって判事が「皆がお前に対して言っていることは本当か」と尋問した時、本当でないと言ったところで役に立つはずはないと思ったから、こう答えた、

「判事殿、本当の事を言う覚悟は出来ております。ただ私を犯人扱いする連中の一人一人にいつ、どこで私が財布を盗ったか言わせてください。そうすれば私がしたかしないか言いますから」

判事は「それは結構だ」と言って、人々を呼び集めた。ある者は八日前、別の者は六日前、もう一人は四日前、さらに何人かは今日盗まれた、と言い張った。

それを聞いてマルテッリーノは言った、

「判事殿、皆嘘っぱちだ。出鱈目もいいところだ。これから真実を申しあげますから、それが無実の証拠になります。いいですか、俺はこの町に来たのはつい先刻だ。そんな前からこの町に入ったこともなければ、この町にいたこともない。俺はこの町に着くやいなや、不幸にも、この聖人の御遺体を見に行った。そこで御覧の通り俺は散々打擲された。この俺が言ったことが真実か否か市の入国管理のお役人がご存知だ。そこの入国者名簿を見てみろ。宿屋の主人にも聞いてみろ。さあ、俺が言った通りだったらどう

してくれる。まさかこの悪党どもの手にかけて俺を八つ裂きにして殺すつもりではあるまい」

事態はこのような展開となった。その間マルケーゼとステッキの耳に達したのは、判事がマルテルリーノに対して厳しく責めつけて、すでに拷問に掛けているとの報せであった。二人はたいそう心配してお互いにこう言った、

「大失敗だ。フライパンから拾ったつもりが火の中へ落としてしまった」

気が気でなくて二人は宿の主人を見つけ出し、事の次第を述べた。すると主人は笑って、彼らをサンドロ・アゴランティ*5という男のところへ連れて行った。この男はトレヴィーゾに住んでいて、この市の主君と昵懇(じっこん)な仲である。宿の主人は順を追って一部始終を説明し、二人とともになにとぞマルテルリーノの件をくれぐれも宜しく御願い申し上げますと懇願した。

サンドロは大笑いして、主君のところへ行き、マルテルリーノを呼び寄せるようお頼みした。その頼みは聴き入れられた。人々が出迎えに行ったが、マルテルリーノはまだ下着同然の姿で判事の前で途方にくれ、ひどく怯(おび)えている。というのも判事は彼の弁解には一切耳を傾けようとしないからである。それどころかフィレンツェ人に対してなにか憎むというか含むところがあるようだ。それでどうかしてマルテルリーノを吊るし首の刑に処するつもりであるらしく、主君にその身柄をなかなか引渡そうとしない。それでもしまいに嫌々ながら釈放せざるを得なかった。

こうして主君の前に引き出されたマルテルリーノは順を追って一部始終を説明し、是非ともこの町から立ち去らせてください、フィレンツェに戻るまでは首のまわりに綱がかかっているような気がしてなりませんと嘆願した。主君はこの一件に大笑いして、この三人にそれぞれ新調した服を与えるよう命じた。このような大厄（たいやく）に見舞われたが有難くも無事に切り抜け、予期を越えた結末を迎え、三人はめでたく故郷の家に帰ったとのことであった。

＊1　アルリーゴは一三一五年六月十日に死んだ。

＊2　アルリーゴ Arrigo はトレヴィーゾよりさらに北のオーストリアに近いボルツァーノの生まれであった。Bolzano は現在はイタリア領だが、ドイツ語では Bozen と呼ばれ、ドイツ領だった時期も多い。現在でも同地ではイタリア国籍の住民ではあるけれども日常ではドイツ語を多く用いている人もいる。アルリーゴも当初はおそらくハインリッヒと呼ばれたのであろうが、トレヴィーゾではアルリーゴと呼ばれていたに相違ないので、このイタリア語名で訳した。なおドゥオーモというのはフランスなどのカテドラルに相当する大都市の一番大きな大聖堂、総本山をさす。

＊3　貨幣の単位と価値については第一日第一話の註2を参照。

＊4　ポデスタ podestà とは十二世紀後期から十四世紀前期にかけてのコムーネと呼ばれる都市国家の時代、政治的中立性を確保するために外部から人を招いてほぼ六ヵ月単位の任期で任命された都市国家の執政責任者。市長とも訳される。当地の主君とは別人物である。

＊5　アゴランティ Agolanti 家はフィレンツェの名門だが千二百年代の後半に市を追放された。千三百年代の初期にトレヴィーゾやヴェネツィアに住んでいたと伝えられる。十三世紀の末にフィレンツェ人がユダヤ人に代わってその地方の金貸業者となったが、その中でアゴランティ一族も暮らして

いたのであろう。第二日第三話の註3も参照。十四世紀の初期のトレヴィーゾにはフィレンツェ人が多数住んでいた。

第二日第二話

リナルド・ディ・アスティは追剝ぎに金目の物を奪われたが、カステル・グイリエルモで夫に死なれた女の家に泊り、その損失の埋め合わせをしてもらい、無事にめでたくわが家に戻る。〔フィローストラトが物語る〕

ネイーフィレの口から物語られたマルテルリーノの事件にはご婦人方は腹を抱えてお笑いになりました。とくに爆笑したのが若い紳士方の中ではフィローストラトです。それでネイーフィレの次に座っていたフィローストラトに女王は次にお話を続けるようお命じになりました。彼は即座に始めました。

美しいご婦人方、お話し申し上げる話題は敬虔な事、痛ましい事、愛にまつわる事などが混じりあったお話ですが、それは皆さまお聞きになれば必ずやお役に立つかと存じます。とくに皆さまは恋の危ない小道をお歩きでいらっしゃいますが、その道筋では聖ジュリアンの主の祈りを幾度も唱えませんと、たとい良い寝床は見つかろうとも悪い宿りになるものでございます。

アッゾ・ダ・フェルラーラ侯爵[*1]の時のこと、リナルド・ディ・アスティ[*2]という名の商人が、仕事の関係でボローニャに来た。用事を済ませて家路についたが、フェルラーラを出て、ヴェローナに向け馬を進める途中、商人のような恰好をした数人の者に出会った。それが実は性悪な暮らしを送る盗賊なのだが、迂闊にもリナルドは話しかけて一緒について行ってしまった。先方はリナルドが商人でたんまり金を持っているに相違ないと踏んで、機会があればいちはやく金を巻きあげてしまおう、と内々で相談ずみである。リナルドに怪しまれまいとして、つつましやかな良家の者の風を装い、道すがらもっぱら実直で堅気な話をした。そして轡を並べながら、なるべくお人好しで気の弱そうなふりをしていた。それでリナルドは下男一人を連れただけの物淋しい旅だったので、道連れがあって運が良かったと思い込んでしまった。

こうして進むうちに、よくあることだが、あちらこちらへ話が飛んで神様へのお祈りが話題となった。三人の盗賊の一人がリナルドに向かって言った、

「あなたはご旅行の際はどんなお祈りをおあげになりますか」

それに対してリナルドは答えた、

「いや実は、私はこうした物を扱うのが商売の蕪雑な男で、お祈りの心得などはあまりございません。古風な暮らし方なものだから、一円は百銭、二ソルドは二十四デナーロとそういう風にわきまえております[*3]。それでも旅に出たときは毎朝宿を出る時、聖ジュ

リアン様の父母*4の御霊のために「我らの父」で始まる主の祈り「パテル・ノストロ」と「アヴェ・マリヤ」を唱えるのがいつも習いでございました。その後で神様と聖ジュリアン様に次の夜私に良い宿を給わりますようお祈りいたします。するとこうした旅歩きの暮らしを送っておりますと、危ない目にも何度も遭いましたが、幸いいつも難を逃れて、次の夜は良い場所で良い宿にめぐりあいました。私聖ジュリアン様を堅く信心してお祈りをあげますので聖人様が神様からこのようなお恵みを授けてくださるものと有難く思っております。朝にお祈りをあげませなんだら、昼間の旅も夜の宿りもこのようにうまくは参るまいと存じます」

　すると先刻質問した男が、

「それで今朝はお祈りをあげましたか」

といった。リナルドは、

「もちろんでございます」

と答えた。

　するとこれから事がどう運ぶかすでに心得ている男は、心中こう呟いた、

「お前はじきにお祈りなしでは済まなくなるぞ。もし事が上首尾に終われば、俺の見るところ、お前は今晩の宿りは良くはないぞ」

　そして声に出してリナルドに言った、

「私もご同様に旅烏の暮らしを年中送っていますが、多くの方にしきりと勧められはし

たが、そのお祈りを唱えたことは一度もありません。だからといって良い宿にめぐりあわなかったことも一度もない。さあ、今晩はたまたまどうなりますか。どちらが良い宿りにめぐりあえるか、それでわかりますな、お祈りを唱えたあなたの方か、それとも唱えない私の方か。もっとも私はその代わりにディルピスティとかンテメラータとかデプロフンディ[*5]とかを唱えます。私の祖母さんがよく言っていましたが、なんでもたいそうな効き目があるそうです」

こんなことなど話しながら、そして道を進みながら、悪党どもは良からぬ目論見に恰好の所と時を待っていた。もう時刻もだいぶ遅い。カステル・グイリエルモを過ぎて川の渡し近くの狭間にさしかかった。時刻は遅し、人気は無し、三人は好機到来とばかりリナルドに襲い掛かるや、身ぐるみ剝いだ。地面に下着姿のまま抛り出すと、

「さあ、わかったか。お前の聖ジュリアン様が今晩お前にいい宿を世話してくれるかどうか。俺たちの方のお祈りはたいそうな効き目があった。今晩は結構な宿屋の世話を焼いてくれるぞ」

と捨台詞を吐くや川を渡って立ち去った。

リナルドの下男は主人が襲われるのを見て、性卑劣な男だったから、主人の助けに馳せ参じるどころか、馬首をめぐらすやひたすら逃げた。カステル・グイリエルモに着くまで走るのを止めなかった。そしてその市中に入ると、すでに日暮れであったから、それ以外のことは毛頭考えず、宿屋に身を投じた。

リナルドは下着姿で足は裸足（はだし）、寒さは寒し、雪は絶え間なく降りしきる。どうすればいいか見当もつかない。日は暮れて、体は震え、歯はがちがち鳴る。どこかに仮寝（かりね）の宿はないものか、凍え死にせぬ法はないものか、とあたりを見まわした。しかし何一つ見えない。この辺りは近年の戦乱でことごとく焼き払われてしまったからである。耐え難い寒気（かんき）にじっとしておられず、カステル・グイリエルモの方に向けて転がるように足早に向かった。下男がそちらの方へ逃げたのか、それともよそへ逃げたのかもわからない。ただ自分が市中に入れれば、神様がなにか救いの手を差し伸べてくださるに相違ないと思っていた。しかしカステル・グイリエルモまで後一哩（マイル）というところで日はとっぷり暮れた。遅くなって到着した時には、市の城門は閉まり、跳ね橋はすでに吊り上げられていて、市中に入ることはもはや叶わない。それで歎きつつ涙にくれた。心は慰まない。どこかせめて背中に雪の降りかからぬ場所はないかとあたりを見まわした。すると城壁の上に家が一軒あり、それが張り出している。リナルドはその下へ行って夜が明けるまでそこにいようと決めた。そこへ行ってみると、張り出し部分の下に一つ戸口がある。もちろん鍵は閉まっていた。その戸口の敷居近くにそのあたりに散らばっていた多少の藁屑（わらくず）を集めると、悄然（しょうぜん）として座り込んだ。そして何度も聖ジュリアン様にこぼした、

「年ごろ信心いたしましたのにこれはあまりではございませんか」

　すると聖ジュリアン様が目をかけてくれたのか、あまり間もおかず良い宿を用意してくれたのである。

当時この市内には一人実に美しい体つきの未亡人がいた。ほかに比を見ないほどのよい女である。その女をアッゾ侯爵がわが命に劣らず大事にした。そして自分の思いのままにしようと女をかくまった。その囲われた家がその城壁の上の家だったのである。リナルドはそれとは知らずにその張り出し部分の下に来て寒気を凌ごうとしていた。その日の昼間にたまたま侯爵が当地に来た。夜は女と過ごすつもりであった。そしてその家でこっそりと風呂を立てさせ宮廷料理の用意もさせた。で万事万端整った時、そしてもはや侯爵のおなりだけが待たれていた時、侍従が入口の戸を叩いた。それは侯爵あてに報せが届き侯爵に即刻馬で急行してもらわねばならぬ用事が突発したとのことで、そのために侍従がここへ遣わされ、女に「侯爵様をお待ちになる御用はございません」と伝えに来たのである。侍従はすぐに取って返してしまった。となると女はいささか拍子抜けして心慰まない。なにをしてよいかわからない。それで侯爵のために立てた風呂にはいり、夕食をすませ、寝台に行くこととした。それでまず熱い湯につかった。

　ところでこの浴室は、ほうほうの体のリナルドが市外からたどり着いた戸口の脇にあった。それで浴槽につかっていた女にはリナルドの歎く声が聞こえたばかりか体の震えまでが伝わってきた。なんだか鸛が嘴をかたかた鳴らしているみたいである。[*6] そこで侍女をそっと呼んだ、

「上にあがって窓から城壁の外を覗いて御覧。そこの戸口の敷居のあたりに誰かいて何かごそごそしているから確かめて頂戴」

侍女が上の階にあがって見おろすと、明るい晩だったので、すでに述べたような下着姿で裸足のまま男がそこに座って震えている。それで侍女は「誰方さんですか」と声をかけた。リナルドはあまりに震えが激しくて話そうにも言葉が言葉にならない。それでも自分が誰でどうしてどうやってここへ来たか手短かに言った。そして哀れ深い声で「もし出来ますことなら、なにとぞお願いでございます。どうか戸外で凍え死にさせないでくださいませ」と懇願した。侍女は気の毒に思って奥方のもとへ行き一部始終を伝えた。女も同じように哀れに思い、侯爵がお忍びで来る時のために用いるその外に面した戸口の鍵のあるのを思い出して、

「行ってそっと静かに戸口を開けておやり。ここには折角用意したのにお客様のいない夕食もあります。泊めてあげるくらいはできますから」

と言った。侍女は奥方の人柄の優しさに心打たれて「善い事をなさいます」と奥方を褒めそやし、いそいそと戸口を開けた。そして中に男を入れた。凍えて体がこわばっている。それを見て奥方は、

「まあひどい、さ、急いでこのお風呂にお入りなさい。お湯はまだ熱いから」

と言った。男はもう遠慮はしなかった。そしてすぐ風呂に漬かると熱いお湯のおかげで死にかけた体から命がよみがえる思いがした。奥方は亡くなってまだそれほど経たない夫の衣服を差し出させた。それを着てみるとぴったりで、まるでリナルドのために仕立てたかのようである。そして奥方のお言葉を待ちながら、神様と聖ジュリアン様にお

礼を述べ始めた。こんな悪夢のような怖ろしい夜から自分を救い出していかにも良い宿にお導きくださったと思われたからである。凍え死ぬと観念していただけにまことに感謝の極みであった。奥方は客間に火を赤々と焚かせるよう命じ、しばらく奥に引っ込んでいたが、そこへ現われると「さっきの人はどうしています」とたずねた。侍女が答えた、

「奥さま、着替えましたらたいへん素敵な美男子でございます。きちんとしたお方らしく品も良くていらっしゃいます」

「それでは行ってここへ呼んでいらっしゃい。煖炉の近くでお食事しましょう。お腹もすかせているでしょう」

　リナルドは客間に招じ入れられた。見れば立派な奥方である。恭しくお辞儀してご親切を施してくださり感謝に耐えませんと言葉を尽くしてお礼を言上した。奥方はリナルドを見、ご挨拶を聞き、侍女が言った通りなので、喜んで出迎えて、火の側の、自分の近くに親しげに座らせた。そしてリナルドをここまで来させることとなった事件について尋ねた。それに対しリナルドは順を追って一部始終を物語った。奥方はリナルドの下男が市中に逃げ込んできてこの件について話したことをすでに人づてに耳にしていたので、リナルドが語ったことを全面的に信用した。そして彼の下男から聞いたことを伝え、翌朝になれば下男にも会えるでしょう、[*7]と言った。食卓の準備も整い、奥方のご希望通り、リナルドも一緒に、手を洗って食事することとなった。リナルドは体つきが大きく、

美男で気持のよい顔立ちをしている。挙措も非の打ちどころがなく優雅でめでたい。年のころはまだ若い方、三十代の半ばである。奥方は何度もリナルドを見やって誉めそやすような眼差しで見つめた。侯爵とともに一夜を過ごすつもりでいただけに欲望に目覚めていた奥方は、リナルドを迎えた時もそんな気持になっていたのである。食事がすみ、食卓から離れた奥方は侍女とこんな内緒話をした。侯爵様がお約束を反故にしたのだから、折角の目の前のこの好機会をみすみす見逃すことはないと思うけれど「おまえはどう思う？」

そう聞かれた侍女は、奥方の気持がよくわかっていたので「いいですとも、奥さま」と後押しして奥方に「ご自分の気持に従うことがなによりでございます」といった。それで奥方はリナルドが一人残っていた煖炉の火の側に戻り、嫣然と微笑んで眺めると、男にこう話しかけた、

「リナルドさん、なんでそんなに物思いに耽っていらっしゃるのです？　馬や何着かの衣服をなくしたからといって、取り戻せないとでもお考えですか。もっと陽気に元気をお出しなさい。ご自宅にいるとお考えになって。それにこんな気がして、もう一言踏み込んで申します。亡くなりました主人の服をお召しのあなた様が主人に代わって帰ってきた気がして、あなたを抱きしめてキスしたくて、それはもうたまらない気持です。あなたさまに失礼でないかという心配さえなければ、もうとっくにそうしていましたのに」

リナルドはこの言葉を聞き、女の両眼が輝くのを見、本人は遅鈍な「頭の不自由な人」[*8]ではなかったので、両手をひろげて奥方に向かい、

「奥さま、奥さまは私を窮地(きゅうち)から救い出してくださいました。今こうして生きているのはひとえに奥さまのおかげです。このことはこれから先もずっと恩に着るつもりです。あなたさまのお気に召すこと、お好きなことをいたさぬようなことがあれば、私はとんでもないうつけ者となりましょう。どうぞご存分に両腕でこの私を抱いてキスしてくださいませ。私もあなたさまを抱きたくてたまりません」

もうそれ以上は言葉でいう必要はなかった。愛の慾望で全身熱く燃えあがった女は、体を男の腕の中に投げた。そして何度も何度も情欲に身をまかせて男を強く抱き締めて繰返しキスをした。男も繰返し女にキスした。そして二人は起き上がると今度は寝室へ行き、そこで直ぐ様すっかり横になって何度も何度も繰返し、日が昇るまで、存分に望みをとげた。

空が白んできた。女はいまは二人とも起きなければと思った。誰かに疑われるようなことがあるといけないと思ったのである。それで見映(みば)えの良くない服を与え、財布に銭(ぜに)を入れてやり、この事は絶対秘密にしておくれ、とリナルドに頼み、下男を見つけるにはどの道を通って市中に入ればよいかをあらかじめ教えておいて、入って来た戸口からリナルドを外へ出した。

すっかり明るくなった頃、市の城門が開くと、はるか遠くから徒歩で歩いてきた振り

をして、リナルドはカステル・グイリエルモの市中に入り、下男を見つけ出した。その鞄の中にあった衣服に着換え、下男の馬に跨（また）がった。すると、奇跡といおうか神意といおうか、前の夕方リナルドに追剝ぎを働いた三人の盗賊は、その直後別の悪事を働いた際に捕まり、おりしもカステル・グイリエルモの市中へ連行されてきた。その三人の白状で、リナルドには馬も、衣服も、金も全部戻ってきた。なくなったのは盗賊たちもどうしたか覚えのない彼の靴下留め（くつしたどめ）*5だけであった。

こうしたことに対しリナルドは神様と聖ジュリアン様にあらためてお礼申し上げ、馬上の人となり、めでたく無事にわが家に戻った。三人の盗賊はその翌日、刑場に引き立てられ、アルプスおろしの北風に吹かれて脚を空にぶらんこさせた。

*1　一三〇八年に死んだフェルラーラのアッゾ八世であろう。
*2　アスティはピエモンテのトリーノの東にある町で重要な商業中心地であった。訳者はRinaldo d'Astiなど母音で始まる地名の場合は、リナルド・ダスティと音に即して訳さず、リナルド・ディ・アスティという風に、出身地が明確にわかるように訳した。
*3　「二ソルドは二十四デナーロ」という言い方は、一ソルドは十二デナーロなので「事実をありのままに受取る」という即物的な人生観の意味である。日本の読者にわかりやすいように「一円は百銭」を補足した。
*4　フロベールの『聖ジュリアン』でも知られるように、ジュリアンは誤って父と母を殺した。その罪を償うために聖人は旅人をもてなす人となった。　paternostro は『主の祈り』である。
*5　これらのうち第一と第三の出典は『旧約聖書』詩篇（なお後者の「われふかき淵より汝をよべり」

はイタリアでの『旧約聖書』詩篇の数え方だと第百二十九篇になるが日本の数え方では第百三十篇になる）。第二は聖母讃歌。いずれも当時よく唱えられたラテン語の祈りの句で、ほとんどお呪い代わりに用いられたという。

＊6　これと似た情景は第八日第七話で青年学者が雪の夜中庭で寒さに震えている場面にも繰返されている。ダンテ『神曲』地獄篇第三十二歌三四行以下に「苦しみ悩む亡者が氷の中に漬かっていた。ふだんは羞恥の色を浮かべる頬までが鉛色になり、歯を鸛がするようにがちがちと鳴らした」とある。

＊7　十四世紀のイタリアではまだフォークは使われておらず、手で食事した。それで食卓につくとまず給仕が注ぐ水で手を洗う習慣があったのである。

＊8　『デカメロン』には、第二日第一話などの場合に露骨なように、いわゆる差別語が数多く用いられている。身体の不自由な人をさす俗語の使用は弱者へのデリカシーを欠いていることは間違いない。しかし日本の狂言などと同じで、人間の愚かさを笑いものとするこの種の文学作品では、露骨な言葉の使用が作品に生命を与えていることもまた真実である。その直訳を避けることは偽善であり、一種の自己検閲というべき行為で、文学にも不忠実なこととなろう。言葉狩りはまた言論を萎縮させ、表現の自由の幅を狭める危険もある。また誰が言葉を拾い出してそれが適切な表現か適切な表現でないかを決めるのか、もきわめて問題のあるところである。長い目で見ればポリティカル・コレクトネスを主張する、デリカシーを欠いた、独断性の方に、より大きな危険が潜んでいるともいえよう。もっとも他人の目を気にして差別語（ないしは差別語として差別されている語）を置き換えると、そのような小細工を弄することが見え透いてしまい、かえって滑稽が増す場合すらもある。

＊9　それで mentacatto の訳語に、直訳の「馬鹿ではありませんから」（高橋久）でなく、また差別語を避けたために訳語そのものの意味をずらしたかに思える「木石ではありませんでしたから」（河島英昭）でもなく、それとは別の工夫を混じえて「「頭の不自由な人」ではなかったので」としてみた。なお英訳では fool, laggard フランス語訳では niais などの訳語がそのまま当てられている。この靴下留めはどこでなくしたのだろうか。ひょっとして奥方の家の風呂場か寝台のあたりであろ

うか。「なくなったのは盗賊たちもどうしたか覚えのない彼の靴下留めだけであった」の一行はボッカッチョの物語の語り手としての巧みさを見事に示している。

第二日第三話

ランベルト、テダルド、アゴランテの三人の兄弟は自分たちの財産を蕩尽し、一文無しとなる。その甥のアレッサンドロは英国で金融業者として成功するが、英国で内乱が勃発し、一旦は絶望的な状況に追い込まれる。しかし旅先のブリュージュで知り合った若い英国の修道院長が実は女で英国国王の娘だという正体を発見する。この内親王は法王聖下の御前でアレッサンドロを正式に夫として迎え、アレッサンドロは三人の叔父を貧窮から助け出し、彼らを立派な地位に昇らせる。〔パンピーネアが物語る〕

ご婦人方も若い紳士方もアスティのリナルドの有為転変の話を聞いて皆さんいたく感心なさいました。まことに結構なリナルドの信心だと口々に褒め讃え、困り果てたリナルドを助けてくれた神様や聖ジュリアン様に対しご婦人方もお礼を申し述べました。そして神様が家に届けたおいしいものを戴いた奥方のことをお馬鹿さんときめつけた方は、すくなくともおおっぴらには、どなたもおられませんでした。皆さまくすくす笑い、声をひそめながら奥方が過ごした良き一夜についてあれこれお話しになっておられます。

そこでパンピーネアはフィローストラトのすぐ脇にいましたので、今度は彼女の番だと思い、思い凝らしてさて何をどう話そうかと考え始めました。女王の命令が下りますと、楽しげにしかもしっかりとした調子でこう話し始めました。

ご立派なご婦人方、運命[*1]という問題は論ずれば論ずるほど、きちんと見据えるかぎり、ますます論ずべきことが多いことがわかります。これについては驚くにはあたりません。と申しますのもわたくしたちが愚かにも自分のものと思っているものは、運命の女神の手中にあり、それですから目には見えぬその判断によって、あらゆるものはおやみなく、これからあれへ、あれからそれへと、私どもの誰にもわからぬ原理に従い、運命の手によって動かされています。この事の真実は、日々の出来事に照らしてみても、またいままで述べられた幾つかのお話に照らしても、明白ですが、女王さまのご意向に沿いたく存じますので、皆さまの驥尾に付しわたくしもお話しいたします。これも皆さまお聞きになれば必ずやお気に召すことと存じます。

昔このフィレンツェの市にテバルドという名の騎士がいた。ある人の説によると、ランベルティ家[*2]の者だという。他の人の説によると、アゴランティ家[*3]の者だという。しかしその後の説はその後彼の息子たちが従事した職業に由来しているのかもしれない。それはアゴランティ家が昔も今もやっている職業である。となるとこの説は根拠が怪しいかもしれない。その両家のいずれの出身かという話題はさて措いて、件の騎士は当代きっての大金持で、三人息子がいた。長男はランベルト、次男はテダルド、三男はアゴランテといって、いずれも美男子で優雅であった。ところが長男がまだ十八にもならない頃、大金持のテバルド氏が急死して、三人の嫡出の遺児に彼の全財産は、動産も不動産も、すべて遺された。息子たちは俄大尽になった。金も物もいくらでもある。こうなるともう誰に従う必要もない。自分の好き勝手に振舞いはじめた。いくら金を費おうが、制するものも止めるものもない。大勢の使用人を雇い、手下を連れ、何頭もの良馬、猟犬、鷹を飼い、年中大盤振舞の宴を張る、贈物はする、騎馬試合は開く、なんでもかでも、貴顕の身分にふさわしいことはもとより、若気の欲望にかられてしたい放題のことも片端からやってのけた。

　だがこうした生活が長続きするはずはない。父が遺した山のような財産も空しくなりだしたのである。一度始まった出費に収入だけでは追いつけない。資産を抵当に入れたり売却したりし始めた。今日はこれ、明日はあれと処分するうちに、たちまち無一文同然になってしまったことに気がついた。そして富貴に目が眩んで見えなくなっていた眼の盲を開いてくれたのは貧窮であった。

　それでランベルトはある日弟二人を呼び、父の財産はいかに素晴らしいものであったか、自分たちの財産もいかに素晴らしいものであったか、そしてそれが今は自分たちの乱脈な金遣いのためにいかなる貧窮の中に落ち込んだかを言い、この悲惨な様が外部に洩れる前に、自分たちは手元に残っている僅かな資産を処分してどこかへ行ってしまおう、と提案した。三人はその通りにした。それで別れの挨拶もなく、宴も一切なしにフィレンツェを発つとイギリスに着くまで足を止めなかった。そこに着くとロンドンでできるだけ家賃を切り詰めて小さな家を一軒借り、しぶとい商法で金を貸し始めた。すると運命の女神は彼らに味方して数年のうちに巨額の金を積み立てることができた。

そのおかげでその金である時は一人が、他の時は別の一人がと続けてフィレンツェへ戻り、家産の大部分を買い戻した。そしてそのほかさらに多くの資産を買い、妻を娶ることもできた。そしてイギリスで引き続き金貸業を営み、その業務に当らせるためにアレッサンドロという名の甥を現地に派遣して、三人はフィレンツェに腰を据えたのである。無法な金遣いがかつて三人をいかなる状態に追い込んだかを忘れ、いまや三人とも家族持の身となっていたにもかかわらず、以前にもましてしたい放題の浪費をまた平気でやらかすようになった。なにしろ商人たちの間でたいへんな信用を博していたから、いくらでも金を動かせたのである。数年の間はそうした乱脈な金遣いもアレッサンドロからの送金に助けられて補塡できた。アレッサンドロは英国貴族たちに城や彼らの収入を抵当に取って金を貸していたのである。その金繰りはたいへんうまくいって甥も結構な利益をあげた。

でこうして三人の兄弟は鷹揚に出費を続け、不足分は借入金でまかなっていた。そしてイギリスからの入金をすっかり頼りにしていたのである。すると誰一人予想しなかった戦争が勃発した。イギリス国王とその王子の一人とが互いに反目したのである。そのためにイギリスの島内では勢力が二分され、ある者は父王の味方、他の者は王子の味方をするという有様となった。こうなってしまったために、借金の形にとってあった英国貴族たちの城という城はすべてアレッサンドロの手から取り上げられた。そのほかの収入源もすっかり絶たれた。それでも父子の和解が今日なるか明日なるかと期待し、そうなれば全部戻ってくるだろう、借金も利子もと思って、アレッサンドロはイギリスに踏みとどまり、島を離れようとしなかった。その間も三人の兄弟はフィレンツェで巨額の出費を思い留まろうとしない。それどころか毎日借金の額が増える一方である。しかし数年経っても期待は空しいままである。それで三人兄弟は単に信用を失ったのみか、債権者に金を返せと責め立てられ、ついに逮捕されてしまった。自分たちの資産や所領を処分しただけでは支払いきれない。残りの債務のために牢屋へ入れられた。その夫人や小さな子供たちは、ある者は田舎へ、ある者はここへ、ある者はあちらへと、いかにも哀れななりで立ち去った。これから先はもうずっと惨めな生活を送るよりほかに見通しは立たなかったのである。

イギリスで平和の回復を何年間も待っていたアレッサンドロは、平和の兆しも見えないので、これ以上空しく待ち続ければ生命の危険にも晒されかねないと判断し、熟慮の末ついにイタリアへ帰ることとした。それでたった一人で旅路についた。ブリュージュ[*4]の城門を出たところで、自分と同じように城門を出てきた白衣をまとった修道院長を目にした。大勢の僧侶や従者を後に従えている。そして多人数の荷物方は先に進んでいる。修道院長のすぐ側には年配の騎士が二人、国王の親戚に当る方である。アレッサンドロの顔見知りの方なので、近づいてご挨拶すると、気さくに行列の中に入れてくれた。

この方々と道を行きながら、アレッサンドロはおだやかにたずねた、

「これほどの多人数で馬に乗って行く坊様方はどなたで、またどちらへ行かれますか」

それに対して騎士の一人が答えた、

「前を馬に乗って行く方は私どもの親族のお一人で、先日イギリスの大修道院の一つの院長に選ばれました。しかしこの青年はそのような高い地位に就くには法律で定められた年齢よりもまだ若い。それだから私どもがお供してローマへ行き、法王様にお願いして年齢不足でも差支えなしという特免状を出していただき、ついで認証式を執り行なっていただこうと考えている次第です。ただしこの件は御他言無用です」

道を行きながら、新修道院長は、ある時は従者たちの行列の先頭に立ち、ある時は後尾に立って歩を進めた。これは私どもが日々目撃するように、お偉方が道中でよくなさることである。それで道すがら新修道院長は身近にアレッサンドロを見かけた。アレッサンドロはまだ若く、顔立ちはいかにも美しく体つきはまことに見事、その端正な挙措は誰にもひけをとらない。実に気持のよい人柄で礼儀作法をわきまえている。それで一目見るなりほかのなにもまして気に入った。それでアレッサンドロを呼び寄せると、親しげに話しかけ「あなたはどなたで、どこから来て、どこへ行くのか」と問うた。そ

れに対してアレッサンドロは身の上を率直に打明け、院長が得心の行くようお答えした。そしてたとい小なりともお役に立つならお仕えしたいむね言上した。その筋の通った見事な話し方を聞き、その立居振舞を逐一眺め、職業こそ金貸と卑しいが、まことに立派な紳士だと感じ、内心この青年に対して好きでたまらないような熱い気持を覚えた。アレッサンドロの不幸にすっかり同情し、やさしく慰めて言った、

「立派な男なら、運命の女神の手でたとい一旦は突き落とされようとも、神様がまた引き上げてくれます。元よりもさらに高い位置へ引き上げてくれましょう」

そして自分はトスカーナの方へ行くが、もし同じ方へ行くのなら、よろしければご一緒しませんか、と言い添えた。アレッサンドロは相手の慰めの言葉に礼を言い、自分は御要望にはなにであれ従うつもりである旨答えた。

こうして修道院長は道を進んだ。アレッサンドロを見たことで、かつて感じたこともない不思議ななにかが心中に目覚めた。数日後とある小村に着いた。宿はどれも貧相である。院長がここで一泊したいというので、アレッサンドロはとある知合いの家で院長に馬から下りてもらった。昔自分の家で働いていた男の家で宿もしている。そこのできるだけ居心地の悪くない場所を院長の部屋とした。なにかアレッサンドロが院長の執事になったかのようだが、なにしろ実務にたけていたので一行をとどこおりなく、ある者はここ、ある者はあそこと全員できるだけ都合よくこの村に泊めた。修道院長は夕食をすませた。夜もだいぶ更け皆それぞれ寝についた。その時アレッサンドロは宿の主人に

自分はどこで寝たらよいかとたずねた。

それに対して主人はこう答えた、

「本当のところ、どうしたらいいかわからない。御覧の通りすべて一杯だ。俺と家族は板敷きの長椅子の上で横に寝る始末だ。ただし修道院長の部屋には穀物をしまう大きな櫃が並べて置いてある。そこへ連れて行ってやる。その櫃の上に布団を敷いてやるから、もしそれで良ければそこで我慢して今晩は泊ってくれ」

それに対してアレッサンドロが答えた、

「まさか修道院長様のお部屋に泊りに行くわけにはいかないよ。もともと狭いお部屋で、それで窮屈だからほかの坊様にもご一緒にお泊り願えなかったのだ。院長様の寝台の帳を閉めた時にそれに気づいていれば、櫃の上には坊様たちにお休み願って私はいま坊さんたちが休んでいるところで寝るのだったのに」

それに対して主人が言った、

「しかしこうなってしまった以上、お前さんには櫃の上で寝てもらう。それが一番の解決策さ。いけませんか。院長様はもうお休みだ。カーテンが六枚寝台の三方に垂れている。そこにそっと敷物を延べるから、すまないがそこで寝てくれ」

アレッサンドロはこれなら院長さまに迷惑をおかけすることなくやれると見てとり、主人の言うことを聞いた。それでできるだけ音を立てずにそっと横になった。

修道院長は心中に目覚めた熱い気持の激しさに眠ることができない。宿の主人とアレッサンドロが交わした会話を聞いてしまったばかりかアレッサンドロが寝るためにどこに横になったかも聞き耳を立てて聞いてしまった。内心恍惚として言った、

「神様がわたしの願いを叶えてくださる。いま摑まなければ、こんな機会はもう二度と来るまい」

　さあアレッサンドロをわがものにしたいと考え、宿中がしんと静まりかえったと見て、低い声で「アレッサンドロ」と声をかけ、自分の横に来ておくれ、と言った。アレッサンドロは何度か遠慮し辞退したが、服を脱いで横になった。院長は手を青年の胸に置くとそっと触り始めた。まるでうら若い乙女が恋人の胸をさぐるようなしぐさである。アレッサンドロは驚いて、院長はもしやよからぬ衆道の好みでこう自分に触るのか、と怪しんだ。その怪しんだ気配を察したのか、なにか体の動きでわかったのか、相手はくすっと微笑した。すぐ身に着けていた肌着を脱ぐと、アレッサンドロの手を取り、自分の胸に当てると言った、

「アレッサンドロ、お馬鹿さんな考えはもうしないで。ここを触ってごらん。なにを隠していたかおわかりでしょう」

　アレッサンドロは胸に手を置いた。丸い二つの固い乳房である。象牙のように華奢だった。触った途端、女だとわかった。するともうすぐにも抱きしめて、キスしたい。そのとき女が「ちょっと待って」と言った、

「近寄る前によく聴いて頂戴。おわかりのように、わたしは女です。男ではありません。

処女として家を出ました。法王様に会いに行くのは婿選びのためです。それがお前の運というかわたしの不運というか、先日お前を見かけてしまいました。それで火がついてお前を思うと身内が恋心に熱く燃えさかります。こんなに男が好きになった女はほかにいますまい。それで婿にするなら他の誰より先にお前にしたいと思いました。お前がわたしを妻にしたくないというなら、すぐにここを出てお前の寝場所にお戻りなさい」

アレッサンドロは、この娘についてなにも知らなかったが、その供まわりの様子からも高貴で豊かな方だとは思った。しかもいかにも美しかった。それでそれ以上思いあぐねることはせず「もしあなた様のお気に召すなら、自分にとってはまことに嬉しいかぎりです」と答えた。すると女は身を起こして寝台の上にきちんと座り、主キリストの描かれた小さな板絵を前にして、アレッサンドロの手に指環を置き、結婚の誓いを言わせた。そしてその後で互いに固く抱き合い、双方の非常な喜びのうちにその夜の残りの時間を楽しんだ。しかし夜が明けると、もうこうもしていられない。二人の間でこれからどのような順で事を運ぶかそのやり方を決めた。アレッサンドロは起き出すと、前に入ってきた所を通り外へ出た。誰も彼がどこで夜を過ごしたか知らない。そしてもうたまらなく嬉しい気持でうら若い男装の修道院長とその一行とともに旅路に再びついた。そして何日もかけた挙句、ローマに着いた。

ここで何日間か滞在した後、修道院長は二人の年配の騎士とアレッサンドロを供として、それ以外の余人は連れず、法王に謁見した。そしてしかるべき御挨拶を申し述べた

後、次のように修道院長は語り始めた、

「法王様、法王様がどこの誰方よりも御承知の通り、善良で名誉ある生き方をしようとする者は、それとは反対の方へと人を導きかねぬものに対しては、できるだけそれを避けて逃げなければなりません。これが名誉ある生き方を望む者としての私の処世訓でございます。その目的を果たすために御覧の通りの姿に身をやつして密かに私の父であります英国王の国宝の大半を持参し、英国を逃れ、当地へ参りました。それと申しますのは御覧の通りの若さの私でございます。父はその私をスコットランドの老王に妻として与えようといたしました。それで私は法王聖下に結婚のお許しをお願いし祝福を賜りたくこの旅に出たのでございます。私はスコットランドの国王様のお年のことはさほど気にはいたしませんでした。心配なのは、もし老王と結ばれました際、私の若気の移り気のゆえに私が神聖な法に背き、私の父の王の血の名誉に背くようなことになるのでないか、ということでございました。そのような気持で当地へ向かいました。すると人にはそれぞれなにが良いかを一番良く御存知の神様が、思いますに憐れみをお垂れになり、私の目の前に神が私の夫として選び給うた人をお示しになったのでございます。その人こそこの若者でございました」

　そう言ってアレッサンドロをさし示した。

「この私の近くに御覧の彼の青年でございます。その貴族の血筋は王族の血筋には及ばぬにせよ、その端正な挙措、その立派な人柄は世のいかなる婦人の配偶者たるにもふさわしいもの、それで私はこの人を選び、たとい父やほかの人にどのように思われようとも、この人を私は夫といたします。こうして私のこの旅の主な目的は達せられました。この上は旅を続けローマにある多くの聖地を巡歴し、法王聖下にお目にかかり、私が神の御前で誓いましたアレッサンドロと私の結婚の契り(ちぎ)をあなた様の御前で、次いで人々の前で、あなた様の御手づからのお導きにより公然と挙式したく存じます。謹みてお願い申し上げます。神のお気に召し、私の意に叶(かな)いましたことが、お気に召しましたなら、なにとぞ法王様の祝福を賜りませ。それによりまして法王様がその代理であられる方のお喜びがそれだけますます確かなものとなるのでございます。そうなりましたら私どもは共に手に手をとり、神様の栄光と法王様の栄光を讃えつつ生き、かつ死ぬつもりでございます」

妻が英国王の娘であると聞いてアレッサンドロは驚嘆し、心の内は喜びで一杯になり、恍惚となった。だがそれよりさらに驚いたのは二人の年配の騎士であった。その狼狽(ろうばい)の体(てい)たらくは、もし法王様の御前でなかったならば、アレッサンドロに対してはもとより姫に対しても手荒な真似をしかねまじい様子であった。しかし法王は姫の服装と姫の婿選びにすこぶる驚きはしたが、しかし事は後戻りしそうにないと見てとると、姫の願いを叶えてやろうと心に決めた。それでまず色をなして怒っている二人の老騎士を落着かせて姫とアレッサンドロと和解させた。そして次に何をなすべきかを取り決めた。やがて法王によって定められた日が来た。枢機卿がみな並んだ。法王が主宰する盛大な式典に多数の立派な貴顕紳士が招かれた。法王はそうした教会の聖職者や俗界の大立者が列席する前に来るよう豪奢（ごうしゃ）な王族の衣裳（いしょう）をまとった姫に合図した。その姿はまことに美しく魅力的であったから、参列者一同からおのずと讃嘆の声があがった。そして同じように豪華な衣裳を身にまとったアレッサンドロが、二人の老騎士に恭（うやうや）しく随行されて、現われた。その外見や挙措は金貸を業としてきた若者というよりはいかにも王族のそれであった。法王はそこで荘厳に初めから婚礼の儀式を執り行なった。次いで華麗なる結婚披露の祝宴が催され、最後に法王の祝福で式典はお開きとなった。

　ローマを発つに際しアレッサンドロも夫人も帰路の途中フィレンツェに立寄ることにした。二人の盛名はすでにその地に響き渡っていた。市民たちは彼らに対し最大級の歓迎を示した。夫人はアレッサンドロの三人の叔父を牢屋から解放し、まずめいめいの借金の片を付けた。そして彼らにもその夫人たちにも財産を元通り旧に復した。そのおかげでアレッサンドロと夫人は人々みなから感謝され温かく遇されたが、叔父アゴランテを連れてフィレンツェを発った。パリに着くと国王は親しく謁見（えっけん）を給うた。

　それから二人はイギリスに行き国王に対していろいろ働きかけたので、国王は娘を許したのみか、娘と婿を盛大な宴を張って歓迎した。そしてその直後国王はアレッサンドロを非常な栄誉をもって騎士の位に列し、コーンウォールの伯爵領を与えた。彼はいかにも才幹に富む人であったから、国王と王子を和解させた。そのことが島全体に非常なしあわせをもたらした。それでアレッサンドロはイギリスの島民みなの敬愛を受けた。

アゴランテはイギリスにあったはずの資産をすべて回収し、度外れて豊かな資産家となった。アレッサンドロ伯爵から騎士の称号を頂いてフィレンツェへ戻った。伯爵はその後、夫人と栄光に包まれて暮らした。そして何人かの人々のいうところに従うと、片やその智恵と勇気、片や岳父国王の助力により、やがてスコットランドを征服し、その国王として戴冠されたとのことである。

＊1　パンピーネアは第一日まえがき後半でも男勝りの論を述べたが、第二日第三話で運命論を述べる際も、作者ボッカッチョの代弁者の趣きがある。運命論は中世期以来多くの作家によって繰返しとりあげられた。『神曲』地獄篇第七歌六七行以下の運命論は有名である。ボッカッチョの運命論はさまざまで、時にいわゆる運命論者、すなわちファタリスティックな見方もすれば、運命の女神を天の摂理や神の正義の代行者とみなすダンテ風の見方もする。ただしそれらはボッカッチョに体系的な思想としての運命論の展開があったわけではなく、個々の物語の調子やその場の事情や都合にあわせて適当な運命論を述べたと見るべきであろう。なお第六日第二話の冒頭でもパンピーネアは運命についてふれている。

＊2　ランベルティ Lamberti 家は『神曲』天国篇第十六歌一〇九行以下に出てくる「自分の高慢のために滅びさった」フィレンツェの名門の一つで、ダンテがそこで「金の玉が事ある毎にフィオレンツァを飾りたてたものだが」と歌っている十二世紀に栄えた家で、「金の玉」はランベルティ家の紋章だった。

＊3　アゴランティ Agolanti 家については第二日第一話の註5を参照。アゴランティ家はフィレンツェのアディマーリ通りに住み金貸業を営んでいた。

＊4　現在はベルギー領にある古い面影を留める城市で、かつては国際交易の一大中心地であった。日本ではフランス語の呼び方であるブリュージュによって知られる。フラマン語圏にあるので、その土

地の言葉ではブリュッゲと呼ばれる。イタリア語ではブルッジヤといい、その名前は『神曲』地獄篇第十五歌四行（平川訳では五行）、煉獄篇第二十歌四六行にも見える。『神曲』も『デカメロン』も、単にイタリア国内にとどまらず、ヨーロッパ、さらには北アフリカをも含んだ地理的にも幅広い作品である。当時の通商・金融・外交・軍事関係も中におのずから点描されていて興味深い。

第二日第四話

ランドルフォ・ルーフォロは貧窮（ひんきゅう）の末、海賊となり、ジェーノヴァ人に捕まって海に突き落とされる。しかし宝石が一杯詰まった箱にすがって無事に逃げおおせる。コルフ島で女に救われ、自分の家に金持となって生還する。

〔ラウレッタが物語る〕

ラウレッタがパンピーネアの次に座っていました。パンピーネアのお話が栄光に包まれて終わりを迎えたのを見て、彼女はもう待つこともなく次のように話を始めました。

いとも麗しきご婦人の皆さま、わたくしの見るところ、運命の仕業の中で、なんと申しましても、悲惨のどん底にいた者を王侯の地位にまで引き上げることほど目を瞠（みは）る偉業はほかにございません。それはアレッサンドロの身の上に起きたことを、パンピーネアのお話で示された通りでございます。とは申せこれから先、本日の話題に沿って、最初はまことに不運であったが後にまったく思いもかけずたいへん幸せになった、というお話をされる方は、誰であれ、このアレッサンドロの場合に示されたような偉業に匹敵する、運命の大逆転をお話し申し上げるのは無理かと存じます。でございますから、わたくし、最初の悲惨はもっと酷(ひど)いかもしれませんが、だからといってアレッサンドロのような見事な結びを迎えたわけではないお話を、遠慮せずに語らせていただきます。パンピーネアのお話のことを思いますと、わたくしの話は皆さまさほど熱心にお聴きにならないかもしれませんが、ほかにできかねますので、そこはお許しくださいませ。

　レッジョからガエータ[*1]にいたる沿岸はイタリアでもっとも風光明媚(めいび)の素晴らしい地方だとされている。この中でサレルノの近くに海を見下ろす海岸で住民がコスタ・ディ・アマルフィと呼ぶ一帯がある。小さな町や庭や泉が一杯で、お金持が大勢住んでいる。その商売上手は他に比を見ない。その小さな町の中にラヴェルロがある。今日でも裕福な人が大勢いるが、以前にも同様に一人御大尽(おだいじん)でランドルフォ・ルーフォロという人がいた。その人は今の豊かな資産だけではまだ足らず、倍にしてやろうとして、もうほんの僅かのところで全資産はおろか自分の命も失(な)くすところであった。

　話はこうである。商人の常として、ランドルフォは見積りを立て、大きな船を買い、自分の銭(ぜに)をすべて注ぎ込んで、さまざまな荷を買い付け、その船とともにキプロス島へ行った。ところがそこで自分が載せて運んできたとほぼ同じ分量の商品を積んできた他の船が数隻すでに到着していることを発見し、そのためにランドルフォは仕入れた値よりも安い値段で売らざるを得なくなった。それどころか在庫品を処分するためにただ同然で売り捌かざるを得なかった。それでもう破産寸前となった。

この件で絶望の淵に追い詰められ、どうしてよいかわからない。先日まで富豪と呼ばれた身がたちまちのうちに素寒貧同様の有様。その転落した我が身の様を見るにつけ、自殺するか、さもなければ損失補塡のために盗みを働くか、その二つに一つしかないと覚悟した。そうしなければ御大尽として国を出た身が帰っても貧乏人として生き恥を晒すことになる。幸い大船の買い手が見つかった。その金と商品を処分して得た金で、船体が細くて長くて速い海賊が働けそうな軽舟を買った。そしてその企みをやれるよう、この舟をしかるべく武装しかつ念入りに艤装した。そして誰であろうがその持物を次々と奪い出したのである。とくにトルコ人の船に目をつけて襲い始めた。

運命の女神はこんなランドルフォに微笑んだ。この仕事の実入りの方が商人の仕事よりもよほど大きかったのである。一年も経たぬうちにおびただしい数のトルコの船を襲い、奪い、以前に交易の失敗で蒙った損害を取り戻したばかりか、それにはるかに倍する利益を得た。最初の失敗の辛さが身にしみて懲りたので、もう二度とあのような大損はするまいと思った。いまは十二分に富を得たことも知っている。それで自分でももうこれで足りる、これ以上はするまいと心に決め、略奪した品とともに故郷に帰る心算となった。交易はもう懲り懲りだから、金をよそに投資するような面倒なことはもうしなかった。それで略奪物を積んだ例の軽舟に乗って西の故郷に向けて櫂を漕がせて海に出たのである。舟ははやエーゲ海にさしかかった。夕方アフリカからシロッコが吹き出した。この南風は船脚を妨げるのみか、海面は荒れに荒れた。小さな舟はこんな大波には耐えられない。天気の回復を待って、小さな島のとある入江で風をよけて碇泊することにした。その入江にはほど遠からぬあたりに遅れてジェーノヴァ人の二艘の大きな帆船も碇泊しにやってきた。コンスタンティノポリスから到着した貨物船で、ランドルフォが避けようとしたアフリカ砂漠から吹き寄せる嵐をやはり避けようとして入江にたどりついたのである。その二艘の船の船乗りたちはこの軽舟を見るや、まずそれが外海に出られないよう道を塞いだ。軽舟の持主が誰であるかは聞き知っていた。持主がたいへんな富豪ということも承知していた。ジェーノヴァの船乗りたちももちろん強欲で金に目がくらんでいる。一つあの軽舟をまるごと乗っ取ってやろうという気になった。それで水兵を二隊に分け、弩で武装した一隊は陸に揚げ、軽舟から陸に降りようとする者は一人残さず射殺するように配置した。残った一隊は潮の流れを見計らって、大船を小舟に曳かせて軽舟に接近させると、大した手間もかけずに僅かのうちに舟を拿捕し乗組員全員の逮捕にも成功した。一人の死者も出なかった。そして大船の一艘にランドルフォの身柄を移し、軽舟に積まれていた品物はすべて奪った。それが済むと軽舟は沈めてしまった。ランドルフォは哀れにも袖なしの胴衣だけを着せられて帆船上に引き留めおかれた[＊2]。

　その翌日、風向きが変わった。大船は西に向かうべく帆を揚げた。その日一日は快適に進んだ。しかし日が暮れる頃、嵐のような風が吹き始め、波が高くなり、二艘の大船は離れ離れになった。この風のせいで、惨めなランドルフォが乗せられていた船は物凄い勢いでチェファローニアの島[*3]の北辺で浅瀬の岩に激突した。その様は壁にぶちつけられたガラスが微塵に砕ける様さながらで、すべてが砕けて飛び散った。こうした海難事故の際にはよく起ることだが、海面には梱包された貨物とか木箱とか板とかがいたるところにぷかぷか浮かんでいる。真っ暗闇ではあったが、そして海は荒れに荒れて海面は不気味に盛り上がっていたが、不幸にもこの船に乗り合わせた連中で泳げる者はそうした物に一生懸命とりすがった。

　そうした中に哀れなランドルフォもいた。実をいえば前日この男は何度も「死にたい、死よ早く来たれ」と心中で呻いた。その時は、惨めななりをして故郷に帰るよりは、自分から進んで死にたいと思ったのである。ところが海に放り出され、死が目前に迫るや恐怖心がつのった。それで難破したほかの者と同様、目の前に舟板が流れてくるや勿怪の幸いとすがりついた。おそらく神はルドルフォが溺れるのを先に延ばして、彼を死から救い出してくれたのに相違ない。その舟板に跨って潮や風にあちらこちらへ流されながら、どうかこうか夜明けまで頑張った。明るくなったのでぐるりと一まわり見まわしたが、見えるのは雲と海ばかりである。箱が大波に浮かんで目の前にぐーっと流れて近づいて来た。その時は、それがぶち当ってこちらが溺れるのではないかと恐怖に襲われたが、いつも押し寄せるたびに、ある時は手で、ある時は残された僅かの力を振り絞って、その箱を遠ざけた。しかしこれが運命というものか、突然空中で一陣の風が鎖を解き放たれたかのように吹き起り、海面を激しく叩いた。それで箱はランドルフォが跨っていた舟板に激突した。板はひっくり返り、しがみついていたランドルフォは板から手を放さざるを得なかった。波の下深くに一旦は沈んだが、自力に助けられというより恐怖に助けられ、必死に泳いで浮き上がった。見ると舟板はもうはるか遠くに流されてしまい、もはや泳ぎ着くことは出来ない。それで手前の方に浮かんでいる箱に近づいて、その箱の蓋（ふた）の上に胸を当て、両腕でしっかりと支えた。こんな風にして、時々は海に、あるいはあちらにあるいはこちらにと投げ出されたが、食おうにも食う物がないので食わず、飲もうとは思わないのにしたたか飲まされて、どこにいるかもわからず、見わたしても海以外は見えず、その日一日も次の夜も海上に漂っていた。

　その次の日、神の恵みがなせる業（わざ）か風の力がなせる業か、ランドルフォはもうスポンジ同様の身となっていたが、二本の手で箱の縁をしっかり摑んでいた。その様は溺死寸前の人間が藁（わら）でも何でも摑む様に似ていたが、そんな風にしてコルフの島の浜辺に流されて来た。浜辺には貧しい女がたまたま居合わせた。食器を砂と塩水で洗って綺麗にしている。遠くから流されて来るものを見た女は、箱の上の形がはっきりとせず、恐怖のあまり奇声を発して後ずさりした。だが男は声も出ない。目もほとんど見えない。それで女に向けてなにも言わない。しかし潮が次第に箱を陸地に向けて押し上げてくる。それで女にも箱の形がわかった。そこで目を凝（こ）らして見つめると、箱の上に伸びた両腕がまず見えた。ついで顔がわかった。そしてこれは人だと思ったら、その見当ははたして当っていた。気の毒に思い、もう波もすでに静まっている海中にわけいって、男の髪を摑み、箱ごと陸地に引っ張り上げた。やっとのことで男の両手を箱からはずすと、箱は自分と一緒にいた娘の頭に載せた。そして自分は子供でも抱きかかえるように抱き上げると男を村に運んで行った。浴槽に入れると男の体を擦ったりさすったり、また湯をかけて洗ったりした。そうこうするうちに体に体温が戻り、ぐったりと失われたかにみえた力も次第に蘇って来た。女は頃合を見計らって男を浴槽から引き出すと、葡萄酒と菓子を与えて元気づけた。そして数日間できるだけ介抱してやった。すると力も回復し、自分がどこにいるかもわかるようになった。それで女は自分が引っ張り上げた箱を男に返し後はもう本人任せにした方がいいと思い、箱を返すとこれから先は自分で頑張りなさいと言った。

　ランドルフォは箱を渡されたが、そもそもそんな箱のことすらもう思い出せもしなかった。それでも女が親切に差し出してくれた時は、受取ることは受取った。たとい大した価値がないにせよ、いつの日か餓えを凌ぐのに多少は役立つだろう、と思ったからである。しかし箱が意外に軽いので、そんな希望も薄らいだ。それでも家に女がいなくなったので、蓋をこじ開けて中を見てみた。するとそこには夥しい数の宝石があるではないか、原石のままのものもあれば細工済みのものもある。ランドルフォはなかなかの目利きであったから、一目見て莫大な価値があることを悟り、神様はいまだに自分を見捨てなかった、とあらためて感謝し、元気百倍した。しかしほんの僅かの間に運命に二度も激しく叩きのめされた者としては、二度あることは三度あると警戒し、こうした物をわが家に持ち帰るについては十分注意した方がよいと考え、宝石類を何枚かの襤褸にできるだけ分けて包み、箱はもういらないから女にやる、その代わりになにかサックのような袋をくれないかと頼んだ。

親切な女は「いいよ」と言った。男は言葉を尽くしてたいへん世話になったと女に感謝を言った。そしてサックを首から提げると女と別れ、船に乗るとイタリアのブリンディジに渡った。そしてそこからはアドリア海の岸伝いに西北のトラーニまで行き、そこで同郷人の織物屋たちと一緒になると、その人たちの親切できちんとした服を着ることができた。箱の件を除いて今までわが身の上に起きた事はすべて物語ったからである。するとと服を恵んでくれたばかりか、馬も一頭貸してくれ山越えの旅の道連れまで世話してくれた。そして本人がどうしても帰りたいといったラヴェルロまで送ってくれたのである。

ここまで来たからにはもう大丈夫と思い、無事に故郷まで導いてくださった神様に感謝し、首から提げていたサックの紐をほどいた。そして前の時とは違って今度は一つ一つ宝石を吟味した。自分が予想していたよりもはるかに多くの上等の宝玉が揃っている。それをしかるべき価格、いや多少安めの価格で処分したとしても、ランドルフォは当地を出発した時の二倍ほどの金持になっている。やがて宝石を売り捌く口が見つかったので、コルフ島の女には海から自分を引き揚げてくれた親切に感謝してたくさんの金を送った。同様にトラーニで自分に服を恵んでくれた人たちにも礼金を届けた。そして残りの金は、もはや商売に使おうとせず、自分の手元に取って置いた。こうして以後は亡くなるまで結構な生活を送ったとのことである。

＊1　レッジョ Reggio はこの場合イタリア半島最南端のレッジョ・ディ・カラーブリアを指し、そこからイタリア半島の西側をティルレニア海の海岸線に沿って次第に西北方向へ転じつつ上ると、ナーポリの手前にアマルフィ半島がある。半島の南面の海岸にサレルノ湾に面してアマルフィ Amalfi の町が、その町の背後の山手にラヴェルロ Ravello の町が、そして半島の北面にソルレントの町がある。ソルレントとナーポリ湾をはさんで北にナーポリの町がある。ナーポリからさらに西北へ海岸線に沿って上ると、ナーポリとローマの間にガエータ湾がありガエータ Gaeta の町がある。

＊2　ということはランドルフォ以外の軽舟の水夫はジェーノヴァ人の帆船には収容されず、軽舟とともに沖合で沈められたか、せいぜい良くて、島に置いてきぼりにされたということであろうか。第五日第二話にも「大部分の人はサラセン人に殺され船は沈められた」という記述がある。

＊3　イタリア人がチファローニアとかチェファローニアとか呼んだ島はイオニア諸島の一つでレフカス島のすぐ南に位置する。いまはギリシャ領でギリシャ語ではケファリニーア島という。

第二日第五話

ペルージャのアンドレウッチョはナーポリへ馬を買いに行く。一晩のうちに三回酷(ひど)い目に遭い、いずれも難(なん)を逃(のが)れ、結局ルビーを一個持って自分の家に戻る。〔フィアンメッタが物語る〕

「ランドルフォが宝石を見つけたという話を聞いて」

と話の順番がまわってきたフィアンメッタが話し始めました、

「それに劣らぬ危険にさらされた話を思い出しました。しかし違いもあります。ラウレッタの話は何年にも及びますが、わたしの話では一晩のうちに何度も危ない目に遭います。お聞きください」


なんでもペルージャにアンドレウッチョ・ディ・ピエートロという名の若者がいた。馬の仲買をする博労(ばくろう)で、ナーポリでいい馬の市(いち)が立つ[*1]と聞いて、財布にフィオリーノ金貨を五百枚入れて出立(しゅったつ)した。いままで家の外へ出たことのないうぶな若造だから、ほかの商人に同行させてもらった。とある日曜日の夕方、彼の地に到着し、宿の主人から話を聞くと、翌朝さっそく市場へ出かけて、何頭も馬を見た。どれもこれも悪くない。それであれこれ商談にはいったが、さてどの馬にするか決めかねている。しかし買う気のあることをわからせようと、世間知らずの若造は、通りがかりの人前で、大金で膨らんだ財布を何度も取り出して不用意にも人に見せてしまった。

でこの商談の最中に財布を見せてしまったその時に、若いシチリアの美人がアンドレウッチョのすぐ側を彼には見られずに通った。誰であれ男という男に僅かな金で媚（こび）を売っている女である。アンドレウッチョの財布を見て心中でつぶやいた、

「あのお金がわたしのものになれば、天下一の仕合わせ者になれるわ」

そして先へ行った。このシチリア女と並んで老女もいた。やはりシチリアの出である。その女はアンドレウッチョを見るや、若い女にはそのまま先へ行かせて、親しげにアンドレウッチョのもとに駈（か）け寄ると若者を抱きしめた。その様を若いシチリア女は見て、なにもいわず、離れたところでじっと観察し始めた。老女の方を振向いたアンドレウッチョは、顔見知りとわかって、相好を崩した。しかし老女はこの場で長話はせず、後で宿に会いに行くと約束して立ち去った。アンドレウッチョもまた前を向いて商談を続けたが、その午前中は結局なにも買わずに終わった。

まず男の財布を見かけ、ついで老女と若者との昵懇（じっこん）な様を目撃した女は、ひょっとしてあの金をせしめる法はないものか、全部とはいわずとも多少なりとも手に入れたいと思い、注意深く、男は誰で、どこの出で、当地で何をしているか、どうやって知りあっ

たかをさぐり始めた。すると老女はアンドレウッチョについてすべて、まるで本人がいうのと同じくらい、事細かく教えてくれた。それというのも老女はアンドレウッチョの父親のところでシチリアでもペルージャでも長い間奉公して暮らしていたからである。それればかりか若者が何しに当地へ来たか、今晩はどこの宿屋へ泊るかまで話してくれた。

若い女は、アンドレウッチョの親戚とかその名前とかをことごとく聞き知ると、望みをとげるために、それを基にしたたかな案を練った。家に戻ると、老女はその日一日使いに出した。老女がアンドレウッチョのもとに行くことのないよう先手を打ったのである。そしてこの類の仕事に調法なようにとかねて躾けておいた小娘を呼ぶと、アンドレウッチョが泊りに戻った宿屋へ夕方使いに走らせた。

小娘がそこへ来た時、アンドレウッチョはたまたま一人きりで、宿屋の戸口につっ立っている。それで小娘はアンドレウッチョ様がお泊りかいなか本人に聞いてしまった。アンドレウッチョは「私がそのアンドレウッチョですが」と答える。小娘はアンドレウッチョを片隅に呼ぶと、言った、

「実は、この町のとあるご婦人が、もしあなたさまのご都合さえ宜しければ、お会いして是非お話しなさりたいことがあるとのことでございます」

アンドレウッチョは小娘がそう言うのを聞いて、さてはこのご婦人は自分に一目惚れしたに相違ない、どうやらナーポリは男旱で自分ほどの美男子はほかにいないに相違ない、と勝手に思い込んだ。それで即座に、

「喜んで御意に添いたいが、いつどこでお話を承れるか」

と問うた。それに対し小娘は、

「お気に召すときにお出でいただければご婦人はご自宅でお待ち申しあげます」

という。アンドレウッチョはすぐに、宿の者にはなにも言わずに、小娘に、

「先へ行け、私がおまえについて行く」

と言った。そこで小娘は女の家に案内した。女はマルペルトゥージョ[*2]という名の一画に住んでいた。悪穴とでもいう意味の名前からしていかがわしい界隈である。ところがアンドレウッチョはそうしたことはなにも知らない、怪しみもしない。まともな場所へ、まっとうな女性に会いに行くのだ、と無邪気にも思い込んでいた。そして先に行く小娘の後について、女の家にはいった。階段をのぼると、小娘がはや女主人に声をかけて、

「アンドレウッチョ様がお越しになりました」

と告げたのが聞こえた。階段の上に女が姿を現わして自分を待っているのが見える。女はまだ若い。大きな体つきで、たいへん美しい顔をしている。きちんとした服装をし、上品に飾っている。アンドレウッチョが近づくと、女は男を出迎えに階段を三段降りて両手をひろげ、首を抱きしめてしばしなにもいわず、優しい気持が溢れて口も利けない様子であったが、やがて涙ぐみながら、額に接吻すると、ひきつった声で叫んだ、

「アンドレウッチョ、よくいらっしゃいました」

思いもかけぬこの優しい出迎えにすっかり驚いて、抱擁されたアンドレウッチョは気

もそぞろで答えた、

「はからずもお目にかかれて嬉しうございます」

女は男の手を取ると、上の女の客間へお連れした。そしてそのほかなにもいわず、そこから男と一緒に別の部屋にはいった。薔薇(ばら)やオレンジやその他の花の香がかぐわしくたちこめている。見ると周囲にカーテンの垂れた美しい寝台がある。そして衣紋掛(えもんか)けにはたくさんの服がかかっている。それはその地の風俗の衣裳(いしょう)らしい。そのほかにも美しく高価な家財道具が目にとまった。アンドレウッチョはそれを見て、世間知らずなものだから、この女は間違いなく貴族階級の婦人だと確信してしまった。

そこで寝台の足元に置かれた櫃(ひつ)の上に一緒に腰掛けて、女は次のように親しげに名前を呼んで話し始めた、

「アンドレウッチョ、わたしに抱きしめられたり、泣かれたりして、さぞかし驚いたでしょうね。お前さまはわたしのことなど見覚えはなし、ひょっとすると話に聞いた覚えすらないでしょう。でもこれからお話しすることを聞けば、きっともっとずっと驚きになります。だってわたしはお前の姉なのですもの。神様の御恵みで死ぬ前に兄弟の一人に逢えましたから、いまとなってはたとい兄弟全員に逢えずとも、安心していつでも死ねます。こんなことをお前さまは多分いままでお聞きでなかったでしょうが、お話しします。わたしの父で、お前の父のピエートロは、お前も多分御承知でしょうが、長い間パレルモに滞在しました。お人柄がいいから父君を知っている人たちからたいへん愛さ

れました。いまでも愛されています。しかし父を愛した人たちの中で、わたしの母は良い生まれの婦人でその頃は夫に先立たれていましたが、ピエートロを夢中に熱愛しました。それで母は自分の名誉や父や兄弟のことも気にかけず、ピエートロとたいそう親しい仲になりました。それでわたしが生まれ、いま見る通りのわたしとなりました。ところが父上のピエートロはパレルモを発ってペルージャに戻らなければならぬ理由ができて、まだいたいけな幼児のわたしを母と一緒に当地に残しました。そしてそれきりわたしのことも母のことも全然思い出してくれない、という話です。ピエートロがわたしの父でなければ、母に対する忘恩だとしてひどく非難したことでしょう。（わたしのことは言いません。つまらぬ下賤な女との間に生まれた娘ではないのだから、父の愛情はわたしにもっと注がれてしかるべきだったのかもしれませんが）。母は、愛情に駆られて、身も心も金も物もすべて捧げてしまったのでした。相手がどんな男だかよく知らなかったのです。でもこうなってしまった以上、どうしろというのでしょう。酷い目に遭わされて長い時間も経てば、非難するのはたやすいが、償うのは容易でない。そうしたわけなのです。父は小娘だったわたしをパレルモに置き去りにしました。そこでお前さまも見ての通り大きくなりました。母はお金持でしたから、アグリジェントの身分の高い紳士のところにわたしを嫁にやりました。その人はわたしの母とわたしのことを考えてパレルモに住んでくれました。[*3] 主人は熱心な法王党支持者で、カルロ王[*4]となにか密議を凝らしました。しかしその策が効を奏する前にフェデリーゴ王[*5]に感づかれてしまったのです。それでわたしはあの島ではかつて女の人が達したことのない、貴婦人として最高の地位を得るはずでしたのに、その直前に、シチリアから逃げ出すことを余儀なくされました。取るものも取りあえずでした。ほんの僅かしか取り出せなかったとは申せ、それはわたしどもが持っていた財産に比べての話です。土地も城館も一切捨ててこの土地に逃げて来ました。幸い当地ではカルロ王がわたしどもの忠節を多として、王の為に尽してわたしどもが蒙った被害の一部を補償し、土地や家も賜りました。じきにお前さまにもわかると思うけれど、いまでも主人はカルロ王のたいへんな御恩顧に引き続き与っています。主人というのはお前さまの義兄さまのことですよ。こうしたわけでわたしはここで神様のおかげで弟のお前さまに会うことができました。なにもお前さまがなにかしてくれたわけではありませんよ」

最後にこう叱るような一言もまじえながら、女はいま一度アンドレウッチョをしっかりと抱きしめた。そして優しく涙しつつその額に接吻した。

アンドレウッチョはこのようにきちんと整然と述べられた話を聞いて、これはもう真実まちがいないと思った。女は話す間、およそ言葉が途切れることもなければ舌が縺れることもない。父が昔パレルモにいたというのは間違いない事実で自分も聞いた覚えがある。そして自分自身のことに照らしても若者の行状がどのようなものであるかはわかる。人間若いうちはすぐ女の子が好きになってなにかとやらかすものだ。いまこの女の眼に浮かんだ優しい涙、抱擁、この額にしてくれた清らかな接吻、そうしたすべてが話

の真実をアンドレウッチョに信じ込ませたのである。それで女が口を噤んだ時、こう答えた、

「奥さま、私が驚いているからといって、なにとぞ深刻にお取りにならないでください。実際、父はどうした理由かわかりませんが、母君のこともあなたさまのことも話したことがまったくありませんでした。また話したとしても私の耳には届きませんでした。あなたのことはあなたがこの世にいないも同然でした。ここで姉さまにお会いできて、私がここでひとりぼっちでないと知り、またこんなことは予期していなかっただけ一層嬉しくてたまりません。本当にあなたさまとお近づきになれて嬉しくないような人は、たといどんな高位高官の方でもいないでしょう。ましてや取るにも足らぬ商人の身の私には有難いかぎりです。ただ次の一点だけはっきりさせてくださいませ。一体私が当地へ来たということがどうしておわかりになりましたか」

それに対して女は答えた、

「今朝、わたしの家に長年出入りしている女が知らせてくれました。女のいうところではパレルモでもペルージャでも父の家に長い間奉公していたそうです。わたしが人様のうちにいるお前さまのところに行くよりお前さまがわたしの家へ来る方が世間体もいいと思いました。さもなくばずっと前にわたしがお前さまのところへ行ったでしょう」

こう言うと、親戚の者の名を一々あげながらその消息を尋ね始めた。その質問に一々答え、アンドレウッチョは、信じてはいけないことをいよいよ深く信じ込んだ。

話は長くなったし、暑さは暑かったので、女はギリシャの葡萄酒とつまみ物を取り寄せてアンドレウッチョに出した。その後で、食事の時間なので立ち去ろうとしたが、女はどうしても聞かない。ひどく感情を害した様子で、アンドレウッチョを抱きしめながら、言った、

「ああ、お前さまがつれない人だということがよくわかりました。いままで見たこともない姉と折角一緒になってその家にいながら、その家を出て宿屋に戻って食事したいというのですか。ここでわたしと一緒に晩御飯にいたしましょう。この家に泊らなければいけなかったはずです。当地へ来たからには、宿屋でなくこの家に泊らなければいけなかったはずです。主人が留守なのがひどく残念ですが、それでもささやかながらおもてなししますから」

そういわれてしまうと、ほかに返事のしようもなくて、こう言った、

「お姉さまをそれは大事に思っていますが、しかし宿屋に戻らないと、みなさんを一晩中食卓で待たせてしまう。それは失礼が過ぎると思います」

するとと女は言った、

「何をおっしゃいます。この家に人が誰もいないとでもお考えですか。宿屋に人をやって今晩は食事はいらないといってやるくらいいとも簡単です。それに宜しければ宿屋のお友だちは皆ここへ来てご一緒に晩御飯を召上れば（めしあが）さらにいいではありませんか。お帰りの際はご一緒にお帰りになれば安心ですし」

アンドレウッチョは今晩は連れを呼びたくないと答えた。しかしお好きなようにすべ

てなさって結構だ、自分はそのご意向に従うと返事した。すると女は宿屋に人を遣わしてアンドレウッチョを待たずに食事をしてくれと伝言させたような振りをした。それからいろいろな話をして、沢山ご馳走が並んだ食卓に二人は着いた。その夕餐をできるだけ長く延ばした。そのうちに日はとっぷり暮れた。アンドレウッチョが食卓を辞去して帰宅しようとした時、女は言った。ナーポリは夜暗くなってから一人で外に出ていいような土地柄ではない。ましてや土地不案内のよそ者は絶対不可である。夕食は待たないでくれと伝言した際に今晩は泊らないとも伝えたという。アンドレウッチョはその言葉を真に受けて、ここに一緒にいられることを喜んだ。食後も四方山話に花が咲いた。話を長引かせたのは女に下心があったからである。夜も更けると女はアンドレウッチョを自分の部屋に、なにかの際にはご用を伺うための男の子と一緒に残して、自分はほかの女たちとともに別の部屋に引き下がった。

たいへん暑い夜であった。それでアンドレウッチョは一人きりになると、すぐに服を脱ぎズボンも脱いで枕元に畳んで置いた。それから腹に溜まったものをすっきりさせようと、どこで用を足せばよいか男の子に聞いた。すると部屋の一隅にある戸口をさして、言った、

「あの中へおはいりなさい」

アンドレウッチョはなにも怪しまずその中へはいったが、足をたまたまのせた板の反対側の端が梁から外されていたものだから、板がひっくり返った。と同時にアンドレウ

ッチョもひっくり返って下へどうと落ちた。落ちた際に怪我をしなかっただけ神様の有難いお恵みなのだが、しかし高い所から不潔なものの溜りにどぼんと落ちたから、全身汚穢まみれになった。この話とその続きをよくわかってもらうためにその場所がどんな仕組みに出来ていたかを説明すると、そこはよく見かける二軒の家の間のごく狭い小路で、数枚の板が手前の家と隣の家の間に渡された二本の梁の上に並べられて固定されている。そして中央に便座が据えられている。先刻アンドレウッチョとともに下へ落っこちたのはその板の一枚であった。

というわけで下の小路に落っこちたアンドレウッチョは酷い目に遭ったとぼやきながら、男の子に声をかけた。しかし男の子はアンドレウッチョが下に落ちた音を聞きつけるやいなや即座に女主人のもとにそれを報じに駆けつけた。女は男の部屋にすばやく走りこむや、そこに衣服があるかいなかを確かめた。服はあり、金もあった。お馬鹿さんのアンドレウッチョは心配症だからいつも有金を全部身につけて外出していたのである。ペルージャの男の姉と称したパレルモの女は、そのために張っておいた罠に落ちた獲物を手に入れたと見るや、相手のことなどもうお構いなく、アンドレウッチョがそこから外へ出て落っこちた戸口の鍵をすぐ閉めてしまった。

男の子の返事がない。そこでアンドレウッチョは声を張りあげて呼び始めたが、駄目である。さすがのアンドレウッチョも怪しい、これは騙されたと遅まきながら感づいた。通りからこの小路を隔てている低い壁の上に登り、通りへ降りた。そしてよく見覚えのある家の門の前に行き、そこでも声を大にして長い間人を呼び、扉を叩いたりゆすったりした。自分の身の上に降りかかった災難がはっきりと見てとれたアンドレウッチョは泣きながら叫び始めた、

「ああ、あっという間に五百両と姉貴を俺は失くしてしまった!」

その他あれこれ喚いた後、また門の扉を叩いて同じように叫び出した。あまり騒々しかったものだから、近所の人々が目を覚まし、この騒ぎに我慢がならず、起き出した。女の家の使用人の一人も、眠そうな振りをして窓から叱るように、

「誰だい、下で騒々しく叩くのは?」

と言った。

「おお」

とアンドレウッチョが叫んだ、

「俺だよ、俺がわからないのか。フィオールダリーゾ夫人の弟のアンドレウッチョだよ」

それに対して使用人の女は応じた、

「お前さん、お酒の飲み過ぎじゃないかい。さっさと休んで明日またお出で。アンドレウッチョなんてわたしは知らないね。なにを言っているのか訳がわからないよ。早くさっさと行っておくれ。こちらは眠たいのだから」

「なんだと」

とアンドレウッチョは言った、

「俺の言うことがわからないだと。よくわかっているくせに。シチリア人の親戚づきあいというのがこんな調子であっという間に疎遠になるというなら、それはそれでもいいが、少なくとも俺の服だけは返してくれ。部屋に置いてきてしまった。返してくれたらおとなしく立ち去るよ」

それに対して使用人の女はほとんど笑いながら言った、

「お兄さん、あんたなにか夢でも見ているのかね」

そう言ったと思うと引っ込んで同時に窓をぴしゃりと閉めた。

アンドレウッチョは自分の金は盗られた、これは間違いないと思った。こうした酷い目に遭って怒りはついに憤怒の激情に転じた。言葉では取り返せない物を力づくで取り返そうとした。それで大きな石を持ち上げるや前と違って激しく扉を打ち始めた。前から目を覚まして起き出していた近所の人々は、この騒ぎようで、これは面倒な奴が妙なことを言い立ててあの善良な女性にからんでいると思い込んだ。とにかく扉を叩く音が騒々しい。それで皆窓辺に寄って喚き出した。まるでよそから迷い込んだ野良犬に向かって近所の犬という犬が一斉に吠え立てるようなものである。口々に言い出した、

「おい、性質が悪いぞ、こんな夜遅くに善良な女の家に押しかけてこんなたわ言をぬかすとは一体なんだ。とっとと消え失せろ。安眠妨害はいい加減にしろ。もしまだ文句があるなら、明日の昼日中に戻って来い。今晩こんな嫌がらせをするのはいい加減にやめ

ろ」

　こうした罵声に力を得たのだろう、家にいた男の一人で女の用心棒が、窓辺に姿を見せて、怖ろしく猛々しい、しゃがれ声で怒鳴った、

「誰だ、下にいるのは」

　アンドレウッチョは頭をあげた。この男は見たことも聞いたこともなかったが、黒い髯を顔一面に生やした、厳めしい様子の男であるらしいことが、それでも見てとれた。それがぐっすり眠っていたところを起こされて寝台から出てきたかのように欠伸をして目をこすった。その男に対してアンドレウッチョは多少怯えてこう答えた、

「私はお宅の奥様の弟なんです」

　しかし男はその返事を終わりまで聞こうともせず、前よりさらに声を荒らげて、

「俺も遠慮せずに下へ降りて、お前をしたたか打擲してぐーの音も出ないようにしてやりたいものだ。うるさい厄介な酔っ払いの驢馬野郎め。俺たちを今晩は寝させないつもりか」

　そういって背を向けて内に引っ込むと窓を閉めた。

　それでも隣人の何人かは今の男が何者で何をしているかをよく心得ていたので、低い声でアンドレウッチョにこう話しかけた、

「後生だからさっさと行きなさい。さもないとこの場で殺されちまうよ。お前さんのためだから、さっさとお逃げなさい」

そこでアンドレウッチョははっとした。男のしゃがれ声も面つきも怖ろしかったが、憐憫の情に動かされて声をかけてくれたらしい隣人の慰藉の声ににわかに浮足立った。この上なく悲惨な気持であった。有金はすべて盗られたと思うと絶望的であった。ともかく昼間小娘の後についてきた道を、どこへ行くかもよくわからずに、宿屋の方へ取って返した。自分の体が臭くて自分でもいたたまれない。海に浸かって体を洗いたいと思った。それで道を左手に折れてルーガ・カタラーナと呼ばれる通りを上手に向かった。町の高台の方角である。すると自分の方に向かって手に提灯をさげた男が二人近づいてくるのが見えた。ひょっとして警察の者か、それとも悪さを働く連中かと懸念して、近くに一軒廃屋があったのでそっとその中にはいりこんで身を潜めた。ところが相手はこの廃屋を目指してやってきたかのように同じ建物に入ってきた。二人の男の一人は背負ってきた鉄の道具を地面に下ろすと、もう一人の男と一緒に道具の点検を始めた。そして道具についてあれこれ議論している。そのうちに一人が突然、

「いったいこれは何だ。こんな臭気はいままで嗅いだこともないぞ」

と言い出した。そして提灯を高々と掲げると、見るも哀れなアンドレウッチョの姿が見えた。驚いて「誰だ」と聞いたが、アンドレウッチョは黙っていた。二人は明かりをかざして近づくと、こんな汚い姿でここで何をしているのかと問うた。それに対してアンドレウッチョは我が身に起きたことを一切合財物語った。二人はどこでこういう目に遭わされたか見当もついたので、互いに頷いた、

「これはまず間違いなく家にいた男はやくざの大将ブッタフオーコだろうな」

と言った。そしてアンドレウッチョの方を向いて一人が言った、

「お前は金を失くしたけれども、それでもめでたしだぞ、お前は落っこってあの家に二度とはいれなかった。神様のお蔭だ。万一落っこちなければお前は寝込んだ途端に殺されたに相違ない。そして金と一緒に命も失くしたに相違ない。しかしいまとなって泣いたところで何になる。こうなったら一文だって取り返せないよ。天のお星さまが手に入らないのと同様だ。この件についてべらべら喋ったら、お前さん殺されちまうかもしれないよ」

こういうと、しばらく相談してから、二人がこう言った、

「どうだい、お前が気の毒になってきた。俺たちはこれからあることをやろうと思っているのだが、その仕事にお前も手を貸さないか。そうすればまず間違いなくお前が失くしたよりもっと多い金目の分け前にあずかれるぞ」

アンドレウッチョは半ば自棄のやんぱちになっていたので「よし、引き受けた」と返事した。

その日ナーポリの大司教でフィリッポ・ミヌートロ師[*6]という名の方が埋葬された。そして豪華な服飾も同時に埋葬された。指には五百フィオリーノ以上の価値のあるルビーの宝石もつけたままであった。その指環がお目当てでこの二人は盗掘に出かける途上だったのである。

そこでいまは思慮分別より金目に目の眩(くら)んだアンドレウッチョは二人について歩き出した。ナーポリの総本山のドゥオーモに向かったが、アンドレウッチョは臭気芬々(しゅうきふんぷん)である。一人が言った、

「どこでもいいからこいつを多少洗うことはできないものかね。こう猛烈に臭くてはやりきれないよ」

もう一人が言った、

「そうだ、この近くに井戸が一つある。あそこにはいつも大きな桶と滑車が置いてあるから、あそこへ行って大急ぎで洗っちまおう」

井戸に着いてみると綱は確かにあるが桶ははずされていた。それで相談してアンドレウッチョを綱に縛り付けて井戸に降ろすことにした。そこで洗って、洗い終わったら綱をゆすって合図しろ、そしたら引っ張って揚げてやるということにして、その通りにすることとした。

二人がアンドレウッチョを井戸の底に下ろした時、たまたま巡邏(じゅんら)の者が暑さと犯人を追跡して駆けたために喉を渇(かわ)かせて井戸にやってきた。水を飲もうとしたのである。それを見ると二人は相手に気づかれぬ先に逃げ出した。井戸の底で体を洗ったアンドレウッチョは綱をゆすって合図した。喉の渇いた連中は木製の楯(たて)や武器を置き、長上着(ながうわぎ)*7を脱ぐと、綱を引き始めた。重たいのは桶に水が満々と湛(たた)えられているからだろうと思っていた。アンドレウッチョは井戸の縁(ふち)近くになった時、綱から手を放してやっと両腕で井

戸の縁にすがりついた。それを見て、巡邏隊の一行は仰天してしまった。慌てふためいて綱を放り出すと全速力で逃げ出した。それを見てアンドレウッチョの方がひどく驚いてしまった。この時もしっかり摑まっていなかったなら、井戸の底にまっしぐらに落ちて大怪我をしたかうっかりすれば死んだかもしれない。外へ這い出てそこに先刻の仲間が持ちあわせていなかった武具類がほったらかされているのを見て、いよいよもって驚いてしまった。

不安である。何事か見当もつかない。どうも碌な運命でない。何物にも手を触れず、この場は立ち去ろうと決心した。そして当てどもなく歩き出した。そうして先に進むうちに井戸からアンドレウッチョを引き出そうとして戻ってきた二人の仲間にばったり出会った。そして本人だと気がつくと、すっかり驚いて、一体誰が井戸から引っ張り出してくれたのかと尋ねた。アンドレウッチョは自分は知らないと言い、順序だてて事の次第を説明し、井戸端に放置されていたものについても話した。それについて二人は事態を了解したので、笑いながらなぜ連中が逃げたのか、アンドレウッチョを上に引き揚げてくれたのは誰であったを語って聞かせた。そしてそれ以上お喋りはせず、時刻も夜半過ぎなので、ドゥオーモに向かった。中にはやすやすと入ることができた。そして墓のところまで来た。大理石でできた巨大な墓である。鉄の道具ですこぶる重い蓋を開ける。人間が一人入れるほど持ち上げると、そこに突っかい棒を打込んだ。

それがすむと一人が言い出した、

「さあ誰が中に入る」

もう一人の方は、

「俺は嫌だよ」

といった。そして最初の男も、

「俺も嫌だ。アンドレウッチョ、お前入れよ」

「いや、こんなことは俺にはできないよ」

とアンドレウッチョ。するとそのアンドレウッチョに向かって二人は揃って言った、

「なに、お前入らないだと？　神様に誓って言うが、もしお前が入らないなら、この鉄棒で頭を滅多打ちにして殺してやる」

アンドレウッチョは震えながら中に入った。そして入りながら考えた、

「こいつらは俺を中に入れて騙すつもりだ。ここで俺が一切合財奴らにくれちまえば、おれがこの墓から外へ出ようとして愚図愚図している間に、奴らはさっさと高飛びするに違いない。そして俺は無一物で取残されるだろう」

それでまず最初に自分の取分は確保することにした。そして二人が話していた高価な指環のことを思い出し、墓穴の下に降りると、大司教の指から指環を抜いて自分の指に嵌めた。それから大司教の錫杖とか帽子とか手袋とかを上に渡した。しまいには大司教の下着も脱がせて渡すと「これ以上はもう何もないぞ」と言った。上の二人は「まだ指環があるはずだ、いたるところくまなく探せ」と命じる。しかしアンドレウッチョの方

は「何も見つからない」と言いながら探し続ける振りをして彼らを待たせた。ところがその二人も悪賢さにおいては引けを取らない、「よく探せ」と言って頃合を見計らって、墓の蓋を支えていた突っかい棒をはずして逃げ出した。こうしてアンドレウッチョを墓の中に閉じ込めたまま三十六計を決め込んだのである。墓の蓋が大音響とともに閉まった時、アンドレウッチョがどんな心境になったか、皆さんとくと考えてもらいたい。

アンドレウッチョはあるいは頭で、あるいは両肩で、何度も蓋を持ち上げようと試みたが無駄だった。それで絶望に襲われて大司教の遺体の上に気を失って倒れた。その時の二人を見た人がもしあったなら、はたしてそのうちのどちらが本当に死人らしく見えたか、大司教か、アンドレウッチョか、判断に窮したに相違ない。

しばらくしてアンドレウッチョは我に返った。するともう涙がぼろぼろ流れた。間違いない、自分は次の二つの死に方のいずれかで末期を迎えるに相違ない。この墓の中で、もはや誰も蓋を開けに来ぬまま、飢えと悪臭にさいなまれ、遺骸にたかる虫どもの間で野垂れ死ぬか、さもなくば誰かがやってきて中に居る自分を見つけ出して、盗っ人として吊るし首にされて死ぬか、その二つに一つだ。

でこうした物思いに囚われて悲嘆にくれている最中に、教会堂の中を大勢の人々が行き交う足音がし、多数の人々が声高に話しているのが聞こえた。この連中も先刻自分が二人の仲間と一緒にやらかしたことをまたしようとしているに相違ない。それで恐怖心がつのった。しかしこの連中も墓の蓋を開け突っかい棒を入れた後、誰が中に入るかで

議論している。誰も入りたがらない。長い議論の挙句、坊様[*8]が言った、

「なにをお前らは怖がっているのか。お前ら食われるとでも思っているのか。死人が人間を食うことなどありはせぬぞ。私が中に入ってみせます」

　こう言うと、胸を墓の縁（ふち）に当て、頭は外側に向け、両脚を下に垂らした。そのまま滑り降りようという心算である。アンドレウッチョはこれを見て、爪先立（つまさきだ）ちになって坊様の脚の一本を引っ摑んで、下に引（ひ）き摺（ず）り落とそうとするしぐさをした。脚を摑まれたと思った途端、坊様は甲高い叫びを発し、急いで身を墓の外へ投げ出した。その様に居合わせた人々は皆驚愕（きょうがく）し、墓の蓋は開けっぱなしにしたまま、蜘蛛（くも）の子を散らすように逃げ出した。まるで何千何万という悪魔に追い立てられたかのようである。

　これを見てアンドレウッチョは思いもかけぬ事態の好転に嬉しさでいっぱいとなった。すぐに墓の外へ出て、入ってきたと同じ道を通って教会堂の外へ出た。すでに夜は明けようとしている。指環は指にしっかり嵌（はま）っている。勝手に歩いていくうちに海岸へ出た。そしてしばらく行くと、ばったりと落ち合ったかのように宿屋が目の前にあった。宿では旅の道連れや宿の主人がアンドレウッチョの事が心配で一晩中寝もせずに待っていた。その連中に身の上に起きたことを物語ると、宿屋の主人の忠告で、一刻も早くナーポリを発つがいい、という。本人ももちろん急いでその通りにさっさとペルージャに戻った。馬を買いに行った金を全額注ぎ込んで指環を買って帰ったというわけである。

＊1　すでに中世からナーポリ王国は良馬を産するというので有名であった。

＊2　城壁にルア・カタラーナへ通じ港へ行く近道として小さな通用門の穴が掘られていたのでその一画は「悪穴」と呼ばれた。なおこのマルペルトゥージョという一画はポルトというナーポリの港の区画に隣接していて、貿易商館が並びシチリア人の店もあったという。ボッカッチョは若い頃その地区にあったバンコ・デイ・バルディという金融・貿易を扱う商館に数年間つとめた。もちろん怪しげな風俗の店もたくさんあった。

＊3　Gergenti と本文にあるのはシチリア島南部のアグリジェントである。そんな田舎でなくシチリアの首府の大都会パレルモに住んでくれたという意味である。

＊4　Carlo とあるのはフランスから攻め込んだアンジューのシャルル一世の子のシャルル二世（一二四八－一三〇九）である。シチリア王であったが、一二八二年のメッシーナの民衆蜂起の後にシチリアを追われた。ここではイタリア人の口で話題となっているのでシャルルでなくカルロと訳した。なお法王党 guelfi とはローマ法王がキリスト教世界を支配すべきであるという考えに立つ人々、皇帝党 ghibellini とは神聖ローマ皇帝が世界を支配すべきであるという考えに立つ人々で、十三世紀から十四世紀にかけてイタリアのコムーネと呼ばれた都市国家はその両派に分かれて戦いを繰返した。実際は地方的利害で合従連衡（がっしょうれんこう）は行なわれた。

＊5　『神曲』煉獄（れんごく）篇第三歌に登場するマンフレーディは娘のことを「シチリアの誉（ほま）れとアラゴンの誉れの母となった」と言ったが、その孫の一人が「シチリアの誉れ」すなわちシチリア王になったこのフェデリーゴである。一二九六年から一三三七年までシチリア島を支配した。その統治下に政治的陰謀が渦巻いたことは次の第二日第六話にも見える。

＊6　フィリッポ・ミヌートロ Filippo Minutolo はナーポリの大司教に任命される前には同王国の有力者であった。一三〇一年十月二十四日に亡くなった。実際にフィリッポ・ミヌートロはナーポリの総本山であるこのドゥオーモの中にあるミヌートロ家の墓に葬られた。その墓は今日も見ることができる。ボッカッチョが書く通りの立派な墓である。ミヌートロ大司教の遺骸は一七二一年に一旦よそへ移されたが、一九六五年にまた元の場所へ戻されたとのことである。なお作家ボッカッチョが

自在に作中人物を扱って作品化したことは、ミヌートロの死亡の日が知られていたにもかかわらず、事件を暑い夏の日に設定したことからも窺える。

＊7　ナーポリの巡邏卒は下はズボンの上に下半身がスカート風になっている長上着を着用していた。

＊8　この連中も明らかに盗掘狙いにドゥオーモの中に入ったのであろうが、その仲間の一人でかなり主犯格に近い男を坊様に設定してあるところがボッカッチョらしくて面白い。

第二日第六話

ベーリトラ夫人はシチリア島の国守(こくしゅ)アルリゲットの妻である。マンフレーディの死により、夫はシチリア島の国守の地位を失う。運命の逆風に翻弄(ほんろう)され、ベーリトラは難(なん)を逃(のが)れ無人島にたどりつくが、息子二人は海賊に拉致(らち)されてしまう。夫人は二匹の子鹿とともに暮らす。夫人はそこからルニジャーナへ渡る。息子の一人は土地の主君クルラードに小姓(こしょう)として仕えていたが、主君の娘と通じ獄に投ぜられる。他方、シチリア島では〔カルロ・ダンジョーのイタリア名でも知られた〕国王シャルルに対し叛乱(はんらん)が起きる。身分を明かした息子は主君の娘と結婚し母親と再会する。弟の行方もわかり、栄誉の中に一同は帰国する。〔エミーリアが物語る〕

淑女たちも貴公子たちと同様、フィアンメッタが物語ったアンドレウッチョの失敗談の数々を聴いて腹を抱えて大笑いしました。その話が終わると、女王の命令でエミーリアがこのように話を始めました。

運命の有為転変は深刻で厄介のきわみです。わたくしどもはお世辞をいわれるとすぐいい気になり精神が弛み、気持はとかく寝込んでしまいますが、しかし運命の激変についてなにか聞かされるや、必ずはっと目が覚めます。それだけに、こうした話を聞いて後悔したためしはございません。運命に恵まれた人の話も、運命につれなくされた人の話も、そこにそれぞれお諭しや、慰めがあり、聞くたびによいことをうかがったと感じるものでございます。ですからこの種の話題についてはすでに大事な事はいわれたとしても、わたくしもさらにもう一つ親しいご婦人の皆さまにお話ししようと思います。お聞きくださいませ。哀れな心痛む実話でございます。さいわい幸せな結末を迎えましたが、しかしそこにいたる間の苦痛苦悩はそれは長く辛いものでした。ですから幸ふかい結末とはいえ苦い思い出が甘美になることはついぞございませんでした。

周知の通り、皇帝フェデリーゴ二世の死後、マンフレーディがシチリアの王として冠を戴いた。そのマンフレーディの寵愛を忝くしたのがナーポリ出身の紳士でアルリゲット・カペーチェという名の男であった。妻はやはりナーポリの美しい淑やかな女でベーリトラ・カラッチョラ夫人といった。そのアルリゲットはシチリア島の支配権を掌握していたが、アンジューのシャルル一世王がイタリアに南下し、ベネヴェントでマンフレーディの軍を破り、マンフレーディを打ち殺した、そして全王国がいまやシャルル王に帰順したと聞くや、アルリゲットはシチリア人は信用できないと不安に感じ、自分の主君の敵の家臣になることを肯んぜず、逃げ出す準備を整えた。しかしそのことがシチリア人に洩れ、彼とマンフレーディ王の友人や家臣の多くはすぐさま捕えられ、シャルル王に引き渡された。島全体もじきにフランス兵の配下におさめられた。

ベーリトラ夫人はこの事態の急変に際し、夫のアルリゲットがどうなるかわからず、また過去の例から推してわが身が辱められるやもしれぬと懼れ、自分の持物はすべて残したまま、年のころおよそ八歳のジュウフレーディという息子とともに小舟に乗って、妊娠していた身だが、リーパリの島へ逃げて渡った。ここでもう一人の男児を産み、スカッチャートと名づけた。そして乳母を雇い、皆で小舟に乗ってナーポリの親の元へ帰ろうとした。

しかし思惑とは逆さの事態となってしまった。それというのはナーポリへ行くつもりであったのが、風に吹き流されて、ガエータ湾の無人のポンツォ島に着いてしまったのである。そこで小さな入江にはいって航海を続けるための天気の回復を待った。ベーリトラ夫人は、皆と一緒に島に上がるや、ほかの人を残して淋しい離れた場所へ行き、そこで夫アルリゲットのことをひとり嘆き憂えた。毎日このようにして過ごしていたが、そのように一人悲嘆にくれていた時に、水夫も誰も一人として気がつかぬ間に、海賊のガレー船が突然あらわれて、あっという間に全員を引っ捕えて沖へ去った。

ベーリトラ夫人は日課のようになった悲嘆哀愁の一時を過ごした後、いつもの通り海岸に引き返して子供たちに会おうとしたところが、誰一人見当らない。はじめは何事かと驚き、ついで何が起ったかを察し、海を見やるとガレー船が、まだほど遠からぬあたりに見えた。しかも海賊は夫人たちが乗ってきた小舟を後ろに曳航（えいこう）して沖へ沖へと立ち去っていく。こうして今度は夫ばかりか二人の息子も失（な）くしたことをまざまざと思い知らされた。気の毒にただ一人取り残され、まわりには誰もいない。子供たちといつどこで再会できるや見当もつかない。夫や子供の名を呼ぶうちに気絶して浜辺に倒れた。ここには冷たい水や薬などで消えかかった力を呼び戻してくれる人もいない。いわば肉体から魂魄（こんぱく）*1がさまよい出てしまったかのようである。しかし一旦（いったん）は消え去ったかに見えた意識がそれでもそのみじめな肉体に戻ってきた。それとともに涙や嘆きも戻ってきた。長い間息子たちの名前を呼び続け、次から次へと洞穴（ほらあな）を探してまわった。長い間探したが無駄であった。夜が近づいてくる。何か思いもかけぬ事がおこることを願ううちに、そんな希望とは裏腹にわが身のことも気になり始めた。海浜から立ち去ると、日々嘆き悲しむことを常とした洞穴へ戻った。

　夜は怖ろしかった。なんともいえぬ心配苦悩のうちに一夜を明かすと、はや時刻は九時過ぎである。前の晩食事をしなかったベーリトラ夫人は草を食（は）むことを余儀なくされた。どうにかこうにか草を食べると、泣きながらも、あれこれ将来のことを思いめぐらした。

　いろいろ思いに耽（ふけ）っていると、牝（めす）の鹿がやってきて近くの洞穴に入るのが見えた。しばらくすると鹿はそこから出て森の方へ向かった。それで夫人は起き上がると、鹿が外へ出た洞穴にはいってみた。するとその日に生まれたばかりに相違ない二匹の子鹿がいる。それはこの世でこの上なく優しく愛らしいものに思われた。夫人はお産がすんで間もないのでお乳が出る。子鹿たちをやさしく抱き上げると胸に当てた。子鹿は母鹿の乳でも吸うように、夫人の乳を吸い出した。そしてそれ以後、母親と夫人との区別がつかなくなった。それでこの無人の場所で仲間は一人もいなかったけれども、草を食み、水を飲み、時折夫や息子たちのこと、過ぎ去った暮らしのことを思い返してそのたびに泣いたが、それでもしまいにはこの地で生活し、この地で死のうと覚悟を決めた。そして子鹿たちとも親しかったが、母親の鹿とも仲良くなった。

このようにして暮らすうちに夫人もいつしか野生的となった。獣くさくなったのである。数ヵ月経った時、時化に吹き流されてピーサの人を乗せた船が、夫人がかつて漂着したと同じところに漂着し、数日間滞在した。その船にはクルラードという名の紳士が乗っていた。マラスピーナ侯爵[*2]で、有徳で聖人の名の高い夫人も同船していた。二人はプーリア地方[*3]にある聖地を巡礼してまわって、これから家へ帰るところであった。侯爵は島への滞在を余儀なくされた憂さを晴らすために、夫人と家来何人かと猟犬を引き連れて、島の中へ歩を進めた。そしてベーリトラがいるところからほど遠くない場所で犬どもは二匹の子鹿を追い始めた。その子鹿たちはもうかなり大きくなっており、外へ出て草を食んでいたのである。犬に追われるや子鹿たちはほかへ逃げようとはせず、まっしぐらにベーリトラのいる洞穴の中へ逃げ込んできた。ベーリトラはそれを見るや、立ち上がり、手に杖を取って、犬どもを追い返した。そこへ、犬の後をつけて来たクルラード侯爵とその夫人が、現われた。目の前に色は茶褐色、痩せて、毛むくじゃらとなった女を見て驚いたが、ベーリトラの方はさらに驚いた。女の頼みを容れてクルラードは犬どもを後ろに引かせたが、今度はクルラードが女の身の上を問うた。いったい誰で、ここで何をしているのか、と聞きただした。しまいに女は身の上をすべて打明け、わが身になにが起きたかも逐一物語った。そしてこの島で生き延びるつもりだという荒々しい覚悟まで述べた。クルラードはアルリゲット・カペーチェをたいへんよく知っていたから、これを聞くと、同情の涙を流し、その決心をひるがえし自分の家に留まるように、自分の妹分の名誉をもって遇するからと言葉を尽くして説得した。そして神がよりしあわせな幸運を授けるまで我が家でお待ちになるがよい、とまで言ってくれた。しかしベーリトラは聞く耳をもたない。そこで侯爵は夫人だけをその場に残して立ち去る前に「食事をいまここへ届けさせるから」といった。また「服はすっかりぼろぼろだから夫人の服のどれかに着替えるがいい」ともいった。そして夫人には「必ず一緒に船まで連れてくるように」と言い残した。

夫人はその場に居残り、ベーリトラとともにその不幸に涙した。衣類や食物を届けさせると、いろいろ説得してやっと服を着させ、食物を食べさせることができた。そしてあれこれ説いて聞かせ、自分の名が知られている土地には絶対に行きたくないというベーリトラに「それならば二匹の子鹿も母鹿も一緒に連れてルニジャーナへ行きましょう」といった。そうこう話している間に母鹿も戻ってきた。ベーリトラに頬ずりせんばかりに嬉しそうになついている。そのさまに侯爵夫人はただもう驚いて目をみはった。天候が回復した。ベーリトラ夫人はクルラードとその夫人とともに結局船に乗った。一緒に母鹿も二匹の子鹿も乗船した。誰も名前を知らないので夫人はカヴリウオーラ[*4]と呼ばれた。順風満帆（じゅんぷうまんぱん）、船はマーグラの湾の口に着き、そこで下船して一同は城をさして登った。ここでクルラード夫人の近くでベーリトラは寡婦（やもめ）のように黒服で身を包み、頭に白いバンドを巻いて暮らした。そしてまめまめしく侯爵夫人に仕え、へりくだった、従順な侍女（じじょ）として城中にとどまったのである。もちろん子鹿を大事にし、その養育にもつとめた。

ベーリトラ夫人が乗ってきた舟をポンツォで奪った海賊どもは、夫人は見かけなかったから捕えそびれたが、他の者はみなジェーノヴァへ連れて行き、そこでガレー船の船主たちは戦利品の分け前を決めた。籤引き（くじびき）でグワスパリーノ・ドーリア[*5]にベーリトラ夫人の二人の息子と乳母が引き渡されることとなった。三人はただちにドーリアの邸（やしき）へ送られた。家事手伝いの奴隷（どれい）として使うためである。乳母は女主人を亡くし、奴隷の境涯（きょうがい）に落とされた自分や二人のお子さまの身の上を嘆き悲しみ、長い間ただただ涙に掻（か）き暮れた。しかし涙を流してもなんの役にも立たないと見てとると、腹をすえた。二人のお子さまも自分と同様奴隷である。自分はしがない女だが、それでも智恵はあり抜目（ぬけめ）はない。それでまず自分の気持をつとめて静め、いま三人が落ち込んだ境涯にしかと思いをいたした。この二人の子供の身元がもし知れたなら、いとも容易に酷い目に遭うに相違なかろう。またこうも考えた。いつの日か運命が逆転すれば、生きているかぎり、元のご身分にお戻りになれもしよう。それで乳母は、その必要が見えてこないかぎり、二人の身元は誰にも明かすまいと決心した。それで人に聞かれるたびに、わが子だと答えておいた。上の子の名前をジュウフレーディからジャンノット・ディ・プローチダに改めた。下の子の名前は変えずにそのままにしておいた。そしてジュウフレーディになぜ名前を変えたのか、身元が知られたならいかなる危い目に晒されるかを懇切丁寧に言って聞かせた。一度ならず何度も何度も機会があるごとに説いて聞かせた。息子は聡明であったから、賢い乳母の教えに忠実に従った。こうして襤褸をまとい、碌な靴も履かせてもらえず、賤しい仕事にこき使われ、乳母とともに二人は辛抱強くグワスパリーノ氏の邸にとどまった。

しかしいつしかジャンノットも十六歳となった、もともと奴隷風情の男にはない気力が備わっていたから、下男下女の生活に満足できず、グワスパリーノ氏の館を飛び出すと、アレクサンドリアへ行くガレー船に乗り込んだ。そしてさまざまな土地へ行ったがどこでも出世はかなわなかった。出奔してから三、四年経って、背のすらりと高いたいへんな美男子となっていたが、そのころ死んだと思っていた自分の父がまだ存命で、シャルル王の獄中に呻吟していると聞かされて、運命にほとほと絶望し、放浪の旅に出てルニジャーナの土地に到った。ここで思いもかけずクルラード・マラスピーナに取り立てられ、得心(とくしん)のゆく扱いを受けて、侯爵に仕えた。クルラードの奥方のお側(そば)近くにいる自分の母親をごくたまに見る機会はあったけれども、母も息子も、自分たちが親子だとは毛頭気づかない。それほど時が経ち二人とも年を取ってしまったから、最後に見た時の面影はすっかり変わってしまっていたのである。

　こうしてジャンノットはクルラードに仕えた。そのころクルラードの娘の一人で、ニッコロー・ダ・グリニャーノに嫁いだものの、夫に死なれて寡婦となり、父親の家に戻っていたスピーナという名の娘がいた。なかなかの美人で気持のいい、年は十六歳よりほんの少し上という若さだった。そのスピーナがたまたまジャンノットをちらと見たのである。ジャンノットも彼女をちらと見返した。そして二人はじきに熱烈に愛し愛する仲となり、たちまち深い仲におちいった。誰にも気づかれずに数ヵ月が過ぎた。人にはわかるまいと思い込んでいた二人には油断が生じた。こうした場合に払うべき配慮に足りなかった。ある日、枝のよく繁った美しい森へ散策に出た時に、スピーナはジャンノットとほかの人たちに先んじて森の中に入り、もうずいぶん先まで自分たちは行ったと思い込み、草の深い、花の咲き乱れた、心地よい場所で、樹々に囲まれた別空間で愛の楽しみに互いに耽り始めた。長い時間二人は一緒に過ごしたが、大きな喜びと楽しみのためにニ人にはその時がたいへん短く思われた。その現場を不意をつかれ、まずスピーナの母親に、次いで父親に見られてしまったのである。父親のクルラードはこのあられもない様に、心痛のあまり絶句した。理由はなにもいわず、二人を三人の使用人に命じて引っ捕えさせ、縛り上げ、自分の持ち城の一つに連行させた。怒り心頭に発し、侯爵は歩きながらも、憤怒に体が震えた。目にもの見せてやる。この上ない屈辱を与えてぶち殺してやると心に決めた。

スピーナの母親の侯爵夫人は、あまりの事にたいへん動揺したが、こうした過ちを犯した以上、厳罰に処されても止むを得ない、と覚悟した。しかし夫のクルラードが洩らした一言から罪を犯した二人に対しいかなる心づもりでいるかを察すると、さすがにそれはこらえかねて、夫が逆上し早まったことをせぬよう急いで懇願した。老年のいま夫が怒りにまかせて娘殺しをしてよいものか、わが手を自分の小姓の血で汚してよいものか、怒りをおさめるためのよい方法はほかにないのか、たとえば二人を牢屋に閉じ込め、獄中で呻吟させ、犯した罪を改悛させてはいかがか。こうした言葉やああした言葉でしきりと夫を宥め賺すものだから、賢夫人の言葉に動かされてさすがに娘を殺す気持は遠のいた。そして二人を別々の場所で獄に押し込め、よく見張るよう、食事は少々、便宜は無用、と厳命した。自分の考えが変わるまではすべてそのままにせよとクルラードは厳命した。こうしてお仕置きは毫末の仮借もなく執り行なわれた。

獄中の二人の身の上がいかなるものであったかは想像にかたくない。涙は止めどなく流れた。腹が空いた。それでも体が求めるだけの食物はあてがわれない。こうしてジャンノットとスピーナが痛ましい牢獄に閉じ込められてはや一年が過ぎた。クルラードは両人のことは一向に気にもかけない。そうこうする間、アラゴンの国王ピエートロは、ジャン・ディ・プローチダ氏と相謀って、シチリア島に叛乱を起こさせ、島をシャルル王から奪い取った。クルラードは皇帝党であったから、この事態をたいそう喜んだ。

そのことを獄吏の一人から聞いたジャンノットは大きな溜息をついて言った、

「ああ、なんたることだ。俺は十四年間、窮地から脱してまた別の窮地へ転々として来た。そしてただこの時だけを待っていた。その時がついに来たのに、俺はなんと牢屋に入れられていて、なんの希望も持てない。牢屋から出られるのはもはや俺が死んだ時だけだ！」

「なんだと」

と獄吏が言った、

「王様たちが何をしようが、それがお前ごときと一体なんの関係があるというのか。お前が昔シチリアで何をしていたというのだ」

ジャンノットが答えた、

「父親が昔果たしていた役割のことを思い返すと、心はもう張り裂けんばかりだ。シチリアから逃げ出した時、俺はまだ小さかったけれども、父親があの島の領主だったということははっきり覚えている。マンフレーディ様が王様として御存命のころだ」

獄吏はそこで尋ねた、

「お前の親父はどこの誰だ」

「俺の父親は」

とジャンノットは言った、

「以前はその名を明かせば命が危ないと思って黙っていたが、こうなればもう大丈夫だ。名前を明かしてもいいだろう。アルリゲット・カペーチェという名前だった。いや、今でもその名のはずだ。もしまだ生きていればの話だが。俺はジャンノットではなく正しくはジュウフレーディという名前だ。ひょっとしてここから外へ出られるなら、そしてシチリアへ戻れるなら、俺はかの地ではたいへんなお偉いさんとなるだろう」

　獄吏は能吏であったから、それより先は話も聞かず、すぐにこの一切をクルラード侯爵に報告した。それを聞いてクルラードは獄吏の言うことに耳を貸す風もなかったが、それでもベーリトラ夫人のところへ行くとにこやかにアルリゲットとの間にジュウフレーディという子供がいたか否かを尋ねた。夫人は泣きながら「わたしには二人息子がいて、それがもし生きていればその通りの名前で年は二十二歳[*6]になるはずでございます」と答えた。

　クルラードはこれを聞くやこれこそまさに彼に相違ないと悟り、もしそうならば、この青年に娘をくれてやることで、自分は一時に大いなる慈悲を垂れ、かつ自分の名誉も娘の名誉挽回できる――これは一石二鳥（いっせきにちょう）の妙案だと考えた。それでひそかにジャンノットを自分のもとへ来させると、夫人に対して質（ただ）したと同様、彼に対しても過去の生活の詳細を聴き質し吟味（ぎんみ）した。間違いなくアルリゲット・カペーチェの息子ジュウフレーディである、それは明白で証拠はもう十分とわかった。それでクルラードは青年に言った、

「ジャンノット、お前は私の娘と通じ、私の顔に泥を塗った。それがいかばかりの無礼、いかほどの非礼であるかはお前も知っての通りだ。私はお前を取り立て、好意をもって遇した。であるからお前はその恩義に報いるべく家臣として常に私の名誉を重んじ、私の持物をいやが上にも大切にする義務があった。お前が私に対してしたような無礼をほかの人にも働いたならば、たいていの人ならお前にこの上ない屈辱を与えた挙句ぶち殺させたに相違ない。しかし慈悲の情にほだされてさすがにそれは出来かねた。ところでいまお前の説明によると、お前は立派な紳士と夫人の息子であるというではないか。それがもし事実その通りならば、私はお前のこの惨めな境涯に結末をつけてやろうと思う。お前が望むなら、この獄からお前を外へ出してやる。そして一時にお前の名誉と私の名誉をその本来あるべきところへ回復したい。お前はスピーナと通じた。それは二人にとりまことに恥ずべき所業(しょぎょう)だが、愛情があってのことではあった。そのスピーナは、お前も知っての通り、寡婦だ。その持参金は確かに保証され額も大きい。スピーナがどんな育ちの女で、その父や母がどのような人であるかはお前もよく知っての通りだ。お前が今どんな様であるかについては何も言うまい。だから、もしお前にその気があるなら、スピーナはお前とは不名誉な交友関係にあったが、これからはお前の名誉ある妻にさせたい。またお前が望むかぎりお前はここに私の息子として私やスピーナとともに暮らすがいい」

牢獄に囚われていたためにジャンノットの肉はげっそりと削げ落(お)ちていたが、しかし生まれの良さは争えない。逆境も青年の雅量を変ずることは毫末もなく、スピーナに寄せる愛情も一向に減ずることはなかった。そしてクルラードの申し入れを即座に承知したい気持に胸は熱く燃え熾ったが、そして自分の生殺与奪の権がクルラードに握られていることは重々承知していたが、しかし高貴な心性の青年は屈することなく、言うべきことを言わずにいられなかった、

「クルラード殿、領土を奪うとか、金銭に目が眩んだとか、なにか裏切者の野望があったわけではなかった。そもそも私は貴殿の命を狙うとか貴殿の持物に目をつけたなどということはありません。貴殿の息女を私は愛した。いまも愛している。これからも永久に愛するでしょう。それは御息女が私の愛にふさわしい人だからです。世間のある者は下働きの職工同様、機械的にしかものを考えることが出来ず、私がスピーナに対してしたことは名誉あることとはいえないと言い張るでしょう。だが私が犯した罪は、若気にはありがちなことです。人間およそ若さを消しさらぬ限りこの罪を消しさることはできません。年配の人も「自分もかつては若かった」ということに思いをいたし、他人の落度を自分の落度と比べて測り、自分の欠点を他人の欠点と見比べさえすれば、この罪は貴殿やその他多くの人が言い立てるほど深刻な罪ではないとおわかりになりましょう。私がしたことは友人としてしたことで敵が仇をなしたわけではありません。貴殿のお申出では私がまさに望んだことです。そして貴殿が許してくださると予想できたなら、私はとっくに願い出てもいたでしょう。お許しは私が絶望していただけに一層有難く身に

沁みます。しかしもし貴殿がお言葉通りのお気持でないのだとするなら、空しい希望の餌をこの目の前にちらつかせるようなことはせず、即刻私を牢屋へ連れ戻し、そこで満足の行くよう私を苦しめるがいいでしょう。私はスピーナを愛するかぎり、彼女への愛情ゆえに、貴殿が私になにをなさろうと、あなたをも愛し、敬意を払い続けましょう」

　クルラードは、男の言分を聞いて驚嘆した。度量の大きな人物である、愛情は熱烈であると確信し、ますますこの青年を良しとした。そこでそれまでは椅子に座して言分を聴いていたが、やにわに立ち上がるや、青年を抱擁し、頰に接吻すると、もはやすこしの遅滞も許さなかった。この場所へ人目にふれぬよう気をつけてスピーナを連れて来るよう家臣に命じた。スピーナは獄中で痩せ細り、蒼ざめて弱々しく、同じ女とは見えないほどに変わっていた。ちょうどジャンノットが本人とは思えぬほど変わってしまったのと同じであった。その二人はクルラードの前で共に結婚に同意し、この土地の慣習に従って婚姻の誓約を交わした。

　それからの数日というもの、何事が起きたか世間にまったく知らせずに、クルラード侯爵は二人に必要な物や便宜の品をすべて十二分に取り揃えさせた。やがて二人の母を喜ばせる頃合と見計らうと、夫人とカヴリウオーラ、すなわちベーリトラ夫人を招いて言った、

「カヴリウオーラ殿、もし私があなたの御長男を、私の娘の一人の夫として、ここへ連れ戻したなら、あなたはなんと言われますか」

　これに対してカヴリウオーラはこう答えた、

「そのようなことをしていただけますなら、いよいよ深く恩義に感ずるばかりでございます。わたくし自身の命よりも大切なものをわたくしにお返しくださるのでございますから。しかも事もあろうにお話のような仕方でお返しくださるとか。なにか失われた希望が甦るようでございます。これよりほかに申し上げようもございません」

　そして涙ぐんで黙った。

　するとクルラードは今度は自分の妻の侯爵夫人に向かって言った、

「もしこんな風に私がお前に婿殿を探してきたら、おまえはどう思うか」

　それに対して侯爵夫人は答えた、

「別に貴公子のお一人でなかろうとも、お前様さえ宜しければ、どんな身分の人でもわたくしは構いません」

　するとクルラードは言った、

「では数日のうちに、この件について、ご婦人方を喜ばせて進ぜましょう」

　そして二人の若者が元の顔色を取り戻したのを見計らうと、二人をその地位にふさわしい立派な服で着飾らせ、ジュウフレーディに問うた、

「いまお前はたいへん喜んでいるが、もしこの上この場で母親に会えるなら、それにまさる喜びはあるか」

　それに対してジュウフレーディは答えた、

「あれだけ不幸の数々に遭った母ですから、とても生きているとは思われません。だがもし万一存命で母に会えるなら、これにまさる喜びはありません。そして母の助言や忠告を聞いて、一旦は失ったシチリアの領地を取り戻せるなら、どうかして手中に取り戻したい」

そこでクルラードは奥方とベーリトラ夫人をこの場へ招じ入れた。二人はスピーナの新婦姿を見て驚喜した。よもやクルラードがジャンノットをスピーナの配偶者として認めようとは思いも及ばなかったからである。これはいかなる有難い思いつきかと少なからずその度量の大きさに驚きかつ怪しんだ。その新郎をベーリトラ夫人は、クルラードの先日の言葉もあって、丁寧に眺めつすかしつ見始めた。すると深く沈んでいた記憶が次第によみがえり、わが子の幼時の顔立ちが目の前に浮かんできたのである。母は両手をひろげて息子の首元に駆け寄った。もはやなんの証拠も要らなかった。子を思う母親の気持はあまりの喜びに言葉ともならず、五官も絶えて、半ば死んだかのように母は息子の腕の中に倒れた。息子は、以前に何度もほかならぬこの館の中で見かけていながら母と知らずに過ごしてきただけに、たいへん驚きはした。だがそれでもすぐ母親の匂いを感じた。そしてそれまで思いいたらなかったわが身の不覚を責めながらも、母を腕の中にひしと抱きしめ、涙しながら優しく母に接吻した。それからベーリトラ夫人は気を遣うクルラード夫人やスピーナに援けられて気を取り戻した。お冷やを飲み、薬の効き目もあって、一旦は気が遠くなったが五官に力がよみがえったのである。母は息子をまた抱きしめた。涙を滂沱と流しながら、繰返し優しい言葉をかけた。そこには子を思う母の気持が溢れていた。母は幾度も息子の頬に接吻する。息子はその母を見て、まことに忝く有難いことに思い、その愛のしるしを頂いた。次いで三度も四度も心からの喜ばしい抱擁を交わした。はたの人々もみなひとしく歓喜にわいた。そんな無事再会の喜ばしい挨拶をすませた後に、母子はたがいに身の上に起きた事を語り始めた。クルラード侯爵はすでに新しい縁戚のことを友人たちに知らせていたから、人々は皆口々に祝意を表した。侯爵が立派で豪勢な婚礼の祝宴の準備を命じた時に、ジュウフレーディが侯爵に言った、

「クルラード様、あなたは私をいろいろ幸せにしてくださいました。母を長い間大事にしてくださいました。あなた様のお力でできることで何一つし残したことがないように、母と私を披露宴の席でさらに幸せにしていただけませんでしょうか。そのお願いとは弟も婚礼の祝宴に呼んでいただきたいのです。その弟はいまも奴隷としてグワスパリーノ・ドーリアの館におります。前にもお話しした通り、グワスパリーノが海賊を使って、弟と私を捕まえました。それから誰方かもう一人シチリアへ遣わしていただけませんでしょうか。その国の状況や状態をつぶさに調べ、私の父アルリゲットが生きているのか、死んだのか、また生きているとしたなら、いかなる様をしているか、一切合財調べ上げてきて欲しいのです」

ジュウフレーディの頼みはいかにももっともだとクルラードには思われた。それで即

刻、明敏で用心深い者をジェーノヴァとシチリアへ派遣した。ジェーノヴァへ使いとして赴いた者はグワスパリーノ氏に面会し、クルラードからの願いとしてスカッチャートとその乳母を返してくれるよう熱心に要請した。そしてクルラードがジュウフレーディとその母に対して行なったことを順序だてて物語った。

グワスパリーノ氏はこれを聞いてひどく驚き、こう言った、

「クルラードのためなら彼の気に入るような事は、出来るなら、なんでもしてやりたいのは山々だ。たしかに我が家には過去十四年来、お前さんが言う奴隷の少年とその母がいる。もちろん喜んで返してやりたいが、その前に私の方から一言言っておきたいことがある。だからクルラードに伝えてもらいたい。それはジャンノットの言分はあまり信ずるな、これから先も彼の話には気をつけろ、ということだ。ジャンノットは今ではジュウフレーディとかいうそうだが、あれはお前の主君が思うよりよほど性悪な男だ」

こうは言ったが、使いをきちんと遇し、密かに乳母を呼んでこの件について注意深く取調べた。乳母はシチリアにおける叛乱やアルリゲット生存のことを聞き知っていたので、以前に抱いていた心配は捨てて、順序だてて何事も詳しく申し上げた。そしてなぜいままで身元を隠してこのように振舞ってきたかその理由も述べた。グワスパリーノ氏は、乳母の言うこととクルラードの使いの言うこととが、ぴったり一致するので、彼らの言分を信用し始めた。それでもおよそ抜目のない男であったから、今回の事についてさらにあれこれと調べさせたが、調べれば調べるほど事実であることに間違いはない。

それでスカッチャートに対して酷い扱いをしたことを恥じ、その償いとして、グワスパリーノ氏は自分の子供の一人で十一歳になる美しい娘を巨額の持参金つきの妻として青年に与えることとした。スカッチャートの父のアルリゲットがいかなる人物であったか、またいまいかなる地位に戻ろうとしているかを承知していたからである。それでグワスパリーノ氏は二人の婚礼を盛大に挙げると、青年と娘とクルラードの使いと乳母を装備の整った小形のガレー船に乗せて、レーリチまでやってきた。そこでクルラードに出迎えられ、一行(いっこう)はそこからほど遠くないクルラードの持ち城の一つに向かった。そこでは豪華な宴会の席がすでに用意されていたのである。

　息子に再会できた母親の喜びはいかばかりであったろう。兄弟また会えた二人の喜びはいかばかりであったろう。また忠実な乳母と一緒になれた三人の喜び、グワスパリーノ氏とその令嬢に対する皆の喜ばしい歓迎、そしてグワスパリーノ氏の皆に対する謝礼。全員喜びの興奮に包まれた。クルラード侯爵も奥方も子息たちも友人もその歓喜の渦の中に融(と)けこんだが、そのめでたい様は言葉では言い尽くせないほどである。それはご婦人方のご想像におまかせするとしたい。そして神様は一旦気前よくなると次々に贈物(おくりもの)をくださるが、この歓喜に花を添えるように、アルリゲット・カペーチェは無事生きている、健康状態も上々だ、という朗報が飛び込んできた。

　それというのは大宴会が始まって、列席の貴顕淑女(きけんしゅくじょ)の食卓に最初の大皿が運ばれた時、シチリアへ派遣された使いが帰って来、報告をしたのだが、その中にこんな話があったからである。アルリゲットはシャルル王の手で獄に投ぜられ、張番がついていたが、その土地に王に対する叛乱が発生するや、怒り狂った民衆は牢獄に押し寄せ、獄卒を殺害し、アルリゲットを獄の外へ連れ出した。アルリゲットこそシャルル王の最大の敵手であったから、民衆はアルリゲットを大将に祭り上げ、彼に従ってフランス兵を追い立て彼らを鏖殺にしたのである。そのためアルリゲットはピエートロ王のお覚えがことにめでたく、王はアルリゲットに以前の所領をことごとく返し、以前の栄誉にもましてさらに大いなる栄誉を授けた。だからいまは大したご身分である。そしてさらにつけ加えて言った。アルリゲットは使いを大層鄭重に出迎え、夫人と子息のことを聞くや計り知れない喜びようであった、それというのも逮捕された後、一切何も知らされていなかったからである、と。それでアルリゲットは夫人や子息を出迎えるために快速船を一艘当地へ向けて出航させたが、その船には何人かの紳士貴顕も乗っている。彼らは間もなく姿を現わすだろう、とのことだった。

この使いが大喝采で迎えられ、その報告に皆が耳を傾けたことはいうまでもない。誰もが大層喜んだ。クルラード侯爵はやはり何人かの友人を引き連れると、ベーリトラ夫人とジュウフレーディのために派遣されてきたその紳士貴顕方の出迎えに早速赴いた。そして彼らをこの楽しい宴席に招待した。紳士貴顕が招じ入れられた時、この大宴会はまだ半ばにも達していなかった。

ベーリトラやジュウフレーディはもとより、ほかの客人たちもその紳士貴顕の到着を歓呼の声をあげて迎えた。それは前代未聞の喜びようであった。紳士貴顕は席について食事をいただく前に、まずアルリゲットの謝意を言葉巧みにクルラード侯爵とその夫人へ伝えた。侯爵夫妻がアルリゲットの妻と息子に与えてくれた名誉に対する謝辞である。そして貴顕紳士は、自分らの主君のアルリゲットは侯爵夫妻のためとあれば、力の及ぶ限り、何であれお役に立つ所存である、とつけ加えた。それからグワスパリーノの方を向き、その好意ある計らいはアルリゲットのいまだ知らないところであったから、スカッチャートに対してしてくれたことをアルリゲットが知った時には、アルリゲットは必ずやそのご好意に対しお返しにとどまらずひときわ手厚く酬いるところがあるだろう、と礼を述べた。そしてこの挨拶がすむと、紳士貴顕も二組の新郎新婦の宴席に加わり、まことに心楽しく、食事した。

その日、婿や親戚や友人に祝意を表したのはクルラードだけではない。多くの人が婚礼を祝した。しかしその祝宴が果てるや、ベーリトラやジュウフレーディやその連れには出発の時が来たように思われた。クルラード侯爵とその夫人、グワスパリーノらは涙したが、彼らはスピーナを連れて快速船に乗り込んで出発した。順風に送られてたちまちのうちにシチリアに到着し、パレルモの港で婦人方も息子たちもアルリゲットの盛大な出迎えを受けた。それは言葉ではおよそ言い尽くせないほどの歓迎であった。その地で彼らは、神様からいただいた恩恵のほどをよくわきまえた人として主の友として、皆その後長く久しく幸せに暮らしたとのことである。

＊1　英語の spirits に相当する複数形の spiriti を「魂魄（こんぱく）」と訳したが、spiriti della vita vegetative, animale, razionale を指している。失神に際し、死去の場合と同様、それらは肉体を離れるとされた。

＊2　クルラード・マラスピーナはダンテ『神曲』煉獄（れんごく）篇第八歌一一八行に登場する。Malespini とボッカッチョは表記しているが、『神曲』の言い方に合わせた。

＊3　プーリア地方とはナーポリ王国をさす。サン・ミケーレ・スル・ガルガノ、サン・マッテオ・ディ・サレルノ、サン・ニコーラ・ディ・バーリなどが巡礼の聖地とされた。

＊4　cavriuola というイタリア語は小学館『伊和中辞典』では男性型の cavriuolo が capriolo の古語として出ており「ノロ」の訳語が当てられている。「麞」などの漢字が当てられる小形の鹿の一種で体長は一メートルほどであるという。しかし英訳には she-goat（Rigg）、仏訳にも chèvre（Bourciez）など「牝山羊（めやぎ）」の語が当てられている場合もある。人間の女が乳を与える相手としては鹿の子よりも山羊の子の方が読者に受入れられやすいと訳者が感じたための改変であろうか。なお独訳では Reh（Witte）「のろじか」の語がそのまま当てられている。

＊5　ドーリア家はジェーノヴァの名門で、その名は（ダンテの場合は悪名としてだが）『神曲』地獄篇第三十三歌にも出てくる。グワスパリーノの名前で翻訳は統一したが、ジェーノヴァ方言の Guasparrin という表記も多く用いられている。しかしいずれにしてもドーリア家にはこのような名前の人物は歴史的には存在しなかった。

＊6　マンフレーディが率いる皇帝党がベネヴェントの戦いで敗れたのが一二六六年であり、アラゴン王ピエートロが煽動してシチリアで復活祭の翌日、晩禱（きとう）の鐘を合図に島民が当時島の征服者であったフランスのシャルル・ダンジュー（アンジューのシャルル王）の兵士たちを虐殺したのが一二八二年三月三十日であるから、もしその史実に従うと、一二六六年には八歳だったとされるジュウフレーディは、この年二十四歳のはずである。

第二日第七話

バビロニアのサルタンは彼の娘の一人アラティエルをアフリカのガルボの国王の花嫁として送る。〔ガルボの国とは、アンダルシアやグラナダと対岸のアフリカ、現在のモロッコにあたるサラセンの国である〕。娘は様々な事件のために四年の間に様々な場所で九人[*1]の男の手中に落ちる。しかし最後に父王のもとへ送り返され、そこからまたあらためてガルボの国王のもとへ、最初の時と同じように、新妻として赴く。〔パンフィロが物語る〕

エミーリアの話がもう少し続けば、ベーリトラ夫人が遭遇したさまざまな運命に対する同情で、皆さまさぞかし涙を流されたことでございましょう。しかしこの話はともかく終わりましたので、女王はパンフィロに次に話をするよう申しつけました。パンフィロは女王の御意(ぎょい)に拳々服膺(けんけんふくよう)する貴公子です、こう話し始めました。

楽しいお友だちの皆さま、自分のためになると思って私たちがすることが、はたしてこれでいいのか否か、およそ自分自身にはわかり難いものです。それというのも何度も見られたことですが、世間のたいていの人は金持になりさえすれば心配事はなくなり、平安無事に暮らせるものと思っています。それで神様にお祈りしてお願いし、あらゆる労を惜しまず、また危険を顧みず、蓄財につとめます。そしてついに財を成したという時に、この豊かな財産に目が眩んだ身内の者に殺されたりもします。そうした者は、相手が金持になる前なら、たとい体を張ってでもその命を守ってくれた者だったかもしれません。またもっと下層の出の者で、幾千という危険な修羅場をくぐり抜け、我が兄弟や友人の血を流してまでも、王国の頂点に登りつめ、ついに望月の欠けること無き至福の境涯に入れたと思った者が、豈はからんや、そこに見いだすのは無限の気苦労と恐怖だということはままあることです。王者の食卓に座して金の盃で美酒を飲んだと思ったら、それが命取りの毒だったりするのです。肉体的な力や美しさや外見の飾りを熱烈に所望した人は大勢おりました。しかし間違った物を熱望したと気づいた時には、こうした物が彼らの非業の死や悲惨の原因と化していたのです。ここで人間の欲望の一つ一つを細かく吟味することはしませんが、次のことだけは確かと申せましょう。それというのは人間確実に幸福をもたらすようなものは実は何もないということです。ですから賢人として正しい道を踏もう[*2]と思うなら、私どもの必要がなにであるかを知り、その必要を満たしてくださる方の賜わる物を有難く頂戴するという心掛けが大切と思います。さて私ども男が様々な欲望に駆られて道を誤るように、優雅な女性の皆さまは、特に次の一点で咎を犯しておられます。それは美しくなりたいという願望です。皆さま方は天然自然に与えられた美貌だけに満足せず、その美しさを増そうとさらに驚くべき化粧の術を試みておられます。それで、美しいということがいかばかりの不幸の種となったか、あるサラセン女性についてお話し申し上げましょう。この女性は四年ほどの間にその美貌が禍いして、九度も新婚の式を挙げることとなりました。

もうかなりな昔、バビロニアにベミネダッブという名のサルタンがいた。この絶対君主は存命中、おおむね自分の思いのままに万事が万事、片付いていた。この男には子供が男も女も大勢いたが、その中にアラティエルという名の娘がいた。この娘は、見た人々にいわせると、当時世界で見られる最高の美女とのことであった。それだから次のような話もめでたくまとまったのである。多数のアラビア人の敵どもがこのサルタンを襲った時、サルタンは逆に彼らを散々打破ったが、その際サルタンをものの見事に援けてくれたのがガルボの国王であった。その国王が所望するので、サルタンは特別の恩恵としてアラティエルを妻として与えることにした。サルタンは娘に立派なお供の女官や家臣をつけ、高貴で豊かな調度や衣裳の支度を揃え、きちんと艤装した船を仕立てるとアラティエルを乗せ、神の御加護を祈りつつ花嫁を海に送り出したのである。

水夫たちは順風に帆を掲げ、アレクサンドリアの港を出た。数日間は航路安泰、サルデーニャ島も過ぎ、目的地ももう間近と思われたある日、突然次々と風向きの違う風が吹き起り、それが度外れて激しい暴風となって吹き捲り、船は散々な目に遭った。新婦も船乗りたちも何度も今は最期と覚悟した。しかし練達の船乗どもであったから、力を振り絞り、技を尽くし、なお二日間この荒海で持ち堪えた。嵐が吹き始めて三日目の夜、風勢は衰えるどころかいよいよ吹きつのり、船乗りたちは一体いま船がどこにいるのか、見当もつかなくなった。位置を測定する術(すべ)もない。夜は暗く、真っ黒な雲で覆われた空は視野も限られた。マジョルカ島の北、島からほど遠からぬと思われたあたりで、船底が裂ける音が聞こえた。

　こうなれば助かる手立てはない。もうみな自分の命を救うことに精一杯で、他人のことなど構っていられない。海面にボートを下ろしたが、船の指揮をとっていた者たちが船を見捨て、我れ勝ちにボート目指して飛び降りる始末である。すると船に取り残された者どもも、ボートで先に座を占めた連中が上に向かって包丁やナイフを振りかざして脅しているにもかかわらず、次から次へとボートに向けて飛び降りた。こうして命は助かったと思ったが、しかし嵐は激しく吹き荒れてボートはこれほどの大人数を載せきれず、あっという間に沈没し全員溺れ死んでしまった。

　船はその間強風に吹き捲られた。大破して船中は水でもう溢れんばかりだが、その船に残っているのはアラティエルとお付きの女たちだけである。女たちは嵐と恐怖に意気沮喪(そそう)してまるで死んだように船上に横たわっていた。船は非常な速さで吹き流され、マジョルカ島の海岸に突き当った。非常な勢いで浜辺に乗り上げたから、船全体がその砂の中にのめり込んだほどである。水際から石を一投げして飛んだほどの地点で、そこまで波は押し寄せてぶつかっては砕けたが、風はもはや動かすことは出来ず、船はそこに一晩中停止していた。

　夜が明けた。嵐は少し静まった。アラティエルは半死半生の体である。それでも頭をもたげて、すっかり弱りきっていたけれども、召使の男どもの名前を次々と呼んだ。しかし呼べども返事はなかった。名前を呼ばれた者どもは皆あまりにも遠くのかけ離れたところにいて、人間の声など聞こえるはずはなかったからである。狼狽したアラティエルは次第に恐怖がつのるのを覚えた。どうかこうか起き上がって見渡すと、お供の女官たちも下使の女たちもみな横になっている。一人また一人と声をかけ手でさすったが、まだ息をしている者は僅かしかいない。ある者は胃の苦しみのあまり、ある者は恐怖のあまり、息絶えてしまったらしい。それに気づくとアラティエルの恐怖心はいよいよ増した。自分ひとり、どこともわからぬ場所にいる。これではならぬと応急の対処を迫られて、まだ息をしている女たちを励まして立ち上がらせた。女たちも男たちがどこへ行ったか知らない。船は砂浜に打ち上げられて、船中は水浸しである。アラティエルは女たちとともに泣き崩れた。午後三時近くになった。それまでは海岸にもその近くにも誰ひとり人間の姿は見えなかった。助けを乞うこともできなかった。

　それが三時ごろ、ペリコン・ダ・ヴィザルゴ、通称ペリコーネという城主が、たまたま自分の領地の一つから、家来を引き具して馬に乗って帰りかかった。ペリコーネは船を見るや、直ちにいかなる事態が発生したかを察知して、家来の一人に即座に船の上に登り、どのような様になっているかを報告せよ、と命じた。家来は、容易ではなかったが、とにもかくにも船に攀じ登り、アラティエルとその僅かの生き残り女たちが船首の先に嘴のように尖って突き出した木材の下に隠れて震えているのを見つけた。女たちは家来を見ると、泣きながら何度も何度もお慈悲を乞うた。しかし自分たちの言葉が相手に通じていないこと、また相手の言葉もわからないことに気がつき、身振り手振りで自分たちに降りかかった災難を説明しようとした。家来は出来る限り事態を洩れなく観察して、船上で自分が見たところをペリコーネに報告した。するとペリコーネは急いで女たちと船中にあった持ち運び可能な貴重な品々を船から下へ降ろさせた。そしてそれらとともに自分の持ち城の一つに赴いた。そこで女たちに食物と休養を取らせて元気づけると、豊かな調度の品々からその中央にいる女性はすこぶる高貴な身分と推察した。その女性だけがほかの女からかしづかれている。そうであるからには自分の判断に狂いはあるまい。海が荒れて船酔いのために女性は青ざめて姿は乱れていたが、その目鼻立ちの美しさは疑うべくもない。女はいかにも美しかった。ペリコーネはその場で、この人にもし夫がいなければ妻に娶りたいと考えた。そしてもし妻にすることが無理ならばこの人を思い人として囲いたいと考えた。

ペリコーネは猛々しい顔立ちのたいへん屈強な男で、何日間かは女性をたいへん丁寧にもてなした。それですっかり元通りになった時、女が想像を絶する美女であることを見てとり、自分が女の言葉を解せぬこと、女が自分の言葉を解さぬことをいたく嘆いた。

こうした様だから相手が誰であるかわからない。それでも女の美しさに恋心は異常につのり、相手が逆らうことなく思いを遂げたいものと、いろいろ智恵を働かせた。しかしその才覚も役に立たない。馴れ馴れしく近づこうとすると女は必ずそれをはねのける。すると拒まれたペリコーネの情欲はいよいよ燃え熾るのであった。

女は相手の様子を察し、すでに数日をこの地で過ごしたので、風俗から察して自分がキリスト教徒の手中におちいったこと、たとい言葉が通じて身分を明かしたとしても役に立たない土地にいることを見てとった。そして覚悟した、やがていつかは力づくなりあるいは情にほだされるなりして、ペリコーネの欲望に身をまかせねばならない。健気なアラティエルは自分の運命の悲惨を敢然と足蹴にする決心をした。それでももはや三人しか残っていない小間使に対し、自分たちをこの境涯から救い出してくれることが明らかな人たちがいる場所以外では、いかなる人に対しても、自分たちの身元を絶対に明かしてはいけないと厳命した。そしてまた操を守るように懇々と諭した。そして自分は夫となるべき人以外には体を許すことは決してしない覚悟だと述べた。小間使たちは女主人の決心を讃え、自分たちも力の続く限りアラティエル様のご命令を守りますと答えた。

ペリコーネの欲望は日々熱く燃え熾った。なにしろ欲しい物が日々いよいよ手近に見える。しかも相手はいよいよかたくなに拒む。お上手を言ってもご機嫌を取ってもなんの役にも立たない。しかし力づくで手込めにするのは最後の手段として取っておき、とにかく策略をめぐらすこととした。女が葡萄酒を好むことに何度か気がついた。イスラムの法で禁じられていたから女には酒を飲む習慣がなかったのである。ペリコーネはこの葡萄酒をヴィーナスの手先として用い、これでもって女をわがものにできると考えた。相手が自分を嫌っていることも気にしないという振りをして、一夕、大宴会を開き豪勢な料理を拵(こしら)えさせた。宴席に女もあらわれた。食事にはさまざまな品が出る。ペリコーネは女に給仕する召使に耳打ちして色々の葡萄酒を混ぜて出すように命じた。[*3] 召使は上手にその酒をお注ぎした。女は別に警戒心を働かせなかったから、おいしい飲物にうっとりとした。ついつい女らしい節度を越えて幾盃も飲んでしまった。おかげでそれまでの心配苦悩もすっかり忘れて陽気となり、土地の女が次々とマジョルカ風に踊るのを見て、自分はアレクサンドリア風に踊ってみせた。これを見てペリコーネは自分が所望しているものが手に入るのは間近いと見て、さらに食物や飲物を次々に出させて夜が更(ふ)けるまで宴会を長引かせた。

ついにお客さまが引きあげた。女と二人きりになるや女の部屋にはいった。女は葡萄酒に体が火照(ほて)って熱くてたまらない。ふだんの嗜(たしな)みはすっかり失せて、ペリコーネが自分の小間使の一人でもあるかのように、その目の前で、なんの恥じらいもなく、衣服を脱ぐと、寝台に入った。ペリコーネも遅れじとその後に従った。急いですべての明かりを消し、別の側から女の脇に横になり、腕に女を抱いたが、女はなにひとつ手向かわない。ペリコーネは女と愛の楽しい営みを始めた。女はそれを感じた。それまで男がどんな角(つの)で女の体を突くのかアラティエルは知らなかった。それなものだから、ひとたび醍醐味を味わうと、なぜいままで男が言い寄った時、もっと早く同意しなかったのかと悔やまれたほどだった。やがてこうした甘美な夜に誘われるのを待ちきれずに、しばしば自分から相手を誘い出した。お互いに言葉は通じないから言葉で誘ったのではない、体の仕種で誘ったのである。

ペリコーネとアラティエルはこうして大いなる男女の喜びを味わった。だが運命の女神は国王の妻となるべき女性を一城主の女とするだけでは満足しなかった。女の前途にはさらに空恐ろしい色恋があらわれたのである。ペリコーネには二十五歳になる弟がいたが、美男子で颯爽とした薔薇のごとき好男子で、名前はマラートといった。このマラートは女を一目見るや惚れ込んだ。女の様子から察して自分も女の気に入っていると感じ、この自分の望みを妨げるものはペリコーネが女のところに厳重に配置した警固の兵だけだと判断し、ついに残酷な考えを抱くにいたった。しかも非道にもそれを即刻実行に移したのである。

当時その町の港に船が一艘碇泊していた。荷物を積んで東方の一帝国であるロマーニアのキアレンツァへ向かう予定である。その船の船主は二人のジェーノヴァの若い兄弟で、船はすでに帆を掲げ、順風が吹けばいつでも出航できる態勢にあった。マラートはこの二人と、次の夜、自分は女と一緒に来るから船に乗せてもらいたいと話をつけておいた。そうしておいて夜になると、前々からの計画を実行に移そうと、まったく無警戒のペリコーネの家にこっそりと数名の腹心の手下と共にやってきた。手下には自分が何をしようとしているかは打明けてある。そしてマラートは家の中にはいると、打合せた通り身をひそめた。夜も更けた。内から玄関を開いて部下を招じ入れると、ペリコーネが女と共寝している部屋の扉を開いた。男たちは眠っているペリコーネを殺害し、目を覚まして泣き出した女を「声を立てたら殺すぞ」と脅して引っ捕まえた。家の者に感づかれることもなく、ペリコーネの財宝の目ぼしい物はあらかた奪うや、急いで海岸の方へ向かった。そしてマラートと女がすばやく船に乗り移ると、手下は何食わぬ顔で市中へ戻った。

水夫たちは順風を受けて出港の帆を掲げた。女は苦い涙を流し悲嘆にくれている。第一の災難に続く第二の災難である。しかしマラートは神様が男に賜うた神聖なる聖器で女を精力的に慰め始めた。すると女はじきにマラートに馴れ親しんで、ペリコーネのことは忘れてしまった。そしてこれで万事うまくいくかに思われた時、運命は過去の度重なる災難だけでは満足しないとみえて、またしても女を悲しく辛い目に遭わせようとしていた。それというのは女は、前にも再三述べたが、実に美しい見事な体をしていて、しかも風采が心憎いほど立派である。二人の若い船主も夢中に惚れ込んでしまった。それで、他の事はすべて忘れてひたすら女に仕え、その気に入るようにつとめた。しかもマラートにその理由を勘づかれないよう細心の注意を払った。

兄弟はさすがに血をわけた仲である。互いに相手の気持を察している。それで隠密裡に相談した。そしてこの愛を手に入れた際は二人で共有にすると、まるでこうした愛情の取得も積荷や利益の取得と同様、二等分することで話をつけた。女はマラートによって厳重に警護されている。二人は思いを遂げることが出来ない。ある日船は帆を張って滑るがごとく海面を進んでいた。マラートは船尾に立って海の方を眺めている。兄弟の悪巧みにはまったく気づいていない。二人は互いに今だと目配せするやマラートに近づき、すばやく後ろから引っ摑んで、海中に抛り込んだ。それから一海里も進んだ頃、やっとマラートの姿が見えない、海に落ちたに相違ない、と人々は気がついたのであった。そのことを聞きつけた女はもはやマラートは取り返しがつかないと観念し、船上でまたまた悲嘆の涙に暮れた。

兄弟は直ちに女を慰めにやってきた。そして相手に自分たちの言うことはほとんど通じないけれども、優しい言葉をかけ、大きな約束の数々もした。女はマラートが死んだことよりもわが身に振りかかる不運不幸に涙していたのである。兄弟はいろいろ智恵を絞って女を落着かせようとした。長い間かわるがわる口説いて、ようやく女も心慰められたかのように静まった。すると今度は男たちの間で誰が先に女と一緒に寝るかということで口論が始まった。二人はどちらも自分が先だと言い張る。これについては妥協の余地がない。激しい口論が始まった。聞くに堪えない罵声を浴びせあっている。ついに怒り狂って刀に手を掛けた。互いに憤然と相手に襲い掛かる。船上にいる人々にはもはや二人を分けて引き離すこともできない。兄弟は相打ちでそれぞれ相手を刺した。一人はその場で即死し、他の一人は体の方々に傷を負ったが一命は取り留めた。これはアラティエルにとってはまことに面倒な困りきった事件であった。なにしろ船上で一人きりである。助けてくれる人も智恵を授けてくれる人もいない。この船主の親族や友人が自分に向けて怒りを爆発させるのではないかと怖くてびくびくしていた。

しかし傷ついた方の男が懇願してくれたお蔭と、キアレンツァへ意想外に早く到着したお蔭とで、女は殺される憂目を免れた。港では怪我した男と一緒に上陸した。市中の宿に男と泊っていると、たちまち彼女の美貌の評判が立った。そのことが当時キアレンツァに滞在中のモレーア[*4]の太子の耳に届いた。太子はアラティエルを一目見たいという。会ってみると、聞きしにまさる美しさである。たちまち女に強く惹かれ夢中になり、もはやほかのことは考えられなくなってしまった。そしてどのようにしてこの港に来たのか聞き知るに及んで、この女を我が物とすることは出来るぞと考えた。そしてその方策を講じていた時、怪我した男の親族は太子の意向を聞いて、お待たせすることなく、即座に女を太子のもとに差し出した。これは太子にとっても女にとってもまことに有難い仕合せで、女はこれで生命の危険から救われたかに見えたのである。

太子は女がただに美しいのみか王妃の品位をおのずと備えているのを見て、何者であるかはわからないが、高貴な女性であることに間違いないと思った。そうは思うものの心中で恋心はいよいよつのる。栄誉をもって大切に女を遇した。その待遇は女を囲うというのではなく、正式の夫人としての扱いである。いままで散々酷い目にあったことに比べればいかにも有難く、女は事の成行きに感謝し、すっかり元気を回復し、気持も一段と明るくなった。すると女の美貌はいよいよ光り輝く有様である。そのためにロマーニアでは彼女の美しさが世間の話題を独り占めしたほどであった。

そんな噂を聞きつけたアテネの大公は、若くて美男で凛々しくて、かつモレーアの太子の親族であり友人でもあったから、この女性と会ってみたいと思った。それで恒例の太子への訪問という口実で、美々しく堂々としたお供を引き具してキアレンツァへ乗りこんで来た。そしてそこで立派な歓待を受けた。それから数日後、大公と太子が二人きりになると、この女性の美しさがおのずと話題となる。大公は世間が噂するほど実際に素晴らしいお方なのかと尋ねた。それに対し太子が、

「いや、それは世間の噂よりはるかに上です。しかしこれについては私の言葉でなく、本当か嘘か貴方の眼で確かめていただきましょう」

ではと促されて、大公は太子と一緒に女のいる場所へ赴いた。女はあらかじめ大公が来ると聞き知っていたので、ゆったりとした立居振舞で、いかにも嬉々として出迎えた。大公と太子は女を中央に座らせたが、さて話をしようにも女は言葉を解さない。また解するとしてもほんの僅かだけだから、話は一向にはずまない。結局二人はひたすら女を見つめた。なにか奇跡でも見つめるかのように見続けた。とくに大公はすっかり見ほれてしまい、女が現世の人とは思われない気持であった。そして本人は気がつかなかったが、眺めているうちに、眼から恋の媚薬というか愛の毒薬を飲み込んでしまったのである。大公は自分が喜びにひたるために女を眺めているのだと信じていたが、実は本人は

惨めにも狂わんばかりになってしまったのである。

大公は太子とともに女性に暇を告げその場を立ち去った。するとようやく頭が働いてものを思う時間ができた。だが考えれば考えるほど太子が至福の境地にいるとしか思えない。このような美しい女を太子は思いのままにしているのだ。大公はいろいろ考えるうちに、頭がくらくらとしてバランスが失せた。火のごとく燃えあがる恋心の激しさに冷静な道義の感覚が消えてゆく。将来いかなることになろうとも、太子からこの至福を奪い取り、自分こそが幸せをものにせねばならない。

こうして覚悟を定めると、気はせいた。義理も道理もことごとくかなぐり捨て、全知全能を絞って姦策を練った。そしてある日、自分が立てた不逞な計画の筋書きに従い、馬も荷物もすべて旅支度を整えさせた。太子の従者でかねて手なづけておいたチュウリアーチという者と密かに通じて、日が暮れるや大公は腹心の部下一人とともに武具に身を固め、右のチュウリアーチの手引きで太子の部屋に忍び込んだ。見ると女は寝ているが、太子はあまりの暑さに床を離れて裸体のまま窓際に立ち海辺を向いて海から吹いてくる風で涼をとっている。腹心の刺客は、かねて命じられた通り、抜き足差し足、部屋を通り抜けて窓辺に近づくや、そこで太子の下腹に刀をぐさりと突き刺した。刃はこちらから向うまで貫いた。急いで胴体を持ち上げると窓から外へ抛り出した。

その館は海に面した高い岡の上にある。太子が倚りかかっていた窓は、打ち寄せる大波に崩れた数件の家に臨んでいる。その崩れた家を訪れる人は稀であったから、無人の廃屋(はいおく)と化していた。予測した通り、太子の死骸が落下したことは誰にも気づかれず、事実物音を聞きつけた人もいなかった。

　腹心の部下は為遂(しと)げたことを見届けると、チュウリアーチに向かって親しげに手を背中にまわして挨拶し、抱擁すると見せかけて、そのために持参した縄をさっと相手の首に巻きつけてぐいと引いた。チュウリアーチはもはや声も立てられない。そこに大公も加わって二人でチュウリアーチをついに絞め殺した。そして太子を投げ落とした場所にチュウリアーチも投げ落とした。これで片付いた。女にも誰にも気づかれなかったことは間違いない。大公はそこで灯りを手にすると、それを持って寝台を上からそっと照らした。女は深々と眠っている。掛布(かけふ)を取ると、一糸(いっし)まとわぬ姿があらわれた。[*5]見れば見るほど絶品である。服を着た姿もほれぼれとしたが、この裸体とは比べものにならない。むしゃぶりつきたいばかりの魅力である。欲望が身内にむらむらと熱く燃えた。先刻犯した罪に震えるなどということはおよそなかった。両手はまだ血にまみれていたが、女の脇に横になると、いまも夢心地で自分を太子だと思っている女を抱いた。

　至福の一時が過ぎた。起き上がると部下を何名か部屋に来させ、女を取り押さえて物音を立てることが出来ぬようにすると、自分が入ってきた秘密の門から外へ連れ出し、馬に乗せた。そして出来るだけ静かにこっそりとアテネを目指して帰り道についた。しかしそこには妻である大公妃がいるから、アテネでなく自分の地所で美しい場所へ連れて行った。それは市のすこし外れの海に面したところである。女はいかにも苦悩に打ちひしがれた様子であった。そこで大公は女を世間の目から隠してなにくれとなく世話をし、大切に名誉をもって女を遇した。

翌朝、太子の家臣の方は太子のお出ましを待ったが、午後三時近くになってもお目覚めにならない。何の音もしないので鍵の掛かっていない部屋の扉を次々に開けると誰もいない。さてはあの美人の奥方と何日かお忍びでお楽しみにどこかへ行かれたかと思い、別に気にも留めなかった。ところがその翌日、頭のおかしな男が太子とチュウリアーチの遺骸が抛り込まれた倒壊家屋の中にはいりこんだ。そしてチュウリアーチの首に巻きつけてあった縄を引っ張って遺骸を外へ引っ張り出すと、そのまま市中を引き摺って歩き出した。大勢の人が死体はチュウリアーチだと気づいて騒然となった。皆が頭のおかしな男をおだてて、死体を引きずり出した元のところへ案内させた。そしてそこで全市の人は驚愕した。太子の遺体が見つかったからである。荘厳なる埋葬が執り行なわれた。このような大逆事件の犯人は誰かと調べが進むうちにアテネの大公の姿が見えない、そればかりかこっそり立ち去ったということが判明した。となれば大公が事件の張本人であることは間違いない、大公が女を連れ出したのだという結論に達した。市民はただちに太子の弟が故人の位を継ぐよう推挙したが、それとともに新太子は全力を傾けてこの仇を討つべきだと口々に言上した。ほかにもいろいろ証拠があがって、民衆の怒りや彼らの要求がもっともなこともはっきりしだした。新太子はそこで友人、親族、さまざまな家臣に力を貸してもらいたいと申し出、たちどころに強力な一軍団を組織した。そしてアテネの大公と一戦を交えるべくキアレンツァを出発した。

こうしたことを聞きつけた大公は、防衛のため味方の全兵力を動員した。その援軍として多数の武将が馳せ参じたが、その中にはコンスタンティノポリスの東ローマ帝国の皇帝から送られた皇帝の息子のコンスタンティノスと甥のマノヴェルロもいた。この二人の若い皇族は大層な数の精兵とともに到着した。大公と大公妃はこの援軍を鄭重に歓迎した。大公妃は右の皇帝の御親族の妹君であられたのである。

一日また一日と戦争の気運は高まってゆく。大公妃は機会を見て、コンスタンティノスとマノヴェルロに自室に来てもらった。そこで滂沱と涙を流し多くの語を用いて、すべてを打明けた。戦争の原因を説き聞かせながら、大公が女と関係したために妻の自分が受けた屈辱を語ったのである。大公は女との関係は世間に隠しおおせていると信じている様子だが、妃はそれを痛憤し、大公の名誉と自分の心の平安のためにも二人の皇族にどうか可能な限りの対策を講じて欲しいと頼み込んだ。若い二人はすでにどのような事態か察知していたから、それ以上しつこく問い質したりはしなかった。ともかく大公妃を慰め、希望をもたせてやった。そして大公妃から女の隠れ家を聞きだすと、二人は立ち去った。

女が絶世の美人だと口を揃えて褒め讃えられるのをかねて幾度となく聞いたことのあるこの二人は、一度はとくと拝顔したいものと思い、大公に会わせて欲しいと頼み込んだ。大公は、女を見せたために太子に何が振りかかったかを忘れたとみえて、女を見せることを承知した。そして女の滞在場所にある美しい庭園にすばらしい馳走（ちそう）を用意させると、翌朝、少数の仲間と共に女と食事するべく二人を案内した。コンスタンティノスは女の隣に座ると、茫然（ぼうぜん）と自失して女を眺めた。かつてこれほど美しいものは見たことがないと心中で驚嘆した。そして大公にせよ誰にせよこれほどの美人のためなら人を裏切ろうが殺（あや）めようが許されるとさえ確信した。一度見つめたがまた見つめた。そして見るたびに称讃の念を新たにした。そして以前に大公の念頭に生じたと同じ穏やかならぬ気持がコンスタンティノスの胸にもむらむらと湧き上がった。女に惚れ込んだコンスタンティノスの念頭には戦さのことはもはやまったくない。一体どうしたら大公から女を奪うことが出来るかということのみをひたすら考えた。もちろん自分が恋慕（れんぼ）したことは誰にも一言もいわない。ひた隠しに隠しておいた。

　しかしこのような情火に燃える間に、すでに大公の領土に迫りつつある太子の軍に対してこちらも進撃せねばならぬ時が来た。そこで大公とコンスタンティノスと他の将兵はみな、軍命令に従い、アテネを出発した。そして太子の軍勢のこれ以上の侵入を食い止めるべく、国境線のしかるべき地点で敵軍と対峙（たいじ）することとしたのである。そこに何日も配置についていたが、四六時中コンスタンティノスの念頭に浮かぶのは例の美女の面影である。大公は出陣して女の側にいないから、今こそ思いを遂げるチャンスだと考え、アテネへ戻る理由として体の不調を訴えた。それで大公の許しを得て、自分の指揮権はすべてマノヴェルロに託すと、アテネの妹のところへ引き返した。そこで数日過ごした後、大公が女を囲っているために大公妃である妹が夫の大公から受けた屈辱のほどを妹の口からあらためて語らせた。そして妹に助け舟を出すかのように言った。もしそう希望するならその女を誘い出してどこか遠くへ連れて行ってやる、と。大公妃はコンスタンティノスがこう約束してくれるのは、自分に対する兄の愛情ゆえと思い、兄が女に夢中になったとはゆめ知らず、自分がこの案に同意したことが大公に絶対に知られずにやり遂げてくれるなら嬉しいかぎりだ、と答えた。コンスタンティノスはそれについては太鼓判を押した。それで大公妃はコンスタンティノスに一番いいと思える方法でやってくださいと言った。

コンスタンティノスはこっそりと小舟を艤装(ぎそう)して、一夕その舟を女が滞在する家の庭先近くに回航させた。家来の何人かには何をなすべきかをすでに知らせてある。そうしておいて別の一隊を引き連れて女が滞在する館に向かった。そしてそこで女を警護する者どもからコンスタンティノスは親しい歓迎を受けた。女はさらに嬉しげに歓迎してくれた。お客をもてなそうと自分の従者やコンスタンティノスのお付きも一緒に庭園へ赴いた。

そこで女に大公からの言付けを二人きりで語るためであるかのように、コンスタンティノスは女と共に海に面した口の方へ向かった。その口はすでに手下の一人の手で開かれており、そこに合図して小舟を呼び寄せた。急いで女を取り押さえると舟に乗せ、家の者どもに向かってこう言った、

「死にたくなければ、誰もその場から動くな。口も利くな。私は大公から女を奪おうとしているのではない。そうではなく大公が私の妹に与えた屈辱を取り除こうとしているまでだ」

　これに対しては誰もあえて反論することはできなかった。そこでコンスタンティノスは舟に乗り、泣きくれる女に寄り添うと、水夫たちに「櫂（かい）を漕げ、沖へ向かえ」と命じた。舟は漕ぎ進むというより飛び進むという勢いで、翌日の夜が明けようとするころアイギナの島に着いた。

　ここで陸に降り立ち一休みすると、コンスタンティノスは美貌ゆえに不幸に見舞われる身を嘆く女を我が物として心ゆくまで楽しんだ。それからまた舟に乗ると数日のうちにキオス島[*6]に着いた。かねて父皇帝の叱責を怖れ、また盗んだ女を奪い去られるのではないかとも怖れていたが、ここならば安全な土地だと長逗留するつもりになっている。数日の間そこで美貌の女はわが身に振りかかる不運不幸を泣き暮らしたが、やがてコンスタンティノスに優しく慰められるに及んで、前回までと同様、運命が自分の前に据えてくれたものに喜びを感じるようになっていた。

　事態がこのように推移する間に、トルコの王であったウズベック[*7]は、当時東ローマ皇帝と絶え間なく戦火を交えていたが、この時たまたまスミルナ[*8]へやってきた。そこでコンスタンティノスが、敵襲に対する備えもせず、女と淫蕩（いんとう）な生活を沖合のキオス島で送っている、それも人から盗んだ女だ、と聞いて、一夜、数艘の武装した小舟とともに島を目指した。上陸して音も立てず部下とともに市中にはいりこんだ。奇襲されたと気がつく前に多くの者が捕えられた。そしていち早く目を覚まして刀を取って抵抗した者も、結局は全員殺された。そして町を焼き払うと、捕獲物や捕虜は舟に積み、スミルナへと引き揚げた。帰り着くや精気鬱勃たる若者のウズベックは、獲物を再吟味した。すると若い美女がいるではないか。よく見れば、これぞまさしくコンスタンティノスと同衾していたところを取り押さえた女である。ウズベックはこよなく喜んで、一瞬の遅滞も許さずわが妻とし、婚礼の式を挙げ、数ヵ月の間、夫婦同衾の至福の時を過ごした。

　東ローマ帝国の皇帝は、こうした事態が起きる前から、カッパドキアの王バザーノと協定を結んでいた。すなわちウズベックに対して一方からはバザーノがカッパドキアの軍勢を率いて襲いかかる、皇帝は皇帝の軍勢を率いて他方から襲いかかる、という手筈である。しかしバザーノの要求に多少不都合な点があってそれは履行したくなかったので、皇帝は協定を全面的に尊重するつもりはなかった。ところが自分の息子の身の上に起った不祥事を聞くや、悲憤やるかたなく、即座にカッパドキアの王が要求したことを承知し、カッパドキアの王にウズベックに対してできるだけ早く攻めかかるよう要請した。そして自分の側も背後からウズベック軍に攻めかかる準備を整えた。ウズベックはそうと聞くと、配下の部隊を動員し、強力な腹背の敵から挟撃される前にカッパドキアの王と一戦を交えることにした。そして美人の妻はスミルナに残し、忠実な家臣であり友人でもある人にその保護を委ね、カッパドキアの王としばらくの間対戦し、奮闘したが戦死した。ウズベックの軍は敗北し、兵は散り散りになって潰走した。そこで勝ち誇ったバザーノは意気揚々とスミルナの方に向けて進軍した。道々、人々はみな勝将軍バザーノの前にひれ伏して帰順の意を表わした。

ウズベックが美しい妻の保護を依頼した家臣はアンティーオコといった。すでに初老の人であったが、あまりの美しさに主君であり友人でもある人への服従の誓いを忘れ、女に恋慕の情を覚えた。アンティーオコは女の言葉を解した。これは女にとっては嬉しいかぎりであった。なにしろここ数年の間、耳はつんぼ、口は唖の状態で暮らすことを余儀なくされてきたからで、誰のいうこともわからなかったし、自分も誰にもわかってもらえなかったからである。男は情愛にほだされて、数日の間にいかにも馴れ馴れしく接するようになった。それでしばらくすると、武器を取って戦場に赴いた主君に対する敬意も配慮もなんのその、アラティエルの友人として親密になったばかりか男女としても親密になった。二人は添寝(そいね)して掛布の下で互いに世にも素晴らしい喜びを味わった。

しかしウズベックは戦いに敗れて戦死し、バザーノが片端から略奪に来ると聞いて、二人はここでバザーノの到来を待つことはせず、当地にあったウズベックの持物の大半を横領するや、ひそかにロードス島へ向かった。その島にしばらく居留するうちにアンティーオコは死病に罹(かか)った。そのころ同地にたまたまキプロス島の商人で、非常な親交のある人が滞在していた。自分の末期はほど遠くないと自覚して、アンティーオコは自分の資産も最愛の女もこの商人に遺そうと心に決めた。

すでに死期は近い。二人を呼ぶとこう言った、

「私はもう間違いなく死にます。この日ごろ生きることが楽しくてたまらなかった。かつてない楽しさだっただけにそれだけは心残りです。しかし死んでも次のことを思うと安心です。それというのも誰にもまして深く愛する二人、親愛なる君と、知り合って以来私が私自身以上に愛したこの女の腕に抱かれて死ぬからです。ただ私が死ぬと、この人には身寄りが一人もない。この異郷の地で助けもなく力になる人もなしに取り残されてしまうと思うと辛い。しかし幸い君が当地にいる。そうと知らなかったら、死に切れない辛さだったろう。だが友情で結ばれた君ですから、必ずや私に対すると同様この人を大切にしてくれるでしょう。お願いです、死んだら、全財産もこの女も君にお任せします。どうか私の魂を慰めると思ってそのどちらも君の良いようにとりはからってください。それから最愛のおまえ、私が死んだ後も私のことを忘れないでおくれ、あの世でも俺は自慢したい、俺はこの世で自然が作り出したもっとも美しい女に愛された、と。この二つの願いを必ず果たすと請合（うけあ）ってくれるなら、それで結構です、私は心おきなくこの世をおさらばします」

商人の友人も女も、この話を聞いて、ひとしく涙にくれた。話し了えたアンティーオコを慰めて、それぞれの信仰に誓って、もしアンティーオコが死ぬようなことがあれば、アンティーオコの願いを叶えると約束した。ほとんど間も置かずにアンティーオコは息を引取った。そして二人によって手厚く葬られた。

その数日後、キプロスの商人は、ロードス島でのすべての商取引を急いで片付けて、港に来合わせたカタロニアの荷物船でキプロス島へ帰ろうと思った。そして女にどうしたいか、自分はキプロスに帰るつもりだがと尋ねた。すると「あなたのご都合さえ宜しければご一緒について参ります」と答えた。アンティーオコに対する友情からして自分のことを妹のようにみなして扱ってくれるだろう、と思ったのである。商人はアラティエルの望みはすべて叶えてあげる、キプロスに着くまでに女の身に危険が振りかかるといけないから、それから守るために妻ということにしておこうと答えた。乗船すると、二人に船尾の一室が与えられた。言うことと実際と違って見えてはまずいから、商人は女とかなり窮屈な寝台に一緒に寝た。するとロードス島を出発する時は二人のいずれにもその気はなかったこともどうしても起きてしまった。暗さは暗し、気安くはあるし、床の中は温かだ。そこで男女が肌を接するように寝ればその気になってくる。そうしたもろもろの力にはもう到底逆らえない。亡くなったアンティーオコに対する友情も愛情も忘れて、二人とも同じ欲望に駆られて、お互いに相手をつついたり、そそのかしたりし始めて、ついに親密な間柄となった。それは船がキプロス島のパフォス[*9]の港に着くまだ前のことで、商人はそこが住いなのであった。そして女もそこに着くや商人と共に暮らした。

そのころたまたまパフォスになにかの用事でアンティーゴノ[*10]という名の紳士がやってきた。ずいぶんお年の人で、たいへん分別もあったが、資産はとぼしかった。それというのはいろいろ仲介の役などを果たしてきたが、キプロス島の王に仕えたものの、幸運に恵まれなかったからである。[*11] アンティーゴノはある日、美しい女のいる家の前を通った。商人はその時はアルメニアに商売に出掛けていた。たまたまアンティーゴノは窓際にいる女を見かけた。

たいへんな美女だからじっと見つめた。そしてこの顔は前に一度見かけたことがあるという気がし始めた。しかしそれがどこであったかは思い出せない。女も長いこと運命の玩具（おもちゃ）のごとくにもてあそばれてきたが、その不幸もようやく終わりに近づこうとしていた。アンティーゴノを見て、この人は以前にアレクサンドリアで会ったことがある、父に仕えていた、それもかなり要職を占めていた、と思い出した。この老人の意見を聞けば、本来の王妃の地位に戻ることができるかもしれないという希望がにわかに湧いた。そして商人の留守を幸いとすぐさまアンティーゴノを呼ばせた。アラティエルのもとに参上したアンティーゴノに女はいかにも恥ずかしそうに「おまえ様はひょっとしてファマゴスタ[*12]のアンティーゴノ様ではございませぬか」とたずねた。

アンティーゴノは「はい、左様でございます」と答え、さらに言い添えた、

「私もあなたさまを見た覚えがありますが、さてどこであったかどうしても思い出せません。もしお差し支えなければ、どなた様でいらっしゃいますか、思い起こさせてくださいませ」

女は相手が誰か間違いないとわかると、わっと泣き出して身を投げ、相手の首に両手

をまわしてさめざめと涙を流した。唖然としているアンティーゴノに間を置いてから「ひょっとしてアレクサンドリアでお目にかかりませんでしたか」と女がたずねた。その質問を聞いた途端、この人は海難で死んだと思われていたバビロニアのサルタンのお姫様のアラティエル様だとわかった。平伏して恭(うやうや)しくご挨拶申し上げようとしたが、アラティエルはそれを許さない。そして自分と並んで座るようにと言った。アンティーゴノは言われる通りにすると、恭しく、一体どのようにして、いつ、どこから当地へいらしたか、と問うた。エジプト全土では姫はもう何年も前に海で溺れた、みんなそれは間違いないと思っている、と答えた。

それに対しアラティエルは言った、

「わたしが送ったような生活を送るぐらいなら海で溺れ死んでいた方が良かった。父ももし知ったなら、同じことを望むと思います」

そしてそう言うと、また激しく泣き出した。それはアンティーゴノを驚かせたほどの激しい号泣(ごうきゅう)であった。

それでアンティーゴノはアラティエルに言った、

「奥さま、早まって希望をお捨てなさいますな。よろしければ御身の上に起きたこと、どのような生活を送られたかをお話しくださいませ。事がうまく運べば、神様のお助けを得て、良き救いや償いが見つからぬともかぎりませぬ」

「アンティーゴノ」

と美しい女は言った、
「おまえ様を見た時、父上にお会いしたような気がしました。わたしは正体を隠しておくこともできましたけれども、父上に対するような愛情や優しい気持にほだされて、おまえ様に身分を明かす気になりました。ほかの人でなくまずおまえ様に逢えて誰だかわかって本当に良かった。人様にお逢いできてこんなに嬉しいことは滅多にございません。ですから父上に申すようにわたしが不幸の日々ずっと隠していたことも打明けて申します。わたしの話を聞いて、わたしの本来の身分を取り戻す手立てがなにかもしありそうなら、どうかお助けくださいまし。もしないというのなら、どなたにもわたしを見たとかわたしのことを聞いたとかけっしてお話しにならないでくださいませ」

そう言うと、マジョルカ島で難破した時から今まで身の上に起った話を涙ながらに物語った。聞き終わるとアンティーゴノも貰い泣きした。そして暫時思いめぐらした後にこう言った、
「奥さま、奥さまはご不幸の日々、ずっと身分を隠しておいででございました。ですから、ご心配なさいますな。私は奥さまをお父上のもとに以前にもまして最愛の姫としてお戻し申し上げます。そしてそれに引き続きガルボの国王の奥方にして御覧にいれます」

アラティエルからどうすれば良いのかと聞かれて、順序だてて何をするべきかを説明した。そして愚図愚図して他の者が口出しすることのないようにと急いでファマゴスト

へ引き返し、国王にこう言上した、

「陛下、もし御意に叶えば、陛下は一挙に御自身には非常なる名誉、また陛下の為に尽くして貧窮いたしました私にも非常なる利得を施すことができることがございます。もちろん陛下にはなんの御負担もおかけいたしません」

王は何事かと問うた。するとアンティーゴノが答えた、

「パフォスにバビロニアのサルタンの若くて美しい姫君が到着いたしました。溺れ死んだという噂が長い間立っていた方でございます。姫君は操を守るためにそれは酷い難儀に長い間耐えてまいりました。現在はみすぼらしい有様でございますが父親の元へ戻りたいと望んでおります。もし陛下の御意に叶い、姫を親元へ私の付添いで返すことにご賛同いただけますなら、陛下には非常な名誉、私には非常な利得となろうかと存じます。このような恩義を施せば、サルタンがそれを失念するようなことはよもやございますまい」

国王は王者としての名誉心に動かされて即座に賛同した。そして格式の高い迎えを差し向けて姫をファマゴストに招待した。アラティエルはこうして国王夫妻からまことに盛大な歓迎と栄誉を受けた。身の上に起きた運命の転変について国王と王妃から尋ねられたアラティエルは、アンティーゴノから習った通りに一点また一点とすべてお答え申しあげた。それから数日後、国王はアラティエルの願いを容れて、見事で立派な男女のお付きの一行をアンティーゴノの配下につけ、姫を恭しくサルタンの許へ送り返した。

姫が、そしてアンティーゴノやお付きの一行が、サルタンから盛大な歓迎を受けたことはいうまでもない。姫がしばらく休養した後、サルタンはどのようにして生き延びていたのか、どうしてかくも長い間なにも知らせずによその土地に留まっていたのか、と尋ねた。

アラティエルはアンティーゴノから習ったことをすべて諳(そら)んじていたから、ただちに父に向かってこう話し始めた、

「父上、父上のところから出発しておよそ二十日が経ちました時、激しい暴風に襲われて船は難破し、西の方、エーグモルトと呼ばれる近くの海岸に打ち上げられました。夜でございました。船に乗っていた男たちがどうなったか、それきりまったく存じません。夜次の事だけ覚えております。夜が明けていわば生死の間をさまよっていたわたしは命を取り戻しました。近辺の百姓どもは壊れた船にいちはやく気づいて、押し寄せてみな寄ってたかって盗んでおります。わたしは侍女二人とはじめは浜辺に居りましたが、たちまち若者に捕まり、一人はこちらへ、も一人はあちらへと引き立てられて行きました。二人がどうなりましたかは存じません。わたしは逆らいましたが二人の男に引っ捕まり、泣き叫びましたが、髪の毛を摑んで道を引き摺られ、大きな森の中に引き込まれそうになった丁度その時、馬に乗った四人の男が参りました。それに気づくやわたしを引き摺ってきた男どもはわたしを捨てて逃げ出しました。四人は、堂々たる風采と見えましたが、それを見るやわたしのもとに駆け寄り、いろいろ尋ね、わたしもいろいろ申しまし

たが、なにせわたしの言葉は通ぜず、わたしも四人様の言葉はわかりません。長い相談の後、馬に乗せられてわたしは女の修道院へ連れて行かれました。その人たちの宗派の修道院でございます。そこで、なにはともあれ、皆さまからたいへん良くしていただき格別のお計らいを受けました。皆さまとご一緒に深い信心をこめてヴァルカーヴァの聖クレッシにお仕え申し上げました。その地の女たちはその神聖な聖器（せいき）*13をたいへん大事に慈（いつく）しんでおります。そこの皆さまとしばらくご一緒した後、皆さまの言葉もかなり習いましたので、女たちにわたしは誰でどこから来たかと尋ねられます。けれども本当の事を話しましたら、わたしは宗派を異にするキリスト教の敵でございますから、追い出されてしまうかもわかりません。それが心配で、わたしはキプロス島の大紳士の娘だと答えておきました。その父はわたしをクレタ島の夫のもとへ送ったが、時化（しけ）に吹き流されて当地に漂着し、船はここで難破してしまったと申しておきました。最悪の事態を怖れて何度も、いろいろな場合に、キリスト教徒の習慣に従いました。こうした女の方の中で一番上の尼僧院長と呼ばれる方から、キプロス島に帰りたくはないかとお尋ねがありましたので、それこそなによりも第一の願いでございます、とお返事いたしました。しかし尼僧院長さまはわたしの名誉が汚されることを心配して、キプロスの方へ向かう人にもわたしの身柄をお預けになりませんでした。それが二月ほど前、フランスから性善良な方々が御夫人同伴で参られました。その中の何人かの方は尼僧院長のご親戚でいらっしゃいます。その方々がエルサレムへ巡礼に行き、その皆さんが神様とみなしている方がユダヤ人の手で殺されて、埋葬された墳墓（ふんぼ）へお参りに行くと聞いて、その方々にわたしのことをお頼みになり、道すがらキプロス島で父のもとに連れて行くよう依頼されました。この紳士方がどれほどわたしを大事にしてくださったか、奥方ともどもわたしを楽しく迎えてくださったかは話せば長くなりましょう。それで船に乗り、何日かしてパフォスに到着いたしました。ここに着いたものの、わたしは当地に知る人は誰もなし、尼僧院長さまのお言葉通りにわたしを父のもとに連れて行こうといわれる紳士方になにを申し上げてよいかもわからず、困り果てた時に神様が、わたしを憐（あわ）れんでくださいましたのでしょう、お助けくださいました。そこの岸辺でわたしどもが下船しました丁度その時にアンティーゴノとお会いしたのでございます。わたしはすぐに声を掛けました。そして紳士方にもその奥様方にもわからぬようにわたくしたちの言葉で、わたしを娘として出迎えてくださいませ、とお願いいたしました。アンティーゴノはたちどころに了解して、わたしを大歓迎してくれました。そして貧して窮しておられましたにもかかわらず、紳士方やご夫人方に大接待の大盤振舞をしてくださいました。それからわたしをキプロス島の国王のもとへ連れて行きますと、国王はたいへん格式の高い出迎えでわたしを歓迎し、それから国王様が当地の父上のところへ送り返してくれたのでございます。その栄誉のほどはわたしはとても語りきれませぬ。ほかにも言上すべきことがなお残されているといたしますなら、アンティーゴノはこのわたくしの幸せな遍歴についてもう何度もわたしの話を聞いておりますから、なにとぞアンティーゴノからお聞き取りくださいませ」

　そこでアンティーゴノはサルタンに向かって言った、

「陛下、お姫さまが陛下に申されたことは、お姫さまが私に何度もいわれましたと同じこと、またお姫さまに同行された紳士方が私にいわれたことと同じことでございます。ただ申し残された箇所がございました。ご自分からお話しになるのははしたないとお考えになり、そう遠慮されたのかと存じます。それはお姫さまと同行された紳士方も夫人方も申されたお姫さまが尼様方と共に送られた貞淑な生活、その美徳、そしてその称讃すべき身の持し方でございます。夫人方も紳士方もお姫さまとお別れの際は、私にお姫さまを託しながら、別れを惜しんで声を立ててお泣きになりました。そうしたことにつきまして皆様が私に言われましたことをすべて申し上げますと、今日も、また次の夜を通してお話し申しても、時間は足らぬかと思われます。ただ次の事だけは申し述べておきたいと存じます。それはその方々のお言葉から拝察しますと、またほかの知識から推察いたしますと、今日玉座にのぼっておいでの方々の中で陛下ほど、美しく貞淑で御立派なお姫さまをお持ちの方は他にはおられない、ということでございます。それは、陛下、御自慢なされても大丈夫でございます」

　それを聞くやサルタンは満面に笑みを湛え、盛大なる歓迎の宴を開いた。そして神様に「なにとぞ間違いなく、姫に名誉を施した者に対して、それにふさわしい礼をさせていただきたい、とくに自分のもとにきちんと姫を送り返してくれたキプロスの王にお礼をさせていただきたい」と祈願した。そして数日後、キプロス島に帰る許しをアンティーゴノに与え、アンティーゴノには莫大な贈物を用意した。国王に対しては国書を送り特別大使を遣わし姫に対し示された好意に対する礼のほどを述べた。それが済むと、当初始めたことを実行に移すべく、いいかえると、姫をつつがなくガルボ国の王妃とすべく、ガルボの国王に今まで起きたことをすべて伝え、さらに「もし王妃としてお迎えになりたいお気持がおありならば、なにとぞ姫を迎えに人を遣わして頂きたい」と懇篤な書状を送った。ガルボの国王はたいへんな喜びようで、姫の迎えに立派な使節を遣わし、喜んで姫をガルボの王室に受入れた。八人の男とおよそ一万回ほど共寝した姫[14]であったが、国王の脇に処女として横になり、その通り国王に思い込ませたのであった。そして王妃として末永く幸深く国王と連れ添った。それで世にこんな歌がはやったのである。

「キスをされても色艶消えぬ、女の唇、春の宵、月がのぼればまた光る[15]」

＊1　この「九人の男の手中に落ちる」という第二日第七話の「まとめ」の数字は、語り手のパンフィロが話の初めの社交的な御挨拶の結びで「この女性は四年ほどの間にその美貌が禍いして、九度も新婚の式を挙げることとなりました」の九という数字を受けたのであろう。しかしその最後の九番目はガルボの王室に王妃として嫁入りしたのだから操を奪われた場合には数えるべきでなく「まとめ」の九人という数はペリコーネ、マラート、モレーアの太子、アテネの大公、コンスタンティノス、ウズベック、アンティーオコ、キプロス島の商人の八人であるべきだ、という指摘が行なわれている。そして事実第二日第七話の結びに「八人の男とおよそ一万回ほど共寝した姫であったが、

＊2　国王の脇に処女として横になり、……末永く幸深く国王と連れ添った」と出ている。
＊3　キリスト教の神である。
＊4　種々の葡萄酒を混ぜると容易に酔うといわれている。
＊5　モレーア Morea とは中世末期、ビザンチン帝国期には、ギリシャ南部のペロポネソス半島の呼び名であった。
＊6　イタリアでは衣類をまとわずに寝る習慣は十五世紀まで続いた。
＊7　キオス島は小アジア（アナトリア）のスミルナ湾の近くにあり、ジェーノヴァが支配していた。
　オズベックとイタリア文では綴られているウズベックはトルコのタタール系部族の首長（在位一三一二－一三四〇）いわゆる汗で、法王ヨハネス二十二世、ベネディクトゥス十二世ともカイロやビザンチウムやモスクワの宮廷とも良好な関係を結んでいた。三人の姫はその宮廷にそれぞれ嫁いだ。黒海やクリミヤ地域でのヴェネツィア人や、特にジェーノヴァ人の貿易を奨励した。
＊8　ただしスミルナが実際にウズベックの支配権の下にあったことはない由。
＊9　パフォスはキプロス島の西南の港町である。
＊10　イタリア語では Antigono とある。前のアンティーオコ（イタリア語では Antioco）などの場合と同様、当時東方に実在した名前というより、作者ボッカッチョが古典ギリシャの知識に基づいて創作したロマネスクな名前であると考えられる。
＊11　このアンティーゴノも第二日の主題である「様々な悪運にさいなまれたが、予期に反して幸福な終わりを迎えた人」の一人となっている。
＊12　ファマゴスタはキプロス島の東側の港町である。
＊13　232頁でも「マラートは神様が男に賜うた神聖なる聖器（せいき）で女を精力的に慰め始めた」と訳したが、その際の santo cresci というイタリア語に男根のメタファーがあるとされるので、「性器」と同音異義の「聖器」の訳語を用いた。Valcava は実際にフィレンツェ近郊にあった地名で「ヴァルカーヴァの聖クレッシ」という聖地にはキリスト教の祠もあったらしい。もともとその谷には石切り場があったからつけられた地名であるという。しかし val「谷」とか cavare「掘る」という言葉は女体を

思い浮かべれば、おのずと別のエロティックな連想をともなうので、ボッカッチョは意図的に用いたのであろう。なおその種の語戯は世界滑稽文学に共通する特色と思われるが、イスラム世界ではどうであろうか。『デカメロン』を不敬なる艶笑文学として非難する宗教的な建前とともにそれとは別の世俗的な見方もあるのではあるまいか。

＊14　八人の男とは＊1にも記したように、ペリコーネ、その弟のマラート、モレーアの太子、アテネの大公、コンスタンティノス、ウズベック、アンティーオコ、キプロス島の商人を指すのであろう。なおマラートを殺した若い兄弟の船主は誰が先にアラティエルと一緒に寝るかで言い争って兄弟相打ちで死んだり深傷を負ったりしたから、その一人は傷ついた体でキアレンツァの市内の宿で一緒に泊ってはいるが、女と寝た数には入らないものとする。

＊15　この歌謡風の諺はイタリア語原文では“Bocca basciata non perde ventura, anzi rinnuova come fa la luna”という。『デカメロン』の中に挿入された最初の俗諺である。パラフレーズすると「無理矢理に接吻されてしまったからといって唇から色艶（や幸せ）が失せるなどということはない。それどころかその唇も、朔日が来れば新しく光り出す月のようにまた輝きを増す」という意味である。「無理矢理に接吻されてしまった」とはもちろん処女を奪われたという意味で用いられている。この第二日第七話を底流する一種の楽天的な人生観を要約した諺と見るべきであろう。

　アラティエルは難破した後、小間使に対しては操を守るべきことを説諭したものの、本人は心の底では「やがていつかは力づくなりあるいは情にほだされるなりして、ペリコーネの欲望に身をまかせねば」なるまいと思い、「健気なアラティエルは自分の運命の悲惨を敢然と足蹴にする決心をした」とある。では第二日第七話はそうした覚悟で首尾一貫してさまざまな男に対した女の話であるかといえば、そうはいえない。男女関係についてそういう単数的な道徳的な見方をするにしては、好色な男女関係の語りでいっぱいである。著者ボッカッチョ自身の見方もさまざまで複数であり、しかもそれが、勢いに乗って書き飛ばされているため、勝手に混在している。そんな中に「悲惨を敢然と足蹴にする」という主体的な決心を添えたことで、著者は第二日第七話を猥談レベルから一段上のレベルへ話を引き上げようとしたのであろうか。しかし主体的な決心だけでこの世の荒海は乗り切れない、自分たちの目論見とは別に人間の運命は展開して行く、それが現世だ、とも著者ボッカッチョが言いたかったことは確かである。語り手のパンフィロの口を借りて「自分のためになると思って私たちがすることが、はたしてこれでいいのか否か、およそ自分自身にはわかり難い」と言っている（もっともそのような不可知性が人生の実相だとするのも、第二日第七話を波乱万丈に仕立てて面白くするための口実だといえないこともない）。しかしたといそのように自分の思いのままにならぬ人生であろうとも、またたとい操を奪われるような目に遭おうとも、なお楽天的に生きることの意味を最後の諺で要約したのだともいえよう。ただし繰返すが、それとても話に恰好をつけて結びとしたまでであって、第二日第七話の執筆の最大の動機は、連鎖状につながり発展してゆく猥談的な語りの面白さに惹かれて、調子に乗った著者が次々と語りつ書いたということであろう。四年間に八人の男と一万回などという数字もそのお笑いの総決算であろう。小間使に操を守るようにいった女主人がその直後「それまで男がどんな角で女の体を突くのかアラティエルは知らなかった。それなものだから、ひとたび醍醐味を味わうと、なぜいままで男が言い寄った時、もっと早く同意しなかったのかと悔やまれたほどだった」という風に逆転する。そのような際どい下がかった話を語ること、そしてそれを語ることで上品ぶらない男女の読者を楽しませること、をボッカッチョが喜んでいたことは間違いない。そしてそれはまた『デカメロン』全巻を通じていえる特色なのである。なお著者自身が次の第二日第八話の冒頭で、聞き終えた婦人方から洩れた溜息について「何の理由で溜息が洩れたのでしょうか。しかとはわかりかねますが、こうした数奇な運命の女への憐れみでしょうか。それともひょっとしてこれほど多くの契りを結んだことへの羨みでしょうか」などとけしからぬ複数解釈を述べている。

第二日第八話

アントワープの伯爵は、不当な罪で訴えられ、亡命し、二人の子供をイギリスの二つの町に残して去る。しかし人に気づかれずにスコットランドから戻り、子供たちが幸せでいることを確認する。そしてフランス王の軍隊に馬丁として入隊する。無実が明らかとなり、伯爵は晴れて本来の地位に戻る。

〔エリッサが物語る〕

美しい女の運命の転変にご婦人方から深い溜息が洩れました。しかし何の理由で溜息が洩れたのでしょうか。しかとはわかりかねますが、こうした数奇な運命の女への憐れみでしょうか。それともひょっとしてこれほど多くの契りを結んだことへの羨みでしょうか。それはさておき、パンフィロの最後の言葉にみんな笑ってしまいました。そしてその諺の言葉で彼の話が終わったことを見てとった女王は、今度はエリッサに向かい彼女もなにか物語をして一連のお話の続きとするよう申し渡しました。エリッサはお受けして楽しげに話し始めました。

〔第二日の話題は「散々な日に遭いながら、予想外なめでたい結末を迎えた人の話」でございます。となりますと〕今日わたくしどもが〔このお話で〕自由に闊歩できる人生の馬場はそれは広大なものでございます。ですからこの馬場で一試合はおろか十試合をこなすことも容易でございましょう。それと申しますのも運命がその馬場にまことに珍奇なるもの、深刻なるものをそれは沢山蒔き散らかしてあるからでございます。ではその数限りなくある話の種の中から一つだけ拾い出してお話し申し上げます。

ローマ帝国の皇統がフランク族からドイツ人の手に渡ったために、[*1]諸国の間に非常な不和が生じ、苛烈な戦争が勃発して長く続いた。そのために自国の防衛のためにも他国への攻撃のためにも、フランスの国王と息子はまず王国の総力を、次いで友人・親族など出来る限りの力を動員して、巨大な軍隊を整えた。いずれ敵に襲い掛かる心算である。しかしそれに先立って王国を統治者なしにしておくわけにいかない、アントワープの伯爵のグワルティエーリ[*2]に国王父子の出征中は国王父子に代わってフランス王国を統治する全権を付与することとした。グワルティエーリは穏健で賢明な人で、国王父子の忠実な友でありまめまめしく仕える家臣であった。それでグワルティエーリが軍事にも通暁していたにもかかわらず、国王父子には彼は戦乱の地での労苦よりも洗練の場である宮中の内での国政に適任と判断したのである。こうして後顧の憂えなく国王父子は征途についた。

グワルティエーリは持前の分別と組織感覚で自分に委ねられた仕事を、何事につけても王妃とその嫁にあたる太子の妃といつも相談しながら、進めた。王妃と太子妃はグワルティエーリの保護下に置かれており、最終的な判断を下すべき人はグワルティエーリである。しかしそれにもかかわらず、二人を立てて女主人のように遇した。このグワルティエーリは美しい肢体の持主で、年のころおよそ四十、いかにも気持のよい、洗練された挙措の、他に類を見ない貴族であった。それればかりではない、当時世に知られたもっとも優雅で磨きのかかった騎士であり、誰にもまして見事な衣裳を着こなしていた。

ところでこんなことが起きた。フランス国王と王子はすでに述べた通り例の戦争に出陣していたが、その間にグワルティエーリの夫人が亡くなり、二人のまだ幼い男子と女児だけがグワルティエーリの手もとに母なしで残された。グワルティエーリは引き続き頻繁に宮廷に参内し、王国の政務について王妃や太子妃にしばしば御説明申し上げていたが、太子妃はグワルティエーリに惹かれ、その人となりその身のこなしにうっとりとしていた。秘められた恋の思いが熱烈に燃え上がったのである。妃は自分が若くて颯爽としていることを自覚していた。そうした身である以上、またグワルティエーリは妻のいない身である以上、この思いは容易に達せられるはずと思っていた。その唯一の妨げは恥ずかしさのみである。それで打明けられないのだった。それでも思い切って恥ずかしさも捨てる決心をした。ある日自分ひとりきりであった。今こそと思った。そこで面談せねばならぬ用事がなにかあるかのように、グワルティエーリを呼び出した。

伯爵は太子妃の思いなどはおよそ念頭にない。まったく別の事を思いながら、ただちに御前に伺候(しこう)した。お部屋で二人きりとなると妃は長椅子に自分と並んで座るようすめた。伯爵は「御用は何でございますか」と二度もたずねた。が、妃はそれには答えない。やがて内から湧き上がる愛に押され、気恥ずかしさに顔を赤く染め、うちふるえつつ、話しはじめた。言葉は途切れ、もうすすり泣かんばかりであった。

「お友だちともわたくしの主ともお慕い申しあげる優しいグワルティエーリさま、グワルティエーリさまは聡明な方でいらっしゃいますから、人間は男も女もどれほど脆いものか、よくご存知かと存じます。いろいろ訳もあって脆さが人によっては出やすいのでございます。それでたとい同じ罪を犯そうとも、また公平な裁きの場でお裁きが下されようとも、罰は罪を犯した者の身分によっておのずと変わるのでございましょう。貧しい男女が日々の生活に追われ額(ひたい)に汗して働いているのに、愛に唆(そそのか)され愛欲の道に溺れてしまったならば、そうした人々が厳罰に処されるのは当然でございます。それに対し自分の思いのままに暮らし、閑(ひま)もある豊かなご婦人方の場合は事情が違うのでございます。刑罰は身分によって変わるというこの見方に世間は誰一人反対なさいますまい。でございますから、このような立場に置かれた女は、たとい愛ゆえに道を踏み外そうとも大目に見て許されるべきことかと存じます。とくに賢くて立派な男の方に惹かれた場合はそうではございませんか。そしていまお話しした要件は、わたくしの場合、二つとも揃(そろ)ってしまいました。そればかりか、ほかにも愛さずにはいられぬ理由がございます。それは、わたくしは若い、夫は遠い、ということでございます。いま挙げた理由が揃えば、わたくしがあなた様を無我夢中で愛さずにいられないのも無理はないとお考えになりませんか。賢者の皆さまには無理もない、もっともなことだとご理解いただけますでしょう。もしあなたさまも無理からぬことと思召すなら、なにとぞわたくしの望みを叶えてくださいませ。お力添えとお助けをくださいませ。本当でございます、夫の側におりませぬ今のわたくし、心の内から湧く愛の力に逆らえきれず身の内から湧く情の刺戟に耐えきれません。情欲の激しさには世のいかなる益荒男も、またいかなる手弱女も負けました。いまも負かされております。思いのままの時もあり、思いのままの身分のわたくしは、愛の魅力に囚われ、恋する女となってしまいました。世に知られれば、道ならぬ恋として非難されるかとは存じます。しかし世間に伏せておくかぎり、なにひとつ疚しいことはございますまい。それに愛の神はわたくしに優しくしてくださいました。それと申しますのも、愛の神は愛する人を選ぶ際にわたくしの眼を曇らせはしませんでした。いえ、積極的にわたくしを助け、わたくしのような身分の女によって愛されるにふさわしい人としてあなた様をお示しになりました。わたくしの眼に狂いがなければ、あなた様ほどの美男子で気持よく優しく賢い方はフランス王国広しといえどもほかにおりません。しかもわたくしに夫がいないといえるなら、あなた様に奥様はおられません。わたくしがあなた様に寄せるこのような思い、その愛によりお願いでございます。なにとぞわたくしのうら若い身を憐れみ、あなた様の愛をわたくしにお向けくださいませ。火にあたって融ける氷のようにこの身は淡くはかなく消ゆる思いでございます」

このような言葉とともに涙がとめどなく溢れた。もっともっと話そうと思っていた妃であったが、もはや口が利けない。面を伏せ、息も絶えんばかりとなり、伯爵の胸に頭を埋めて潸然と泣いた。

伯爵は世にも忠実な騎士である。このような道ならぬ恋に対して厳しい叱責の声を発し、自分の首にすがりつこうとする妃の手を払って遠のけようとした。そして誓った、「自分はかような主君の名誉に叛くことにはいかなる場合にも同意いたしかねます。そのようなことがあれば八つ裂きの刑に処せられても構いません」と言い切った。

だがそれを聞くや、妃の愛は一瞬のうちに冷め、憎さは百倍となり、荒々しい憤怒と化して叫んだ、

「おお、憎い騎士よ、お前はこうしてわたしの望みを嘲笑うのか。よろしい、お前がわたしの死を望むなら、こちらにも覚悟はあります。お前を殺すか、日の目を二度と見ることの出来ない場所へ追い込んでやります」

と言うと同時に、両手を髪の毛に突っ込んで掻き乱した。それから服の胸の辺りをびりびりと引き裂くと、大声で、

「助けて！　助けて！　アントワープ伯爵が力づくでわたしに無理無法なことをなさいます」

と叫び始めた。

伯爵はこの様を見て、これは自己の良心に照らして身の潔白を言い立てても通る場合ではない、警戒すべきはこの機会に自分を陥れようとする宮廷人の妬み嫉みだ、彼らは太子妃の悪意ある策略に乗ってしまうに相違ないと判断し、大急ぎでその場を去り宮廷の館を後にするとわが家に逃げ戻り、他事は一切考慮せず、子供たちを馬に乗せ自分も打ち跨るや、一目散にカレーの港を目指して走り出した。

太子妃の叫びを聞きつけて、多くの者が駈け付けた。髪を乱した女の様を見、大声をあげた訳を聞くに及んで、宮廷の人々は、ただ単に妃の言分を信じたのみか「伯爵のわざとらしい身のこなしや人好きのする挙措はこれが狙いだったのだ、前々からその下心があったことだ」などと口々に言った。それで伯爵を引っ捕えるべく、邸に向かったが、もぬけの殻である。もはや伯爵は見当らない。その持物を次々と奪い取ると、建物をすっかりぶち壊した。卑劣なる伯爵という報せは陣中の国王父子のもとにも達した。激怒した父子はグワルティエーリとその子孫を永久追放の刑に処し、生きたまま捕えたにせよ、死んだ骸にせよ、彼らのもとにグワルティエーリを差し出した者には莫大な褒賞金を与えると公布した。

伯爵は本来無実の身でありながら逃亡したために罪ある身とされたことを歎きつつも、ともかくそれと正体も知られず、見咎められもせず、子供とともにカレーに着き、急いでイギリスに渡り、貧しい身なりをしてロンドンに向かった。そして市中に入る前に伯爵は多くの言葉をついやして二人の年端のゆかぬ子供に諭した。特に次の二点について懇々と訓戒を垂れた。それは第一に、子供たちは父とともに罪はないのだが運命の手で貧窮のどん底に追い込まれた。だがその貧窮にひたすら耐えよ。第二に、命が惜しいなら、細心の注意を払って、どこから来たか、とか誰の子供か、ということを他人に絶対に明かすな、この二つを心に刻めと言った。息子はルイといい九歳ほど、娘はヴィオラントといい七歳ほどだったが、その年頃にしては父親の訓戒をよく理解し、悧巧に振舞った。用心した方が良いと思い、そのために名前も変えた。そこで息子をペロー、娘をジャネットと呼ぶことにした。貧しい身なりをしてロンドンに入ると、フランス人の乞食よろしくお布施を乞いながら歩いて行った。

そんな風なことをしていると、たまたまある朝、英国王配下の一元帥の夫人がとある教会から出しなにお布施を乞うている伯爵と二人の子供を見かけた。父にどこから来たのか、この子供たちはお前の子かと尋ねた。夫人に対して自分はピカルディーの者で、悪党の長男が良からぬ事をしでかしたためにこの二人のわが子とともに故郷を立ち去らざるを得なかったと答えた。夫人は良いお人柄で、娘をじっと見つめた。顔立ちは可愛く挙措は優雅で気は優しい。夫人はこの娘がたいへん気に入った。

「どうですか、ご主人」

と夫人は切り出した、

「もしかしてこの娘さんをわたしの手元に残す気はありませんか。器量よしですね。喜んで引取りますよ。立派に成人した時にはいいところのお嫁さんにしてあげます」

伯爵にはこの申し出はまことに有難かったから、直ちに「まことに有難いお申し出、結構でございます」とお返事して、涙ながらに娘を元帥夫人に託した。そしてくれぐれも宜しくとお願いした。こうして娘を無事にいいところに片づけると、これ以上ロンドンで愚図つくのは無用と判断した。そして道々お慈悲を乞いながら、ペローとともにイングランドを横切ってウェールズの国に着いた。しかし徒歩で歩くことに慣れていなかったから、ペローは疲れはててしまった。

この地方にも英国王のもう一人の元帥がいた。元帥は豪勢な暮らし振りで大人数の召使を館に抱えていた。食物が欲しくて伯爵はある時は一人で、ある時は息子のペローとともに何度か館を訪れた。そこには元帥の子供たちとともに紳士貴顕の子供たちもいて男の子らしく飛んだり駆けたり遊戯に打ち興じている。ペローも一緒に混じって遊び始めた。するとペローは敏捷なので、なにをやらせても群を抜いてうまい。元帥は何度もそれを見かけたが、少年の態度といい挙措といい実に気持が良い。それであの少年は誰かと問うた。「あれは時々お慈悲を乞いに来る貧乏人の倅です」という返事であった。そこで元帥は伯爵に子供を貰えまいかと人を介して尋ねさせた。願ったり叶ったりの話である。手放すのは辛かったが先様には「異存はございません」と息子を差し出した。

こうして息子と娘に安住の場所を見つけると、伯爵はこれ以上イギリスに留まることはないと思い、これが良かろうとアイルランドに渡ってストラングフォードに着いた。そしてそこである地方の伯爵の家臣である騎士の馬丁として雇われた。下男や人足がする仕事をしたのである。おかげで正体を見破られることは誰にもなかったが、かなり辛いしんどい仕事であった。そうしながら、長いことその地に滞まった。

ジャネットと名乗っているヴィオラントは優しい夫人の手でロンドンの元帥の邸宅で年ごとに体つきも美しさもましていった。いかにも優雅な娘に育ったので、夫人も元帥もお邸の誰もが、いや彼女を知る人の誰もが、見とれてしまうほどの素晴らしさであった。ジャネットの挙措の洗練、身のこなしを見た人で、ジャネットを幸深い将来と栄誉に恵まれるべき人と思わないような人はいなかった。良き夫人は、この娘の父について父なる人からこの娘を貰った時に聞いた以上のことは知らない。それで夫人の心づもりでは娘の身分相応の人に嫁がせようと考えていた。しかし万事をお見通しの神様は、この娘が本来は貴族として生まれながら他人の罪を引き受けて生きてきたことを察知され、その大いなる仁慈の情から、娘が身分の卑しい男と結ばれることのないよう、それとは別の運命を用意されていた。

ジャネットが一緒に暮らしていた夫人には夫の元帥との間に一人息子がいた。両親は深くこの息子を愛した。息子であるから愛したというだけではない、徳性にも才幹にも秀でていたからである。実際世間の若者の誰よりも、挙措といい、胆力といい、凛々しさといい、美しい肢体といい、優れていた。青年はジャネットよりもおよそ六歳年上であったが、彼女の美しさ、優雅さに見とれて、激しい恋心にとらわれ、ほかのものはもう何も見えなくなってしまった。しかし身分の低い者と思い込んでいたから、父や母にジャネットを妻にしたいとも言い出せない。そんな女を愛するなどとは卑しいことだと叱責されるのをおそれて恋心を表にあらわすまいとした。それなものだから、公然と愛したならばこうしたことはなかったに相違ないほど青年は苦しみ抜いたのである。そしてあまりの苦悩のために病(やまい)に倒れ、しかも重症に陥った。治療のために多くの医師が招かれた。次々と見立てが行なわれたが病気の正体がまったく何かわからない。医師たちはみな回復の望みはないと顔を曇らせた。父と母の苦悩憔悴(くのうしょうすい)はもう見るにたえないほどである。そして何度も「何が原因なのか」と涙を浮かべて尋ねた。息子は何も答えずただ溜息をつき、心身の消耗を訴えた。

ある日病人の傍らに一人の若いが学のある医師が座して、脈を測るべく病人の腕を取った。その時、病人の母親に頼まれて、病人の身のまわりの世話を焼いていたジャネットが、たまたま何かの用で病人が寝ている部屋に入って来た。その姿を見た時に、声を立てたわけでもなく、何もしたわけでもないのに、心中に激しい愛情がつのるのを覚え、脈がにわかに激しく打ち出した。医師はただちにそれを感じ、たいへん驚いた。そして黙ったままこの激しい脈の鼓動がどれだけ続くか見てみようと思った。ジャネットが部屋を出ると脈がまた元に戻った。それで医師は病気の理由の一端がこれでわかったと思った。しばらくしてから一寸用事があるような振りをして、病人の腕を取ったまま、ジャネットを呼んだ。すぐに現われた。部屋に入るや否や病人の脈が速くなった。部屋を出るや元に戻った。

これで確信を得た医師は、立ち上がると、両親を脇に招き、こう言った、

「息子さまの健康が良くなるか否かは医師の手中にはございません。そうではなくてジャネットの手中にございます。私には確証が取れましたが、息子さまはジャネットを熱愛しています。ただ私が見る限り、ジャネットはそのことに気がついておりません。息子さまの命が大切なら、御両親が何をなさるべきかこれでおわかりと存じます」

元師と夫人はそう聞いてほっと一安心した。とにもかくにも息子を救える手立てが見つかったからである。しかしジャネットを息子の嫁にせねばならぬと思うとその点はいかにも気が重かった。

それで両親は、医師が席をはずすと、病人の枕元に行った。母親が言った、

「息子よ、お前は願い事があるのに、本心をわたしたちに隠すなどと思ってもみませんでした。お前はそんな望みは叶うまいと思い込んで、身も心も衰えはててしまいました。だけど安心なさい。お前が喜ぶなら母はどんなことでも、たとい家門の不名誉になろうとも、またわたしが自分にならず嫌がるようなことであろうとも、なんでもしてあげます。お前がその気持になってしまったのですから。それに神様は大いなるお恵みでお前が今この病いで死なずにすむよう、お前の病気の訳を教えてくださいました。お前が病み衰えたわけはお前が抑えがたい恋をした、相手の人が誰であれ、熱烈に愛した。なぜ本当のことを打明けなかったのですか。恥じるには及びません。お前の年頃ならば当然ではないですか。もしこの年で恋をしなければ、それこそつまらぬ男です。息子よ、だから

隠し立てするには及びません。願い事はみんな打明けなさい。お前の不安懊悩も、それがもとで生じた病いもすっかり捨てて、安心なさい。お前の得心の行くようお前の願いはなんでも、わたしにできる限り、叶えてあげます。わたしは自分の命よりお前の方がずっと大切なのですから。恥ずかしいとか叱られるなどとは思わずに、わたしになにかできないかお前の恋する人のことを話して御覧。もしわたしがお前のことなど気にかけず、お前の望みも叶えてやらないような母なら、わたしは子を産んだ女でありながら、人でなしの母だとお思いなさい」

この母の言葉を聞いて若者は恥ずかしさのあまり顔を赤らめた。だがつらつら考えると自分の望みを遂げさせてくれる人はこの世にこの母をおいてほかにない。それで恥じらいも捨て母に言った、

「お母様、私が恋心を胸に秘めて隠しましたのは、年を取るとたいていの方は自分もかつては若かったことをお忘れになる。そのことに気づいていたからです。けれどお母様は若者の気持がおわかりになる。お母様は目ざとく気づかれましたが、事実その通り私は恋しています。お母様はできる限り望みを叶えてくださると約束なさいましたから、相手が誰かも申しあげます。願いが叶えば、体もきっと元気になるでしょう」

それに対して夫人は、自分の思惑通りに事が運ばないことなどありえない、と思い込んでいたものだから、鷹揚に「お前の心を開いて心の内を言って御覧。そうしたらすぐその願いが叶うようにきっと何でもしてあげますから」と答えた。すると、

「お母様」

と息子は答えた、

「ジャネットの類い稀な美しさと見事な立居振舞、けれどもこの恋心を相手に伝えることのできぬ辛さ、また相手にわかってもらえぬもどかしさ、また誰にもこの心中の思いを打明けることのできぬ苦しさ、そうしたことが重なってこうした様になってしまいました。約束してくださったことがもし実現しないようであれば、もはや余命はいくばくもないでしょう」

母親は、今は叱る時ではなく励ます時だと思ったから、微笑を浮かべながら、言った、

「お前はこうしたことで病気になったのですか。安心してわたしにおまかせなさい。お前はきっと元気になります」

希望に胸のふくらんだ若者は見る見る元気を取り戻した。夫人も喜び、さてどうやって約束を果たそうかと思案した。ある日ジャネットを部屋に呼ぶと軽口でも叩くように、それでも丁寧に、誰か好きな人はいるのかと尋ねた。

ジャネットは真っ赤になって答えた、

「奥様、家から追われ、他人（ひと）さまにお仕えしているわたくしのような哀れな身分の侍女には恋するなどということはあり得ません。身分不相応でございます」

すると夫人は言った、

「もし誰も好きな人がいないのなら、わたしが考えて誰かいい人を見つけてあげますよ。

そうすれば楽しく暮らせましょう。あなたのような美しい娘さんがいい人もなしにいつまでも一人でいるなんておかしいわ」

　それに対してジャネットが答えた、

「奥様、あなたさまは貧窮のどん底にあった父からわたくしを引取り娘として育ててくださいました。ご恩がございます。お気に召すことはできればなんでもいたすつもりでございます。しかしこのことにつきましてはご意向に沿いかねます。ご意向に従わぬ方が良いのではないかと思っております。夫をお選びくださるとのお話ですが、その方をわたくしが愛しているのならばともかく、さもなければお断わりいたします。ご先祖様からの遺産で、わたくしのもとに残されたものは、恥を知る心だけでございます。これだけは大事に命のある限り守りたいと存じます」

　息子への約束を果たすつもりの夫人にはこうした言葉はひどく心外だった。しかし夫人は賢い女性であったから、心中でこの侍女の覚悟に感心し、こう言った、

「でも、ジャネット、もし先様が王様で、しかもその王様が若くて颯爽とした騎士で、おまえがこよなく美しい娘さんだからおまえが気に入ったと仰せになったとしても、おまえは嫌とお言いになれますか」

　それに対しすぐに答えた、

「王様は力づくで、なになりとなされましょう。けれども道理にかなわぬ心でいらっしゃいます限りわたくしはいやでございます」

夫人はこの娘の気持がいかなるものかわかったので、それ以上話はせず、娘を試してみようと思った。それで息子に「健康を回復したなら、娘とお前を同じ部屋に入れるからお前が智恵を働かせて娘を自分の好きなようになさい、まさか一家の女主人が取り持ち役のまねをするわけにはいかないでしょう、母親が息子のために侍女を口説くことはできませんからね」といった。

するとそのような目論見に対して息子はおよそ穏やかならぬ表情となったが、病状もたちまち悪化した。その様を見て母はジャネットに目論見を打明けた。しかしジャネットの覚悟はいよいよ固い。そこで夫人は夫にいままでの経緯を話した。そして困った事だが、息子にこれは正式の嫁としてジャネットを与えようと夫妻はともに同意した。たといいかに身分が不釣合いな嫁であろうと息子が生きている方が、嫁もなく息子が死んでしまうよりはましだろう、と考えたのである。こうしてあれこれ役にも立たぬ話を繰返した挙句、結論に達した。このようにきちんとした話に落着いたことをジャネットはたいそう喜んだ。そして信心深く神様にお礼申しあげた。ジャネットが神様を忘れたことはなかった。またこうしたことがあったにもかかわらず自分はピカルディーの人の娘だという以外は言わなかった。若者は全快し誰にもまして幸せとなりジャネットと幸深い日々を送り始めた。

ウェールズの土地に英国王の元帥とともに留まったペローも主君の覚えがめでたく、成長するに及んでまことに美々しく雄々しい体軀の人となった。全島に騎士としてペローに優る人はなく、馬を駆っての一騎打、馬上での槍試合、およそ武闘の技にかけてペローに匹敵する者はない、といわれるほどであった。それで「ピカルディーの人ペロー」という呼び名はいたるところに轟きわたった。そして神は妹を忘れなかったように、兄もまた気に留めてくださった。この地方に死病のペストがはやった時、人口の半ばが死んだ。死に損なった者の大部分も恐怖のあまりよその国に逃げ込んだ。こうして国全体が荒廃し人影もまばらとなった。ペストの犠牲者の中には自分に目をかけてくれた元帥もいた。夫人も息子の一人もその他多くの元帥の兄弟も甥も親戚も皆死んだ。一家で生き残った人といえばそろそろお嫁入りという年頃の令嬢一人と、後はペローと何人かの下男だけである。ペストが終息するや、令嬢はペローがいかにも立派な勇敢な男であるので、生き残りの少数の主だった人々と相談の上、喜んでペローを婿に迎えることとした。そして相続で自分のものとなった遺産すべてを主人のものとすることに取り決めた。その直後、英国王は元帥が死んだとの報せを聞き、ピカルディー人ペローが武芸に秀でた人であることはかねて熟知していたので、死んだ元帥の代わりにペローを引立て、ペローを元帥に任じた。以上がアントワープ伯爵の二人の無実の子供の身の上に起ったことである。伯爵がもはや出世の望みはないものと観念して手放した二人であったが。

パリから逃亡してから、はや十八年目も過ぎようとした時のことである。アントワープ伯はアイルランドに留まり、たいへん惨めな生活を送り、さまざまな辛い目にあった。すでに年もとった。できるなら子供たちがどうなったか知りたいものと念ずるようになった。自分でもわかったが、外見は以前とすっかり変わった。若い時は安逸の身分であったが長年の肉体労働のせいで今は武骨な体付きとなっている。長年仕えた主人のもとを離れると、貧しくみすぼらしい身なりでイングランドに渡り、かつてペローと別れた土地に行ってみた。そこで息子はなんと元帥となり威風堂々たる主君となっている。強壮で筋骨たくましく実に立派な美男子となった姿を遠くから見て父は内心深く喜んだが、ジャネットのことがわかるまでは自分の身元は明かすまいと思った。

それでさらに旅に出た。ロンドンに着くまで休息もとらなかった。そこでかつて娘を託した夫人のことを尋ねるうちに、ジャネットはなんと元帥の子息の妻になっている。それはまことに嬉しい報せで、今までの苦労の数々がもはやことごとく取るに足らぬものと思われた。なにしろ子供たちが生きていたばかりか二人ともやんごとない地位に昇っていたからである。ああ娘に逢いたいものだと思った。それで食物を乞いに来た貧乏人のようにその館の近くをうろつき始めた。するとある日、ジャケ・ラミヤン——これがジャネットの夫の名前である——がそれを見かけ、貧しい老人に惻隠（そくいん）の情を覚え、下男の一人に命じて館の内に連れて来てお慈悲に食物を与えるように命じた。下男は畏まって仰せに従った。

ジャネットはジャケとの間に数人の子がすでにあった。長男はまだ八歳足らずで、みんな世にも愛くるしい美しい子供である。子供たちは老人が食事をしているのを見ると、みんな周りに寄ってきてはしゃぎはじめた。それはなにか隠れた本能の力が働いて老人が自分たちの爺だと感じたかのようだった。祖父は自分の孫たちだと気づいて、子供たちににこにことした顔で愛情溢れるしぐさをした。それなものだから子供たちは老人のもとを立ち去ろうとしない。子供の世話をまかされた養育係がいくら子供たちに声を掛けてもさっぱり動かない。その騒ぎを聞きつけたジャネットが室内から出てきて、伯爵のいる場所に来、「先生の言うとおりにしないと叩きますよ」ときつく叱った。子供たちは泣き出して「先生よりもお爺さんの方が優しいからお爺さんの側にいたい」と言い出した。それを聞いて母親も爺も笑い出した。爺は立ち上がると、ジャネットの父としてではなく貧しい老人として、娘に対して貴婦人に対するようにお礼のご挨拶を言上した。娘の立派な姿を見ると心中にえもいわれぬ喜びが湧くのを禁じえなかった。だが娘の方はその時も、またその後も、老人が父だとはわからなかった。以前に見慣れた姿とはあまりにもかけ離れていたからである。目の前にいるのは老人で、肉は削げ、髯もじゃ、痩せて、肌は日に焼けて茶色だった。伯爵とは全く別人にしか見えなかった。それでもジャネットは、子供たちが爺と離れるのをいやがり、爺を去らせようとすると泣くのを見て、養育係に「しばらくそこにそのままにしてやりなさい」と言った。

それで子供たちは老人と一緒にいたが、そこへジャケの父親の元帥が戻ってきた。そして養育係から事の次第を聞かされた。元帥はもともとこの嫁が好きでない。それでこう言った、

「そこにほったらかしておくがいい。運が悪いのだから仕様がない。なんといっても生

まれが生まれだから、似たことをする。あの子たちは母親が元は浮浪の乞食であったから、血筋は争えない。だから浮浪人と一緒にいたがるのも無理はない」

　こうした言葉を伯爵は聞いて深く心を痛めた。しかし肩をすぼめて、いままで何度もあったようにこのたびも侮蔑に耐えた。ジャケは子供たちがみすぼらしい老人の周りではしゃいでいる笑い声を聞きつけて、あまりいい感じはしなかったが、大の子供好きだから、子供たちが別れるのをきらって泣き出すのを見て、老人がこの館でなにか仕事に就くことを希望するなら、引取ってやろうと言った。老人は喜んでお申し出を受けたいが、いままでずっとやってきた馬の世話をする仕事以外は能がありませぬと答えた。それで馬を一頭あてがわれた。そして調教したならばその馬で子供たちを遊ばせるということに決まった。

　伯爵とその子供たちがたどった運命はいま述べたような具合だが、その間に、フランス国王は何度もドイツ側と休戦協定を結んだ後、ついに亡くなった。そして玉座を継ぐ人として皇太子が戴冠された。その妃こそがそのせいで伯爵が国を追われた件の女性である。ドイツ側との最後の休戦期限が切れた時、新フランス国王は苛烈なる戦いを再開した。イギリス国王は、新しく親戚関係にはいった誼みとして、フランス国王のもとに元帥のペローともう一人の元帥の子息であるジャケ・ラミヤンの指揮下に多数の軍勢を援軍として派遣した。グワルティエーリもこの後者の軍の一員として出征した。そして軍勢とともに馬丁として長く駐屯し誰にも正体を看破されることはなかった。戦地では適切な助言や武功によって馬丁とは思えぬ武勇の誉れを立てた。

そうこうする間にフランス王妃は重病に陥った。死期はほど遠くないと自覚して、今までに犯した罪を悔い、信心深くルーアンの大司教に懺悔の告白をした。大司教は善き聖人として世にあまねく知られた人である。罪は数々あったが、王妃がとくに気にかけたのは自分のせいでアントワープ伯爵のグワルティエーリが蒙った冤罪のことであった。王妃は大司教に話しただけでは気がすまず、多数のしかるべき人に事の次第を語り伝えさせると、なにとぞ国王にも言上して、もし伯爵がなお存命ならば伯爵を、さもなければその子息を、元の地位に復職させるようにお願いした。そしてほどなく王妃は逝去した。そしてその地位にふさわしい立派な葬儀が営まれた。

この告白は国王に伝えられた。廉直な騎士が讒言のために誤って不当な罰に処せられた。王はそのことを悟るや痛ましい呻きを発したが、全軍に、いやそれ以外の多くの地にも、布告を発した。アントワープ伯爵あるいはその子供について情報を提供する者に対しては、その所在が判明した一名一名について、それぞれ莫大な報奨金が支払われる、王妃の告白によって伯爵は無実の罪によって亡命せざるを得なかったことが判明した、陛下の思召しにより伯爵は本来の地位に戻る、ないしはそれ以上の地位に就くこととなる、という内容である。

グワルティエーリ伯爵は馬丁風情の恰好をしていたが、この布告の噂を耳にすると、事の重大性を察し、すぐにジャケのもとに赴いた。そして自分と一緒にペローのところへ御同行願いたいと申し出、さらに二人に国王が捜し求めているものをお見せしたい、と述べた。

三人が一緒に集まったところで、すでに名を明かそうと思っていた伯爵はペローに言った、

「ペロー、ここにいるジャケはお前の妹を妻にした人だ。ジャケはその時持参金は一切貰わなかった。それでお前の妹に持参金が無いことのないよう、私としては国王がお前に対して約束したあの莫大な金額はほかの人でなくジャケに受取ってもらうようにしたい。それでお前がアントワープ伯爵の息子であることを名乗り出て欲しい。国王はお前に対し、またお前の妹でジャケの妻であるヴィオラントに対し、またアントワープ伯爵でありお前たちの父である私に対し、そのように約束されたのだ」

ペローはこの話を聞きながら、眼を凝らして見つめていたが、ただちに父の面影を認めた。そして泣きながら父の足もとに身を投げ、こう言いながら父を抱きしめた、

「父上、よくぞいらっしゃいました」

ジャケはまず伯爵が言ったことを聞き、ついでペローがしたことを見て、驚嘆と歓喜の情にとらわれた。そして自分がどう振舞えばよいか一瞬とまどった。しかし話に間違いはないと確信し、自分がかつて馬丁であると思って伯爵に向けて発したひどい言葉の数々を恥じ、涙を流しながらその足元に跪き、へりくだって自分が過去におかした無礼非礼の数々を詫びた。伯爵はジャケの手を取って相手を立たせると鷹揚に相手の非礼を

許した。

　三人がそれぞれの身の上に起きたことをそれぞれ語り、多くの涙を流し、ともに喜びあった時、ペローとジャケは伯爵にきちんとした服を着せようと思った。しかし伯爵は絶対に承知しない。まずジャケが間違いなく約束の褒賞の金を手に入れるまではこの通り馬丁の姿でいる。どうかこのままの恰好で王が恥で顔を赤くなるよう王の前に連れて行ってもらいたい、と頼んだ。

　ジャケはそこで伯爵とペローを従えて国王の御前にまかり出、布告通りにご褒美がいただけますなら伯爵とその子息をお目見えさせます、と言上した。すると国王は即座に三人に対する褒賞金を持って来させた。ジャケの目も眩むような金額である。そこで国王は「お前が本当に約束通り伯爵とその子息を連れてくるなら、結構だ、この金を持って行け」と言った。そこでジャケは後ろを振返り、自分の馬丁とペローを前に立たせて、言った、

「陛下、ここにおりますのが父と息子でございます。娘は私の妻でございます。娘はここにはおりませぬが、神の御加護により、近日御覧にいれることができると存じます」

　国王はこれを聞いて伯爵をまじまじと眺めた。昔日の面影はすっかり変わったとはいえ、よく見れば間違いなく伯爵である。ほとんど眼に涙を浮かべて国王は跪いている伯爵を立たせると、伯爵の両頬に接吻し両腕の中に抱きかかえた。そして親しくペローを出迎えた。そして国王は伯爵にその貴族としての地位にふさわしいよう衣服を与え、下

男下女をつけ、馬も装備一式も用意するようにと命令した。その命令は直ちにぬかりなく行なわれた。国王はそれだけでなくジャケに対しても厚くねぎらい、一体今までどのような事があったのか一々詳しく知りたいと望んだ。

ジャケが伯爵とその子供たちを教えて知らせたということで高額の褒賞金を戴いた時、伯爵はジャケに言った、

「国王陛下の忝い贈物を有難く頂戴するがいい。それから忘れずに父君に申し伝えてくれ。お前の子供たちは父君の孫にあたり私の孫に当るが、浮浪の乞食の母方から生まれたのではないと」

ジャケは贈物を頂戴し、妻と母をパリに呼び寄せた。[*3] ペローの妻もやってきた。そして国王の手であらゆる旧の栄誉に復したばかりか、以前に優る高い位に昇った伯爵とパリで合流し、非常なる祝宴を張った。次いで人々は伯爵の許を辞しそれぞれの家に帰った。伯爵はその後もパリで栄耀栄華に包まれて死ぬまで暮らしたとのことである。

＊1　西ローマ帝国は七九九年にシャルルマーニュ大王とその子孫の手に渡ったが、九六二年にザクセンのオットー一世が戴冠する。

＊2　Gualtieri グワルティエーリとイタリア語では綴られるが、フランス語では Gautier ゴーティエと綴られる。なお現在は北部ベルギー領でフランス語読みではアンヴェール、フラマン語ではアントヴェルペンと呼ばれる港町は日本では英語読みのアントワープと呼ばれることが多いので、その呼び名で訳語を統一した。第十日第十話の主人公もグワルティエーリだが、同名異人である。

＊3　原文には「義母」suocera とある。妻ジャネット（本名ヴィオラント）の母はすでに亡くなっているから、ジャケの義母に当る人を呼び寄せることはあり得ない。「義母」で作者が意味したことは、妻の立場から見て義母であるジャケの母もパリに呼び寄せたということであろう。それで誤解のないよう日本訳には「母」とした。嫁に邪慳（じゃけん）な言葉を吐いたジャケの父親の元帥と違い、元帥夫人はジャネットに優しい人であったから、また伯爵も元帥夫人には恩を感じていたから、ジャネットと一緒にパリへ呼び寄せたのである。そのようなジャケの妻思いの人間関係が反映している原文の「義母」の表現であるように思われる。

第二日第九話

ジェーノヴァの商人ベルナボはアンブルオージュオロにまんまとしてやられ、財産を失い、無実とは知らずに不義を働いたと思い込んだ妻を下男に命じ殺させる。妻は逃げのびて男装してサルタンに仕える。そして夫を騙した男を見つけ出し、ベルナボをアレクサンドリアに来させる。その地で騙した犯人のアンブルオージュオロは処罰され、女装に戻った妻はめでたく夫とともに金持となりジェーノヴァへ戻る。〔フィロメーナが物語る〕

エリッサの話は聞く人々の同情を呼びましたが、その話でエリッサは役目を終えましたので、女王のフィロメーナは――この方は体つきは大きく美しく、顔立ちは他のどなたよりも愛らしく微笑を湛えていましたが――おもむろに気をひきしめると、こう申しました、

「ディオネーオとの約束は守りたいと思います。まだ話をしないで残っている人は彼とわたしとだけですから、わたしがまずお話しいたしましょう。そして一番後にというご要望でしたから、ディオネーオには最後の番でお願いいたします」

こういって話を始めました。

「騙(だま)しても結局は相手に負ける」[*1]という諺(ことわざ)を世間で口にするのを何度もお聞き及びでございましょう。この言葉の真実を理屈で証明するのは難しいと思いますが、実際に起きた場合に照らしてみると本当という気がいたします。それで〔苦難の末にめでたい結末を迎えるという〕第二日の話題に沿ってお話しいたしますが、同時にこの諺の正しさも、親しい皆さまに、説き明かしたいと存じます。このお話をお聞きになることは、おいやではございますまい。人誑(ひとたら)しの不実な人から皆さまをお守りする一助(いちじょ)にもなるかと存じます。

パリの宿屋にある時イタリアの大商人が何人も居合わせた。ある者はこの用事で、別の者はあの用事で、その宿を定宿(じょうやど)としていたのである。一夕、男どもが全員そろって楽しく食事した際、いろいろ議論が盛りあがった。話題は転々としたが、やがて家に置いてきた細君のことを語り始めた。

誰かが冗談まじりに、こう切り出した、

「俺はうちのやつがなにしているか知らないが、しかしこれだけは確かだね。ここで私の腕の中に素敵な若い女が転がり込んだら、細君を大事にする気持に変わりはないが、それとこれとは別にして、若い女とともかくお楽しみだね」

もう一人の商人が答えた、

「私も同じだ。だって留守の間になにかやっているとこちらが思おうが思うまいが、いずれにしてもうちのやつはいいことをやっているにきまっている。だからお互いさまで勝ち負けなしよ[*2]」

三人目もほぼこれと同じことを言った。要するに全員「家に残された女たちは時間を無駄にはしていないよ」という点で意見が一致したかに見えた。

ところがただ一人、ベルナボ・ロメルリンというジェーノヴァの男だけが別の意見である。自分は神様の特別のお計らいであらゆる徳性を見事に備えた女を妻とした。これは世の女性も、いやその徳性の多くは騎士も郷士も身に備えてしかるべきものだ。あのような女はイタリアには二人といるまい、と言い切った。なにしろ体は見事だ、まだ若い、天性器用で人助けもできる。女の仕事なら絹を織るにせよなににせよほかのどこの何女よりも上手にする。そればかりか、お客様の食卓に侍って、どこの召使、どこの女中にせよ、あれほど上手にはお給仕できない、家内の客あしらいは洗練のきわみで、気が利いて、上品だ。それに馬も乗りこなす。鷹も使える。読み書きもできる。あれで男なら商人としてさぞかし勘定も上手だろう。と自慢話はさらに続いて、しまいにここで話題となった件になった。そして妻より貞節で操の堅い女はほかにいないと断言した。この件については、自分がたとい十年も、いやそれ以上も長く家を留守にしても、妻が誰か男と通じようなどとは夢にも思うまい、と豪語した。

こんな話の花を咲かせている商人たちの中にピアチェンツァ[*3]の商人でアンブルオージュオロという若者がいた。ベルナボが自分の細君について言ったこの最後のおのろけを聞くや、噴き出した。呵呵大笑（かかたいしょう）すると、ベルナボを冷やかした、

「お前さん、世間のほかのどの男にもくれないような特権を皇帝様がお前にはくれたとでもいうのかね」

ベルナボはすこしく色をなしたが、

「皇帝ではない、皇帝様よりもっと力のある神様が自分にこの御恵みを授け給うたのだ」

と答えた。するとアンブルオージュオロが言った、

「ベルナボ、お前さんが本気で言っていることは疑わないが、俺の感じでは、お前さんは人間の本性や事物の自然の摂理をよく見ていないね。もしきちんと見ていれば、お前さんはそれほど粗雑な頭の持主ではないようだから、人間の性質についてもう少し別の観察ができて、話し方にももっと気をつけるようになるはずだ。先刻、俺たちが女房について無遠慮に話したからといって、勘違いしないでもらいたい。俺たちの女房がお前さんの細君と別の造りの別の女だと思っているわけではない。みんなもって生まれついた分別で話しただけだ。この件についてお前さんともう少し突っ込んだ話がしたいが、いいか。

男こそが神様がこの世の中で創ったものの中で一番高貴な存在だと俺は理解している。

その次が女だ。で世間がみんなそう思っているように、男の方が出来は上だ。それは仕事振りを見てもわかる。出来が上だということは間違いなくそれだけ意志が堅いということだ。それに比べて女の方は誰も彼も気が変わりやすい[*4]。そのわけは人間のもって生まれた性質から説明すれば証明できるが、いまはそれには立ち入らない。ところでその意志が堅い男ですら、積極的に誘いをかける女には逆らえない。そればかりか男は自分の気に入った女に逆らいがたい情欲を覚える、どうかしてその女を抱こうとする。しかもそれが月に一度などでなく一日に百度も千度もそんな気になる。そんなであってみれば、生まれつき気が変わりやすい女が男に口説かれ、お世辞や贈物で誘われたら、どうなると思うか？　いいか、女が好きになった男が、抜目なく、智恵を絞って、手練手管の限りを尽くして言い寄ってくるのだぞ。それでも女が誘惑に勝てると思っているのか？　お前がいくら自信たっぷりに断言しようと駄目なことは駄目だ。お前は自分から言ったじゃないか、お前のかみさんは女で、ほかの女と同じように肉と骨からできている、と。もしそうならほかの女と同じように情欲も湧く。その天然自然の欲望を抑えようとする力だって当然世間の女なみさ。だから、いかに貞淑であろうと、することはほかの女と同じはずだ。そんなものだ。なにが起るかわからないから、そう真っ向から否定しない方がいい。お前さんみたいにそんなことは断じてないと大きな口は利かない方が無難だぞ」

それに対してベルナボはこう応じた、

「俺は商人で哲学者でないから商人らしく言わせて貰う。お前が言った通りのことは馬鹿なかみさん連の間ならいくらでも起きる。それは百も承知だ。なにしろそうした連中は恥知らずだ。しかし世の中には賢婦人もいる。そうした女は自分の名誉を重んじてそれをたいへん気にかけて守り抜く。そうした女の意志の堅さは、名誉など気にも屁にもかけないような男の比ではない。その強さは男まさりだ。家内もそうした女の一人だ」

アンブルオージュオロが言った、

「いや実際、もし女たちがそうしたことをしでかした時、額に角が生えて、なにをやったか証拠になるのなら、しでかす女ももうすこしは少なくなるだろう。しかし角は生えない。賢い女なら跡は残さない、印も出ない。表に出なければ恥もなければ不名誉もない。だからこっそりやれる時は、女はやるは、やるは。やらない女の方がおかしいくらいだ。いいかね、貞女とかいうが、それは誘惑されたことがないか、男を誘っても相手にされなかった女のことだ。俺はそうしたことの本当の理由が人間自然の欲望のせいだということは承知しているが、俺が何人もの女と、何度もそうした場面に実際に出会さなかったなら、先刻話したみたいに、こうおおっぴらに口にするつもりはなかった。いいかね、お前に言っとくが、万一お宅の聖女の鑑とやらの聖なる賢婦人と俺がお近づきになれたら、ほかの女がしたと同じことをもっと早くやらせてみるがね」

ベルナボは色をなして言った、

「こうした議論は果てしがない。お前と俺と言い争ったところで、結局何にもならない。

なんでも女はみんな靡くそうだから、ひとつお前の才智を働かせて、俺の女房の貞操を試してみたらどうだ。もし女房をお前の言う通りに靡かせたら、俺の首を斬って進ぜる。お前に出来なかった場合は、首は要らない。金貨で千両くれればいい」

もうかっかと熱くなっていたから、アンブルオージュオロも負けずに答えた、

「ベルナボ、俺がもし勝ったとしても、お前の血塗れの首なぞ貰ってもしようがない。それよりも俺が言ったことが立証された場合にはお前の金を五千両寄越せ。金貨のお前の首を差出すよりお前にとっても気楽だろう。逆の場合は俺が千両支払う。お前は期限を設けなかったが、俺はジェーノヴァへ行くことにする。ここを出発して三ヵ月以内にお前のかみさんを俺の思い通りにしてみせる。その証拠としてかみさんが一番大切にしている物を俺が持ってお前の処へ行く。動かぬ証拠を突きつけるからさすがのお前も「参った」と言わざるを得なくなるだろう。ただし条件があるから誓ってもらいたい。この期限内にはジェーノヴァには来ないこと、またこの件についてかみさんに手紙は絶対に書かないことの二つだ。よいか」

ベルナボは「よし、同意した」と言った。これは不味いことになるぞと懸念したほかの商人たちが一生懸命留めにかかったにもかかわらず、ベルナボもアンブルオージュオロも頭に血が上ってしまって、その場に居合わせた他人がなだめてもすかしても、そんな言葉に耳も貸さない。二人はお互いこの賭けをしたことを誓約書に自筆で麗々しい文字で認めた。

この誓約に署名すると、ベルナボはパリに居残り、アンブルオージュオロはできるだけ早くジェーノヴァを目指した。着いて何日間かはたいへん注意深く女の住む辺りの名やら女の暮らしぶりやらを聞き調べた。手元に集まった奥さんにまつわる調査や談話はどれもこれも夫のベルナボの言ったことを十二分に裏付けるような話ばかりである。しまった、これは俺は気違い沙汰(ざた)の計画に足を突っ込んじまったと思った。それでも奥さんの家に出入りする貧乏な女を手なずけた。ベルナボの奥さんはこの老女に親切にしているらしい。老女は他の事はやらせようとしても聞きいれない。それで、金で買収すると、アンブルオージュオロは自分を入れた特製の櫃(ひつ)を担(かつ)がせて家の中に持ち込ませ、それも奥さんの寝室の中まで運び込ませた。アンブルオージュオロに命じられた通り、老女はどこぞ旅に出る予定があるからこの櫃を数日間預かってもらいたい、と奥さんに頼んだ。

　というわけで櫃は寝室にどかっと置かれたままとなった。夜が来た。アンブルオージュオロは女はもう寝込んだと判断すると、仕掛けをはずし櫃の蓋(ふた)を内から開け、そっと静かに部屋の中に出た。室内には明りが一つ灯(とも)されている。おかげで寝室の広さや間取り、装飾や絵画、そのほか部屋にある目ぼしい物を次々と眼に焼き付けて記憶に留めた。それから寝台に近づく。女と、そのすぐ隣に小さな娘が、すこやかな寝息を立てている。そっと寝台の掛布(かけふ)を取った。女は服を着ている時も美しかったが、全裸の姿も同じように美しかった。しかし女の体にこれといって目立った特徴が見当たらない。左の乳房の下に一つなにかあるだけだ。よく見るとそれは黒子でそのまわりには金色に近いブロンドの毛が何本か生えている。それを見届けると、そっと掛布をかけた。こんな美しい姿を見て、女の脇に横に寝たい、たとい命を危険にさらしても、と欲望がむらむらと身内に湧いた。だがこの女は頑なで言い寄れば厳しく突っぱねると聞かされていたから、さすがにそれはよしにした。

　その夜はずっと思いのままにその部屋を物色した。箪笥の鍵をはずして中から財布と縁に革のついている晴着のガウンをとりだすと櫃の中に収めた。指環もベルトなども失敬した。そして自分自身も櫃の中にまた隠れた。そして内側から鍵を掛けて、それまでと同じ外見を装った。こうして二晩の間、奥さんには何も気づかれずに過ごした。その翌日の三日目、示し合わせておいた通り、老女が帰って来て櫃を引き取りに来る。そして運び出した場所へ戻させた。櫃から出たアンブルオージュオロは約束通り老女に金を支払うと、件の品々を持ってできるだけ早く定められた期限よりも前にパリへ戻った。

　そこで前回賭けの誓約に立会った商人たちを呼び出し、ベルナボのいる前で言った、

「この二人の間で賭けた賭けに俺が勝ったぞ、俺は広言した通りのことはすべて果たした」

　そしてそれが本当である証拠として、まず奥方の寝室のたたずまいやそこに描かれた装飾や絵について述べ、ついで自分が持ち帰った奥方の品の数々を示し、自分はそれらを奥方から頂戴したと言い張った。ベルナボは寝室のたたずまいは確かにアンブルオー

ジュオロが言った通りだと認めた。そしてそのほかの品々も家内の持物だった物だと言った。しかしアンブルオージュオロは家で働いている下男下女の誰かから部屋のたたずまいを聞き出したのかもしれない。また同じ手口で品々も取り揃えたのかもしれない、と言った。こうなるともう一つ言わないと、これだけでは足りないように思われた。そこでアンブルオージュオロが言った、

「本当はこれだけで証拠は足りていると思うのだが、お前が俺にもっと言えと迫るから、それなら言う。いいかお前の奥さんのジネーヴラ夫人は、左の乳房の下に小さな黒子がある。そのまわりに金色に近いブロンドの毛が六本ほど生えている」

　これを聞いた時、ベルナボは心臓に刀を突き立てられた気がした。痛みが走って顔の表情は一変した。一言も発さない。だが、アンブルオージュオロが言ったことが事実であることは明らかだ。しばらくして言った、

「皆様、アンブルオージュオロが言ったことは本当です。彼が賭けに勝ちました。いつでも都合のよい時に来てください。きちんと払います」

　というわけで翌日アンブルオージュオロは全額受取った。

　そこでベルナボは妻に対する憤然たる思いを胸にパリを発ってジェーノヴァに向かった。しかし近くまで来ると、市中に入ろうとせず、市から二十哩ほど離れた自分の地所で足を止めた。そして腹心の下男に馬二頭と手紙を託してジェーノヴァへ送った。夫人に宛てた手紙には自分が戻って来たこと、そして下男とともに自分が今いるところま

で来て欲しいと書いてあった。そして下男には「夫人とともに一番都合のよさそうな場所に来たなら、慈悲は一切無用、一刀の下に切り殺せ、そしてここへ戻って来い」とこうひそかに厳命した。

下男はこうしてジェーノヴァに着いた。手紙を渡し、命ぜられたことを伝えた。夫人から手厚く労をねぎらわれた。夫人は翌朝、下男とともに馬に乗り、夫の地所に向かって出発した。

道を進みながら色々な話をした。そうこうするうちにたいへん深い谷間に着いた。人気のない狭間である。断崖が高く懸かり、樹々が繁り、絶壁が行手を遮っている。ここならば自分の身に危険が及ぶことなく主人の命令を果たせる場所と見えた。やおら短刀を抜くと夫人の腕を摑み、

「奥様、神様にお祈りして覚悟なさいませ。これから先へは行けませぬ。ここで死んでいただきます」

突きつけられた刀を見、その言葉を聞いて、狼狽した夫人は叫んだ、

「神様、お慈悲を！　わたしを殺す前になぜ殺さねばならないのか、わたしがどんな悪い事をお前にしたというのか、言って頂戴」

「奥様は」

と下男は言った、

「私に悪い事はなにもなさいません。しかし奥様が御主人様にどんな悪い事をなさった

かは存じませんが、御主人様は慈悲は一切無用、この道筋で奥様を殺して来い、との御命令です。もし命令通りにしなければ私を首吊(くびつ)りにすると脅(おど)されました。御存知の通り私は御主人に恩義がございます。御命令にいやとは申せません。私が奥様には相済まないと思っていることは神様もよく御承知でございます。しかしほかにいたし方はございません」

その下男に対し夫人は泣きながら言った、

「ああ、神様にかけてお慈悲を！　人様に仕えるからといって、お前さまに悪い事もしてない人をあやめて人殺しになったりはしないでください。すべてをみそなわす神様はわたしが夫からこんな仕打ちを受けねばならぬような事はけっしてしてないことをご存知です。しかしいまはとやかく申しますまい。いいですか、お前はその気さえあれば、神様のお気に召し、御主人様のお気に召し、そしてわたしの気にいることを一遍にやることができるのですよ。それはこうです。わたしの服を脱ぐから持って行きなさい。代わりにお前の胴衣(どうい)と帽子だけをください。わたしの服を主人に届けてお前はお前の主人にわたしを殺したとおっしゃりなさい。こうして命を救ってくれるなら、お前の恩義に感じて、誓ってわたしは必ず当地から姿を消して二度と現われません。主人にも、お前にも、またこの土地の誰にも消息が伝わることの決してないような土地へ行ってしまいます」

下男はもともと殺すことに疚(やま)しさを覚えていたから、すぐに憐憫(れんびん)の情にとらわれた。

それで奥様の衣裳を頂くと、自分の汚い胴衣とへなへなした帽子を奥様に渡し、奥様の服にはいっていた多少の銭は奥様にそのまま渡すと、*5どうか当地からは姿を消してくださいませ、と頼むや、女を谷間に残し、馬に打ち跨って主人のもとへと帰って行った。そして御命令をきちんと果たしたのみか、遺骸を何頭かの狼が貪り食うのを見たと告げた。ベルナボはそれからしばらくしてジェーノヴァに帰った。事件の噂はいつしかひろまって、ベルナボは世間から厳しく非難された。

女はただ一人残された。心中は遣る瀬ない思いでいっぱいである。日が暮れた。できるだけ男らしく仮装すると近くの小さな部落へ行った。そこで老婆から必要な物を手に入れた。下男の胴衣を自分の背丈に合うよう仕立て直すと、自分の下着を切って拵えた短いパンツを穿いた。髪も切った。こうしてすっかり水夫の恰好となると、海岸に出た。そこでセニェール・エン・カラルという名のカタロニアの紳商とたまたま出会ったのである。その人は久しぶりに泉のうまい水を飲もうとアルバ*6の港で下船し、自分の持船はそこから多少離れた沖合いに碇泊させてあるという。その人と話すうちに、この紳商の召使として雇われ、乗船する話が整った。その際シクラーノ・ダ・フィナーレと名乗った。そこでこの人のお蔭で多少はましな服に着換えることができた。実にまめまめしくきちんと仕えるので、紳商もたいへんな喜びようである。

その後ほどなくこのカタロニアの紳商は自分の貨物を載せてアレクサンドリアへ航海した。鷹狩用に調教した鷹をサルタンのところに持参し、サルタンに献上するという。

サルタンは何度かこのカタロニアの紳商を食事に招いたが、その度にお供するシクラーノの身のこなしを見てたいへん気に入り、紳商にシクラーノを譲ってくれないかと頼んだ。それはいかにも惜しかったが、サルタンのたっての願いなので紳商も手放すこととした。

シクラーノは忽ちのうちに、前にカタロニアの紳商の愛顧を得たと同じように、その振舞によってサルタンの恩顧と愛情をかち得た。それからしばらく時が経った。毎年恒例の時節に市という形式で、アークリ[*7]でキリスト教徒の商人もサラセン人の商人も一緒に大勢集まる日が来た。（アークリは当時サルタンの支配下にあった）。商人たちや商品の安全確保のためにサルタンは配下の役人のみならず、自分の家の身分の高い者も誰か手下をつけて派遣して治安の維持に当らせるのが常であった。その時が近づいた時、今年はその仕事にシクラーノを当てようと考えた。本人はその時までにアラビア語の力を十分身につけていた。こうして近東の地に派遣されたのである。

それでシクラーノはアークリに商人と商品護衛の部隊の隊長兼指揮官としてやってきた。そして自己の職務に忠実に励むとともに巡察して多くの商人を見まわった。シチリア人もいる、ピーサやジェーノヴァやヴェネツィアの商人もいる、その他多くのイタリア人の商人がいる。故郷が懐かしい。そうした人々と親しく口を利いた。そうこうするうちにこんな事が起きた。ヴェネツィア人の商館に立寄った時、たいへん驚いた。いろいろ貴重な品に混じって財布とベルトが並べてある。これは自分の物だと見てすぐにわかった。しかし面に驚きは出さず、気軽にこれは誰の品で売るつもりはあるのかと尋ねた。

するとそれはピアチェンツァのアンブルオージュオロが当地に沢山の品物をヴェネツィアの船に載せて到着したからだとわかった。アンブルオージュオロは警護の指揮官が品物が誰の持物か尋ねていると聞いて、前に進み出て笑って言った、

「隊長さん、品物は私の物ですが売りはしません。しかしお気に召すなら喜んで差し上げます」

シクラーノは相手が笑っているのを見て、さてはこの男は自分の正体を見破ったか、と一瞬ぎくっとしたが、しかし固い表情を崩さずに言った、

「お前は私のような軍人がこうした女物を欲しがるのを見て笑ったのか」

アンブルオージュオロが答えた、

「隊長さん、それで笑ったわけではありません。そうではなくてそれを手に入れた時のことを思い出して笑ったまでです」

それに対してシクラーノが言った、

「そうか。もし差し支えないなら、どうやって手に入れたか話してくれ」

「隊長さん」

とアンブルオージュオロは話し出した、

「この品はそのほかの品と一緒にジェーノヴァの女でジネーヴラ夫人と呼ばれた人が俺

にくれた。ベルナボ・ロメルリンの細君で、ある晩俺と一緒に寝た。そして俺を愛する印に受取ってくれと言ったのだ。それで俺が笑ったわけは、この品を見ると、ベルナボの馬鹿さ加減が思い出されてならない。奴は馬鹿もほどほどにすれば良かったのに、俺の千両に対して五千両を賭けて俺が奴の女房を俺の思いのままにしたらそれだけフィオリーノ金貨で支払う、と誓ったのだ。俺は女をものにして賭けに勝った。そしたら奴はなんと自分の馬鹿さ加減を反省するどころか、世間の女が誰も彼もしていることを自分の女房がしたといって逆上し、パリからジェーノヴァへ戻って、後から聞いた話では、奥さんを殺させたという話だ」

シクラーノはこれを聞いた途端、ベルナボがなぜ自分に向かって怒り狂ったかその訳をさとった。そしてこいつが自分の身に降りかかったあらゆる悪の元凶であるとはっきり理解した。この性悪を罰せられぬまま放置するわけにはいかないと思った。それでシクラーノはいや面白い話を聞かせていただいたという振りをした。そして巧みに取り入ったので、アンブルオージュオロは市が終わると、隊長の勧めに乗って、全資産とともにアレクサンドリアまでやってきた。そこでシクラーノは彼のために商館を開いてやり、そこに相当な額の自分の金も預けた。アンブルオージュオロはこれは結構な儲け口だと思い、喜んで当地にそのまま滞まった。シクラーノは自分の身の無実をどうしてもベルナボにはっきりさせたい。それからは寝る間も惜しんで手を打った。アレクサンドリア在の何人かのジェーノヴァの大商人の助けを借りて、また様々な奇妙な口実を設けて、ベルナボを当市に来させるように取計らったのである。アレクサンドリアにやってきたベルナボはかなり貧窮していた。シクラーノは、自分がしたいことをするのにふさわしい時が来るまでは、理由もいわずベルナボを一友人に頼んでその家に滞在させた。

シクラーノはアンブルオージュオロにサルタンの御前でも話をさせた。それはサルタンを興がらせた。しかしベルナボはすでに当地にいる。これ以上は遅延できぬと思い、頃合を見計らって、サルタンからアンブルオージュオロとベルナボを御前に呼び出す許可を得た。そしてベルナボのいる前でアンブルオージュオロにやすやすと真相を白状させることができれば良し、さもなくばたとい無理強いしてもアンブルオージュオロからベルナボの妻の件について口を割らせよう、あの男の自慢話の真相はなにであったか白状させよう、と思った。

アンブルオージュオロとベルナボが呼び出された。大勢の人が見守る中、サルタンは厳しい表情でアンブルオージュオロにどうやってベルナボに勝って五千フィオリーノ金貨をせしめたか、その本当のところを言うように命じた。その場にはシクラーノも居合わせた。アンブルオージュオロが一番頼りにしていた人である。ところがそのシクラーノが、サルタンよりもさらに怒った表情で睨みつけ、正直に白状しないと怖ろしい目に遭わすぞ、と脅迫する。アンブルオージュオロは周章狼狽した。右からも左からも責められて、追い詰められたが、それでも五千両と盗んだ品を返せばそれ以上の刑は食うまいと踏んで、ベルナボや大勢のいる前で、真相はどうであったか、一々細部まではっきりと明かした。

アンブルオージュオロが白状したところで、シクラーノはさながらサルタンの代理人であるかのようにその瞬間ベルナボの方を振向いて言った、

「それでお前はこんな嘘を真に受けてお前の妻に対して何をしたか」

それに対してベルナボが答えた、

「私は金を失った憤怒と妻から蒙ったと信じた屈辱に激昂のあまり、下男の一人に命じて妻を殺害させました。報告によると妻の遺骸は狼が寄ってたかって貪り食ったとのことです」

こうした事がサルタンの御前で述べられた。サルタンはすべてを聞いて話はよくわかったものの、しかしこうして人を集めて次々と質問したシクラーノが一体この話にどんな決着をつけるつもりなのか解しかねた。シクラーノがサルタンに言った、

「陛下、はっきりとおわかりになりましたと存じます。この若い女の愛人なる男と夫はとんでもない男でありました。愛人と称する男は嘘でもって一遍に女の名誉を奪い、評判を台無しにし、あまつさえ夫を破滅させました。夫は、長い経験から知ることの出来たはずの真実よりも他人の嘘を軽々しく信じ込み、妻を殺して狼に食わせてしまいました。それだけではございません。愛人も夫もこの若い女の側に長くいたといいながら、二人ともその女のことに気づいておりません。しかしこの二人がそれぞれ何に値するか陛下によくおわかりいただけますように、陛下が特別の思召しで、騙した者が処罰され、

騙された者が許されるよう御配慮いただけますなら、私は女をこの場に、陛下ならびに皆様の御前に、連れてまいります」

サルタンは、シクラーノの願い通りにしてやろうと思っていたから「宜しい、その女をここへ連れて来い」と言った。ベルナボはすっかり驚いてしまった。妻は間違いなく死んだものと信じていたからである。アンブルオージュオロは最悪の事態を予感した。これは金を払うだけではすまない。ここに女が来たら事態は良くなるのか悪くなるのか、呆然たる心境で女の到来を待った。

こうしてサルタンのお許しを得たシクラーノは、陛下の御前に身を投げて跪き、男の声を真似ることも、男の振りをすることもやめてしまい、涙ながらに言った、

「陛下、わたくしこそみじめな目に遭いましたそのジネーヴラでございます。六年の間、男に仮装して世界を渡り歩いてまいりました。この世にも不実なアンブルオージュオロが嘘偽りを申してわたくしを辱めましたからでございます。そしてこちらの残酷で不正な男はわたくしを殺し狼に食わすべく下男に引渡したのでございます」

そして服の正面を引き裂くと、胸をさし示した。女であることがサルタン以下の人々にはっきりと見てとれた。次いでアンブルオージュオロの方に向き直り、罵声をまじえて難詰した、

「一体いつ、お前が自慢するように、お前と一緒に寝たというのか」

アンブルオージュオロはすでに相手が誰であるかがわかり、ぐっとつまって唖のよう

になにも言えなくなってしまった。

　サルタンはいままでずっとシクラーノを男と思っていただけに、この様を見聞きして、これは真ではない、夢だと思った。しかしその驚嘆の興奮が醒め、真相がわかり出すにつれ、それまでシクラーノと呼ばれたジネーヴラの貞操堅固な生き方、徳を重んじる振舞を言葉のかぎりをつくして褒めちぎった。そしていとも高貴な女性の衣裳をジネーヴラのもとに届けさせた。さらに侍女たちを呼びジネーヴラにお供するようにと命じた。そしてジネーヴラの願いを容れベルナボに下すべき死罪は許すように配慮した。ベルナボは妻と気がつき、その足元に身を投げ、泣きながら許しを乞うた。夫がその許しに値しないことはわかっていたが、ジネーヴラは仁慈の心でそれを許した。そして立たせると優しく夫として抱擁した。

　サルタンは次いで命じた。ただちにアンブルオージュオロを杙に縛りつけ、蜜を全身に塗りつけ、市中のしかるべき高台で太陽に面して立たせ、体が自ずとぼろぼろ崩れ落ちるまでそのまま放置せよ[*8]、と。そしてこの命令は直ちに実行された。その次にアンブルオージュオロの資産はすべてジネーヴラ夫人に引渡された。それは金額にすれば一万ドーブラ[*9]を下らぬ価値であった。そこでサルタンは素晴らしい宴会を催してジネーヴラ夫人の夫ベルナボとジネーヴラ夫人の名誉を表彰することとした。そして夫人に宝石と金銀の食器とお金とで先の一万ドーブラを凌ぐ金額の贈物を授けた。そしてこの宴が終わると、船を一艘艤装させ、その船で自分たちの好きな時にジェーノヴァに戻るがよい、というお許しがあった。彼らはたいへんな金持となっていかにも愉快な心境で故郷へ帰り、盛大な歓迎を受けた。特に歓待されたのはジネーヴラ夫人である。皆から死んだものと思われていただけにひときわ歓呼の呼び声も高かった。夫人はその後も永く婦徳の鑑(かがみ)として世間からもてはやされたとのことである。

アンブルオージュオロは杙に縛りつけられ、蜜を全身に塗られたその日のうちに蠅(はえ)、蜂(はち)、虻(あぶ)に刺されて苦悶(くもん)のうちに死んだ。この国はそうした虫がそれこそたくさんいるのである。それで骨の髄まで虫どもに貪り食われた。その骸骨はやがて白くなったが腱に引っ張られて、崩れ落ちることもなく、長い間高台にそのまま突っ立っていた。それを見ると人々は男の悪業のほどを思い起こさずにはいられなかった。こうして一旦は騙しても結局は相手に負けたのである。

＊1　この諺(ことわざ)には「大欲は無欲に似たり」という諺に近い意味もあるかと思われる。サッケッティ『三百物語』CXCVIIIに「大欲は無欲に似たり。騙(だま)しても結局は相手に負ける」と並べて続く一節がある。

＊2　イタリア語では「壁を蹴飛ばした驢馬(ろば)はそれと同じだけ痛い目に遭う」という諺が引かれている。この直訳では日本文に馴染まないので等価値語として「勝ち負けなし」を用いた。

＊3　ピアチェンツァ Piacenza の商人が十四世紀に多数フランスと交易していたことが知られている。チェルタルドで生まれフィレンツェへ出て商人となったボッカッチョの父もパリへ交易に行った商人で、そこでフランス女性に産ませた子供が後の『デカメロン』の作者であるとされている。『デカメロン』にはイタリアとフランスや、イタリアとイスラム世界に跨(また)る話が多い。ピアチェンツァ

はミラーノの東南の町である。ボッカッチョは原文でピアジェンツァ Piagenza と書いたが、今の標準的な発音に改めた。読者にその場所が同定しやすいよう便を図ってのことである。なお第二日第十話の註でも別の例をあげて説明してあるが、本訳書全体を通じて原文に固有名詞が複数の形で書かれている場合、意図的な理由があって別の書き方をしたと思われる場合を除き、一つの標準的な日本語表記に統一してある。

＊4　広く流布した典型的な男女の優劣論である。「女は気が変わりやすい」の「変わりやすい」は英語の fickle に訳される mobile が用いられている。オペラのアリアで歌われる La donna è mobile の「モービレ」である。

＊5　奥様に多少の銭はそのまま渡すという行為に下男の善良な人間性が感じられよう。

＊6　アルバは今日のサヴォーナ地方のアルビーゾラであるという。

＊7　Acri はサン・ジョヴァンニ・ディ・アークリとも呼ばれ、現在はイスラエル領アッコとなっている。十字軍とイスラム教徒の間で取りつ取られつを繰返した場所である。『神曲』地獄篇第二十七歌にも言及がある。アラビア語の発音に近いアクラという呼び方もあるらしい。第十日第九話でも作品中の舞台となる。

＊8　この種の処刑は当時かなり広く行なわれていた。

＊9　ドーブラとかドーブレ、ドッピエなどと呼ばれるのはスペインやムーア人の間で用いられていた金貨で、一時はフィレンツェでも流通した。価値には変動があった。第十日第九話の終わり近くでサラディンがパヴィーアへ帰国予定のトレッロ騎士に渡すのもこの金貨である。

第二日第十話

パガニーノ・ダ・モナコはリッカルド・ディ・キンチカの妻バルトロメーアを奪う。リッカルドは妻がどこにいるかを知り、出かけてパガニーノの友人となり、彼に妻を返してくれと頼む。パガニーノは、妻が望むなら譲るという。ところが妻はリッカルドと一緒に帰ることを肯んじない。そしてリッカルドが死ぬやバルトロメーアはパガニーノの妻になる。〔ディオネーオが物語る〕

素直な一行の皆さんは女王フィロメーナによって語られた話を全員がすばらしい美談だと褒めちぎりました。とくに褒めたのがディオネーオで彼だけがこの日まだ話を終えておりませんでした。ベルナボの妻の話に対し多くの讃辞を呈した後、彼は語り始めました。

美しいご婦人方、女王さまのお話のある条りが、話そうと私が決めていた話はやめにして別の話をする方がいいという気にさせました。その条りとは、万事めでたく終わったからいいようなものの、ベルナボのあの馬鹿さ加減です。なんで頭から信じ込んだのか。なにも彼だけではない、ベルナボと同じように盲目的に信じ込むような男たちは、誰も彼も馬鹿さ加減は同じです。連中は世界中を旅してまわり、ここではこの女、あそこではあの女と手を出してお楽しみになる。そして家に残してきた奥方たちはなにもしないで手をこまねいていると勝手に思い込んでいる。私たちが女から生まれ、女たちの間で育ち、その中で暮らしているくせに、女たちがなにを欲しがっているか、まるで知りもしない。ですからそのお話をして、一つには、そうした連中の愚かさ加減がどんなものかを皆さまにお示しし、そして二つには、自分たちの力は天然自然によって与えられたものよりも上だなどと勝手に思い込む連中の愚かさ加減もお示ししたいと思います。この愚かさ加減はさらに輪をかけたものです。なにしろ連中は架空の証明を持ち出して実際にはできもしないことをできると思い込んでいる。そしてそんな無理強いをされてはたまらないという人たちをも無理矢理に自分たちの勝手な水準に合わせようとするのですから。

ピーサに判事がいた。体力よりも知力に恵まれた男で名前はリッカルド・キンチカ[*1]というしかるべき身分の者である。この男は自分が学業でしたと同じ調子でやれば妻も満足させ得ると思い込んだらしい。たいへんな金持でもあったが、並々ならぬ気をつかって美しくて若い女を探し出して妻にした。もっともこの人は他人に向かっては、美しくて若いのは避けた方がいいと忠告していた。ところがその二つとも手に入れたのである。それというのはロット・グワランディ[*2]が自分の娘の一人を妻にくれたからだった。名前はバルトロメーアというが、ピーサでもっとも美しくもっとも魅力的な娘の一人であった。なにしろピーサ[*3]ときたら肌が蜥蜴（とかげ）色に見えないような女性はほんのわずかしかいなかったのである。同女を判事は盛大な宴（うたげ）を張ると我が家に連れて来た。素晴らしい豪華な結婚式も挙げたが、さて初夜（しょや）となると辛うじて一度だけ床入（とこい）りをしたといえる程度に女に触れ、あわや白紙のままにすましかねない様であった。なにしろ痩せた、干からびた、活力のない貧相な男だったからで、翌朝はヴェルナッチャの白葡萄酒を飲み、滋養物その他をとって精力回復につとめた。

　ところでこの判事氏は、いまや自分の力量がどの程度かはじめてはっきりと認識したので、妻に向かい子供が読んで為になるような暦（こよみ）を教え始めた。それは多分かつてラヴエンナで用いられた暦[*4]であるかと思われる。それで夫が妻に示したところによると、毎日毎日が誰か一人、あるいは数人の聖人様の祝日となっている。それに思いをいたし、さまざまな理由により、男と女は交わりを慎まねばならない。それに加えて断食日（だんじきび）、四季の斎日（さいにち）[*5]、使徒その他千余人の聖人の祝日の前夜、金曜日、土曜日、そして主の日曜日、四旬節（しじゅんせつ）の全期間、またある種の月夜、その他多数の例外を挙げた。こうしておけば裁判所で訴訟を指揮した際にも適当に休みを取るように、床（とこ）の中でも女から適当に休みを取ることができるからであった。

こうした調子で夫は長い間妻を遇した。妻には非常な不満がないわけではなかった。なにしろせいぜい月に一回しか接してくれないからである。そして夫はその間、自分が休みの日を教えたように、働く日がほかにもあることを妻に教えるような男が現われないよう十分注意した。

たいへん暑いころ、リッカルド氏はモンテ・ネーロ[*6]近くの自分の所領へ避暑に行きたいという望みが生じた。そのたいへん美しい土地の別荘でしばらく静養し大気を吸い英気を養おうと思ったのである。そこへ美人の妻も連れて行くと、そこに逗留する間に妻の気晴らしをかねて海へ出て釣りをすることとした。二艘の舟を雇い、夫は漁師たちと同じ一艘に、妻はほかの女友だちと同じ別の舟に乗って見物に出掛けた。だが楽しみが増すうちに知らず識らずのうちに浜から遠く離れて沖へ出てしまった。そして皆が釣りに見とれているうちに、突然パガニーノ・ダ・マーレ[*7]のガレー船が現われた。当代名にし負う海賊である。二艘の舟を見かけるや、そちらに向かってやってきた。二艘の舟はそう速くは逃げられない。それなものだから海賊船は女たちが乗っている舟に追いすがった。女たちの中にバロトロメーアの姿を認めるや、ほかの女たちには目もくれず、この美女だけを自分のガレー船に移すや、すでに陸地に着いていたリッカルド氏の見ている前で、女を連れて海賊船は立ち去った。これを見た判事氏は嫉妬に狂った。なにしろ氏は妻をとりまくものは空気であろうと嫉妬する性質だったからである。氏がこのためにどれほどの絶望に囚われたかはいうまでもない。ピーサ市中でもよそでも海賊どもの悪さを歎き訴えたが、なんの役にも立たない。誰が自分の妻を奪ったのか、どこへ連れて行ったかもわからなかった。

パガニーノは女が非常な美人なので大満悦である。まだ妻がいないのでこの女を妻としてずっと侍らせたいとも考えた。それで激しく泣きしきる女を優しく慰め始めた。夜になると、この男には暦などという観念はおよそなくて休みの日も仕事の日の区別も念頭になかったから、昼間は言葉で慰めても一向に効き目がないと知ると、今度は実技で実際に慰め始めた。こうした調子で女を慰めるうちに、二人がモナコに着くまでに女の頭からは判事も判事の定めも掟もすっかり消え失せて、女にとってしまいにはパガニーノと暮らすのが世にも楽しいことになっていた。男は女をモナコへ連れて行くと、昼夜をわかたず女に慰藉を与えたのみか、自分の妻として名誉をもって遇した。

それからしばらくしてリッカルド氏の耳に妻がいまどこにいるか報せが届いた。この件を解決するについて何をなすべきかは誰よりも自分がよく心得ているとリッカルドは非常な熱意で交渉に赴く心づもりをし、たといいくら高かろうとも身代金を支払う心づもりをした。そして海路モナコに渡ったのである。当地で遠くから妻を見かけた。妻も彼を見かけた。妻は夕方パガニーノにそのことを告げ、夫の意向を察してそれを伝えた。翌朝リッカルド氏はパガニーノを見かけると、彼に近づき、たちまち非常に親しげに打ち解けてみせた。パガニーノは彼が誰だか知らない振りをして、彼が何を言い出すかを待っている。するとリッカルド氏は頃合を見計らって、よく言葉を選び、いかにも親しげに自分が当地へ来たわけを相手に打明けた。そして欲しいものはお好きなだけ差上げるから妻は自分に返して頂きたいと頼み込んだ。

　それに対してパガニーノは顔をほころばせながら答えた、

「いや、よくいらっしゃいました。簡潔にご返事申し上げるとこうなります。拙宅に若い女性を住まわせているのは事実です。女があなたの妻かほかの人の妻かは存じません。それというのも私はあなたのことをよく知らない。女についても私と一緒にここしばらくの間一緒に暮らしてきたということ以外はやはり知らない。もしあなたが言うようにあなたが女の御主人なら、あなたは感じのいい紳士とお見受けするから、女のもとへご案内しましょう。もちろん間違いなく、あなたのことをよく知っているはずです。だから、あなたが言う通りなら、あなたと一緒に帰りたがるでしょう。その際はあなたのご随意で貴方御自身がこれが身代金として適当とご判断する額だけ私にお支払いください。もしそうでない場合には、あなたは女を私から奪おうというけしからぬ悪企みを働いたことになる。私は若い男だ。私にもほかの男と同様女がいていいはずだ。とくにあの女はいままで見かけた女の中で一番感じがいい」

　そこでリッカルド氏が言った、

「いや私の妻であることは間違いありません。いるところへ私を連れて行ってくだされば、あなた自身とくとおわかりになるでしょう。すぐに私に抱きつくはずです。あなたのご提案通りで結構です」

「では参りましょう」

とパガニーノが言った。こうして彼の家に行き、応接間で待った。パガニーノが女を呼ばせると、一室から着飾った女が出て来てリッカルド氏がパガニーノと一緒にいるところに入って来た。しかしリッカルドに対して特別になにか言うでもない。パガニーノと一緒にこの家を訪ねた見知らぬお客さんに対して述べると同じような紋切型の挨拶を言ったきりである。自分が大歓迎されるものと思っていた判事氏はその様にひどく面喰らって、内心でこう呟き始めた、

「私は妻を失(な)くして長く苦しんで憂鬱病(ゆううつびょう)に罹(かか)った。それで顔付きがすっかり変わったから、さてはそれで私のことが誰だかわからないのに違いない」

そう思ったリッカルドは言った、

「おまえさんを釣りに連れて行ったためにいやはや高くついた。おまえさんを失くした後で私が覚えたような苦しみはこの世に二つとない。悩み苦しんだものだからこの私が誰かおまえさんに見分けもつかなくなってしまった。それでおまえさんは突慳貪(つっけんどん)な挨拶をした。おまえさんはわからないのか、この私はおまえの主人のリッカルド様だ。いまご厄介(やっかい)になっているここのお宅のご主人にご希望の額だけお支払いしておまえさんを引取って連れ戻すためにここまでやってきたのだ。で有難い幸せ、私がお頼みしたからおまえさんを返してくださるそうだ」

すると女はリッカルドの方を向いて、薄笑いを浮かべていった、

「ひょっとしてわたしにお話しでございますか？　お気をつけ遊ばして。人違いをしていらっしゃいます。わたしとしましては貴方さまにお目にかかりました覚えはまったくございません」

リッカルド氏は言った、

「言うことに気をつけるがいいぞ。私をよく見てくれ。おまえさんがよく思い出してくれさえすれば、私がおまえのリッカルド・ディ・キンチカであることは見ればよくわかるはずだ」

女は言った、

「申し訳ございません。貴方さまはよく見ろといわれますが、じろじろ見ますのは不躾かと存じます。それでも十分にお顔を拝見しましたが、以前にお目にかかったことがないことは確かでございます」

リッカルド氏は、女がこうした振りをするのはこれはパガニーノが怖いからだろうと考えた。それで彼の前では自分に見覚えがあると言えないのに相違ない。そう考えてしばらくしてからパガニーノに別の部屋で二人きりで話したいと頼んでみた。するとパガニーノは「ああ、よしよし。相手にその気もないのに抱きつくような真似さえしなければ結構だ」といって女に男と一緒に女の部屋へ行ってそこで男の言分を存分に聞いて自分の好きなように返事をするがいい、と命じた。

それで女とリッカルド氏は二人きりで女の部屋へ行き、そこで座るとまずリッカルド

氏が話し出した、

「ああ、私の体の心よ、[*8]私の甘美な魂よ、私の希望よ、おまえはおまえを自分自身よりも愛するおまえの夫リッカルドがわからないのか？　どうしてそうしたことがあり得るのか？　私の人相はそれほど変わってしまったか？　ああ、私の美しい目よ、ほんの少しでいい、私を見つめてくれ」

　女は笑い出した。そして相手に口をさしはさむことを許さず、こう言った、

「あなたがわたしの夫のリッカルド・ディ・キンチカだとわからないほどの健忘症でも痴呆症でもございません。でもあなた様はご一緒した間、わたしのことをよく知ろうとはなさいませんでした。それで賢くていらしたかもしれませんが、またいまでも自分は賢いとお頭(つむ)の良いことにこだわっておられますが、それならもう少しご理解があってもいいと思いました。わたしは若くてぴちぴちして命に溢れていました。若い女が欲しいものはきれいな着物やおいしい食事だけではございません。たしなみがあり口にはできないものもございます。それなのにあなたは夫婦の間のことをあのような風にお取り決めになりました。あなた様は法律の勉強の方が妻よりもお好きでした。それなら妻は娶(めと)らなければよろしかったのです。それに、あなた様は判事というよりはお触れ役――祭日、祝日、断食日、斎日等々のお触れ役で、休日にまつわることはそれはよくご存知でいらっしゃいました。口幅ったいようですが申しあげます。あなた様はわたしの小さな菜園を耕すべき人にもろくに仕事をさせませんでした。もしこんな調子で小作人たちを

休ませたなら、あなた様の所有の土地から収穫は上がりましたでしょうか。しかし神様は慈悲深い保護者としてわたしの若さを憐れみ、あの方と引き合わせてくださいました。あの方とこの寝室でご一緒しております。ここでは休日など聞いたこともありません。あなた様は女たちに仕えるよりも熱心に神様にお仕えし、ひたすら祭日祝日を祝賀されました。そこの入口はしっかり閉めましたから、およそ休みなどというものは、土曜日も、金曜日も、祭日の前夜も、四季の斎日も、あの長い四旬節も、ここには入って来ません。それどころかここでは昼も夜も掘って耕して働いて羊毛を叩いております。[*9] そして昨晩も夜が明けて鐘が鳴った後も、なお一度ならず仕事したことを覚えております。あの方と一緒にここに残って、若いうちにせいぜい働くつもりですので、祭日や休日や免罪や断食やらは老後にとっておきます。では良き船路をお祈りいたします。なるべく早くお帰りになり、わたし抜きで祝日をお好きなだけお楽しみください」

　リッカルド氏はこうした言葉を聞きながら言うに言われぬ苦痛に耐えていたが、女が口を閉じたのを見て、呻くように言った、

「ああ、私の甘美な魂よ、おまえはなんということを言うのか？　おまえには親族の名誉とか自分の名が汚れるとかいう気持はないのか？　おまえはピーサで私の妻でいるよりもここで奴の情婦でいる方がいいというのか？　それは地獄落ちの大罪ペッカート・モルターレだぞ。おまえに厭きが来たら、おまえは奴にさっさと叩き出されて大恥を掻くぞ。おまえはわたしのいとしい妻だ。いつまでもいつまでもそうだ。たと

い私がそう望まなくとも我が家の主婦だ。[10]おまえは道を踏み外しこの不届きな度外れた欲望に身をまかせ、おまえの名誉と私の名誉を捨て去るつもりか？　ああ、私の大切な希望よ、なにとぞそうしたことは言わずに、私と一緒に帰ってくれ。おまえの望みもよくわかった。これから先は私も努力しよう。どうか意見を変えて、いい子だから、一緒に帰ってくれ。おまえがいなくなってからというもの、怏々として楽しいことは私にはなにもなかった」

それに対して女は答えた、

「名誉についてはわたしほど気にする人はおりません。今ではもう遅すぎますが。親族はわたしをあなたに嫁にやる時にもっと気をつけてくれれば良かった。その時に両親がわたしの名誉を気にかけなかった以上、わたしもいまさら両親の名誉は気にしません。いまモルタルの罪の中にいるとのお話ですが、擂粉木で捏ねられるかぎり罪は罪です。[11]ですからいまさら優しくしてくださらなくとも結構です。これだけははっきり申します。ここではパガニーノの妻という気がしますが、ピーサではあなたの情婦のようでした。あの頃は今晩はどんな月夜の物忌みだとか幾何学法則に適わない方違えだとかであなたとわたしの天体が接合しても良いか悪いか一々考えました。けれどもここではパガニーノは一晩中わたしを両腕でかかえ、締めつけ、咬んで、抱きしめ、なめしてくれます。それはもう神様にしか説明していただけません。あなたはこれから努力をするというお話でしたが、何をなさるおつもりですか。三回戦ってまだ竿を立ててみせるとおっしゃるのですか。お見かけしないうちに絶倫の騎士におなりだこと。ではお帰りになって、せいぜい努力してお暮らしくださいませ。あなた様はこの世では生きることも大儀そうでした。肺病やみの骨皮筋右衛門さん。それからもう一言申し添えます、わたしがここにいたいという限り、この人がわたしを捨てる気になるとは思いません。しかし万一わたしを捨てるようなことがあろうとも、お宅に戻ることはありません。あなたはどんなに搾ったってせいぜいお碗に一杯分しか汁は出やしません。そんなあなたの側に一遍いたお蔭で元本あわせて大損しました。こうなりゃどこかよそで一儲けしなけりゃ割が合わない。繰返しますがここでは休日なし、前夜祭もなし。だからここに居残るのです。なにとぞできるだけ早くご無事にお帰りなさい。これ以上愚図愚図すれば、あなたがけしからぬ振舞に及ぼうとすると叫んで人を呼びますわよ」

　リッカルド氏はこれは分が悪いと見てとった。自分が能力もないくせに若い妻を迎えたのが馬鹿だったと悟った。心を痛め悄然として部屋を出た。パガニーノに向かっていろいろ言葉を発したが、どれもこれも声にもならぬ呻きで何を言っているかわからない。そして結局なにもせず女を残してピーサに戻った。苦悩のあまりひどい精神錯乱に陥り、ピーサの市中を行きながら、挨拶されるときまって一言こう答えた、

「悪い穴に休みなし」

　そしてしばらくして亡くなった。

　パガニーノはそれを聞いて、女が自分に寄せる愛情を身に沁みて知ったから、正妻と

して女を娶った。そして祭の日も忌日も四旬節も一切気にすることなく、四肢が動く限り獅子奮迅で働いた。二人はそれは良い時を過ごした。

そうした次第です。ですから、親しいご婦人方、ベルナボ氏はアンブルオージュオロと議論した際、牝山羊の乗り方を間違えて下り坂に向かって跳ねて行ったと思いますね。*12

＊1　主人公は表題の中では Ricciardo リッチャルド、本文中では Riccardo リッカルドと綴られている（訳者が底本とした Branca 本）。『デカメロン』の多くの話の中で訳者は複数ある呼び名、たとえばパガニーノとパガニンをパガニーノでまとめたように、代表的な一つにまとめた。今回は本文中のリッカルドに表記を統一した。しかしこの主人公に相当するような人物は歴史的には存在しない由である。なおここで姓となっているキンチカあるいはチンシカと呼ばれる一家はピーサに実在した。

＊2　グワランディ家はピーサの名門で『神曲』地獄篇第三十三歌中でウゴリーノ伯に敵対する勢力として記述されている。ウゴリーノたちが閉じ込められて餓死するのもグワランディの塔の中である。

＊3　都市国家が対立した当時フィレンツェの人がとかくピーサの人の悪口を言ったことは、ダンテ地獄篇第三十三歌七九行以下からも察せられる。

＊4　ラヴェンナにはかつて夥しい数の教会があり、一年のほとんどすべての日が聖人の祝日とされ、そのため学校の休日がおびただしくふえた。なお現在でもイタリアは共和国の祝祭日とともにキリスト教の祝祭日も休みとなるので世界でも休日の多い国に数えられている。

＊5　年四回定められた週の水・金・土曜日で断食・祈禱を行なう日。

＊6　モンテ・ネーロはリヴォルノの南の岬にある。

＊7　Paganino da Mare は直訳すれば「海のパガニーノ」である。パガニーノ家はジェーノヴァの名門であった。当時は政治的有為転変のために名家の者が海賊になることもあった。その種の話は第二日

第四話のランドルフォ・ルーフォロ、同第六話のグワスパリーノ・ドーリアなどにも見られる。

*8 「私の体の心よ」という呼び方については第八日第七話の註2を参照。

*9 原文は ci si lavora e battecisi la lana である。Lavorare は単に「働く」だけでなく「わたしの小さな菜園を耕す」の「耕す」などと同様の性的含意のある表現である。「掘って耕して働いて」と訳した。なお後半の「羊毛を叩く」は当時フィレンツェで盛んになった羊毛産業の仕事場から由来した表現だが、やはり性的行為を含意する表現で、毛は陰部の毛をもさすものと思われる。

*10 一度結婚契約で結ばれた以上、法律的には「たとい私がそう望まなくとも（おまえは）我が家の主婦だ」とつい法曹関係者らしい発想と発言になってしまったのである。

*11 「大罪」peccato mortale ペッカート・モルターレとリッカルドが言ったのに対し、モルタル「漆喰」と発音を故意にずらして受取り、そこからの連想で擂鉢の中で漆喰を捏ねる擂粉木を口にした。この擂粉木は当時のイタリアに限らず世間に広く出まわっている性的な隠喩である。なお擂粉木 pestello の前の原文に「嘴の中にくわえられた」imbeccato とあるのは（これはある種の性交体位の暗示だろうが）「インベッカート」の発音が「罪」ペッカートの発音と重なるから選ばれたのであろう。

*12 Cavalcare il cavallo inverso il chino「馬に跨り下り坂を駆ける」ないしは「山羊に跨り下り坂を駆ける」は馬や山羊は坂道を下る際、飛び跳ねて危険であり「間違って危ない方向に向かう」の意味。第二日第九話でベルナボは空閨を守る妻の貞節を主張したが、そうした議論は人間性の自然にもとる以上、間違った道に向かっており、人を誤らせる、とディオネーオはたしなめたのである。田辺聖子は『ときがたりデカメロン』で「バルトロメアの新鮮でイキのいいこと、目をみはるばかりではないか。女を縛る因襲の鎖を断ち切って彼女は生の凱歌をあげる。」とその潑剌さに賛辞を呈している。

第二日結び

　この話は一行全員を大笑いさせました。あんまり笑ったものだから皆さん顎が痛くなったほどでした。そしてご婦人たちは口を揃えて「ディオネーオが言ったことは本当よ。ベルナボはお馬鹿さんだわ」と申しました。話が終わり、笑いも静まりました。女王のフィロメーナは時刻もすでに遅く、誰もが話も済ませ、主宰の勤めもこれで終わりと見てとったので、あらかじめ決められた規則に従い、月桂樹の冠をはずすとネイーフィレの頭に戴せ、朗らかな表情で申しました、

「さあこれからはこの小さな国の人々の統治はあなたにお任せします」

　そしてふたたび着席しました。

　ネイーフィレは栄誉あるご指名に多少顔を赤らめました。その様は四月から五月にかけて爽やかな薔薇の花が日が出るころに見せる姿さながらでした。その両の目は、やや伏し目がちですが、明け方の星のように美しく明るく輝いています。しかし周囲の人々が女王に指名された自分に好意を示すざわめきが落着くと、彼女は気を取直し、ふだんよりも背筋を伸ばして座ると、こう申しました、

「こうしてわたくしが皆さまの女王となりましたので、わたくしより前に女王をつとめ

られた方々の主宰されたやり方を良しとして皆さまは従われましたが、その方々が遵守されたやり方から外れることなく、わたくしの考えを手短かに述べさせていただきます。その考えが皆さまのご承認を得られますなら、その方針で参ろうと存じます。皆さまご承知のように、明日は金曜日で次は土曜日でございます。その金土の両日は食物を控えめにするために、多くの方は鬱陶しい日と感じておられます。もちろん金曜日は、わたくしたちの永久の命のために主が十字架にかけられた受難の日ですから、特別の敬意を表さねばなりません。ですから神さまのためにも金曜はお話を語るよりお祈りを捧げる方がまっとうで正しいことではないかと存じます。そしてその次の土曜は慣例ではご婦人方は頭を洗い、一週間の仕事の埃を払い、汗を流し、汚れを落とします。ご婦人方の中には神の子の母であるマリヤ様への尊崇の念から土曜は断食したり、その次の日曜を大切にする気持から土曜の残り[*1]は一切の活動を慎まれる方も多うございます。それで土曜には今までの仕来りにきちんと従って一日を過ごすことはできそうにもありませんから、土曜日もやはりお話を語ることはお休みにする方が良いかと思います。さてそうしますと土曜日までに四日間ここに滞在することになりますから、ほかの人が不意にやってきて仲間に加わるような煩を避けるためにも、そろそろ当地を去ってよそへ移る方が適当ではないかと思われます。でどこへ行くべきか、実はある場所をすでに考えてご用意いたしました。そこへ日曜日お昼寝の後に集まることといたしましょう。今日わたくしどもの話題では話がずいぶんひろがりました。この先考える時間もございますし、話題をもう少し絞ってみてはいかがでしょうか。それで人間の運命の有為転変の一つの面に限ってお話ししていただくことにしたいと思います。わたくしが考えた「たいへん欲しがった物をいろいろ智恵を働かせて手に入れた人や一度失くした物をまた取り戻した人」などという話題はいかがでございますか。こんな題について皆さまなにか一行の為になるような事、少なくとも聞いて楽しい事をお話しくださいませ。もちろんディオネーオについては例外という特権はそのままにしておきます」

参加者はみな女王ネイーフィレの発言を諒とし提案に賛成しました。そしてその通りにすることとなりました。すると次に女王は執事を呼んで、夕方どこへ食卓を並べるかを命じ、自分が主宰する間に何をするかを細かく打合せ、それが済むと一行とともに立ち上がり、めいめいお好きなことをするようにと言って解散しました。

そこで婦人方も殿方も庭園に向かう道を歩き出し、暫時逍遥して息抜きをした後、夕食の時となりました。一同楽しく賑やかに会食いたします。食事がすむと、女王の御意により、エミーリアが先に立って踊り始め、その踊りにあわせてパンピーネアが「われ歌はずばいかなる女の歌ふべき」と歌いだしました。するとそれにあわせて一同も合唱いたします。「その趣旨は今の言葉にかいつまんで訳すとおよそ次のようになりましょう」

われ歌はずばいかなる女の歌ふべき——わたしはあらゆる望みを満たされています。

そのわたしが歌わないなら、一体いかなる女が歌をうたえるというのでしょう。「愛」よ、ここへおいでなさい、お前こそ幸福、希望、歓喜の源です。さあしばし一緒に歌いましょう。溜息や切ない苦痛は歌うには及びません。おかげで今では幸せがさらに甘美なものとなりました。わたしは「愛」をアモールの神として崇拝いたします。わたしは情熱の浄火（じょうか）のみをうたい、その火の中で燃え、その祝祭の中で生きています。

わたしがお前の火の中にはいった最初の日、「愛」よ、お前はわたしの眼の前にある若者を据えました。その美々（びび）しさ、気風（きっぷ）のよさ、勇ましさ、ああ、それに優る者はおりません。敵（かな）う者もおりません。「愛」の神様、あなたとともにわたしは歓喜の歌をうたいます。

なんという幸せ、わたしが好きと同じようにあの人もわたしを好いてくれます。アモールの神よ、あなたのお蔭です。この世ではわたしの望みは叶いました。あの世では平和がありますように祈ります。あの人に身も心も捧げて尽くすわたしですから。神様はこれを見そなわしてわたしどもを神の国にお迎えくださると信じます。

この歌の次にさらにいくつか歌がうたわれ、踊りが続き、さまざまな曲が奏されました。しかし女王はそろそろ休みに行く時と判断し、皆も松明（たいまつ）をかざして各自の部屋へ戻りました。そして引き続き二日間は先に女王が述べたような仕事をし、次の日曜日が来るのを心待ちにいたしました。

＊1　ブランカ本の註には土曜の日没以後であろう、と出ている。二十世紀の半ばでも訳者はパリで土曜の夜ダンス・パーティーにカトリックの熱心な信者を誘って「夜遅くなると日曜にかかるから」と断わられたことがある。

第三日

第三日まえがき

『デカメロン』すなわち『十日物語』の第二日が終わり、第三日が始まる。そこではネイーフィレの主宰の下で、たいへん欲しがった物をいろいろ智恵を働かせて手に入れた人や一度失くした物をまた取り戻した人の話が披露される。

日の出が近づくにつれ、曙の空の色は濃紫から次第に柑子色に変わります。今日は日曜日です。[*1] 女王ははや起き上がると、一行全員に起きるように命じました。すでに執事はかなり前から、一行がこれから行く場所で入用の種々の品々を送るよう手配しました。そしてそこで新しい必要がさらに生じた際に対処する手代もあらかじめそちらへ派遣しました。そして女王が歩き出したのを見るや、残りの品を急いで車に積ませました。まるで陣営を引き払うかのような有様です。執事は荷物となお留まっていた下男下女たちを引き連れて、淑女たちや青年紳士たちの後に従い、出発しました。

女王はゆっくりとした足取りで、お伴に婦人たちと三人の青年紳士を従わせ、西の方をさして進みます。二十羽ほどの小夜鳴鳥など種々の鳥が囀りで道案内をしてくれます。

人がまれにしか通らない小道ですが、緑なす草がいっぱいに繁り、おりしも地平線から昇り出した太陽の光を受けて花は一斉に開き始めます。女王のネイーフィレは一行の人々とあるいは談笑し、あるいは諧謔を弄します。日の出からまだ一時間半も経ちませんが、二千歩も行かぬうちに、たいへん美しく壮麗な館に着きました。平野よりも一段と小高い小さな丘の上にあるこの建物に案内されると、人々は早速中に入って方々に散りました。大きな広間がある、清められた部屋がある、飾りつけも見事な、いかにも調度が整った部屋の数々です。みな口をきわめて館を褒め、その所有者は「豪華」と呼ぶにふさわしい方だと口々に言いました。それから下へ降りると館のいかにも広々とした中庭が見えます。穴倉は極上の葡萄酒で一杯です。冷たい水が湧き出しています。そのふんだんに溢れるさまに人々は感嘆を新たにしました。そこで一服したい気分になったので、中庭を見渡す開廊で女性方は腰をおろしました。その中庭には季節にふさわしい花が咲き、緑もひときわ鮮やかです。すると気の利く家令がおいしいおつまみと極上の葡萄酒を用意してお出迎えしました。

そうこうするうちに、館に接している庭園の門がひらきました。一同その中へ入ります。庭園は周囲を壁でかこまれており、最初に入った時は、すべてが一つになって素晴らしく美しく見えました。しかし次第に注意を払い、部分も観察できるようになりました。庭園は周囲にも、中央にも、幅の広い道がついています。いずれも真っ直ぐで矢の飛んだ筋のように直線です。その道を葡萄の蔓棚がアーチ状に覆っています。今年はどうやら葡萄の当り年のようで、いまが花盛り、庭中にその強烈な匂いが漂います。ほかの多くのものの甘美な匂いと混じりあって、まるでオリエントに産したあらゆる香料を取り揃えた中にでもいるような感じでした。その道の両脇には白薔薇や赤薔薇やジャスミンが繁って、そのおかげで朝方ばかりか日が高く昇った後でも、いつでも太陽の光に直接さらされることなく、その匂い豊かな気持のよい日蔭の道をたどってここではどこまでも散策することが出来るのです。

　時間がないのでその場所にあった植物の数や種類や植え方やについて詳しくは申しません。ただ次のことだけは述べておきましょう。それは土地の気候が繁殖を許すような植物はことごとくこの庭園にふんだんに育っていたということです。そしてその庭園の中央には細かい草の芝生があります。紳士淑女たちが、褒めるべき点が多い当所でほかのなによりも激賞した、濃緑の、ほとんど黒色と見まごうばかりの芝生です。幾千という花がそれに色を染めつけています。その周囲を旺盛な生命力に溢れたオレンジやレモンの樹が取り囲んでいます。まだ古い実も新しい実もみのったままなのに、花も咲いています。その影深い木立は目にもすばらしいが、嗅覚にも実に気持よいものでした。その芝生の真ん中に純白の大理石の泉があります。見事な彫刻が施されています。人物像が泉の中央に直立した円柱の上にあって、自然のなせる技か人のなせる技か、その口から噴水が勢いよく天に向かってほとばしり出ています。そして心地よい音を立ててまた清らかな泉の中に降り落ちてきます。たといこれほどの水量がなくとも水車で粉を挽くことはなんでもないことでしょう。そして水を一杯に湛えた泉から溢れてしまった水は、地下の路をつたって表にあらわれ、美しい人工の水路を通って外へ出ます。この水路が庭園を取り巻いています。そして同じような水路を流れて庭園のいたるところへひろがって行きます。そして最後にもう一度水は一箇所に集まって、そこから庭園の外へ流れ出るのです。平野に向かって下って行く水はいかにも透明で、平野に流れ着く前に力強く当地の領主の二つの水車をまわして主君にお仕え申し上げています。それは少なからぬご奉仕といえましょう。

この庭園の眺め、その見事な配置、樹々や泉、そして泉から溢れ出す流れ、それらはご婦人方にも三人の青年紳士方にもたいそうお気に召しましたから「もし地上に天国を造ることができるなら、この庭園の形以外の形ではあり得ないだろう、この庭園の美しさを措いてほかにこれに匹敵する美しさなど考えられない」と皆さん口を揃えて確言いたしました。

客人たちはこうして満足気にその庭園のあたりを三々五々散策しました。その際、さまざまな樹の枝でもってたいへん美しい花綵を編みながら、そして少なくとも二十種類はあると思われる鳥の囀りに耳を傾けたのです。鳥たちは歌声でたがいに競いあっていますす。その間に先刻来、最初の驚きがあまりにも強すぎたために見落としていた喜ばしいもう一つの美しさに気がつきました。この庭園にはおそらく百種類もの美しい動物がいたのです。一行はたがいに指でさし示しました。一方から兎が巣穴から出て来る。他方では野兎が走る。ある場所では山羊が横になり、他の場所では鹿の子が草を食みながら進んで行く。そしてそのほかにも害のない獣が何種類も、まるで人間に馴れているかのように、それぞれ好き勝手に、じゃれて遊んでいる。そうしたことが、他の楽しみと相俟って、ますます楽しみを増してくれました。

　こうしてこれを見たり、あれを見たりして、かなり先まで歩いた頃には、美しい泉のほとりで食卓の用意が整いました。ここでまず六つの歌曲[*2]がうたわれ、ついでダンスもいくつか披露されます。そして女王の御意により、食事が始まります。たいへん見事な取り合わせのすばらしい大御馳走です。整然と給仕され、食事は美味で味つけはデリケートです。食事が終わって食卓を離れるころ皆さんの気分はいよいよ朗らかで、ここでまたあらたに楽器を奏し歌をうたいダンスに打ち興じます。しかし暑気は次第に強くなります。それで女王は希望者には昼寝を許しました。ある人は休みに行きましたが、ある人はこの土地柄の美しさに惹かれて、立ち去りがてな様子です。ほかの人々が昼寝する間も、ここに居残って中世の物語を読んだり、チェスの勝負やチェッカーの碁盤を囲んで打ち興じていました。

　しかし午後も三時を過ぎたので、皆さま起きました。冷たい水で顔を洗ってさっぱりした後、女王ネイーフィレの思召しでみんなは泉の近くの芝生へ来、いつもの順で着席しました。女王が提案した主題についてお話しするのを心待ちにしています。フィローストラトが皆の中で最初に女王から指名されました。彼は次のように話し始めました。

＊1 第一日は水曜、第二日は木曜、ついで第二日の結びで新しい女王に選ばれたネイーフィレの提案で金曜土曜は話を休み、この日曜が話をする第三日となり、今までとは別の場所に集まった。

＊2 これと似た場面は、うたわれた歌曲の数こそ示されなかったが、すでに「第一日まえがき」の終わりの部分、すなわち第一日の語りが始まるより前でも見られた。なお第三日の語りが始まるより前に「六つの歌曲がうたわれ」とあるのは七人の婦人のうち女王のネイーフィレは歌わなかったから「六つの歌曲」なのであろう。Jean Bourciez のフランス語訳 (Jean Boccace: *le Décaméron*, Classiques Garnier, 1952) では誤って「七つの歌曲」となっている。モンプリエ大学文学部のジャン・ブルシエ教授の訳には誤訳が散見する。

第三日第一話

マゼット・ダ・ランポレッキオは啞のふりをして尼僧院の庭師となる。すると尼さんたちがみんな競って彼と寝ようとする。〔フィローストラトが物語る〕

美しい御婦人方、世の中にはずいぶん愚かしい男や女がたくさんいるものです。そうした人たちは、若い女の頭に白い布を巻き、体に黒い上衣をかけさえすれば、尼さまになったのだから、女はもはや女でなくなり、女の欲望も感じなくなる、といとも簡単に信じています。まるで尼さまにしてしまえば、人間が石で出来た堅物になるとでも信じているらしい。それで、もしこのようなお考えに背く事態が起ったと聞くと、まるで自然に対しなにか言語道断の悪事がなされたかのように色をなして腹を立てます。そうした人たちは、人間というものはどういうものか、御自分自身の経験について考えもしなければ反省もしない。大体人間は、自分の好き勝手をしていいという完全な自由を与えられた時ですら、自分の欲望を十全に満足させることは出来ない。閑居して不善をなすというが、閑をもてあましたり、誘惑されたりすれば、それこそ怖ろしい力が働くのです。だがそういうことにそうした人たちはおよそ考えが及ばない。そして同じようにこんな人も結構たくさんいるものです。そうした人たちは、百姓には鍬や鋤を持たせ、粗末な食事を与え、楽な生活はさせない、そうすれば肉体の欲望もなくなる、知力も頭の働きも粗略になるといとも簡単に信じています。しかしそんな風に思い込んでいる人はみんな騙されている。女王さまが私にご命令ですので、女王のご提案の範囲を逸脱することなく、皆さまにもっとずっとわかりやすいよう短いお話を申し上げます。

私どもの〔トスカーナ〕地方には昔霊性で名をあまねく知られた尊い尼僧院があった。いや今もある。ただしその名はいえない。その盛名を多少たりとも傷つけたくないからである。その尼僧院には、さほど昔のことではないが、尼さんが八人と僧院長の尼さんが一人しかいなかった時がある。それが全員揃いも揃って若かった。ほかにもう一人その美しい菜園の世話をする庭師がいた。ところが給金が安いので不満でたまらない。それで管理人に申し出て給料を清算してもらうと故郷のランポレッキオに帰ってしまった。帰ってきた庭師を陽気に出迎えた連中の中に一人がっしりした作りの若者がいた。恰好は美男子だが小作人である。名前はマゼットといった。帰ってきた庭師にいままでこんな長い間どこにいたのか聞いた。庭師はヌートという名前だが、マゼットに教えてくれた。すると若者はさらに僧院でどんな仕事をしていたかをたずねた。それに対しヌートは答えた、

「俺は尼さんたちの大きな美しい菜園で働いていた。ほかに時々森へ行って薪(たきぎ)を拾って来、水を汲み、その他それに類(るい)した仕事をしていた。だが給料が安くて地下足袋(ぢかたび)もろくに買えない。そればかりか尼さんたちはみんな若くて例の肉体の悪魔というのが棲(す)んでいるのだな、こちらがなにをしても気に入らない。菜園で働いていると一人は「これはここへ置け」という。するともう一人が「あれはここへ置け」という。かと思うと別の一人が俺の手から鍬(くわ)を取り上げて「これは具合が悪い」という。いやはやうんざりした。それで俺は仕事を放り出して菜園におさらばしたのだ。それで色々あったがあそこにはもう居たくなくなって当地に舞い戻ってきたわけだ。しかし俺がおさらばする時に管理人が俺に頼んだ。もし誰かそこで働きたい者がここにいるなら、管理人のところへ送ってくれ、と。それで俺はそうすると約束した。しかし神様がそいつの腰をよほどしっかり作ってくれなけりゃ、無理だね。そんな奴は見つかりっこないし、とても代わりは送れないね」

　マゼットはヌートのこの話を聞いて、もう躍起(やっき)になった。尼さんたちと一緒に暮らしたいという願望がむらむらと湧き起った。というのはヌートの言葉からかねての望みを遂げる可能性があると見てとったからである。しかしここでヌートに本心を明かしたら事は成就(じょうじゅ)しないと見てとったから、こう言った、

「ああ、お前はいいことをした。女たちと一緒に男が一人いてなにになる。それよりは悪魔たちと一緒にいる方がまだましだ。女というものは七回のうち六回は自分たちが本

当に何をしたいのかわかっていないのだ」

しかし話がそこで終わると、マゼットは尼さんたちと一緒になるにはどうすればいいか考え始めた。自分はヌートが言ったような仕事なら十分やりこなせる。その点で自分に不足があるとは思わない。しかし自分は若過ぎて見かけがいい。これだと雇ってくれないかも知れぬ。それでいろいろ思いめぐらして、こう考えた、

「場所は当地からずいぶん遠い。向うでは誰も俺を知らないだろう。俺が啞のふりをしたら、必ずや庭師として採用されるだろう」

それでこの案に限ると心に定め、首に斧を一丁ぶらさげると、誰にもどこに行くともいわず、貧乏人のふりをして、尼僧院めざして出発した。そしてそこに着くと中に入り、たまたま中庭にいる管理人と出会った。そこで管理人に向かい啞らしく身振り手振りで後生だから食物をくれ、もしそちらで必要ならば薪を割る仕事をしたい、という意思を伝えた。管理人は喜んで食物を与え、食事がすむと、ヌートが割ることの出来なかった樹の株を何株か置いた。するとマゼットは屈強な男だから、あっという間に全部割ってしまった。管理人は森へ行く用事があったので、自分と一緒にそこへ連れて行き、そこで樹を伐らせた。それから驢馬を男の前に連れて来て、材木を驢馬を使って家まで運べ、と管理人も手真似で指示した。男はそれを上手にやってのけた。それで管理人は片付けねばならぬ仕事があったので何日間か男を尼僧院に引き留めた。そうこうするうちにとある一日尼僧院長がマゼットを見かけ、管理人にあの男は誰かと尋ねた。

管理人は言った、

「院長さま、これは哀れな口も利けず耳も聞こえない男です。先日当地へ参りお布施を乞いました。それで食物を与え、片付けねばならぬ仕事をいろいろやらせました。もし菜園の仕事の心得があり、ここにいようという気さえあるなら、ちょうど人手不足だし、なかなか役に立つだろうと思います。力はあるし、必要な仕事はやれるでしょう。それに口が利けないから若い尼さまをからかったりする心配を院長さまもしなくてすみます」

それに対して尼僧院長は言った、

「なるほど、お前のいうことはもっともだ。畠仕事ができるかどうか確かめて御覧。どうにかしてここに引き留めるがいい。お古の帽子や靴でも地下足袋でも一、二足くれてやるがいい。お上手でも言って、上手に誘って御覧。とにかく一杯御飯をあげなさい」

管理人はそういたしますと返事した。マゼットはそこからほど遠くないあたりにいた。中庭を掃くふりをしながら、こうした言葉をすべて聞いて、内心ほくそえんだ、

「もしあんた方がここに俺を置いてくれるなら、ここの菜園を今までにないくらいに耕してみせるぞ」

この男は畠を耕す心得も十二分にある、とわかった管理人は、手真似で男に当地に居残るつもりはないかと尋ねた。男は手真似で、雇ってくれるなら管理人が所望する仕事を喜んでやる、と答えた。そこで男に菜園で働くように命じ、するべき仕事を示した。

そして尼僧院のほかの仕事を片付けにマゼットをそこに残して立ち去った。

マゼットはこうして毎日働き出した。すると尼さんたちがちょっかいを出して男を馬鹿にし始めた。世間にはなにかと障害者を馬鹿にする者がいるが、まさにそれで、マゼットに向かって聞くにたえないひどい言葉を平気で言い出した。相手には言ってもわからないだろうと思っていたからである。尼僧院長もそうしたことを殆どというかまるで気にかけなかった。相手は口の舌も利かなければ、体の前の方の尻尾（しっぽ）も利かぬ男だろうと勝手に決めてかかっていたからである。

ところがある日たくさん仕事をして休んでいた時、庭を通りかかった二人の若い尼さんが、マゼットが眠ったふりをしているところへやってきて、じろじろ見つめ始めた。*1 すると御転婆（てんば）の方の尼が話し出した、

「秘密さえ守ってくれるなら、このごろわたしがよく考えていることをあなたに打明けてもいいわ。あなただってきっといい考えと思うに相違なくてよ」

もう一人が答えた、

「誰にも絶対洩らさないから安心よ。おっしゃって」

するとお転婆が話し始めた、

「わたしたちがここでどれだけ厳しく監視されているか、あなた考えたことあって？男でこの中に入っていいのは、もう年寄りで役たたずの管理人とこの唖の庭師とだけよ。ときどき女の人がここへ訪ねに来るけれど、なんというと思って。この世の中で何が楽

しいといったって男とする時が一番で、それに比べるとほかの楽しみなんててんでつまらないと言うじゃないの。あなた聞いたことなくて？　ほかの男とは試そうにも試しようがないから、本当か嘘かこの啞と試してみようと思って、このごろその事ばかり考えているの。それに試してみるにはこの人うってつけよ。だってたとえ誰かに言いつけようと思ったって、なんにも言えないでしょう。言いつけられるはずないじゃない。だってこの人、年も若くて、ちょっとお馬鹿さんで、智恵足らずでしょ。この計画どう思って？」

「まあ、一体何ていうことをおっしゃるの」

ともう一人の尼が言った、

「わたしたち神様にむかって処女を守るというお約束したこと知らないの？」

すると先の尼は平然と、

「あら、お約束なんて毎日いくらでもしているじゃない。でもそれが守られたためしなんてなくってよ。神様にお約束したとしたら、ほかに誰か、きっと何人も、お約束を守ってくれる人がいるでしょうからそれでいいじゃない」

「でもね、お腹が大きくなったら、どうします？」

するとお転婆は言った、

「あなたは心配事が起きないうちから心配するのが好きなのね。万一そうなったら、それはそれでその時考えればいいじゃない。わたしたちさえ黙っていれば世間に知れずに済む方法はいくらでもあるわ」

そう言われると、男がどんなものか知りたくてお転婆以上にうずうずしだした。男はどんな獣か。それで言った、

「じゃ、よくてよ。でもどうすればいいの？」

相手が答えた、

「いま二時と三時の間でしょう。尼さまたちはみんなお昼寝していて起きているのはわたしたちだけよ。庭をよく見て頂戴。誰かいると思って？　もし誰もいなければ、簡単なのはこの人の手を取って雨宿り用の小屋へ連れて行くことだわ。一人は中に一緒にはいる。一人は外で見張番に立つ。だってお馬鹿さんだから、わたしたちの思い通りにするにきまっているわよ」

マゼットはこの話を全部聞いた。そして喜んで言われる通りにするつもりで、早くどちらか一人が自分の手を取らないかと心待ちにした。二人の尼は注意深くあたりを見まわし、どこからも見られていないと見てとると、最初に口を切った方の女が近づいて寝ているふりをしていたマゼットの手を取った。男はすぐに立ち上がった。女が誘うような身振りで男の手を取った。男は馬鹿笑いを多少してみせた。女は男を小屋へ連れて行く。そこでマゼットは、女に何度も懇願されることを待たずに、女が望むことをした。女は自分が望んだことをしおえて満足すると、約束に忠実に場所をお仲間に譲った。マゼットはお馬鹿さんのふりをして両人のご希望を果たすようにした。それでその

場を立ち去る前に、女たちは男がどんなに上手に馬に跨るかをさらに一度ならず試してみた。そして二人で、聞いていた通り本当にすばらしかった、いや、聞いていた以上にすばらしかった、と言いあった。そしてそれからというもの都合の良い機会を狙っては、マゼットと密かなお楽しみに興じた。

するとある日二人の尼のしていることを僧房の小窓から見て気がついた仲間の尼の一人が二人の尼に「あそこを見て御覧」と指差した。これは尼僧院長に言いつけねばならないと最初のうちは三人で言っていたが、いつのまにか意見が変わり、先の二人と話がつき、三人ともマゼットの農場で一緒に耕してもらうことになった。そして残りの三人の尼も機会がおのずから生じて同じ仕事の仲間入りをした。

最後は尼僧院長だが、まだこうした事態に気づいていない。ある日ひとりきりで庭園に通りかかると、たいへん暑いお天気の日で、マゼットが巴旦杏の木蔭で横になって寝ている。夜の乗馬のお勤めが過ぎて昼はほんの僅かな仕事でも疲れてしまうのである。風に吹かれて体の前を隠していた布が後ろの方に飛んでしまっていた。すべて露出している。それを見るうちに女は自分はひとりきりだと思った。そして前に二人の若い尼僧が陥ったと同様の欲望に落ち込んだ。マゼットの目を覚ますと、一緒に自分の部屋へ連れて行き、そこに数日間引き留めた。さあ園丁が農園に耕しに来ないというので、尼さんたちは大不満で不平たらたらである。その間、尼僧院長は当初は自分が他人に対してもっぱら非難を浴びせていた快楽を繰返し繰返し味わっていた。

結局自分の部屋から男の部屋に帰したが、その後も頻々と欲しくてたまらない。しかも人並み以上に求めた。それでマゼットは相手がこれほどの数となるともう満足させるように出来ない、もしこれ以上唖のふりをしていると、これは体にもひどく悪いことになる、と気づきある晩、尼僧院長さまと一緒の時、禁を破って話し出した、

「院長さま、雄鶏が一羽いれば雌鶏が十羽いても十分用が足りると聞きましたが、人間の場合は男が十人いても女一人を十分満足させることは出来ないとか難しいとか申します。ところが私は一人で九人にお仕えせねばならない。これではどうしたって体が持たない。いままで一生懸命つとめてきたが、もうこれ以上はどうにも無理です。後生だからお暇をください、さもなくば、なにか別の便法を講じてください」

口が利けないと思っていた男が話すのを聞いて、院長は唖然としてしまった、

「一体これは何ですか。わたしはお前は唖だと思っていたのに」

「院長さま」

とマゼットは答えた、

「私は唖でございました。しかしこれは生まれつきではございません。そうではなくて病気で口が利けなくなったのでございます。今晩初めて口が利けるようになりました。有難い神様のお蔭でございます」

院長は相手の言分を信じて、九人にお仕えせねばならないとはどういう意味だと質した。マゼットはありのままに答えた。院長はそれを聞いて、ほかの尼たちの方が自分よ

りよほど抜目がないと知った。用心深い院長はマゼットを尼僧院の外に出さず、この男が尼僧院の悪口を言ってまわることのないようこの事態に対処する措置を講ずることとした。管理人はちょうど先日死亡したばかりだった。いままで皆が蔭でこっそりやっていたことが全員に知れわたったので、皆の合意でこういう風にすることとした。尼様たちの祈願とこの修道院がその名にちなんで創設された聖人様の功徳により、長い間口が利けなかったマゼットに声が戻った。そのマゼットを管理人とすることにした。そうすれば園丁の仕事は軽減される。そうなればお勤めにも耐えられるだろう。そのお勤めの結果何人も尼さまの子供も作った[*2]が、事を上手に運んだので、尼僧院長が亡くなるまで何事も世間には洩れなかった。その頃はマゼットも年を取って郷里に帰りたくなっていた。お金も結構貯めた。本人がその希望とわかったので、すぐにその願いは叶えられた。

というわけで年老いて、人の子の父であり金持となったマゼットは、子供を育てる面倒もなく養育費も払わず、かつて首に斧一丁ぶらさげて飛び出した故郷にめでたく帰って来た。その才覚でもって若い日々を善用したお蔭であった。マゼットは「キリスト様は御自分の茨の冠の上に角を生えさせたような男をこういう風におもてなしくださるのだ」と繰返し言っていたそうである。

*1　D・H・ロレンスの Boccaccio Story と題された油絵（一九二六）はこの場面に基いている。Cf. Keith Sagar, *D. H. Lawrence's Paintings* (London; Chaucer Press, 2003) p. 32.

＊2　尼様はイタリア語で monaca「モーナカ」というが、尼様の子を「モナキーノ」monachino「モナキーナ」monachina とここで呼んでいる。「年端の行かぬお坊様」「いたいけな尼様」とはここでは場合がちがうので、原文では複数形の語尾の母音が落ちた monachin という形で示されているが、笑いを呼ばずにおかない。ディオネーオは第二日第十話で女の性欲をあからさまに肯定して描いたが、第三日第一話でフィローストラトはその線上で話を続けたと言えるだろう。ちなみに語り手は二人とも男である。

第三日第二話

さる馬丁(ばてい)がアジルルフ王の妻と寝る。王は気がつくがなにも言わない。犯人を認定して長髪を削(そ)ぎ落としてしまう。髪を切られた馬丁はほかの連中の髪もみな切ってしまう。そうすることで哀れな末期(まつご)を迎えることを免れる。

〔パンピーネアが物語る〕

フィローストラトの話の途中、何度もご婦人方は顔を赤らめました。また何度も大笑いなさいました。その話が終わりましたので、女王ネイーフィレはパンピーネアに次の話をするように命じました。彼女は顔をほころばせながらこう語り始めました。

美しい魅力的な皆さま、世間には、知らなければ良かったことを見聞きしてしまい、それをことさら言い立てるような無思慮(ぶしりょ)な人が何人もおります。そういう人は他人が隠したがっている落度(おちど)をことさら暴(あば)き立て、そうすることで自分の恥を減らそうとなさいます。だがそんなことをすると結局は恥の上塗りで、しまいには天下に赤恥を晒(さら)すことになります。こうしたことが本当だということを、逆の立場から皆さまに立証してみましょう。それはマゼットに比べてもはるかに取るに足らぬ男の頭の働きが名君の誉れ高い王様の智恵に劣らなかったというお話でございます。

ロンゴバルド族の王、アジルルフは、先代の王たちと同様、ロンバルディーアの市パヴィーアを王国の都と定めた。アジルルフはロンゴバルド族のやはり王であったアーウタリの未亡人テウデリンガを妃に迎えた。[*1] たいへん美しく聡明で清らかな女性であったが、不運な恋愛事件にまきこまれた。この国王アジルルフの徳と智恵のおかげでロンゴバルドの政治は長いあいだ穏やかで国内は栄えた。そうこうするうちにこんなことが起った。その王妃の馬丁に、生まれはすこぶる卑しいが、それ以外はおよそ馬丁風情などとはほど遠い、押出しの立派な美男がいた。背は国王を凌ぐ高さであった。それが王妃に夢中に恋してしまったのである。そんな身分の己の恋が身のほど知らずであることはよくわかっていた。賢い青年であったから恋心を誰にも語らない。眼を通して恋心を王妃に明かすようなしぐさも一切しない。自分がお妃のお気にいることなど絶対にないという希望の持てぬ生活を送っていたが、それでもこのような高望みをする自分を心中のどこかで誇りに感じていた。恋の火に身を焦がす男として仲間の誰よりも忠勤に励んだ。王妃のお気に召すと思えることは何事であれして進ぜた。こんなこともあった。王妃は馬で出ることがよくある。その際なるたけこの男が世話をする馬に乗った。それはまことに嬉しいことで、男はそのたびにお妃さまの御恵みに感謝した。鐙から手を放そうともせず、お妃さまの衣裳（いしょう）の裾（すそ）に手が触れた時など体がぞくぞくして天にも昇る心地がした。

しかしよくあることだが、希望がはかなければはかないほど、愛情はさらに激しく燃（も）え熾（さか）る。かすかな希望の助けすらなく、このような高望みを秘めていることの苦しさに、馬丁はついに死を思うことすらあった。だがこの恋の絆（きずな）から身をほどくことはできない。そしていかなる死を選ぶべきかを考え、自分の死がお妃さまへのひたすらな愛ゆえであることがはっきりするような死を遂げたいと心に決めた。それで自分の望みが、たといすべては叶わずとも、一部は叶うように運命に面と向かって立ち向かおうと決心した。口に出してお妃さまになにか申し上げるとか、手紙を書いて自分の愛情を告白するとかはまったく考えない。そうしたことは論外で、したところで無駄ということを男はよく承知していた。男には才覚を働かして王妃の寝台にそっとはいり込むよりほかに手はない。そのためには自分が王様になりすますしかない。王様がお妃とずっと同じ部屋で一緒に寝ていないことは馬丁にもわかっていた。とすれば王様のふりをして近づきさえすればお妃さまの部屋に入ることもできるだろう。それで王様がどんな風にどんな恰好でお妃の部屋へ行くのかこの目でまず確かめようと、何度も夜、王様の寝室と王妃様の寝室の間にある御殿の大広間に身を隠し息をひそめていた。すると一夜、王が大きなマントを身にまとい、片手には小さな松明（たいまつ）を持ち、もう一方の手には小さな杖（つえ）をもって出て来るのが見えた。王妃の寝室まで来ると、なにもいわず、一、二度、寝室の扉を杖で叩いた。ただちに扉が開き、誰かが手から松明を受取るのが見えた。

その様を見て、またそれと同じように王様が自分の寝室に戻るのを見て、これは自分も同じ風にやればよい、と考えた。それで似た作りのマントと松明と小さな杖を手に入れた。それから熱い湯に漬かり、廏の寝藁の不潔な匂いがお妃さまに不快感を与えたり、企みが露見したりすることのないよう体をきれいに洗った。それだけの下準備を済ませると、手馴れたことであったが、大広間に身を隠した。みんな寝静まった。ついに望みを果たすか、それともかねて望んだ焦がれ死への道が開けるか、その二つに一つの決行の時が来た。持参した火打石を金で叩いて松明に火をともすと、大きなマントに身を包み王妃の寝室に向かい、杖で二回扉を叩いた。いかにも眠たそうな眼をした侍女が部屋の扉を開け、松明を受取ると、室内を照らさぬよう脇に隠した。そこで男はなにもいわず、寝台のカーテンの中にはいるとマントを置き、お妃さまが寝ている寝台の中に入った。男はむしゃぶりつくように妃を腕の中に抱いたが、それでも少し不機嫌そうな様子をわざとした。それというのは王は不機嫌な時は人の言分はなにも聞かない性分であることを知っていたからである。それでなにもいわず、なにもいわせず、何度も王妃の体と交わった。この場を立ち去るのはしのびないが、しかし長居するとこの折角の至福がいかなる不幸に転化するやもわからない。それで立ち上がりマントと灯りを受取ると、一言もいわずに立ち去った。そしてできるだけ早く自分の寝台へ戻った。

男が自分の寝台に帰りつくかつかぬ頃、国王が起き出して王妃の寝室へやってきた。

王妃はひどく驚いた。国王は寝台に入って愛想良く声をかけた。王妃はそれで嬉しさのあまり思わずこう言った、

「まあ、今晩はどうなさいました。つい先刻、ふだんよりもわたしと、ずっとずっと度を越してお楽しみになって、お帰りなさいましたのに。また初めからなさいますの。お気をつけなさいませ」

　国王はこの言葉を聞いて、さては妃は服装や体つきが似る何者かにしてやられたと悟ったが、そこは賢明な人だから、すばやく思いめぐらした。王妃もまたほかの誰一人もまだ騙されたことに気がついていない。それならばなにも王妃に気がつかせることはない。世間の愚かな夫はこうした際とかく騒ぎ出す。「俺はそこにいなかったぞ。一体そこにいたのは誰だ。どうやってはいりこんだ。来たのはどこの誰だ」、そんなことを言うから、面倒なことになる。夫はこうして妻を苦しめることになる。そればかりかもう一度ああした目に遭いたいというひそかな願いまで妻に持たせることになる。それに対し口を噤んでいれば恥ずかしいことは二度と起らない。余計なことを一言いえば恥ずかしいことだらけになる。

　そこで王は、心中は穏やかではなかったが、澄ました顔で言葉つきも穏やかに、妃に向かいこう答えた、

「どうだね、私は、おまえのところへ一度来たら、その後はもうすぐには戻って来られない男だとでも思うかね」

これに対し妃は答えた、

「それはお出来になると思いますが、でもご無理のないようお気をつけくださいませ」

　すると王は言った、

「そうか。おまえの忠告はもっともだ。では今度はこれ以上おまえを煩わさずに戻るとしよう」

　王は自分に対して加えられた仕打ちに心中は怒り狂っていたから、マントを羽織ると、王妃の寝室を出るには出たが、どうかして犯人をひそかに見つけてやろうという念で頭が一杯になった。これは王宮内に住む者の仕業に違いない。誰であれ、いま時分この王宮から外へ出ることは不可能だ。小さな灯りを手に取ると、王宮の中で馬小屋の上に設えられた長屋の方に向かった。一族郎党の大部分はその長屋のさまざまな寝台で寝泊りしている。そして先ほど妃がいったほど度を越した真似に及んだ男なら、脈搏も心臓の鼓動もまだ元には戻っているまい。それで長屋の一方の隅から寝ている男たちの胸に次々に手を当てて心臓の鼓動の具合を確かめ始めた。

　ほかの男たちはぐっすり寝込んでいたが、王妃と通じた男はまだ目が覚めていた。それで王が近づくのを見、なにを探っているかに気がつくや、にわかに怯えだした。その恐怖心で、先ほど体を激しく動かしたことから速くなっていた心臓の鼓動がいよいよ速さを増した。もし国王がこれに気づけば、自分は間違いなく即座に殺されるだろう。なにをなすべきかいろいろ思いめぐらしたが、王が手に武器を持っていないのを見て、寝ている振りをして、王が何をするつもりか待ってみることとした。王は大勢の胸に手を当てて犯人を探したが、これが犯人という男が見当らない。それが件の男のところに来て心臓の鼓動の激しさに、

「こいつだ」

と内心でいった。しかし王は外聞晒しをおそれ、世間にこの件を洩らすまいと思っていたから、手に持っていた鋏で、当時の流行だった左右に分けて伸ばしている男の長髪の一方を根元から削ぎ落とすと、ほかはなにもしなかった。そうしておけばそれが目印で翌朝その男を認定できるからと考えたのである。だからそれが済むと、その場を立ち去って自分の寝室へ戻った。

すると男は、およそ抜目のない性格で、一切を了解し、自分になぜこうした目印がつけられたかそのわけをはっきりと合点した。そこで男はそれ以上待たずに起き上がると、馬の毛を切るための鋏がたまたまそこに置いてあったから、そっとその長屋で寝ている男たちに近づくと、皆の髪を自分の場合と同じように耳の上から切り落とした。そしてそれが済むと、誰にも気づかれずに、寝台へ戻った。

国王は翌朝、王宮の門が開く前に、一族郎党に集まるように命じた。全員が御前にまかり出た。誰も頭に被り物なしで目の前に立ち並んでいる。そこで自分の手で昨夜長髪の一方を根元から削ぎ落とした男は誰かと見渡した。するとなんと男たちの大部分が同じように髪の毛を切り落とされているではないか。それを見て、驚いて内心で舌を捲い

た、「私がいま探そうとしている男は、身分はいかに低かろうと、どうして才智は高い男だ」。そして物議をかもさずには探している男は捕まえられないと観念し、小さな仇に復讐を果たして自分に大きな恥晒しの不名誉を蒙りたくないと思い、一言で自分にはわかっているということを示しつつ説諭もしたいと思い、全員に向かって、

「してしまった者は二度としないように。神のご祝福あれ。解散」

と言った。

これがほかの人なら首枷を嵌め、拷問に掛け、吟味詮索を重ねたことであったろう。そしてそうすることで誰もが隠したがるに相違ないことを天下周知にしてしまい、たとい復讐は存分に果たしたにせよ、本人の恥辱は減ずるどころかいや増しに増し、挙句に夫人の貞操さえ疑わしい目で見られたに相違ない。国王の言葉を聞いた人々は何事かと驚いて、一体国王は何が言いたかったのだと長い間議論した。しかし事件に関係した本人一人以外は誰にも見当がつかなかった。その男は、性来賢かったから、国王存命中は、そのことを決して口外しなかった。また二度とああした事を企んで命を賭するような真似はしなかった。[*2]

＊1　アーウタリはイタリア語で普通 Autari と綴られる（ボッカッチョは Auttari と綴っている）ロンゴバルド族の王は、第一母音にアクセントが来るので、アーウタリと表記した。フランス語では Autaric の名で知られる。妃はバイエルンのテオドリンダ Teodolinda 姫であった（ボッカッチョは

テウデリンガ Teudelinga と綴っている)。アジルルフ王 Agilulf は前国王アーウタリの未亡人テオドリンダと結婚することで王位に上り、五九一年から六一五年まで統治した。しかしここで物語られるような不運な恋愛事件についての歴史的記録はなく、話は想像上の創作である。

＊2 田辺聖子は『ときがたりデカメロン』でこの「利巧な馬丁」の話について「馬丁のやりくちは、所詮は盗んだ恋であって、女たちの共感を呼びにくいであろう。……馬丁の機智もさりながら、王の沈着と思慮深さがたたえられる。そうして我々もまた馬丁の勇気より、王の適切な処置に魅力を感ずる」と田辺好みの評価を下している。

第三日第三話

ある若い紳士に惚(ほ)れ込(こ)んだ婦人が、清らかな良心の持主という様子で懺悔(ざんげ)を口実に一修道士に近づき紳士の横恋慕(よこれんぼ)を訴える。修道士はそんな女の下心に気づかず紳士を呼び出して戒める。ありもせぬことを説諭された紳士は、初めて女の好意に気づき、修道士にしてはならぬと説諭されたことに従い女の家に入り込み二人は欲望を存分にとげる。*1〔フィロメーナが物語る〕

すでにパンピーネアが口を噤(つぐ)みました。お集まりの皆さまの多くは馬丁(ばてい)の大胆と慎重を褒めそやし、また国王の判断と分別も同様に褒めたたえました。すると女王はフィロメーナの方を振向いて、続きを話すようにお命じになりました。それでフィロメーナはいそいそと次のように話し始めました。

ある美しい婦人が殊勝な修道士に対して本当にやったところの悪さについてわたしからお話し申しあげます。わたしども俗世の者にはなんとも可笑(おか)しく面白いお話でございます。それと申しますのもお坊様というのは世にも愚(おろ)かしい、奇妙な慣(なら)いが性(せい)となった人たちで、御自分たちはなにか特別の人と思い込み、本当は世間様よりよほど知識が足りないことについても知っているとおっしゃいます。それと申しますのもお坊さんは自分で自分の用足しすらきちんとできない性卑しい人なものだから、食物にありつけるところなら、豚と同様、どこにでも入り込むからでございます。こうしたお話を申しあげるのは、楽しいご婦人の皆さま、ご命令を受けたからだけではございません、わたしども女はとかく度を過ぎた信頼をお坊様に寄せますが、坊様方は、男ばかりか時にはなんと女によっても騙されて笑い物となるものだということをお知らせしたいからでございます。

わたくしたちの市フィレンツェには愛や信仰よりも欺瞞や悪さに満ちているが、まだそれほど年月の経たぬ頃に世にも稀な天性の美しさに恵まれた、育ちの良い、高貴な精神と敏い判断力を備えた高貴な女性がいた。その方の名前もこの話にまつわる他の人の名前も、わたしはもちろん知っているが、存命の方もあり、笑い事で済むはずの話が名誉毀損などという大袈裟なこととなるといけないので、ここでは伏せておく。

この女は名家に生まれ、羊毛商人に嫁いだ。だが夫に対する軽侮の念を消すことができなかった。いかに富んでいようと夫は所詮職人だ、身分の低い生まれの者は高貴な女性に不釣合いだ。しかも金持ではあるけれど、夫にできることといえば布の交ぜ織りのこと、織機で布を織らせること、女工と紡ぎ糸について言いあうことぐらいで、他の事はなんの取柄もない。妻として、夫に求められた時はさすがに拒みきれないが、それ以外、夫に抱かれたいなどという気持になることはおよそない。羊毛商人と違ってこれなら満足の行くという、もっと自分にふさわしい相手を見つけたいものとずっと思っていた。そうこうするうちに年のころ三十代半ばの立派な男に惚れ込んだ。夢中になったから昼間その人を見かけないと、その夜は落着いて寝られないほどである。しかしその紳士の方はそうと悟らないから、なにも気にかけない。女もたいそう用心深かったから、小間使に言伝を頼むとか、手紙で恋心を伝えるとかいうことは全くしなかった。発覚して面倒なことになったら困ると思ったからである。

しかし女は件の紳士がある修道士と懇意なことに気づいた。その修道士は肥満体でお頭は鈍いが、謹厳で殊勝な生活を送っている。それで世間からはまことに御立派な修道士様として敬されている。女はこの坊さんは使い物になる、この人が相手との恰好の仲介役になるにちがいないと見極めた。それでどうすればよいか考え抜いた末、しかるべき折を見はからって修道士のいる教会へ行き、呼び出してもらうと、ご都合の良い時に自分の懺悔を聴いていただけないか、と申し出た。

修道士は女に会い、きちんとした貴族のご婦人と見て、進んで懺悔を聴いた。女は懺悔をすませると、言った、

「神父様、これから申し上げますことにつきまして、なにとぞお助けとご忠告をお願いしたく存じます。わたしは、申しあげた通りの家柄の者で、神父様はわたしの家族も夫

も御存知でいらっしゃいます。その夫に熱愛され本人の命以上に大事にされております。たいへんな金持でなにもかも思いのままの夫ですから、わたしが望むものはたちどころに手に入れてくれます。そうしたわけですから、わたしは自分以上に夫を愛しております。夫の名誉や気持にそぐわないようなことをするなど論外ですが、そうしたことをもしかりそめにも考えるようであれば、わたしほど悪い女はこの世におりますまい。地獄に落ちて火に焼かれても当然と思います。ところがでございます。お名前も存じあげませんが、立派な風采の殿方で、間違いなければお坊様とたいへん懇意にしておられる方で、背丈は高く、品のある茶色の布の服をお召しの方が、多分わたしの気持がおわかりでないと見えて、わたしになにかにかとまつわりつかれます。わたしが戸口や窓に姿を見せようものなら、また門から一歩外へ出ようものなら、すぐさっとわたしの前にあらわれます。いまここにおられぬのが不思議なくらいでございます。しかしこうしたことはとかく罪もないのに女に濡衣を着せることになりかねません。困ったことだとたいへん心を痛めております。よほど兄弟に打明けようかと思いましたが、殿方にこうしたお使いをお頼みすると、とかく売り言葉に買い言葉、流血沙汰にもなりかねません。そうした家名を傷つける不祥の事態を避けるためにわたくしずっと口を噤んでおりました。そして考え抜いた末、ほかならぬあなた様に申しあげることにいたしました。それと申しますのもお友達でいらっしゃるとお見受けしたからでございます。それにあなた様なら、こうした事について、お知合いであれ人様であれ、お説教を垂れる立場におありです。でございますからお願いでございます。神様の御名にかけなにとぞお咎めくださり、こうした真似はもう二度とせぬようきつく申し渡してくださいませ。世間にはこうした殿方を喜んで迎え入れるご婦人はいくらでもおられます。あの方に見そめられ言い寄られたら喜ぶ方は多うございましょう。ただわたくしはこうした事にはいかなることがあろうと応ずるまいと心に決めていますので、たいへん困るのでございます」

　こういうともう泣き出さんばかりに頭を垂れた。

　修道士には女が話題としている男が誰か即座に見当がついた。女の殊勝な心掛けを褒め、その言分を真実と信じ込んだ。そしてきちんと片付けるからその方面から迷惑を蒙ることは今後はあるまいと保証した。また女がたいへんな金満家であることも承知していたから、慈善や喜捨の尊さを語り、あわせて自分がいかに貧窮しているかも説明した。

　それに対して女が言った、

「神の御名において是非きちんとお願いいたします。万一件の男がそうしたことは身に覚えがないと否定しましたら、その際はあなたにこうしたことを告げたのはわたしだ、困惑しきっていた、とお明かしくださいませ」

　それから懺悔をすませ、祈禱を受けた。喜捨について修道士からいわれたお諭しの言葉を思い出し、そっと相手の掌にお金を一杯手渡し、女の亡くなった親戚の人たちの魂のためにごミサをあげてくれるよう頼んだ。そして修道士の足元から身を起こすと、家に戻った。

修道士のもとへほどなく、例によって、件の紳士が訪れた。これやあれやしばらく議論していたが、頃合を見はからって一隅に男を連れて行くと、丁寧な口調で諫め始めた。修道士はこの男があの夫人に言われた通りに振舞ったと確信していたからである。女に言い寄ったり見とれたりしているようだが、と女が修道士に思い込ませたままに話した。紳士は驚いた。女に見とれたこともなければ惚れたこともない。女の家の前を通りかかったこともごくたまの話だ。それで釈明を始めたが、修道士は相手を遮って、こう言った、

「驚いた振りをするのはよすがいい。知らぬ存ぜぬと白を切っても無駄だ。潔白などとお前に言える道理はない。こうした事を私が知ったのは近所の人の口からではない。本人の口から聞いた。お前のしつこさに耐えかねて私に訴え出たのだ。こうした愚かな振舞はそもそもお前に似つかわしくないが、このことだけは言っておく。お前の所業はいやらしいと私も思ったが、あのご夫人ほどこうしたことを嫌がっている女は見たことがない。お前の名誉のためにもご夫人の平穏のためにも、お前は手を引いてご夫人をそっとしておくがいい」

紳士は謹厳な修道士よりも頭の動きが速かったから、たちどころに賢い夫人の心中を察した。そこで恥入った振りをして、もう余計な真似はいたしませんと言った。そして修道士のところを立ち去ると、女の邸へ赴いた。女は男が通るか否かを見るために小さな窓辺に寄って様子をうかがっていた。男が近づくのを見るや、いかにも嬉しそうに優

雅な姿を見せたので、男は自分が修道士の言葉から女の真意を察したのが間違いでなかったと了解できた。そしてその日からというもの、たいへん注意深く、なにか別の用事でもあるかのような振りをして、その近辺へ毎日通い始めた。それは紳士にとっても楽しかったが、夫人にとっても大いなる喜びであり慰めであった。

しかし女はしばらくして、自分も男の気に入っている、それは男が自分の気に入っているのと同じ程度であると悟ると、男の愛情にさらに火をつけ、自分が男に寄せる愛情のほどを実際に示したいと熱望するようになった。時と所を見はからって、謹厳な修道士のもとへまた出掛け、教会で告解するように跪くと、はらはらと涙を流しはじめた。修道士はその様を見て、同情心を動かされ、いったいどんな新しい不幸が生じたのかと尋ねた。

女は答えた、

「神父様、新しい不幸はほかではございません。先日苦情を申しあげた、あの呪われたあなたのお友達でございます。あの人はわたしを苦しめるために生まれついたような方、あの方はわたしにわたしが二度と幸せでいられなくなるような事をさせようとなさいます。そうなればもう二度とあなた様の足元に跪くこともかないません」

「なに！」

と修道士は驚いた、

「まだ手を引かずに御迷惑をかけますか？」

「全然手を引きません」

と女は言った、

「わたしが神父様のところへ苦情を言いに行きまして以来、男はそれを悪く取り、根にもったのか、わたしの家の前を通る時は、七度[*2]も八度も行き来します。家の前を行き来する、わたしの方をじっと見る――迷惑をかけるのはどうかそれまでにしてくださいませ。ところが厚顔無恥（こうがんむち）といおうか、なんと昨日、わたしの家に小間使をよこして手紙とこんな愚かな品を届けました。人を小馬鹿にしているではありませんか、まるでわたしがそうした物は持っていないかのように財布やベルトまで届けてよこしました。それにはわたくし怒りました。今でも腹が立っております。スキャンダルやあなた様の優しいお取り成しのことさえ気にしなければ、悪魔でも鬼でも呼び出してあの男をしたたかやっつけてやりたいくらいでございます。そこは我慢しましたが、いずれにしてもまずあなた様にご報告せずに何かするとか何か言うことはいたしません。話はまだございます。財布とベルトはすぐそれを持参した小間使に返し、そう先方に伝えるように申して門前払いを食らわせましたが、ひょっとして使いがわたしが受取ったことにして猫ばばを決め込むのではないかと思い直し――そうして猫ばばする使用人は世間にざらでございます――それでまた呼び戻し、わたくし怒りにまかせてそれを取り上げ、神父様のもとへ持ってまいりました。なにとぞ神父様から男に御返却の上、わたくしに代わって、わたしはそうした男のものは要らない、なぜなら神様のおかげと夫のおかげで、わたしには財布もベルトもありあまって溺れそうなくらいたくさんある、とお伝えくださいませ。それから神父様には失礼ですが、男がこれでも止めないようなら、その際は夫や兄や弟に申します。その後は何が起ろうが知ったことではありません。酷い目に遭うなら、男が酷い目に遭うべきで、わたしが男のせいで酷い目に遭うのは真っ平でございます。神父様、そうではございませんか」

そしてそう言った後、激しく泣きながら、長い上着の下から実に美しい、豊かな飾りのついた財布と高価で優美な短いベルトを取り出すと、それを修道士の膝の上に投げ出した。修道士は女の言分を頭から信じたから、怒りにふるえて財布とベルトを掴むと、言った、

「娘よ、おまえがこうした事で立腹するのはもっともだ。おまえを責めようとは思いません。それどころか、私の助言に従い殊勝至極だ。私は先日彼を説諭した。もう二度と妙な真似はせぬと誓ったが、さては約束を破りおったか。前回の事もあり今回新しくやらかした事もある。これは奴の耳がかっかと熱くなるほど叱りつけてこうした迷惑を二度と掛けないようにせねばならん。神の御加護を信じるがよい。いいですか、怒りにまかせて家の人に言ったりしてはなりませぬぞ。言ったりすれば恐ろしいことになりますぞ。またこれによっておまえが世間の非難に晒され酷い目に遭うことはないから、余計な心配はせぬがよい。おまえの貞操堅固なことはわたしが神の前、世間の人様の前で必ず誓って証人となります」

女はすこし安心したらしい振りをすると、話題を変えて、この坊様やその同類の物欲の強さを心得た女として、こう言った、

「神父様、このごろ夜な夜な亡くなった身内の者が夢に現われます。なにか怖ろしい罰を受けて苦しんでいる様子で、ひたすら喜捨を乞うております。とくに母がたいそう悩み苦しんで惨めで、見るも哀れでございます。思いますに母はわたしがあの神様の敵の手で苦しめられているのを見て、あのように悩むのでございましょう。なにとぞ身内の者の平安のために聖グレゴリオのごミサとあなた様ご自身のお祈りを四十回あげて、罪の業火から身内の者を外へ引き出してくださいませ」

と言って手にお金をそっと渡した。

謹厳な修道士は嬉しそうに金子を頂くと、良き言葉を繰返し、善行の数々の例をあげて女の信心を固める一助とした。そして祝福を授けると女を家に帰らせた。女が教会を去ると、自分が引っ掛けられたとはよもや気づかず、友人に来るように伝えた。男は来てみると修道士は憤然たる様子である。それで即座に坊さんに女から報せが届いたなと直感し、坊さんがなんというか待ち構えた。修道士は前回の説教を繰返し、さらに激しい口調で難詰した。怒り心頭に発して、男がやらかしたと女が告げたことを次々と述べ立てて男を叱りつけた。紳士は修道士がどこへ話を持って行くのか見当がつかない。それで自分は財布やベルトを贈ったりはしないと否定はしてみせたものの、語気に力はこめなかった。そうすればかりに女に贈物が届けられていた場合、修道士は女の話を信じ

続けるだろう、と思ったからである。

しかし修道士は激怒して叫んだ、

「悪者め、なにを否定する？　ここに女が泣きながら自分で持って来た物がある。見覚えがあるかないか、言ってみろ！」

紳士は深く恥じ入った振りをして、言った、

「恐れ入りました。見覚えがあります。白状します、悪い事をいたしました。誓って申します。女がどういう気持かこれでわかりましたので、この件についてお耳を汚すことはこれ以上はもうございません」

するとここで説教が長々と続いた。最後に愚かな修道士は財布とベルトを友人に渡し、さらに懇々と訓戒を垂れて、これ以上はこうした事に首を突っ込むなと言うと、男もそうすると誓ったので、放免した。男は女の愛の確証と美しい贈物に有頂天となり、修道士と別れるや、急いでとある場所へ行った。そこから周囲に気をつけながら婦人に自分が財布もベルトも頂いたことを見せた。女はそれを見届けて大満足だが、とくに愉快だったのは自分の思惑通りに事がさらに都合よく進んだことだった。これで事をしとげるには夫がどこかへ出張しさえすればいい。その機会が待たれたが、それからほどなくなにかの理由で夫がジェーノヴァまで出掛けることとなった。

夫が朝、馬に乗って出掛けた日、女は謹厳な修道士のもとへ現われた。泣きながらさんざ歎いた後、こう言った、

「神父様、はっきりと申します。もうこれ以上は我慢がなりませぬ。しかし以前に神父様にまずお話しした後でなければ何もしないとお約束しましたので、わたくし自分のしたことの説明に参りました。みっともなく泣いたりこぼしたりお恥ずかしいかぎりですが、訳があるかないか、あなた様のお友達――あれは地獄の悪魔も大悪魔です――が今朝、夜明け前にした事をお聴きになればわかると思います。一体どんな地獄耳か夫が昨日の朝ジェーノヴァへ発ったと聞きつけて、今朝、申しました時刻に男は家の庭園にはいりこみ、樹に登り、枝を伝って、わたしの寝室の庭園に面した窓辺まで来ました。窓を開けてまさに中に入り込もうとした時、目が覚めたわたしが飛び起きました。大声で叫ぼうと思い、実際叫びもしたでしょうが、まだ部屋に入りきれなかった男が、神様とあなた様の御名にかけて、自分が誰かを名乗って許しを乞いました。それを聞いてあなた様のことを思い出し、はっと口を噤みました。わたしは生まれた時と同じ裸のままでございましたが[*3]、駆けつけて男の目の前で窓をばたんと閉めました。それで這這の体で立ち去ったのだと思います。それきり物音は聞こえませんでした。でもこんなことを放置しておいてよいのでしょうか。堪えなければいけないのでしょうか。もう忍耐の緒が切れます。あなた様のお言葉と思い我慢しましたが、わたくしもう我慢をしすぎました」

修道士はこれを聞いて、世にも憤然たる様子で、なにを言っていいかもわからない様である。それでも人違いではないな、まちがいなく例の男だなと何度も念を押した。

それに対し女は答えた、

「神は讃えられてあれ。他人をあの人ととりちがえなどいたしません。間違いなくあの人です。あの人がたとえ自分でないと言い張ろうと、信じないでください」

そこで修道士は言った、

「娘よ、私がいま言えることは、これはいくらなんでも厚顔無恥な怪しからぬ仕業だ。だがおまえはきちんと追い返した。そのやり方はきちんとしていた。だが願いがある。おまえを汚名から防ぐためにも、前に二回私の忠告を聴いたように、今回も同じようにしてもらいたい。親戚の誰にも苦情はいわないで、私に任せなさい。この鎖から解き放たれたような悪魔を抑えることが出来るかどうか。私はあの男は謹厳実直で聖人のようだと前は思っていた。もしあの男を獣性から引き離して立ち直らせることができるなら、それでいいではないか。だがもし私にそれができないなら、その時は誓っていうが、おまえに許す。これがいいとおまえの気持の納得がいくよう勝手に成敗するがいい。祝福を授けるからおまえの好きなようにするがいい」

「それならば」

と女は言った、

「今回はあなたのお気に召さぬような事やあなたのお言葉にそむくようなことはいたしません。ただし男がわたしに迷惑をかけることのないよう気をつけるようきちんとお命じください。そうすればこの件で二度と神父様のところへ参上することはないとお約束いたします」

そしてそれ以上はいわず、怒ったような顔をして、修道士のもとを立ち去った。教会の外へ夫人が立ち去るや否や、例の紳士が現われた。修道士は彼を呼び、一隅に連れて行くと、かつて人間に向け発せられたこともないような悪態を放った。神への誓いも反故にする偽証偽誓の大嘘つき、不誠実のろくでなし、裏切男と罵ったのである。紳士はすでに二回こんな目に遭っているから、この修道士の叱責が何を意味するかを承知していた。それだから、慎重に曖昧な返事を繰返して、相手からもっと話を聞きだそうとつとめた。それでまず、

「一体、なんでこんなにお怒りなのです？　私がキリスト様を磔にしたとでもおいいですか？」

といった。それを聞くや修道士はかっとなって言い返した、

「この恥知らずの面を見てみろ！　なんと言ったか聞いてみろ！　まるで一、二年がもう経って、それだけ歳月が流れれば恥知らずの振舞も不誠実な行為も忘れるのが当り前と言わんばかりの口調ではないか。今朝、他人さまに対して怪しからぬことをやらかしたことをお前はもう忘れたというのか？　今朝、夜明け前にお前は一体どこにいた？」

紳士は答えた、

「どこにいたか覚えておりませんが、どこにいたにせよ、その報せはすぐにあなた様のお手元に届きました御様子」

「その通りだ」

　と修道士は言った、

「報せはすぐに届いた。夫が留守をしたから、ご夫人はすぐに両手をひろげてお前を出迎えてくれるはずとお前は考えたのだろう。この阿呆鳥め。これが実直なる紳士のすることか！　夜鷹となり、庭園に忍び込み、樹に登った。お前は図々しく振舞えばご夫人をものにできるとでも思ったのか。あの夫人は聖女のような方だぞ。お前は夜、樹に登り枝を伝い、女の寝室の窓辺まで行った。お前がしでかしたことほど不快千万なことはないとご夫人はご立腹だ。それなのにお前は性懲りもなく二度も三度も繰返し繰返し悪さをする！　実際、ご夫人はすでに何度もお気持を示された。私も説諭し説教した。それなのにお前はいやはやすべて聞き流した。だがこれだけは言っておく。ご夫人はお前に対する愛情からではなく私の懇願を容れたからこそ、今まではお前がしたことを口外せずにいた。だがこれから先はもはや黙ってはいるまい。私も許可を与えた。だからこれから先、変な真似をお前がすれば、夫人は立ちどころに自分の好きなように振舞うはずだ。親兄弟に訴え出たら、お前はどうする？」

　紳士は必要なだけのことは十分了解したから、できるだけ上手に次々と約束をし誓いを立てて修道士を宥めた。そして修道士のもとを離れると、翌朝、夜明けの前に夫人の邸の庭園に忍び込み、樹に登り、窓が開いているので、そこから寝室へはいった。そして急いで美しい夫人の両腕の中に身を投じた。夫人は燃え上がる思いで男を待っていたから、喜びにうちふるえて男を抱きしめた。そして囁いた、「修道士さまのお蔭だわ。ここまで来る道を教えてくださって」

その後は二人は快楽に快楽を重ねた。お馬鹿さんの神父のことを口にしては笑い崩れ、そして夫の羊毛織機を冷やかしながら「あらあら、粗糸が何さ」「おさおさ、筬なんかどうでもいいわ」「けばけば、けば出し機が何よ」[*4]と二人で愛の糸を紡ぎながら自分たちの織機を上下左右に動かしてそれはたいそう楽しんだ。

二人はそれから上手に順序を定め、そのようにしたので、もはや修道士様のところへ立寄る必要はなくなった。そして幾夜も再会を重ね、同じような喜びを味わった。主が聖なる憐れみをもって、そのような至福の夜にわたくしをはじめそのような夜を熱望するすべてのキリスト者を早く導いてくださることを主に祈り、[*5]主にお願い申し上げる。[*6]

＊1　訳者は各話の「まとめ」を訳す際、読者の便をはかってなるべく固有名詞を補足したが、第三日第三話のみは、あたかも関係者のプライヴァシーを保護するかのごとく、ボッカッチョは婦人も若い紳士も修道士も固有名詞を一切示していない。これほど徹底した無名性は全百話中の唯一の例である。

＊2　七は、第八日第七話でリニエールがエーレナに説明する降神術の秘儀の中に出てくるように、魔術的な力のある数字とされていた。また不特定の多いという意味にも使われた。この第三日第三話で女が credo poscia vi sia passato sette というのは後者の例である。それで訳には「男は七度も八度も行き来します」と原文にない「八度も」を補った。第三日第七話の始めに「テダルドの流浪の旅、七年にわたる悲惨な外国生活」の七年もその不特定の多い、多年という意味であろう。なおこのイ

タリア語における多数を意味する七に相当する誇張用の数字が中国語の三で、白髪三千丈、三千世界、三十万などの使用例で知られる。

＊3 十四世紀当時のイタリアでは寝るときは裸体であった。

＊4 粗糸(あらいと)も筬(おさ)もけば出し機も羊毛業の織機にまつわるテクニカル・タームで、羊毛業のことしか頭にない夫を寝取られ男にした二人が、交合しながら夫の仕事の悪口を言っているのである。それはおそらく単なる悪口ではなく、織機の動きを性行為の動きになぞらえて言っている悪態であることはほぼ間違いないと思われるので、パラフレーズしてこのように訳した。

＊5 性的至福にまつわる主への祈りについては「解説」（中巻）第三章の「『デカメロン』中の特筆すべき異議申し立て」の節を参照。

＊6 井原西鶴『好色盛衰記』巻五「後家(ごけ)にか丶つて仕合(しあはせ)大臣」は美しい後家が、容子のいい男に惚れて、寺の住職を利用して逢引をする。東西すこぶる似た結構の話が書かれている。詳しくは「解説」（下巻）の第七章「ボッカッチョと西鶴」の節を参照。

第三日第四話

ドン・フェリーチェは在宅で修道に励むプッチョに、悔い改め贖罪をすることで福者になれるとそのやり方を教える。プッチョは言われた通りにする。坊主のドン・フェリーチェはこのような手段を用いることで在宅修道士の妻モンナ・イザベッタと結構な楽しい時間を過ごす。〔パンフィロが物語る〕

話を終えてフィロメーナが口を噤むと、ディオネーオは甘い言葉で彼女の才を讃え、とくに彼女が最後に唱えた神への祈りを絶讃しました。すると女王ネイーフィレは笑いながらパンフィロを見ていいました、

「さあ、次はパンフィロ、なにか楽しい事を話してわたしたちを楽しませて頂戴」

パンフィロは急いで「畏まりました」といって、いそいそと話し始めました。

女王さま、世の中には天国へ行こうと勤めるうちに、本人もそれと気づかずに、他人を天国へ送り込んでしまう者が少なからずおります。そうしたことが、それほど昔でもない時に、身近のフィレンツェ女性に起りました。皆さま、お聞きください。

サン・ブランカーツィオ修道院[1]の近くに、私が聞いたところによると、善良で金持の男がいた。名前はプッチョ・ディ・リニエーリといった。心の問題が人生の第一義であるとして、フランチェスコ会の第三会員となり、プッチョ修道士などと呼ばれた。霊的生活を送るに際しては、家人といえば妻一人、女中一人だけなものだから、外へ出て働く必要もない。それでもっぱら教会へ足繁く通った。この男は無智で頭が鈍かったから、なにかといえば「我らの父よ」と唱え、説教を聴きに出かけ、ミサに連なり、在俗の平(ひら)信徒(しんと)が讃歌をうたう際は欠かすことなく出席した。しばしば食(しょく)も断ち、わが胸を鞭(むち)で叩いた。それで鞭打苦行派(べんだくぎょうは)に属しているなどと世間では囁(ささや)かれた。妻はモンナ・イザベッタという名前だが、まだ二十八から三十といううら若い身で、さわやかで、美しく、ぽっちゃりと丸くて、カーゾレ[2]の林檎(りんご)のようだった。しかし夫の信仰癖とおそらくはその年齢ゆえに、妻は自分だけなら望まないような長い食断(しょくだ)ちを強いられ、できれば一緒に寝て楽しみたい時に夫からキリスト様の生涯やナスタージョ修道士の説教やマグダラのマリヤの歎き等々の話を聞かされたのであった。

　ちょうどこの頃、パリから戻ってきた坊様にドン・フェリーチェというサン・ブランカーツィオ修道院の僧侶がいた。まだ若くて、美男で、頭は鋭くて、深い学識の所有者であった。プッチョはこのフランス帰りの坊様とたいそう懇意になった。この坊様がプッチョの宗教的疑問の数々を次々と見事に解いてくれる。フェリーチェは相手の人柄を見抜いたので、自分もいかにも謹厳な宗教者の風を装った。それでプッチョ修道士は時々ドン・フェリーチェを自宅に招いて時に応じて昼食や夕飯を饗応した。プッチョの奥方は主人を大事にしていたから、主人の客とも親しくなり、喜んでドン・フェリーチェをもてなした。こうして坊様は絶えずプッチョ家に出入りした。奥方はさわやかでぴちぴちしている。なんで一番悩んでいるかが一目見てすぐにわかった。そしてできることなら、プッチョ老人には労を省く手伝いをして自分が代わりに面倒をみてやろう、という気を起こした。そして意味ありげな眼差しを投げながら奥方に一度、二度と上手に近づくうちに、以心伝心(いしんでんしん)というか女の胸中にも男と同じ欲望が燃えついた。そしてそれが熱く燃えあがったと見てとるや、最初の機会をとらえて「一緒に楽しみませんか」と自分の胸の内を打明けた。女も望みをとげるのを許してくれそうな気配だったが、さてどこでどうすればいいか。それというのも女は自分の家以外で坊様と一緒というのは人目を憚(はばか)って尻込みする。しかし女の家ではなにもできない。というのはプッチョがこの土地を離れることのおよそない人だったからである。ドン・フェリーチェはすっかり気が滅入(めい)ってしまった。それでも思案を重ねた挙句、プッチョがたとえずっと家にいようと、嫌疑(けんぎ)をかけられることなく自分が女と一緒になれる法を思いついた。

　ある日プッチョ修道士がドン・フェリーチェに会いに来た。坊様はプッチョに言った、「プッチョ、お前のお望みが聖人さまのような人になりたいのだということが、おつきあいをして次第にわかった。しかしお前はどうも長い道を選んだようだ。世の中にはもっとずっと短い道がいくつもある。法王様や教会のお偉方はこちらの近道を使っていらっしゃる。ただしその道が世間に表沙汰にならぬよう気を使っておられる。それというのは僧侶階級は喜捨で暮らしの大本を立てている。それだからそんな近道があることが知れようものなら、世間はお布施どころかなにもしてくれなくなってしまうからだ。だがお前とは親しい仲だし、お前は友人として懇切につきあってくれた。お前なら世間の誰にも洩らしはせずにこの道に従ってくれると信ずるから、その捷径を教えてやろう」

そういわれると、プッチョはもう知りたくてたまらない。「なにとぞ教えて頂きたい」とまず熱烈に懇願した。そして「ドン・フェリーチェ様のお許しがない限り誰にも絶対口外しない」と誓った。そして「もし自分にも可能ならば、自分はその道に従って進みまする」と神妙に誓った。

「それほど堅く誓うなら」

と坊様はいった、

「その道をお教えする。よいか、教会の博士様の仰せによると、福者になろうと願う者は、これから言って聞かすような贖罪をせねばならない。よく心して聞きなさい。しかし言っておくが、罪深い人であるお前が贖罪をしたからといって罪人でなくなるわけではない、ということだ。しかし贖罪の時まで犯した罪はすべて浄められ、贖罪によってすべて許される。そしてそれから先お前が犯すであろう罪はお前の地獄落ちの罪とはならぬ。聖水でもって洗い流されるだろう。いまお前の小罪が聖水で清められるのと同じことだ。それだから贖罪を始める前にまず自分の罪の数々を念には念を入れて告白せねばならない。そして次に断食(だんじき)をはじめ徹底した禁欲を行なわねばならない。これは四十日間続く。その間ほかの女に触れることはもちろん、自分の妻に触れることも慎まねばならない。それからお前の家の中でどこか夜、空を見上げることのできる場所を準備するがよい。日没の時刻にその場所に行き、そこに大きな幅広の板を一枚立てる。お前が直立して背中をもたせ掛けるためだ。両足は地面につけたまま、両腕は十字架に掛けられた人のように左右に伸ばす。腕に支えが欲しければそこに腕をもたせてもよい。そうした恰好で天を見上げ、まったく動かずに早朝の鐘が鳴るまでじっとしている。お前に教養があるなら、祈禱(きとう)の文句を幾つか渡して唱えさせるところだが、学がないから止(や)むを得ない。代わりに三百回「我らの父」で始まる主の祈りと三百回「アヴェ・マリヤ」の祈りを唱えるがいい。三位一体の神を讃えるためだ。そして天を見つめながら、神様は天と地の創造主であることに思いをいたし、キリストの受難を思い、お前はその姿勢を取ったら、キリスト様も十字架にかかったということを念頭に思い浮かべるがよい。それから夜明けの鐘が鳴ったら、その場を去って、その恰好のままで寝台に横になり寝てもよい。だが朝になれば教会へ必ず行き、そこで少なくとも三回はミサを聴いて、五十回「我らの父」の祈りとそれと同数の「アヴェ・マリヤ」の祈りを唱えることを忘れてはならぬ。それからもし身辺の用事があるようなら、手短かに片付け、それから食事して、午後遅く晩禱が済んだ時刻にまた教会で幾つかの祈禱を唱える。文句は、それなしにはお前に唱えろといっても無理だろうから、私がお前に書いて渡す。それから終禱の時刻にいま述べたようなことをまた始める。そして私も以前にしたが、このようにするうちに、贖罪のお勤めの終わりが来る前に、お前は永遠の至福という素晴らしいものを感じるだろう、敬虔に信心深くお勤めをすればの話だが」

　プッチョ修道士はそれを聞いていった、

「これはそれほど大変な事ではなし、それほど長くもなし、やり通すことはできるにちがいありません。ですから主の御名によって日曜日から始めたいと思います」

　そして坊様のもとを離れると家に戻り、すでに坊様からお許しは得てあったから、プッチョは一切を丁寧に奥方に話した。女は「まったく動かずに早朝の鐘が鳴るまでじっとしている」ということで何を坊様が意味しているかわかりすぎるくらいよくわかったので、これはなかなかの妙案だと思い、夫がこうした事や自分の魂の為にするそのほかの事もまことに結構だ、そして主が夫の贖罪の効用をお認めくださるように、自分も夫と一緒に断食はするが、ただしそれ以外のことについては控えはしない、*3といった。

　こうして話し合いがついたので日曜日になるとプッチョ修道士は贖罪を始めた。坊様のドン・フェリーチェは奥方としめしあわせて、世間の人に見られない時刻になると毎日、素晴らしい夕方を過ごしに来た。いつも結構な食物と結構な飲物を持参したのである。それから早朝の鐘が鳴るまで女と一緒に横になった。鐘が鳴ると起き上がり坊様が立ち去ると、プッチョが横になりに来た。プッチョ修道士が贖罪のために選んだ場所は、女が寝ていた部屋の隣だった。その場所と部屋の仕切りはごく薄い壁で、それなものだから坊様は女と、女は坊様と、上になり下になり放埒(ほうらつ)にはしゃぐうちに、プッチョ修道士には家の障壁が揺らぐ音が聞こえるような気がした。それで「我らの父」で始まる主の祈りをすでに百度唱えたが、そこで止めて、その場を動かずに奥方を呼び、女に何をしているのかと問うた。女は人をからかうのが大好きな性分だったから、多分サン・ベネデットの驢馬(ろば)*4だかサン・ジョヴァンニ・グアルベルトの驢馬だかに跨(また)がっていた時だったらしいが、

「あなた、本当に思う存分身をゆるがしています」

と答えた。プッチョが聞いた、

「なんでまた体をゆする?」

女は笑いながら、陽気な活発な女で笑うだけの理由があったのに違いないが、答えた、

「これがなんだかおわかりにならないのですか？　あなたが千度もおっしゃるのをわたし聞きました、『夕方食事を抜いた者は夜通し身をゆする』と」

プッチョ修道士は断食が眠れなくなった理由でそれで寝台で身をゆするのだと思い、本気でこう言った、

「おい、お前には『断食はするな』と言ったではないか。だがお前がその気になったのだから、そんなことを考えるのはよして、静かにするがいい。お前がベッドの中であん

まり輾転反側するものだから、家鳴り震動するではないか」

　すると女がいった、

「心配御無用。何をするか心得ています。あなたも御自分のお勤めを考えなさい。わたしも自分のお勤めを一生懸命しますから」

　そういわれてプッチョ修道士は静かになった。そして「我らの父」をまた唱え始めた。女と坊様はその夜から先は家の別の場所に別の寝台を用意し、プッチョ修道士の贖罪が続く間、そこではしゃぎにはしゃいで楽しい時を過ごした。坊様が帰り、女が元の寝台に戻ると、しばらくしてその夜の贖罪のお勤めをすませたプッチョ修道士がそこに帰ってくる。このようにして修道士は贖罪のお勤めを、女は坊様と快楽のお勤めを続けた。女は冗談で人をからかうのが大好きだったから、坊様に向かって何度も言った、

「あなたはプッチョに贖罪をさせました。おかげでわたしたちは天国へ行けました」

　女はこの生活にいたく満足した。長い間夫から食断ちを強いられていたので、いま坊様が持参するおいしい食事に慣れると、その味がもうおいしくてたまらない。プッチョ修道士の贖罪の期間は終わったけれども、その後もよそで二人で食事する按配を整えて、長い間こっそりと快楽を味わったとのことである。

　世の中には天国へ行こうと勤めるうちに、本人もそれと気づかずに、他人を天国へ送り込んでしまう者が少なからずいる、と始めに申しました。それとぴったりの結論でご

ざいます。プッチョ修道士は贖罪をすることで天国へ行けたと信じました。その天国行きの道をあらかじめ教えてくれた坊様までもプッチョは天国へ行かしてくれました。プッチョとともに暮らした妻は、なにかと不足していましたが、お坊様が憐れみのお気持から、女に足りぬものをたっぷりと与えてくださったのでございます。

＊1 San Brancazio とも San Pancrazio とも呼ばれたフランチェスコ派修道院は今日の via della Spada にあった。

＊2 カーゾレ Casole はトスカーナのエルサ川に面した今でも農業中心地で、そこの赤い林檎は名産として知られた。

＊3 妻はなにをするかしないか曖昧さを残した言い方をしたのだと Marti は解釈している。

＊4 サン・ベネデットとサン・ジョヴァンニ・グアルベルトの肖像はしばしば驢馬に打ち跨っている姿で描かれた。話の前後と辻褄の合う一見宗教風な表現を用いながら、その実卑猥な暗示で作品を彩るところにボッカッチョの手腕が認められる。ただしそれが具体的に男女のどのような体位であるかは不明である。

第三日第五話

ジーマがフランチェスコ・ヴェルジェルレージに自分の馬を一頭贈る。そしてその代わりに、フランチェスコの許しを得て、その妻に声をかける。妻は返事ができずに黙っている。するとジーマは自分が妻になりすましたような振りをして返事する。そして結局、返事した通りに事が運ぶ。〔エリッサが物語る〕

パンフィロが、並み居る女たちの笑いなしとはせずに、プッチョ修道士の話を終えました。すると女王ネイーフィレは優雅な物腰でエリッサに先を続けるようお命じになりました。彼女は別に意地悪というわけではありませんが、前々からの習いで、やや鋭い口調で、こう話し始めました。

世の中には自分は沢山のことを知っているので、他人はなにも知らない、と思い込む人が沢山おりますが、そうした人はしばしば他人を騙(だま)したつもりで、気がついてみたら自分自身が騙されている。そうした事もありますから、必要もないのに他人の智恵を試そうなどとするのは愚の骨頂だと思います。しかし誰もがわたしと同じ意見でもないでしょうから、お話の順番に従い、わたしからピストイアの騎士の身の上に起きたことを話させていただきます。

ピストイアのヴェルジェルレージ家にフランチェスコ氏という名の騎士がいた。たいへん金持で聡明で物わかりの良い男だが、ひどい吝嗇でそれだけが欠点であった。フランチェスコはミラーノの市長＊1に任命されたので、必要な品はみなしかるべくきちんと取り揃えたが、ただ自分の格式にふさわしい駿馬だけが揃わない。気に入る馬が一向に見つからないから、それが気がかりになっていた。

ところで当時ピストイアにリッチャルドという名の若者がいた。卑賤の出だが、大金持で、たいそう身なりに構い、垢抜けした恰好をしていたから、世間では「ジーマ」＊2と呼び習わされていた。お洒落のジーマというほどの意味である。以前からフランチェスコ氏の夫人に恋い憧れ、空しく言い寄っていた。夫人はたいへん美しく身持ちも堅かった。ところでこのジーマはトスカーナきっての名馬を持っており、その駿馬をたいそう大事にしていた。この若者がフランチェスコの妻に惚れていることは公然たる事実だったので、誰かがフランチェスコに「あなたからジーマにあの馬をくれと頼んだら、必ず手に入りますよ。だってジーマはあなたの奥さんにくびったけなんだから」と言った。フランチェスコ殿は根が吝嗇に生まれついていたから、ジーマを呼び出すと、馬を売らないかと話を持ちかけた。そういえばジーマが必ずや自分に馬を贈物(おくりもの)として差出すだろうと考えたのである。

ジーマはこの話を聞くと、これは占めたと思い、騎士にこう答えた、

「あなたの全財産をくださるといわれても、私があの名馬を売りに出すことはいたしません。ただしあなたがこうした条件に応じてよいというのであれば、あの馬を贈呈します。その条件とはこうです。あなたが馬を手に入れる前に、あなたのお許しを得て、あなたの御前(ごぜん)で奥様に多少お話しすることを許してください。ただし私の言葉が奥様にしか聞こえないよう、それだけの距離は人払いをお願いいたします」

騎士は根が貪欲(どんよく)なものだから、この男を出し抜いてやろうと考え「その条件で結構だ、お前が好きな時間だけ話していて良い」と答えた。そしてジーマを御殿の広間に残すと、夫人の居間へ行き「名馬が安々と手に入りそうだ」と説明した。そして「だから広間へ来てジーマのいうことを聞いてもらいたい。ただしなんと言われようと返事は一切無用」としかと申し渡した。夫人はこのような事は良くないと強く主人をたしなめたが、主人は夫人のいうことを聞かない。夫人は結局、夫の意に添うこととし、承知した。そして主人の後に従い広間へ来て、そこでジーマの話を聞くこととなった。

ジーマはフランチェスコと取り決めたことについて「騎士の一言(いちごん)ですぞ」と相手に念を押すと、広間の一方で、人から話を聞かれないほど離れた場所に座ると、次のように話し始めた、

「奥様、奥様は聡明でございますから、もうかなり前からよくおわかりのことと存じます。ほかの誰にもまさるあなた様の非の打ちどころのない美しさゆえに私はあなた様に恋い憧れました。それだけではありません、あなた様の天晴れな態度、もって生まれた凛としたお人柄、そのどれ一つとても男の高貴な心を捉えずにはおきません。でございますから私の愛が、かつて男が女に寄せたもっとも大きな、もっとも熱烈な愛であることは申す必要もないと存じます。このとるにもたらぬ命が続き、手足の動く限り、お慕い申し上げます。いえ現世のみならず来世までも永久にお慕い申し上げます。それでございますから私の身も心も、持物も、とるにも足らぬものとはいえ、すべてあなた様のものでございます。これ以上にあなた様のものであるものは他にございませぬ。あなた様がこれほど頼りにできるものは他にはありませぬ。この言葉の真実を確信していただくために、なんなりと私に御用命くださいませ。お気に召し、お役に立ちますなら、天にも昇る心地でございます。全世界が私の命令に服するよりもずっと有難い心地でございます。これでおわかりでございましょう、お聞きになりました通り、私はすべてあなた様のもの、私がこの願いを至高のあなた様に捧げますのは、理由のないことではありません。ひとえにあなた様の高みから私のあらゆる平安、あらゆる善、私の救いは降ってくるのでございます。ひとえにあなた様のみから慈雨のように降り注ぐのでございます。よそからではございません。私はあなた様にお仕えする、一介のつまらぬ男でございますが、親しき奥様、私の魂の唯一の希望である奥様にたってのお願いでございます、私の魂はあなた様に希望を託し、恋の炎に養われております。なにとぞすべてあなた様のものでありますこの私に対し、いくばくかの親しさをお示しくださいませ。そして過去のつれなさをいくばくなりと和らげてくださいませ。そうすればあなた様のお慈悲によってふたたび慰められ、私はこう申すこともできるようになりましょう、私は美しいあなた様に恋し、そこから命の力を頂いたが、その私の命は、気位の高いあなた様が私のこのお願いをお聞き届けくださらないようなことがもしあるならば、必ずや力衰え、死んでしまうであろうと。そしてあなた様は私をあやめた人殺しの咎を負うことになると。私が死のうと死ぬまいと、そのようなことはあなた様の名誉とは無関係かとは存じます。だがそれでもあなた様の良心は必ずや時に疼きましょう、なぜそうした目にあわせてしまったかとお嘆きになりましょう。そして時には哀れにも思召し、こう独り言もいわれましょう、「ああ、もっとジーマに優しくしてやればよかった、悪いことをした」と。そしてもしも後悔すらなさらないならば、それはさらなる悩み苦しみの種となりましょう[*3]。そうしたことが起らないためにも、また私が死なずにすむためにも、あなた様にまだ私を救う時間のあるうちに、なにとぞ私に憐れみをおかけくださいませ。私がこの世でもっとも幸せな男となるか、もっとも惨めな男となるか、ひとえにあなた様次第でございます。心優しき君にお願い申し上げます、このような、これほどの愛に対する報いとして私が死ぬようなことをゆめお許しになりますな。なにとぞ喜びに溢れた優しいお答えで、私の気持を引き立たせてくださいませ。私の気持はすっかり滅入って、あなた様の御前でうちふるえております」

そしてここで黙(もく)した。そして深い溜息をついた後、はらはらと眼から涙を流した。そして夫人の答えをじっと待った。

夫人は、ジーマが自分を愛して、長いあいだ言い寄っても、挑んでも、また夜明けに窓の下で恋歌をうたっても、またそれに類(るい)したことをいくらしてみても、全然動かされることはなかった。その夫人がジーマがいま述べた熱烈な愛の言葉にゆくりなくも心動かされたのである。そしてかつて感じたことのない恋心のときめきを覚えた。主人の言いつけ通りに黙ってはいたが、ジーマに向けてはっきりと進んで答えたい気持を隠しおおせることはできず、思わず溜息が洩れた。

ジーマはしばらく待ったが、返事が来ないのを見ていぶかしく思った。そして騎士が用いた術策に気がついた。しかし夫人の表情を見ると、その両の眼が自分の方を向いて時々きらきらと輝く。それればかりか胸中に抑えていた激しい吐息を夫人は思わずふーっと洩らした。これは間違いない、望みはある。そこでジーマはすかさず新たな手を打った。夫人が自分の言葉を聞いてジーマに答えるかのように、夫人の代わりにこんな風に話し始めたのである。

「ジーマさま、おまえさまがわたしに大きな熱烈な思いをひたすらに寄せていることはずいぶん前から気づいておりました。今はっきりと言葉にして話してくれたので、本当によくわかりました。わたくし女としてそれは嬉しうございます。外目(そとめ)にはつれない、頑な女と見えたかもしれませぬ、しかし素振りと内心とは違います。本当はおまえさまが好きで好きで、ずっと愛しておりました。世間のどの男よりもお慕い申し上げておりました。しかし人様の眼も怖ろしく、妙な噂が立つことのないようにと、世間体を気にして過ごしてきたのです。しかし今ははっきりと申しあげます。おまえさまが好きでたまりませぬ。おまえさまがわたしによせてくれた優しい気持、その変わることのないお気持にお応えしお礼を申す時がきました。ご安心ください。希望はございます。ご承知のように、フランチェスコは数週間のうちにミラーノへ出発いたします。ほかならぬおまえさまがわたくしへの愛ゆえに美しい駿馬を彼に与えました。彼が発ちましたら、誓って、おまえさまへの真実の良き愛にかけて、ここ数日のうちにおまえさまとわたしと必ず一緒になれます。二人してその時はこの愛の至福を存分に味わうことといたしましょう。このことについてそれまでにお話しできることは二度とありますまい。それでいま申しておきます。その日はわたしの部屋の窓に大きな手拭を二枚掛けておきます。部屋は庭園の上です。その夜は人様に見られぬようにくれぐれも気をつけて、庭園の口からお入りください。そこでお待ちしていますから必ずお目にかかれましょう。そして一晩中、思う存分、二人して楽しみの限りを尽くしましょう」

ジーマが夫人に成り代わってこう話し終えた時、ジーマは今度は自分の分を話し始め、こう答えた、

「深くお慕い申しあげる奥様、すばらしい良きお答えに私の五体は喜びに溢れ、五官は

有頂天（うちょうてん）となり、なんとお答え申してよいかわかりません。きちんとお礼の言葉を述べかねるほどでございます。たとい望み通りに話すことが出来たとしても、またいかに時間をかけようとも、私の感謝の思いのたけをきちんと存分に述べることはできません。なにとぞ私が言葉に出して言えない事をもどうか大御心（おおみこころ）でお察しください。ただこの事だけはしかと申しあげます。仰せになりました事は間違いなくその通りいたします。その時はあなた様のお恵みを必ずや賜りますことゆえ、私も力の限りを尽くしてあなた様を慈（いつく）しみ、お礼をいたすつもりでございます。これ以上は申すことはございません。なにとぞ神のご加護によりあなた様が熱烈に望んでいる幸福と喜びとが与えられますよう、神様にお祈りいたします」

　この間夫人は一言も口を利かなかった。ジーマはそこで立ちあがり、騎士のいる方へ戻り始めた。フランチェスコ氏はジーマが身を起こしたのを見るや、ジーマの方に近づいて、笑いながら、言った、

「具合はどうでした？　私はきちんと約束を守ったでしょう？」

「いや、違います」

　とジーマは答えた、

「お約束ではあなた様は私が奥様と話をしてもよいといわれました。しかし私は大理石[*4]の像と話をしただけでした」

　この言葉がいたくフランチェスコの気に入った。騎士はかねて夫人の貞操堅固につい

て確信していたが、この大理石の語にいよいよ満悦し、こう言った、

「これでお前の馬は俺の物だ」

　これに対してジーマは答えた、

「確かに仰せの通り馬はあなた様のものです。しかしあなた様から賜りました御好誼（ごこうぎ）からこのような結果が得られるとわかっていたなら、そうしたお願いはせずに馬は最初からあなた様に差上げたでしょう。しかしこのようになることが神様の思召しだった以上、あなた様は私は売らなかったけれどもきちんと馬をお買い上げになられたわけです」

　この言葉を聞くや騎士はからからと打ち笑い、結構な乗馬を手に入れ、それから数日後、市長職に就くべくミラーノに向けて旅立った。女はいまや自分の邸（やしき）でひとり自由な身である。ジーマの言った言葉を繰りかえし繰りかえし思い浮かべた。男が自分に寄せる愛情のこと、自分への愛ゆえに主人に贈った名馬のこと、そして窓からは男が通る姿がしばしば見える。それで自分で自分に言い聞かせた、

「どうすればいいの？　なぜ若い身を空しくついやしてしまうの？　夫はミラーノへ行きました。六ヵ月は帰ってきません。一体いつこの身をまた温めてくれるのかしら？　もしかしてもう二度とないのではないかしら？　わたしが年寄りになってからとでもいうの？　それにジーマみたいな素敵な恋人が現われることが二度とあるのかしら？　わたしはひとりっきり。誰も怖い人はいないわ。折角の機会をみすみす見過ごして、出来る間になにもしないなんて。今のこんな機会はこれから先またとないわ。誰にもわかる

はずはないし、かりにわかったとしても、なにかをして後悔する方が、なにもしなくて後悔するよりはましだわ」

このように自問自答した。そしてある日、ジーマにいわれた通り、二枚の大きな手拭を庭園に面した窓に掛けた。その布を見て、ジーマは欣喜雀躍、夜になるや、こっそりと人目を忍んで一人、女の邸の庭園の口に向かった。戸口は開いていた。そこから中のもう一つの口へ行った。そこからは家の中へ通じている。そこにはジーマを待っている夫人がいた。夫人はジーマが来るのを見るや、立ち上がって近寄り、歓喜にあふれて出迎えた。男は女を抱きしめて、何百回何千回と接吻し、階段の上へ女の後に従った。そして寝室に入るやすぐさま横になり、男は女の、女は男の、愛の最後の境地にいたるまで、その喜びを味わった。これが第一回ではあったけれども、最終回ではなかった。それで騎士がミラーノにいた間はもとより、帰国してから後も、双方にとり非常な喜びであり満足であったが、ジーマは何度も何度もそこへ足繁く通ってきたとのことである。

*1　当時の都市国家ではその都市の有力者が権力者となって市内の自派に対してのみ優遇措置を講ずることを警戒し、外部から市長や傭兵隊長を招き雇うのが習いであった。文末の発言から察すると十三・十四世紀のミラーノの市長の任期は六ヵ月であったらしい。

*2　Zima とは azzimato「アッジマート」（念入りに着飾った男）の略と考えられる。発音も当然「ジーマ」となる。

*3　第五日第八話では男につれなくして自殺に追いやった女が、地獄で狩り立てられ、猟犬に食い裂か

れる運命となっている。

＊4　ペトラルカやダンテなどの抒情詩の伝統では「大理石のような女」とは冷たい情を解さぬ女という意味で使われている。ここでは「大理石の像」の語に二重の意味でアイロニーがこめられている、といえよう。

第三日第六話

リッチャルド・ミヌートロはフィリッペルロ・シギノルフィの妻を愛する。この女が嫉妬深いことを知っていたので、リッチャルドは女にフィリッペルロが翌日自分の妻と温泉場で密会するらしいと告げ、女に現場に行かせる。女は暗い寝室で夫と一緒になっていたつもりで、実はリッチャルドと一緒だったことに気づく。〔フィアンメッタが物語る〕

エリッサにはこれ以上話すことがなくなりました。そこで女王はジーマの賢さを褒め讃えた後、フィアンメッタにその先一つお話をするよう命じました。彼女は満面に笑みを湛えて「畏まりました、女王さま」と答えて話し始めました。

わたくしどものフィレンツェは何事であれおよそ種に事欠かない市で、話の種もそれは沢山ございますが、エリッサがしましたように、多少この市から外へ出て、よその土地で起きたことをお話しいたそうと思います。それでナーポリに場所を移して、色事などといえば嫌な顔をする信心深いご婦人が、その方を恋い慕う男の才覚で、恋の花も知らぬ前にその実を味わってしまったいきさつをお話しいたしましょう。こうしたことは皆さまの身の上にも起りかねない事ゆえ皆さまにご注意をうながし、かつはもう起きてしまった事については皆さまとご一緒に楽しい話の種といたしたいと存じます。

ナーポリはたいへん古い都市で、実に楽しい、いやこの上なく楽しい町である。もっともイタリアのよそにもそうした土地はあるにはあるが。さて昔そこにまごうかたなき名門貴族の血を引いた若者がいた。素晴らしい財産の持主で、名前はリッチャルド・ミヌートロといった。若者は美人で魅力的な若い女を妻としていたにもかかわらず、別の女に惚れ込んだ。その女は衆目の一致するところ、美しさの点で、ナーポリのあらゆる女を凌駕していた。名前はカテルラといい、同じく貴族の若者でフィリッペルロ・シギノルフィの妻である。堅気な女で夫のフィリッペルロを他のなににもまして熱愛し、大事にしている。だがリッチャルド・ミヌートロはこのカテルラに惚れ込んだものだから、女の愛と好意をかちうるためにできることはすべてやった。しかしそれにもかかわらず、自分の望みはなに一つ達することができなかった。それでほとんど絶望せんばかりである。このような愛から身を振りほどく術を知らなかったのか、それともできなかったのか、死ぬこともできず、さりとて生きる意味を見つけることもできない。

そんないたたまれない状態で鬱々としていたある日、親戚の女たちからこういって諭された。このような恋はさっぱり諦めるほうがいい。どんなに愛したところで所詮無理。

なにしろカテルラという女にとってはフィリッペルロがすべてで、しかも夫のことにかけてはたいへん嫉妬深いから、空に飛ぶ鳥を見ても夫を攫いはせぬかと心配するほどだ。親戚の女たちからカテルラのこの嫉妬深さについて聞かされた時、リッチャルドにはたとある案が思い浮かんだ。そうだ、そうすれば自分の思いが達せられるに相違ない。そこでカテルラへの思いはもはやかなわぬと諦めた振りをして、ほかの女に心を移したかに見せかけた。そしてこの新しい女のために騎馬試合に加わる、武芸に励む、とそれまでカテルラに向けてしていたことをまたすべてやり直した。やがてナーポリの市民の大半はもとより、カテルラ自身も、リッチャルドはもはやカテルラは愛さずこの二番目の女を熱愛しているのだと信じこんだ。なにしろ一生懸命入れあげたから、これはまちがいないと世間皆が確信するにいたったのである。それで、よその人たちだけでなく、カテルラも、それまでは道ならぬ恋をしかける人とはにかんで避けていたのだが、いまでは愛想よく隣人として、行き帰りの道で出会う折には、ほかの人と同じように挨拶もするようになった。

さて暑い季節となり、ご婦人方や騎士たちは仲間と連れ立って海浜へ遊びに出掛けた。そこで昼も夜も食事するというのがナーポリの人たちの習慣だったからである。リッチャルドはカテルラがそのお仲間とともに出掛けたのを知って、自分も仲間たちと一緒にそこへ出掛けた。カテルラのグループからお呼びの声がかかったが、当初は招かれてもなかなか招待に応ぜず、まるでそこの仲間に入る気がないかのような素振りをした。女たちは、カテルラも含めて、リッチャルドをからかった。するとリッチャルドがむきになっていよいよ新しい恋に夢中な様子をするものだから、それがさらに座興の種となるのであった。そうこうするうちに、こうした場所ではよくあることだが、女が一人はあちらへ、もう一人はこちらへ去って、カテルラは僅かの女友達とともにリッチャルドのいる場所に取残された。するとリッチャルドはカテルラに向かい、御主人のフィリッペルロの浮いた噂についてちらっと一言いった。すると女はたちまち嫉妬に燃え上がり、リッチャルドが何をいおうとしたのか知りたくてたまらない。しばらくは怺えたが、怺えきれず、リッチャルドにフィリッペルロに何があったのか是非はっきりと教えてくれ、「あなたがわたしよりも愛するあの方の愛にかけて」と頼み込んだ。

リッチャルドは言った、

「あなたにそのような方のお名前をあげて頼まれると、むげにお断わりしかねます。お教えいたしますが、ただこの点は約束してください。御主人様にはもとより、ほかのどなたにも、私がこれからお話しすることが本当だとおわかりになるまでは、一言もお洩らしなさらぬように。この件についてはあなたのお好きな時に、あなたの目でしかと確かめることのできるように手配いたします」

カテルラにはこの提案はもっとも至極に思われた。そしてリッチャルドの言分をますます信用した。それで絶対他言しないと誓った。すると他人には誰ひとり聞かれないような一隅へ女を引いて行き、リッチャルドはおもむろに話し始めた、

「奥さま、もし私が昔あなたを愛したようにいまも愛していましたら、あなたにご不快の念を与えるであろうような、こんなはしたない事はとても口にできません。しかしその愛は過去のものとなりました。一切の真実を申しあげるのにもはや遠慮も及びません。私があなたに寄せた愛情のことでフィリッペルロが怒ったか怒らなかったかは存じません。それとも私があなたに愛されたことがあったと彼は考えたのかもしれません。それがまあどうであれ、私に対してはそうした気配はおくびにも出しませんでした。ところが私の警戒心が解けた頃合と見はからってのことか、フィリッペルロは今になって私が彼に対してしでかすのではないかと怖れたことを私に対してしでかそうとしております。はい、私の妻を寝取り慰み者にしようとしております。はっきりしているのは、フィリッペルロは先日からひそかにいろいろ使いの女をよこして妻をせきたてています。その言伝はすべて妻から聞き取りました。妻は私の言いつけ通りに返事をしています。ところが今朝、私がここへ来る前、妻が女とひそひそ話をしています。私にはたちどころに女の正体がわかった。そこで私は妻を呼び、あの女は何の用で来た、と糺しました。家内がいうには、「ああ、いやなフィリッペルロ、わたしを唆しにあの女をよこしました。あなたが適当な返事を書かせて脈があるように思わせたものだから、わたしにくどくどからんできます。彼がいうには、わたしがなにをしたいかすべてくわしく知りたいから、わたしさえよければ、先方でわたしがこの土地の温泉宿でこっそり逢えるように手配する。是非来てくれ、お願いだ、とそれはしつこいのです。あなたはなぜわたしに返事を書け、などとおっしゃったのですか。あんなことをしなければ、もっときっぱりと断わって、あの男が二度とわたしの顔を恥ずかしくて見られないようにしてやったものを」――これはいかん。あの男はいくらなんでも道を踏み外している。これ以上は堪忍(かんにん)ならん、あなたに打明けねばならぬと思いました。あなたは貞操堅固、そのために冷たくされた私はもう死なんばかりでした。そのまったき貞節に対する報いがこのようなことであってよいものか。これがいい加減なお話ではないことを信じていただくために、そしてそのお気持さえおありなら、はっきりと御覧になってご自分でさわってみることもできるように、返事を待つ女に妻からこう伝えさせました。「わたしは明日の午後二時ごろ、皆が昼寝[*1]をしている時間を見計らって、その温泉宿へ参ります」と。使いの女は大満足で戻りました。あなたはよもや私が家内をそちらへやるとはお考えになりますまい。もし私があなたでしたら、そこに来ると彼が思い込んでいる女の代わりに自分がそこにいるようにします。そしてしばらくの間一緒に寝た後、本当は誰と同衾(どうきん)したのか、はっきりわからせて、そこで彼にそれにふさわしい目に遭(あ)わせてやります。そうすることで、存分に恥をかかせ、同時にあなたに対する無礼侮辱と私に対する無礼侮辱に復讐(ふくしゅう)を果たすこととなりましょう」

　カテルラはこれを聞くと、自分にこんな事を話すのが誰か、嘘偽りではないのか、などとはゆめ考えもせずに、嫉妬深い女の常として、たちどころにこの言葉を真(ま)に受け、以前にあったいくつかの事をこの件に結びつけ、怒りに燃えて「間違いなく自分でそうします、大して面倒なことでもない、もし夫がやってきたら、必ず大恥をかかせてやります、今後は女を見れば、思い出して恥ずかしさにたまらなくなるようにしてやります」と答えた。これを聞くとリッチャルドは満足し、計画は図に当った、うまくゆく、と見てとり、さらにいろいろ言葉を添えて女に言い聞かせたので女の確信はゆるぎないものとなった。しかし自分から聞いたということだけは決して口外しないでくれと頼み込んだ。女は誓ってそれはしないと約束した。

　翌朝、リッチャルドはカテルラに言った温泉宿の女主人に先まわりして会いに行った。そして自分が何をしたいかを打明け、できるだけ助けて欲しいと頼み込んだ。この宿の女将（おかみ）はミヌートロ家にいろいろお世話になっているので、喜んでお手伝いするという。そしてリッチャルドとともに、何をし、何と言えばよいか、きちんと打合せた。女将の家には温泉のほかにたいへん暗い部屋もある。外部に向かって光の取れる窓が一つもないような部屋である。この部屋を女将はリッチャルドの指図通りに整えて、そこに最上等の寝台を入れた。はやばやと昼食をしたためたリッチャルドはその寝台にはいってカテルラの到来を待った。

　さて女の方は、リッチャルドの話を聞いた後、そんな必要もなかったのにその話を頭から信じ込み、夫に対する激しい憤りの念で胸を一杯に燃やしながら夕方、家に帰って来た。そこへたまたまフィリッペルロも同じように別の用件で頭を一杯にして帰って来た。それもあってカテルラに対してふだんのように優しく接しなかったのに違いない。

だがその様を見て、カテルラはいよいよ疑いの念をつのらせ、心中でこう独り言をいった、

「この人は本当にあの女のことで頭が一杯なのね。一緒に思う存分お楽しみのおつもりらしいけれど、そうした事は絶対にさせませんよ」

そしてそうしたことを考えて、明日夫と一緒に同衾(どうきん)した後、さてなんと言ってやろうかと思いめぐらすうちに、ほとんどまんじりともせず、一夜が明けた。

で、それから何がさらに起ったか？　午後二時となり、カテルラは仲間たちと連れ立って、考えは毛頭変えず、リッチャルドが教えた温泉宿に向かった。そこで女将に会って、フィリッペルロが今日ここへ来たか、と尋ねた。

それに対して、リッチャルドから言い含められていた女将はいった、

「あなた様がお話があるというのでおいでの方でいらっしゃいますか？」

カテルラが答えた、

「はい、わたくし」

「それでは」

と女将がいう、

「どうぞお部屋までお通りくださいませ」

カテルラは自分が誰かすぐに面と向かって知らせたくない人に会いに来たものだから、リッチャルドがいる部屋まで案内させると、顔にヴェールを掛けて部屋に入り、中から

自分で鍵を閉めた。女が来るのを見たリッチャルドは有頂天となって起き上がり、両腕の中に女を抱きしめるや、声を潜めて「よくいらっしゃいました。わが魂よ」と囁いた。カテルラは自分をほかの女に見せなければいけないと思っているから、相手を抱きしめ、接吻し、それは嬉しそうに振舞った。しかし一言も声を立てない。話せば相手に身元を見破られると懸念してのことである。部屋はまことに暗かった。これは双方にとりいかにも好都合で、たとい長くこの室内にいようとも、この暗闇では眼もなれず、なにも弁別できない。リッチャルドは女を寝台の上に導いた。ここで話をしては声で気づかれてしまうと二人とも口は利かない。長い時間横になったまま、一途に大いなる喜びを味わった。それは双方にとり無上の悦楽であった。

だがカテルラとしては時を見て溜りに溜まった鬱憤を吐き出さねばならない。その時が来たとカテルラには思われた。それで激しい怒りに燃えて話し出した、

「ああ女の運命のなんと惨めなこと！　夫に愛を捧げてもなんと報われることの薄いこと！　ああ、見るに忍びないわたし、過去八年間わたしは命よりも大事におまえを愛してきました。ところがおまえときたら、よその女が好きで夢中に惚れているというではありませんか。おまえは不実な悪い男。お前はいまいったい誰と一緒にいたつもりですか。一緒にいたのは、お上手をいって、もう長い間お前が騙し続けた女ですよ。お前は愛している振りをして、その実、心はよその女に奪われていた。わたしはカテルラ、リッチャルドの妻とはちがいます。おまえは不実な裏切者。この声が誰の声かわかるなら

お聞きなさい。そうです、その本人です。ああ早く光が射さないものか。そうすれば白日の下、お前を、お前にふさわしいように、辱めてやる。汚らわしい野良犬同然のお前！　ああ惨めなわたし。何でこんなに何年もこんな人を愛したのか。この不実な牡犬は、これまでずっと妻と一緒にいた間にはついぞ見せなかった激しい抱擁と愛撫を、よその女を抱いたと思って、ここで過ごした僅かの時間のうちに繰返しました。今日は生きがよかったわ。奮い立ちようが素晴らしかった。家ではいつも意気地なしで、負け犬で、尻尾を垂れた力なしだったくせに。お前は二心のある裏切者ね。神様は讃えられてあれ、いまお前は、お前が思っていたような、よその畠でなくて、お前の畠で一生懸命耕しました。昨晩お前がわたしに寄りつこうとしなかったのも不思議はないわ。お前はよそでお荷物をおろすつもりで英気を蓄えていた。騎士は精気潑剌と戦場へ臨みたかったわけね。けれど神様、わたしの才覚は讃えられてあれ。これで水は下の方へ流れるべき水路に沿って流れました。[*2]　なんで返事をしないのです？　なんでなにか言わないのです？　わたしの話を聞くうちにお前は口が利けなくなって啞になってしまったのですか？　ああ、本当に指をお前の両の眼に突っ込んで眼玉を刳り抜いてやりたい。こうした裏切りをこっそりやりおおせることができるとでも思っていたの？　天知る、地知る、己知る。こちらは知らずお前だけが知っていると思ったら大間違い。そうはうまく問屋は卸しませんよ。知るまいが、こちらだっていい犬を使ってお前の跡をつけさせたのよ」

　リッチャルドは内心もうわくわくした。こうした言葉を聞くと嬉しくてたまらない。それでなにも答えず、カテルラを抱きしめ接吻を繰返した。そして以前にもまして激しく強く愛撫した。するとカテルラはいよいよ声を高めてまくしたてた、

「この犬はまたなんて煩(わずら)わしいの。からんで愛撫すればわたしが機嫌よく、おとなしく、仲直りするとでも思っているの。お間違いよ。そんなに甘くはないわ。親戚、知人友人、隣近所の人みんなの見ている前でお前を悪党と罵ってやる。そうでもしないかぎり、わたしの心は落着きません。一体わたしはリッチャルド・ミヌートロの奥さんほど美人でないとでもいうの？　わたしが淑女(しゅくじょ)でない下賤(げせん)な女とでもいうの？　なんで返事しないんです？　あの女のどこがわたしよりそんなにいいのですか？　さあ、さっさと離れて。もう体に触(さわ)らないで。今日はたいへんなご奮闘で槍突(やりつ)きはもう十分やりました[*3]。わたしが誰かわかった以上、無理してそんな真似はいまさらしないでください。神様、いいですか、これからはお前がおねだりしても何もくれてやりません。なんでわたしリッチャルドに声を掛けなかったのかしら。何を気兼ねしていたのかしら。あの人は自分の命よりも大切にわたしを愛してくれた。それなのに一度もいい顔をしてあげなかった。それくらいはしてあげても良かったのに。お前はあの人の奥さんと一緒になったつもりでした。それだから一緒に寝たも同然、もしわたしがリッチャルドと浮気をしても、お前に咎(とが)められる筋はないわ」

　女はこうしてくどくど話した。女は口惜しくてたまらない。しまいにリッチャルドは

考えた。こんな風に思い込ませたままにしておくと、いかなる災いが生じないともかぎらない。そこで思い切って自分の正体をあらわし、騙されたのだと女に気づかせようと決心した。それで女を抱きしめ、女が勝手に帰れないようぎゅっと両腕でかかえて、言った、

「私の優しい魂よ、怒らないでください。いつも愛しながら手に入れることができなかったものを、愛の神さまが策略を講じて手に入れさせてくれました。私があなたにお仕え申すリッチャルドです」

カテルラはそれを聞き、その声でリッチャルド本人とわかると、すぐさま寝台から飛び出そうとした。が出来ない。そこで大声で叫ぼうとした。しかしリッチャルドは女の口を片手でふさぎ、こう言った、

「奥さま、出来てしまったことは出来てしまったこと、たとい一生喚こうが叫ぼうが、元へは戻りません。声をあげて、あるいはなにかして、万一誰かの耳にはいろうものなら、将来必ず二つの事が起ります。いいですか。第一は、あなたの気がかりなこと、あなたの名誉、評判が台無しになるかもしれません。というのも、あなたが私の策略に嵌められてここへ連れ出されたとおっしゃっても役に立ちません。私がそれは事実でない、金や贈物で釣ったらここへ来た、ところが金額が予期したほどでないから、腹立ちまぎれに怒って喚いている。こう私が言えば、世間はその噂の方を信じます。世間は良い方にはとらず悪い方に解釈する。それであなたより私の言分を必ず信じます。しかも第二

にその結果どうなるか。あなたの御主人と私とは不倶戴天の敵となる。時と場合によっては私が彼を殺すかもしれず、また彼が私を殺すかもしれない。まさかそうした事をあなたが喜ぶとも思われない。よもやご満足ではないでしょう。だからあなた、私の体の心[*4]ともいうべきあなた、あなた自身を辱め、御主人と私とを仲違いさせ危ない目に遭わせるような真似だけはしないでください。世の中で騙された女はなにもあなたが初めてではなし、また最後でもない。それに私があなたを騙したのはあなたのものを奪おうとしてのことではなく、あなたに寄せるありあまる愛ゆえのこと。あなた様にお仕え申す愛のつましき僕として、その愛をいつ何時たりともあなた様に捧げる覚悟です。そしてすでに長い間、私の身も心も、持物も、私ができることも値するなにかも、すべてあなた様のもの、あなた様のお役に立つべきものでした。これから先も前にもまして左様です。あなた様は万事に聡明であられます。この事についてもご理解いただけると信じます」

　リッチャルドがこうした言葉を述べる間、カテㇽラは泣きに泣いた。たいへん立腹し、ひどく悔しい思いはしたが、リッチャルドの言葉がまんざら嘘ではないので、その言分に耳をかした。そしてリッチャルドが言ったことは実際に起るかもしれないと思った。それでいった、

「リッチャルド、お前はわたしを騙し、酷い目にあわせました。こんな悪辣な目に遭いながら、わたしに我慢ができるかどうかは神様の御一存です。ここで大声を張り上げて

喚こうとは思いません。わたしがあまりにお人好しで嫉妬深過ぎたためにこんな破目になりました。しかしあれかこれかなんらかの方法でこのお前の仕打ちに復讐しなければ気は晴れません。だからもう抱きしめるのはやめて放してください。お前は欲しいものは手に入れた。思う存分わたしを苛め抜いた。さあもう時間です。お願いだから帰らしてください」

リッチャルドには女の心がいまなお怒り狂っていることがよくわかっていた。それだから、相手の許しが得られるまでは絶対に放すまいと心に決めた。するとそれは優しい言葉で、いろいろ話し、いろいろ誓い、頼み、慰めた。すると女はしまいに説き伏せられて負けてしまった。そして二人は仲直りした。男と女の体が触れて妙な媾和になった。双方の合意の上である。それからというもの長い間寝床の中で二人は一緒に限りない歓びにひたった。この時こうして女は知った、夫の口づけよりも恋人の口づけの方がなんと甘美で心地よいかを。その味を知ってからというもの、かつての頑なさを優しさに変えた。そしてカテルラはその日からというものリッチャルドをこの上もなく優しく懇ろに愛した。そして聡明に上手に振舞ってカテルラとリッチャルドは幾度も幾度も二人の愛を楽しんだとのことである。神さま、わたしたちにも同じように愛の楽しみを存分に味わわせてくださいませ。

＊1　ナーポリではいまでも夏の間はシエスタという昼寝をする習慣が続いている。ナーポリではその昼

寝時はコントローラ controra と呼ばれている。

＊2 水の流れは低きにつく、とは自然におさまるべきところへおさまった、というのが表の意味だが、裏では性行為への連想も働いている。

＊3 tu hai troppo fatto d'arme per oggi とは「今日は騎馬試合はもう十分やりました」が表の意味だが、騎馬試合は槍で突いて勝負を決する。この槍突きにも性行為への連想は露わである。作者は女が男にいいつのる風に書くことで読者を楽しませることを狙っているのである。なお第三日第六話の冒頭で紹介されたカテルラの性質と右の一連の発言との間には乖離があるように思われるがどうであろうか。

＊4 「私の体の心」という愛情表現については第八日第七話註2を参照。

第三日第七話

テダルドは女に腹を立て、フィレンツェから立ち去る。しばらくしてから巡礼のなりをして舞い戻り、女と話して女にテダルドを見捨てたことの誤りに気づかせる。そして女の夫を死罪から無罪放免にする。というのは夫はテダルドを殺したという嫌疑(けんぎ)をかけられていたからである。ついで夫を自分の兄弟たちと仲直りさせ、それからは巧妙に女とお楽しみを続ける。〔エミーリアが物語る〕

全員に誉めそやされたフィアンメッタが口を噤(つぐ)みました。すると女王は、時間を無駄にせず、ただちにエミーリアに話をするよう指名しました。彼女は話し始めました。

先のお二人はわたしどもの市(まち)フィレンツェから離れて話をすることを好まれましたが、わたしはやはりフィレンツェの市中に戻りたいと思います。女に棄てられたわがフィレンツェの人が愛する女をどうやって取り戻したか、そのお話をいたしましょう。

さてフィレンツェに貴族の若者がいた。名前はテダルド・デリ・エリゼイという。テダルドはアルドブランディーノ・パレルミーニという男の妻のエルメッリーナ夫人に深く惹かれた。青年貴族の態度がすばらしかったこともあって、めでたくその望みをとげた。ところが運命の女神は幸福な者を敵視するとみえて、そのような快楽を二度と与えてくれない。一旦はテダルドに身を許して存分に楽しませてくれた夫人が、理由はなにであれ、全然構ってくれなくなったのである。男の使いに会って話を聞いてくれるどころか、面会すらしてくれない。テダルドはひどい心痛を覚え怏々として心は楽しまなかった。しかし彼はこの恋を世間に隠し通したので、誰一人この憂鬱の原因がこれだとは気づかなかったのである。

自分に落度はないのに恋を失った。――その思いが切実であっただけに、テダルドは手立てを尽くして女の愛を取り戻そうとした。しかしいかなる努力も空しい。それで自分の不幸の原因である夫人に、自分が日に日に憔悴して行く姿を見られて、その上それを相手に喜ばれたりしては恥の上塗りになると思い、たまらなくなって世間から身を遠ざける覚悟をした。工面した金を握ると、この件に通じた腹心の仲間一人を除き、友人親戚に一言も告げず、こっそりとフィレンツェを立ち去った。アドリア海に面するアンコーナに到ると、その地ではフィリッポ・ディ・サン・ロデッチョの名で通した。その港町で豊かな一商人と知合いになり、その使用人となって商人の持船で一緒にキプロス島へ向かった。若者の態度作法がたいそう商人の気に入った。それでただ単に高給を支払うのみか、しまいにはなかば共同事業者のように遇し、事業の大半を彼の手中に委ねさえした。その仕事を青年は実にきちんと丁寧にやりおおせたので、数年のうちに彼は名うての良き金持の商人として世間に知られるにいたったほどである。ただそうした事業の間にも、自分につれなかった夫人のことをしばしば思い返した。愛の矢に射貫かれた心の傷は癒しがたい。是非いま一度お会いしたいもの、と心中強く願っていた。それでも七年の間は、克己の心でその戦いを制した。ところがこんなことが起ったのである。ある日、地中海の東の涯てのキプロス島で、なんと自分が以前に作った歌がうたわれるのを聞いた。*1そこには自分があの夫人に寄せた恋心が、そして夫人が自分に寄せた恋心が、そして自分が夫人から得た愛の喜びが、切々と語られていた。それを聞いたとき、夫人が自分を忘れるなどということはあり得ないと確信し、そしてまたお会いしたいという望みが激しく燃えあがった。もはやこらえきれず、フィレンツェに戻る決心をかためた。

そこで商務を整理すると、召使の小僧ただ一人を連れてアンコーナへ戻り、そこで自分の持物が到着するのを待った。そしてその自分の荷物はアンコーナの共同事業者のフィレンツェ在のさる友人宅あてに送り、自分は聖地エルサレム帰りの巡礼者のようななりをして、例の小僧とともに、身をやつしてフィレンツェへ戻った。市中に入ると、例の夫人の家の近くにある二人の兄弟が経営する小さな宿屋に泊ることとした。そこからまず向かったのは女の家の正面である。できたらお姿を見かけたいものと思った。が窓も戸口も一切が堅く閉ざされている。さては女は死んだか、それともここから越したか、と不安にとらわれた。物思いに耽りつつ、宿屋の方へ引き返すと、宿屋の前に四人の自分の兄弟がなんとみな黒い服を着て立っているではないか。これにはさすがに驚いた。だが自分はかつて郷里を去った時と、姿といい身なりといいすっかり変わっている。そうやすやすと見破られる心配はない。それで澄ました顔をして靴屋に寄り、あの人たちはなんで黒の喪服をまとっているのだ、と質問した。

靴屋は答えた、

「あの人たちが喪服を着ているのは、兄弟の一人で、もうずいぶん前にフィレンツェから姿を消したテダルドという男が二週間ほど前に殺されたからです。私の知る限りでは、どうやらあの連中は裁判所に訴え出て、逮捕されたアルドブランディーノ・パレルミーニという男が殺害したのだ、と申し立てているらしい。なんでも殺されたテダルドは、その奥さんに惚れ込んで、奥さんと一緒になるためにこっそり帰国したという話です」

テダルドはすっかり驚いてしまった。他人の空似というが世の中に自分とそれほどのそっくりさんがいるものだろうか。これはまたアルドブランディーノにはひどく迷惑な話だと胸を痛めた。奥方は無事で元気だと聞いて、すでに日は暮れていたが、実に様々な思いで胸が一杯である。宿に戻って、召使の小僧と一緒に夕飯をすますと、割当てられた宿屋の一番高い階の部屋まで上った。そこで万感こもごもといおうか、寝台の具合の悪さゆえといおうか、それともあまりにとぼしい夕食のせいといおうか、真夜中過ぎてもテダルドは寝つけない。それで目が覚めたままでいると、真夜中ごろ、屋根の上から屋根伝いにごそごそ家の中に降りて入って来る人の音がする気がした。部屋の戸口の隙間から覗くと、灯が近づいて来るのが見えた。そっと隙間に近づいて目を凝らして何事かと凝視すると、若い美人が灯りを掲げている。そして女の方に向かって屋根からこの家へ降りて来た三人の男が近づいて来、挨拶を交わした後、一人が女にこう言った、

「神様は讃えられてあれ。やあ俺たち無事でなによりだ。これからはもう大丈夫だ。なにしろテダルド・エリゼイが死んだのはアルドブランディーノ・パレルミーニのせいだということをテダルドの兄弟たちが立証してくれた。そして本人も自白し、判決もすでに書かれたそうだ。しかし絶対に口外はならんぞ。俺たちが犯人だったということが万一知れようものなら、俺たちもアルドブランディーノと同じ物騒な目に遭わされてしまう。いいな」

女に向かって男がそう言うと、女はいかにも嬉しげであったが、一緒に下の階へ降りて休みに行った。

テダルドはこれを聞いて、人間の頭にはまたなんと数多くの過ちが入り込むものかと考えずにはいられなかった。第一に自分の兄弟だが、自分の代わりに見も知らぬ人の死を悼んで涙を流して埋葬し、無実の人を邪推で訴え、いわば偽証でもって死刑に追い込んだ。それだけでない、第二に法律といい司法官といい、盲目的に厳しく断罪して事足れりとしている。なにしろ御熱心な裁判官は真相糾明を急ぐあまり、苛酷をものともせ

ず、犯してもいない罪を無理強いで自白させる。正義とか神の下僕とか称しているが、実際は不正の執行者、悪魔の代理人だ。その次の第三だが、アルドブランディーノをいかにして救い出すかを考えねばならない。それで何をしなければならないかを考えた。

朝になって起き出すと、小僧の召使は残して、頃合を見計らって、一人で夫人の家へ行った。するとたまたま戸口が開いている。中に入って見ると、一階の寄付きの小部屋の床に夫人はうちしおれて崩れるような姿で坐っている。涙に掻きくれて苦衷のほどがありありと見える。テダルドは思わずほろりとして、近づいて言った、

「奥さま、お歎きなさいますな。平安無事はもうじきでございます」

夫人はそれを聞いて、顔を高くあげ、泣きながら言った、

「巡礼のお坊様、外国の方とお見受けしますが、なぜわたしの歎きや平安無事になるとやらを御存知なのですか？」

巡礼は答えた、

「奥さま、私はコンスタンティノポリスから戻って参りました。ただいま当地へ着いたばかりでございます。神に遣わされ、あなたの涙を笑いに変え、あなたの御主人を死から解き放つために参りました」

夫人は言った、

「もしコンスタンティノポリスから当地へいま着いたばかりなら、どうして主人や私のことを御存知なのですか？」

するとアルドブランディーノの不安懊悩の身の上を初めからすべて語った。そして女に向けて女が誰であるか、夫と結ばれて何年になるか、などテダルドがそれはよく承知の相手の身の上を細かく語った。女はひどく驚いてこれは預言者であると思い込み、その足元に跪いた。そして神の御名にかけて、もし夫を救いに見えたのなら、お急ぎください、時間は僅かしかございません、とお願いした。

するとと巡礼の者は、いかにも聖人であるかのような口調で言った、

「奥さま、立ち上がって、泣くのはやめ、注意深く私が申すことをお聴きください。ゆめ他人に口外してはなりませぬ。神が私に示されたところでは、あなたの心配苦悩の原因はかつてあなたが犯した罪のためである。神は今回のこの苦悩によってその罪の一半を浄めようとしているが、神はあなたがその罪をすべて償うことを望んでおられる。それが出来ないなら、さらに大いなる苦痛苦悩を味わうであろう」

夫人はそこで言った、

「お坊様、わたしは多くの罪を犯しました。神様がその中のどれの償いをせよと仰せなのかわかりかねます。もしご存知でしたら、お教えくださいませ。その償いのために出来るだけのことはいたします」

すると巡礼が言った、

「奥さま、私はそれがなにかよく存じております。これ以上あなたさまにお尋ねせずともよいほどよく承知しております。しかしあなたさまがご自身で告白することで、さら

に悔悟の念を強めていただきたいのです。その件にはいりますが、よろしいですか、思い出してください。あなたは前に愛人をおもちになったことはありませんか？」

女はこれを聞いて、大きな吐息をついた。ひどく驚いたのである。よもや自分に愛人がいたことを知っている人が世間にいようとは思わなかった。もっとも最近はテダルドと目された男が殺されて埋葬されてからというもの、テダルドの仲間で事情に通じた者が不用意になにか話したとみえて、そういう噂が立たなかったわけでもない。それで女は答えた、

「神様が人間のあらゆる秘密をあなたにお示しになったことがよくわかりました。わたしの秘密を隠し立てするつもりはございません。本当でございます。まだ若かったころ、わたしは不幸な若者を深く愛しました。その人が殺されたのはわたしの夫のせいだとされています。死んだと聞いてわたくしそれは辛くて泣きました。その人がフィレンツェを立去る前にわたしが厳しくつれない振りをしたのは事実ですが、立ち去ったからといって、遠くにいるからといって、また不幸な最期を遂げたからといって、その方のことをこの心から忘れたことはございません」

それに対して巡礼は言った、

「あなたが愛していたのは不幸な最期を遂げた若者ではない。愛していたのはテダルド・エリゼイです。しかし話してください。一体どんな理由であなたはテダルドと仲違いしたのか？　テダルドがなにか無礼な真似でもしたのですか？」

　これに対して女が答えた、

「無礼なことなど一切ございませんでした。わたくしが頑なになりました理由はひとえにあの呪われた修道士の言葉です。一度懺悔した時に、わたくしが青年に寄せる愛情、懇ろにしていることを申しました。すると頭ごなしに叱りつけられました。いまでも怖ろしくて怯えが生じます。修道士が言うには、そうしたつきあいを止めなければ、お前は地獄の底で悪魔に食われてしまうぞ、責苦の業火に焼かれてしまうぞ。そう言われて、それは怖ろしくてたまらなくなり、それで、これ以上懇ろにつきあうことはするまいと決め、あの方のお情を受けるような機会は二度と作るまいとして、お手紙にもお返事せず使いの方にも一切会いませんでした。でももしあの方が、絶望のあまりかと察しますが、旅に出たりせず、いま少し希望を棄てずご辛抱なさいましたら、わたしの頑なな決心も必ずや弛んだことと思います。この世であの方ほどわたしにとり大切な方はほかにいませんでした。あの方が陽射しを浴びた雪のように弱ってゆくお姿をわたしは見るにしのびなかったろうと思います」

　すると巡礼が言った、

「奥さま、それこそが今あなたを苦しめる唯一の罪なのです。よくわかっています。テダルドはなにも力づくであなたに愛を強いたのではない。あなたは彼に夢中になり、ご自身の意思で進んでそうしました、彼が好きでたまらなかったからです。そこで彼もあなたの望み通り、あなたに寄り添い、あなたと懇ろになりました[*2]。その時、言葉と叫びと全身の動作であなたは嬉しさをあらわにしたから、最初に愛したのが彼だとしても、あなたはその愛の喜びを倍に、百千回も繰返し、繰返し倍にしました。もしその通りであったなら、いやわかっています、その通りでした。それならば、いかなるわけであなたはかくも頑なに彼から身を引き離し身を取り去ることができたのですか？　そうしたことは前もってよく考えておくべきでした。悪いと承知で悪いことをして後悔するなら、初めからしないことです。ところが彼があなたの物となったように、あなたは彼の物となりました。あなたが自分の物である彼を勝手に手放すのはあなたの自由ですが、一旦彼の物となったあなたを彼から取り去ろうとしたのは強奪(ごうだつ)[*3]です。彼が承知でなかった以上、よくないことでした。

ところでご承知のように私は巡礼の僧です。それだけに坊様の風俗[*4]がどのようなものかとくと弁(わきま)えています。それについて隠し立てなく進んでお話ししますが、余人(よじん)ならぬ私だから話しても差支えはないでしょう。それにそれもあなたのためを思ってのことです。どうも以前のあなたは坊様の正体をあまり御存知なかった様子だが、今後はもっとよく知っていただきたい。そのためにお話しします。以前は確かに聖人と呼ばれるような方もまことに有徳な僧侶もおりました。しかし今どき、坊様などと称し、世間からもそのように遇せられたいと思っている連中には、法衣だけが僧侶というのが沢山いる。その例の頭巾つきのマントだが、これさえも実は本来は坊様のものではない。というのは教団を立てた人が着るよう命じたのは、幅は狭くて窮屈で貧相なマントだった。粗末な布製で、肉体をこのような粗衣に包むことで現世のものを低く見るという気概を示しました。ところが今の世では幅はゆったりと広くて裏地がついて光沢のある最高級の布を用いている。形も派手に大僧正風に荘厳に仕立てている。寺の中でも外の広場でも、その法衣をまとって練り歩く様は、孔雀も同然。俗界の男女が着飾ってこれ見よがしに道を行くのとなんら変わりない。そもそもそうしたことを全然恥じていない。そして漁師が円い投網を使って一度に沢山の魚を取ろうとするように、この僧侶連中は幅広の縁飾りのついた法衣をまとって一度に沢山の女信者や後家さんや愚かな男女を抱き込むことしか考えていない。それで頭が一杯です。もっとはっきりいうと、この連中が着ているのは坊様の法衣でなくて、法衣の色を着ているだけです。以前は衆生の救済を心に掛けたが、今日の坊主のお目当ては女とお金。衆愚の頭を滔々たる説教と壁画[*5]でもって脅すにはどうすればよいか、その研究に腐心している。お布施をしごミサをあげれば罪は浄められる、などとしきりと唱えているが、それというのもこの坊主連中、信心があったから、というより心が陋劣だったから、いわば卑怯にも現世を逃げ出して僧侶になった。当然まともに辛い仕事はしたくない。するとパンを恵んでくださる人がいる。葡萄酒を奉納する仁がいる。中には故人の魂のために祈禱をあげてくださいませと寸志に料理を届ける女もいる。

　お布施やお祈りが罪を浄めるのは本当ですが、しかし皆さんがどんな人にお布施を差出しているのか、その坊様の実態を知ったなら、金子をそうした人に渡すのは控えて手元に取って置くか、さもなくば豚にでもくれてやろうという気になるでしょう。だが坊主どもは、そこはよく心得たもので、大きな富を所有する者は数が少なければ少ないほど安楽に暮らせる、ということをよく承知している。それで滔々たる説教と地獄落ちの脅しでもって、他人は遠ざけて、自分たちが取っておきたい物は自分たちの手元だけに取っておこうとする。坊主どもは声を荒らげて男に淫欲を戒める。理由はなにか。それだけ男を叱って追い払えば、それだけ女が自分の手もとの方に残るからです。坊主どもは高利貸や不正所得を弾劾する。理由は何か。不正な金を返却させて、それでもっていよいよ幅広の法衣を作らせる。その金でもって司教職とかそのほか高位の職を手に入れる。そんな汚い金を手にしていると地獄へ落ちるぞと説教したその金でもってです。こうした事やその他の汚らわしい事で非難を浴びると、返事は決まっている、「私どものする事はせず、私どもの言うがごとくせよ」。そんなお説教を垂れて、それで心の重荷が降りたと思っているのだから、呆れ返った話。まるで牧羊者よりも羊の方が鉄の堅固な心を持っているはずときめつけているようなものです。そして大概の坊様は、こんな返事をしたところで、世間のたいていの人はその返事を字義通りに受取らないことはご承知だ。当世の坊様は皆さんが坊様の言う通りすることをお望みなだけです。すなわち皆さんが坊さんの財布にたんまりと金をくれてやる。皆さんが自分の心の秘密を坊様に打明ける。貞操を守る。辛抱強く忍耐する。誹謗中傷されても許してやる。悪口をいうことは慎む。すべて良い事、すべて結構な事、すべて御立派な事ばかりです。だがなぜこんな事を望むのか？　それは世俗の人にそれをやられてしまうと、自分たちはやれなくなってしまう。そうした事を、彼らはやりたいからです。金がなければ怠け者の生活が長続きしないことを知らない人がいますか？　もしお前さんが自分の楽しみのために金を遣ったら、坊さんは教団の中でのんべんだらりの生活はできなくなってしまうではないか。もしお前さんたちが代わる代わる女のところへ遊びに行ったら、坊さんには女はまわってこない。それでは行き場がなくなってしまうではないか。もしお前さんが野次られても怒鳴られても我慢して辛抱強くしないようなら、坊様はおっかなくてお前さんの家まで押しかけて家の者を堕落させるような真似はできなくなってしまうではないか。なんで私が一々裏をあばくかわけを教えましょうか？「私どもの言うがごとくせよ」という弁解がましいことを言うたびに、坊さんは自分の欠点を晒しているのです。目の肥えた人にはそれは見え見えだ。身を慎み清らかな生活は送れないと思うのなら、なぜそもそも出家したのか。自分の家に居残っていればよかったではないか。またそうした聖職者の生活に身を捧げたいと思うなら、なぜ福音書の「キリストは行ひかつ教へはじめ給へり」[*6]という尊いお言葉に従わないのか？　まず自分で範を示し、それから他人を教えるが物の順ではないか。私は大勢の坊さんが女に言い寄り、恋し、足しげく通うのを見ました。相手には世間の女だけでなく僧院の尼さんもいた。ところがそうした連中にかぎって教会の壇上から雷のごとき声を張りあげて説教をする。一体なんでこうした人々を見習わねばならないのか？　見習いたい人は、そうするがいいが、そうすることが賢明か否かは神様だけが御存知だ。

ところでこの件で、夫婦の操の誓いを破るのは重大なる罪であるとして、あなたを叱りつけた修道士の言分がかりに正しかったと仮定しましょう。しかし人から奪うということは、さらに大きな罪ではないか？　人を殺したり、あるいは人を流浪の旅に追いやって、惨めな暮らしをさせるということは、さらに重大深刻な罪ではないか？　これは誰しもが認めるところと信じます。女が男と懇ろになり愛を受けることは、自然の罪です。それに対して男から奪ったり、男を殺したり、男を追いやったりするのは、悪意の罪です。[*7]前にも申したが、あなたはテダルドから、あなたの自発的な意思で彼の所有物となっていたあなたを、奪いました。[*8]なおあなたに関していうと、あなたは彼を殺した。あなたは彼に対していつも冷酷な態度をとった。たといそれで彼が自分の手で自殺しなかったにせよ、それはたまたまそうなっただけの話であって、あなたのお蔭ではない。法律によれば、悪事の原因をなす者は罪を犯した者と同様有罪とされている。そしてあなたがテダルドの流浪の旅、七年にわたる悲惨な外国生活の原因であることは否定できない。それだからあなたは彼と懇ろになった際に犯した罪よりもはるかに大きな罪をいま述べた三つのいずれの件でも犯している。ところで考えてみると、テダルドという男はこうした目に遭っても仕方のない男であったか？　とてもそうとは思われない。あなた自身がすでにこのことを認めている。しかも彼がわが身以上にあなたを愛していることは私も知っている。彼があなたについて語った時ほど敬意のこもった褒め言葉、尊崇の念はほかになかった。人に誤解されぬような場所で正直に彼は語ったが、あなたは別格で、他のいかなる女性に対してもあのような讃辞を呈したことはなかった。テダルドはすべての資産、すべての名誉、すべての自由をことごとくあなたの手に委ねた。彼は高貴な青年貴族ではなかったか？　彼はフィレンツェ市の同輩に比べて美男ではなかったか？　若者が心得るべき技芸に秀でてはいなかったか？　誰からも愛され、好意をもって見られ、遇されてはいなかったか？　これについても否とはいえない。だとすれば、どうしてあなたは気の狂った、馬鹿といおうか獣といおうか、妬み嫉みの塊の修道士風情の言葉などを信じて、彼に対しあのようなつれない振舞に及ぶ決心をすることができたのか？　私にはなぜ女がこうした過ちを犯すのかわからないが、女は男をみくびり小馬鹿にする。女が自分の身のほどをわきまえ、神から男に与えられた高貴な性質がほかの動物にはないものであることを承知するなら、その男の誰かによって愛された時は、身の光栄と思い、その方を大事にし、その方の愛がけっして遠のくことのないよう、その方の気に入るようつとめなければならぬはずである。ところがあなたとしたことが、たかが一介の坊主の言葉に動揺した。その坊主、どうやら食いしん坊のパイやタルトが大好きな美食家に相違ない。ほかの男を追っ払って自分がその地位に居坐ろうと物欲しそうな目で物色していたのだろう。となるとこの罪は、正しい秤ですべての行為をきちんと測る神の正義の裁きが、罰せられずに放置されることを望まなかった罪であるにちがいない。それであなたがなんらの理由もなくあなた自身をテダルドから奪い去ったように、あなたの主人もなんらの理由もなくテダルドのことで危険な目にさらされ、あなた自身も現に苦しみ悩んでいる。そうした状態から脱したいのなら、あなたに次の事を約束し、その上必ず実行してもらわねばなりません。それはこうです。万一テダルドが長い流浪（るろう）の旅から当地へ戻るようなことがあったなら、あなたは、愚かにもあの狂った修道士風情のいうことを信じた以前に戻り、以前と同じようにテダルドに優雅に愛情と仁慈をこめて懇ろに接してもらいたいのです」

巡礼の修道士は言葉を終えた。夫人は一心に耳を傾けて聴いていたが、修道士の言分はまことにもっともらしく思われた。そしてその話を聞くうちに自分が悩み苦しむのはその罪のためであることは間違いないと思い、言った、

「あなたのお話はなるほどもっともとよくわかりました。いままでは徳の高い方ばかりと思っていましたが、ご説明をうかがううちに、世の坊様がどのような人であるかもずいぶんよくわかりました。テダルドに対してしたことがたいへんよくなかったこともはっきり自覚いたしました。もしわたしにできますなら、いわれた通りに進んで償いをしたく思います。しかしどうすればよいか？　テダルドが帰って来ることはあり得ません。死んでしまいました。とすればいまさら出来ぬことをお約束しても所詮（しょせん）空しうございましょう」

それに対し巡礼は答えた、

「奥さま、神様のお示しになったところでは、テダルドが死んだなどということは全然

ございません。生きて元気で無事でいます。もしあなたのご好意に接することさえできるなら、それこそ幸せのきわみでしょう」

　すると夫人は言った、

「口にお気をつけあそばせ。わたくし見ました。このわたしの家の門前で短刀で数箇所刺されて殺されておりました。この腕に抱えて、その死顔にぼろぼろ涙をこぼして泣きくれたものでございます。多分その涙ゆえに世間はあらぬ噂を立てるようになったのでございましょう」

　そこで巡礼は言った、

「奥さま、奥さまがなんと言われようと、テダルドは間違いなく生きています。もしあなたが約束を必ず果たすとお誓いになるなら、すぐにでもテダルドをお目にかけることもできます」

　すると夫人が言った、

「お約束いたします。喜んでお約束を果たしましょう。夫が無事に釈放され、テダルドが生きている姿を見ることができるほど嬉しいことはほかにありません」

　テダルドには正体を現わすべき時が来たように思われた。女の夫についてもより確かな希望を与えて安心させるべきではないかと思われた。それで言った、

「奥さま、御主人のことで安心していただくために、大きな秘密を一つ申します。なにとぞ一生涯この秘密は胸に秘めて、誰にもゆめ口外しないでください」

彼らがいた場所は人気はなく、二人きりだった。巡礼の様子にはなにか聖人を思わせる風があり、夫人はそれですっかり信頼しきっていたのである。テダルドは肌身離さず大事にしていた指環を一つ取り出した。それは女と一緒に過ごした最後の夜、女が彼に与えた指環である。それを見せて、

「奥さま、これに見覚えがありますか？」

女はそれを見るや、それがなにか気がついた。そして言った、

「はい、お坊様、前にテダルドにあげた指環です」

すると巡礼は立ち上がって、背中から旅衣のマントを、頭から頭巾を、さっと脱ぎ捨てた。そしてフィレンツェ言葉で話しかけた、

「そして私にも見覚えがありますか？」

女は見た。テダルドだと気づいて全身呆然とした。怖気づいた。死体が死んだ後に歩き出したのを見ておじけるかのようであった。テダルドがキプロスから帰ってきたのにいそいそと進んで出迎えようとするどころか、テダルドが墓から蘇ったのかと怖れて逃げ出さんばかりであった。

そんな夫人にテダルドが言った、

「奥さま、ご心配なく。私はあなたのテダルドです。生きています。元気です。あなたや私の兄弟がたといなんと思い込もうとも、私は死んだこともなければ殺されたこともない」

女は多少安心したものの、男の声に怯えて、さらにしばらく男を見つめた後、まちがいなくテダルドだと確信するや、泣きながらその首にすがりつき、キスして、いった、

「テダルド、優しいテダルド、お帰り、よくぞ帰って来てくれました！」

テダルドも女を抱き、接吻しながら、言った、

「奥さま、いまはこれ以上強く抱きしめてご挨拶することはできません。すぐに出掛けてアルドブランディーノが元気で無事にあなたのもとへ戻れるようきちんと取計らいます。その件に関しては、明日の夕方までには良い報せをお届けできると思います。もし、私が期待するような、ご主人の救出に関して吉報がはいるなら、今夜のうちにもお宅に参上し、その時はゆっくりとお話し申しあげます」

ふたたび巡礼の旅衣をまとい頭巾をかぶると、いま一度夫人に接吻し、望みは確かだと元気づけ、夫人のもとを離れると、そこからアルドブランディーノが獄中にいる場所へ直行した。目の前に迫った死の恐怖に怯え、将来救出されるなどという希望などゆめにも思い浮かばなかったアルドブランディーノである。テダルドは教誨師の風をして獄吏の許しを得ると、独房に入り、アルドブランディーノの脇に座って言った、

「アルドブランディーノ、私はお前の友人で神によりお前の救いのために遣わされた。神はお前の無実を知って憐憫の情に動かされた。まことに畏れ多い事です。だからもし私がお前にお願いする小さな贈物をお前が承知してくれるなら、間違いなく明日の晩、お前は死刑の判決が下ると思っているだろうが、その代わりに無罪放免の宣告を聞くこ

とになるはずです」

アルドブランディーノが答えた、

「それは忝い。お名前も存じあげず、前にお会いした覚えもないが、私の救いを気にかけてくださる御仁であるからには、友人にちがいない。真実、その罪状で私が死刑を宣告されるはずと世間でいわれている罪を私は絶対犯していない。ただそれ以外の罪はいろいろ犯しました。それでこんな目に遭うのだろうと観念しています。しかしもし神様が現在この私の身の上をあわれと思召しなら、まことに畏れ多い事です、小さな贈物はいわずもがな大きな物でもなんでもお約束するだけでなく実際にいたします。だから好きな物をおっしゃってください。万一私が放免されるなら、間違いなく、堅くお約束を果たします」

すると巡礼の僧侶が言った、

「私がお前にお願いするのはほかでもありませぬ。お前にテダルドの四人の兄弟を許していただきたい、ということです。あの四人兄弟はお前がテダルド殺しの下手人だと思い込み、お前をこの窮地に追い込んだ。この件に関してお詫びを申しあげた際は、なにとぞ兄弟とも友人とも考えて御厚誼を賜りたい」

これに対してアルドブランディーノが答えた、

「辱めを受けた本人でなければ、復讐がいかに甘美なものか、いかに熱烈に復讐を望むものか、わかりますまい。しかし神が私の救いを御配慮くださいますように、私は喜んで彼らを赦しましょう。いや今のいま赦しております。もし万一わたしがここから自由に生きて外へ出ることがあるならば、あなたのお気に召すように取計らう所存です」

この答えに巡礼は満足した。そしてそれ以上はなにもアルドブランディーノに明かさずに、明日中には必ず釈放間違いなしの報せが来るから元気を出してと極力彼を励ました。

そしてアルドブランディーノのもとを離れるとそのままシニョリーアへ直行した。シニョリーアとは都市国家フィレンツェの行政機関のある建物である。そしてその政庁をとりしきっている長官に内密に面談し、このように言った、

「閣下、事の真相が明らかになるよう各自が進んでそれぞれ努力すべきことはいうまでもありませんが、閣下のような方がその席を占める高い位にお就きの方は特にそうでございます。罪を犯していない者が罰せられることのないように、罪を犯した者が罰せられずにいるようなことのないよういたさねばなりませぬ。そうした正義が行なわれることとは貴方様の名誉になり、罰に値する者は罰を受けることと存じ、ここへ罷り出ました。御存知のように閣下はアルドブランディーノ・パレルミーニに対して厳しく追及し、本人がテダルド・エリゼイを殺害した当人であることに違いはないと判断を下されたと聞きました。そして今にも判決を下すとうかがっております。これは全くの事実誤認です。今晩真夜中までにあの若者の本当の殺害者一味を閣下の御前に引き立てて真相をお目にかけます」

長官はなかなかの人物で、アルドブランディーノのことをかねて気の毒に感じていたので、巡礼の言葉に進んで耳を傾けた。長官はこの件について様々な問題点を巡礼と話しあった後、巡礼の先導で宿屋に踏み込み、寝込んだばかりの宿屋の二人の兄弟と使用人一人を難なく捕まえた。一体どうした事情であったのか彼らに白状させようと拷問にかけようとした。すると拷問が怖ろしく三人別々に白状し、ついで口を揃えて罪を認めた。自分たちがテダルド・エリゼイを、彼とは知らずに、殺した。その理由を聞かれて、そ奴が自分たちの留守に兄弟の妻の一人にしつこく言い寄って、あまつさえ力づくで望みを遂げようとしたからだ、とのことだった。

巡礼はそれを知ると、長官の許しを得てその場を去り、こっそりとエルメッリーナ夫人の家に戻って来た。使用人はみなすでに寝静まったので、夫人ひとりである。いまかいまかと待っていた。夫についての朗報を聞きたいのとテダルドとすっかり仲直りをしたいのとで身も心もぞくぞくしている。その前に満面に笑みをたたえた愛しいテダルドが近づいた。

「奥さま、喜んでください。明日になれば間違いなくここにご主人は元気に無事に帰って来ます」

そして話に間違いがないことを確証するために自分がしたことを逐一話した。

夫人は突然こんな予期せぬ事態が二つも持ち上がったので、嬉しくてたまらない。——愛しいテダルドがなんと生きていて自分のもとに帰って来た、死んだと思って泣きに泣いたのが生きている。アルドブランディーノも死線を越えて自由の身となって帰って来る、あと数日で死んだものとして泣かねばならなかったその主人がである——さあこうなると、もう嬉しくてたまらない、女でこれほど喜んだ女はいないという喜びようで、身を躍らせて熱烈にテダルドを抱きしめてキスをした。そして一緒に寝台へ行くと、そこで進んで優雅に楽しくむつみあい、お互いになんともいえぬ喜びを味わった。朝が近づいた。テダルドは起き出して、自分が何をするかその考えはすでに夫人に伝えてあったが、この事は絶対秘密にしておくようあらためて念を押し、巡礼の服をまとうと女の家を出て、時刻を見計らって、アルドブランディーノの件をすませるべくその方へ向かった。

夜が明けるとフィレンツェの市庁当局はこの件に関する必要な情報はすべて入手したと確信し、早速アルドブランディーノを釈放した。そして数日後、下手人たちを、彼らが犯罪をやらかしたその場所で断首の刑に処した。こうしてアルドブランディーノは自由の身となった。本人も妻も友人も親戚も大喜びである。そしてこうなったのはひとえに巡礼のお蔭であるとわかっていたので、礼を尽くして彼を家に案内し、この市中に御滞在のかぎりは家に泊って欲しい、と願い出た。それからは至れり尽くせりの大歓待である。とくに夫人は誰をもてなしているかを承知するただ一人の人なので心をこめて歓待した。

数日経つとこの辺で兄弟とアルドブランディーノとを仲直りさせる潮時（しおどき）だとテダルド

には思われた。兄弟はアルドブランディーノが釈放されたことで面目を失って不機嫌の体である。それのみか、意趣返しを怖れておさおさ防備に怠りない。そこでテダルドは鷹揚に自分にはその用意があると答えた。それで巡礼は翌日、アルドブランディーノ家で結構な宴席を用意するようにと言った。その宴席にアルドブランディーノは、彼の親族と夫人方とともに、テダルド・エリゼイの四兄弟とその夫人方をお招きする。そしてなおつけ足していうには巡礼自身がエリゼイ家へ出向いて和解をすすめ宴席への御招待もアルドブランディーノに代わって申し伝えてくる、という。アルドブランディーノは巡礼のすることはなにもかも結構づくめなことに思われたので、巡礼は早速先方へ出掛けた。そして四兄弟と、このような事件の際には必要な言葉遣いを用いて、反論の余地のない御挨拶を述べ、ついにさしたる反対もなく先方を説得し、四兄弟がアルドブランディーノの許しを乞い、今後とも末永く友人として御厚誼を賜るようお願いする、という風に話をまとめた。そこへ話が落着いた時、巡礼は四兄弟とその御夫人方が翌日の朝、アルドブランディーノと一緒に食事をするという宴席へお招きした。四兄弟もその家族の者も今は先方の善意を信じ、その招待を有難くお受けした。

その翌日の朝、そういうわけで、食事の時間にまずテダルド・エリゼイの四兄弟が、例のごとく黒づくめの服装でアルドブランディーノ家に現われた。何人かの友人がお伴している。アルドブランディーノは来客を待ち受けている。そこで、アルドブランディーノに招かれてこの宴席でお相伴をする人々の前で、兄弟は武具を地面に投げ棄て、わが身をアルドブランディーノの手中にゆだね、アルドブランディーノに対し自分たちが今までとってきた態度について許しを乞うた。アルドブランディーノは涙しながら哀憐の情をこめて彼らを出迎え、四人全員の唇に接吻すると、自分が受けた侮蔑の一つ一つを多くの言葉を口にせずに赦した。男たちの次に姉妹や夫人たちが、やはり地味な褐色のいでたちで現われた。するとエルメルリーナ夫人その他の女性が優雅なお出迎えをした。

こうして男たちも女たちも素晴らしいもてなしを受けた。万事まことに結構づくめだったが、それでも一つだけ気になることがあった。テダルドの親族の地味な服装に示された最近の不幸のゆえに、話が湿って遠慮がちなことである。そのために巡礼の提案によるこの宴会への招待そのものが人によっては非難がましい目で見られていた。テダルド本人もそのことに気がついている。それでかねて考えていた通り、この辺で沈黙を破るべきだと判断し、ほかの人々が食後の果物をまだ食べている時に、立ち上がって、おもむろに口を切った、

「この宴会を楽しい席とするために欠けているものはなにひとつございませんが、ただテダルドのことが残念でございます。しかしテダルドは実は本席にずっと皆さまと同席しておりました。それなのに皆さまは気づかれませんでした。私が皆さまにテダルドをお目にかけたく存じます」

そういうと、背中から巡礼の旅衣や僧侶の衣服一式をさっと脱ぎ捨てた。そこに現われたのは緑色の薄絹地の胴着姿である。全員があっとあまりのことに驚いてその姿を見つめた。だが巡礼の正体がテダルドだと誰にもなかなか言い出せない。テダルドはその様を見てとると、お集まりの人々の親族のこと、その間で起ったあれこれの出来事、我が身に起った出来事などを物語った。そうなるともうこれはテダルドに間違いない、兄弟も、ほかの人も、居合わせた人はみんな、喜びのあまり涙を流しつつ、彼のもとに走りより、抱擁した。男だけでない、女たちもみんな同じように駆け寄った。親族も親族でない人すらも駆け寄った。ただエルメㇽリーナ夫人だけがその場を離れない。

それを見てアルドブランディーノは言った、

「どうしたのか、エルメㇽリーナ？　なぜほかの女たちと同じようにテダルドにご挨拶しないのか？」

皆が聞いているその前で夫人は夫に答えた、

「あの方はそのお蔭であなたを取り戻すことができた命の恩人です。ここにおられる誰方にもましてわたしこそ是非ご挨拶したい。そう思いました。テダルド様を抱きしめて是非お喜びを申し述べたい。けれども先日、テダルド様が殺されたと思い込み、涙を流し喪に服していた間に、いやな噂が立ちました。それで控えておりました」

それを聞いたアルドブランディーノが言った、

「おい、妙な遠慮はよせ。きゃんきゃん騒ぐ連中の噂を俺が気にするとでも思っているのか？　テダルドは俺の命を救うことで、それだけでもうそうした噂が根も葉もないことを明らかにしてくれたではないか。もちろん俺はそんな噂は初めからまったく信じなかった。さあ、早く起き上がってテダルド様を抱擁するがいい」

テダルドを抱きしめたいとばかり願っていた夫人は、即座に夫の言葉に従った。それで立ち上がると、ほかの女たちがしたように、両腕で彼を抱きしめて喜びを全身であらわした。このアルドブランディーノの鷹揚な態度がテダルドの兄弟やその場に居合わせた男女たちみんなにたいへん好印象を与えた。いろいろ囁かれた噂話で何人かの脳裡に浮かんだ疑惑の念もこれですっかり雲散霧消した。全員から歓迎の挨拶を受けたテダルドは、自分の手で兄弟の黒の喪服や、姉妹や兄嫁や弟の嫁の褐色の喪服を脱ぐ手伝いをした。そしてその場へ別の衣裳を届けさせた。みんなが着替えた時、かれらはあらためて歌や踊りやその他の座興でその場を盛り上げた。こうして初めはしんと黙りかえっていた宴会が喝采と笑いのうちに終わったのである。そしてみんな陽気にはしゃいで今度はテダルドの家に向かい、そしてそこで晩餐を頂いた。その後もなお数日の間、彼らはこのようなお祭り気分で楽しく過ごしたのであった。

フィレンツェの市民は何日もの間、墓から蘇った人ででもあるかのようにテダルドを眺めた。彼を見ることさながら奇跡のごとくであった。それでもテダルドの兄弟を含めてなお大勢の人は、心中で多少の疑念を払拭することができない。あの男は本当にテダルドか、違うのではないか、という疑念である。その疑いは今後も長く続いたのかもしれない。ところがある事件が持ち上がって、では殺された男は一体誰だったのか、という身元が判明したのである。それはこんな事件だった。

ある日ルニジャーナの兵士が何人かエリゼイ家の前を通りかかり、テダルドを見かけると、近づいて来て、

「どうだい、元気かい、ファツィウオーロ？」

と声を掛けた。その連中に向かってテダルドは、兄弟のいる前で、答えた、

「君らは人違いをしているよ」

兵士たちはそれを聞いて、きまり悪そうに「失礼しました」と言った。そして釈明して、

「いやあなたは実際、人が人にこれ以上似得るかというくらい僕らの仲間に似ているのです。そいつはポントリエモーリ出身のファツィウオーロという男で、二週間かもすこし前かに当地へ来て、それきり消息が途絶えてしまった。いや服装が違うので変だとは思いましたが。ファツィウオーロも僕らと同様傭兵隊の兵士なのだから」

テダルドの長兄がこれを聞いて、身を乗り出して、そのファツィウオーロはどんな服装をしていたかと尋ねた。兵士らが口々に説明した。そのいうところが正に見た通りであった。それで、これやあれやの証拠品で、殺されたのはテダルドでなくてファツィウオーロであることが確認された。それでテダルドは本物ではないかもしれないという嫌疑も兄弟はじめすべての人の頭から霧消したのである。

テダルドはこうして大金持となって故郷に錦を飾り、人目につかず夫人をずっと愛し

続けた。夫人も二度とテダルドに対してつれなくすることはなかった。二人は気をつけてつきあうことで、長く互いの愛を楽しんだとのことである。神さま、わたしたちにも同じように愛の楽しみを存分に味わわせてくださいませ。

＊1　ダンテが煉獄の島で（『神曲』煉獄篇第二歌）自分が以前作った詩がカゼッラの口から歌われるのを聞いたのと同じ趣向と考えてよいであろう。

＊2　「懇ろになった」は usare la dimestichezza の訳である。原イタリア語には性行為がより具体的にイメージされている。D・H・ロレンスは戦傷で不能となった夫が妻コニーに世嗣を儲けさせようと思い、男と関係することをそれとなくすすめる。そのとき Just use it というが、それと同じ語源の usare なのである。

＊3　ダンテ『神曲』地獄篇第十三歌に自殺者と自家伝来の財産を蕩尽した者が同じ地獄の第七圏谷第二円で罰せられている。自分の命を力づくで奪った自殺者も自分の財産を無理矢理に蕩尽した者も self-robbery として同一のカテゴリーに属するからである。ボッカッチョはそのような robbery「強奪」の観念を男女関係に応用し「彼の物であったあなたを彼から取り去ろうとした」責任をここで追及しているので、広い意味ではこの一節はボッカッチョによるダンテのパロディーではないかと考えられる。「解説」（中巻）第四章「ダンテを意識するボッカッチョ」中の「愛の屁理屈」の節を参照。

＊4　ここで行なわれる聖職者の風俗への長く詳しい批判は、著者ボッカッチョの見方を伝えて興味深いが、当時の説教者ジョルダーノ・ダ・ピーサなどの聖職者非難の言葉が多分にこだましているという。しかし第三日第七話の枠内で考えると「もし夫を救いに見えたのなら、お急ぎください、時間は僅かしかございません」という女の訴えから考えても、長きに過ぎて話の構成のバランスを失しているように思われる。

＊5 最後の審判や地獄の図は十四世紀に教会に頻々とフレスコで描かれるようになった。

＊6 『新約聖書』マタイ伝第四章二十三節、マルコ伝第一章二十一節などへの言及とされている。ボッカッチョの聖職者批判は戯画化されているとはいえ、ダンテの聖職者批判と通底する指摘を多く含んでいる。しかもその批判は具体的で、性欲処理の問題が計数的に述べられるなど、単なるお笑い以上の観察が含まれている。全体は整然と述べられており、批判は根源的で、単なる「新しいパリサイ人」に対する憤懣というより、さらに多くの問題性を孕んでいる。他に比を見ない宗教者ないしは宗教への批判の大爆発といえよう。ダンテ『神曲』地獄篇第十九歌の法王ないしは法王庁批判にしてもすこぶる過激だが、そのような言説が活発に行なわれ得た当時のフィレンツェの言論自由の幅に対して訳者は非常な驚きを覚える。

＊7 九つの圏谷に分かれるダンテの地獄で、パオロとフランチェスカが上の方の第二の圏谷で罰せられているのは、愛欲の罪は「自然の罪」すなわち本能的な罪であり、アリストテレス＝トマスの体系の中では、大喰らいの罪（第三の圏谷で罰せられている）などと同様、罪として比較的軽いからである。アリストテレスの定義に従えば人間は「理性的な動物」である。他の獣とは違う人間の尊厳も人間の理性に存する。それであるからその理性を用いて行なわれた故意の犯罪、すなわち「悪意の罪」は、罪の程度が重い。ダンテの地獄では下の圏谷、主として地獄の下層界と呼ばれる第六の圏谷より下の圏谷で罰せられているのはその為である。その罪の軽重の差に目をつけて巡礼の僧侶に扮したテダルドは論を展開した。これも、広義ではあるが、ボッカッチョによるダンテのパロディー化の一例といえるであろう。詳しくは「解説」（中巻）第四章の「愛の屁理屈」の節を参照。

＊8 平川訳では論者の犯罪を立件する論理と手法を示すためにこの箇所を直訳したが、これは平明に訳すと「ご自分から進んでテダルドのものとなったあなたが、彼から離れたということは、彼から盗んだも同様です」（高橋久訳、新潮文庫）ということである。

＊9 声はイタリア語で voce と普通綴るが、ここでは boce と綴られている。同様の例は第二日第五話にもある。日本人が v の発音を b と間違って発音することが多いのは日本語に v の発音がないためだが、地中海地域でも場所によって両者の発音は混同されることがある。boce は方言性の強い言い

方と考えられる。

第三日第八話

ある粉薬を飲まされたフェロンドは、一旦死人として埋葬される。フェロンドのかみさんと懇ろになった修道院長の手で、墓から引き出され、真っ暗な獄に入れられる。そして煉獄にいるのだと信じ込まされる。復活したとされた後に、修道院長が自分の妻に産ませた子供を自分の子供として養育する。

〔ラウレッタが物語る〕

エミーリアの長い話が終わった時、誰一人としてその長さを退屈とは思いませんでした。一つの話の中にこれだけ多種多様の場合が話題となっているのに、よくもこう簡潔にまとめたものと全員に褒められました。女王はそこでラウレッタに目配せして意向を伝え、彼女に次のように話し出すきっかけを与えました。

したしいご婦人の皆さま、わたくしは実際にあった事をお話しするつもりですが、実際にあった事というより嘘のように見えるお話です。この話が頭に浮かびましたのは、先ほど他人に間違えられて人々の涙のうちに埋葬された人の話を聞いたからでした。それで生きている人間がどのようにして死人として埋葬されたか、ついで蘇り、まだ生きている人間であるにもかかわらず、本人も多くの他人も墓から出て来た一旦は死んだ人として思い込んだか、そしてそれゆえ聖人として崇められたという話です。本当は（愚かな）罪人として罰せられてしかるべき人でございましたが。

トスカーナに僧院があった。実は今もある。僧院の常として人里離れた場所に位置している。そこである坊様が僧院長になった。その人は聖人の誉れ高かったが、女関係だけは別であった。しかも女との付き合いを隠すのが上手で、誰も知らないどころか、疑いさえもしない。それで万事につけて有徳、公正な聖人とされていたのである。ところでこの僧院長は、たいそうな金持の百姓でフェロンドという名の男と親しくなった。おそろしく粗野で粗忽な男だが、それでも言うこと為すことがあまりに愚かだから、せいぜいそれが面白くて、僧院長はつきあっていたのである。こうして昵懇にするうちにフェロンドにはたいへん美人のかみさんがいることに気がついた。そうなるとこのかみさんに僧院長は熱く惚れ込んでしまって、昼も夜もほかのことは考えられないほどである。しかも聞いたところでは、フェロンドはほかのことでは単純で愚かだが、この細君を愛し大事にすることにかけては別人のようで、およそ抜目がない、との話である。それで僧院長はこれは無理だなとほとんど絶望してしまった。しかしそこはしたたかだから、上手に話をもちかけて、フェロンドにかみさんと一緒にときどき僧院に来て庭園で息抜きでもしたらいかがか、とすすめた。そしてそこで僧院長は彼らと永遠の生命の至福であるとか過去の多くの男女が成し遂げたいとも尊い事業であるとかについてたいへん慎ましく話した。それを聞かされるうちに、おかみは懺悔するならこの坊様にかぎると思うようになり、フェロンドに許しを乞うた。夫は「結構」といった。

おかみはそれで僧院長のもとへ懺悔しにやってきた。僧院長がいたく喜んだのはいうまでもない。懺悔する前に跪いて、他の事を話すに先立って女はこういう風に切り出した、

「神父さま、もし神様がきちんとした夫を私に与えてくださいましたなら、あるいは夫を与えてくださいませんでしたなら、貴方様のお導きで、お諭しになられた道に入ることも安々とできたかと存じます。よその方はその道で永遠の生命にいたることがおできかと思いますが、わたしの場合はフェロンドとその愚かさ加減を考えると、もうわたしは後家も同然でございます。ただ結婚していますから、夫が生きている限り、ほかの夫を持つことはできません。夫はあのように愚かですが、わたしのこととなると理由もなく度外れて焼餅焼きでございます。それであの人との暮らしは涙ながらの毎日、ただただ惨めな明け暮れでございます。それでほかの事を懺悔する前に、謹んでお願いでございます。この点についてご忠告をなにとぞ賜りませ。と申しますのも、この点から始めて良くなる見通しの立たぬ限りは、懺悔しようがなにをしようが、なんの役にも立つとは思われないからでございます」

この女の話を聞いて、僧院長の心は喜びに舞い上がった。運命が自分の大望に門を開いてくれた気がして、こう言った、

「娘や、あなたのような美しく心のこまやかな人にとって精神錯乱の愚かな男を夫として持つことは、甚だしく煩わしいことに相違ない。さらに面倒なのはその夫が焼餅焼きだということだろう。その二つが重なっているのだから、涙ながらの日々、惨めな明け暮れということは安々信ずることができる。しかしこれについて手短かにいうと、次の一つ以外に忠告もなければ解決策もない。それはフェロンドの焼餅焼きを治すことだ。その薬の処方を私は承知しているが、そのためにはこれから私がいうことの秘密をあなたに守ってもらわねばならぬ」

女はいった、

「ご心配なさいますな。貴方様が言うなと仰せのことを他人に言うくらいなら、その前に死んでみせます。しかしどうしたら焼餅を治せましょう？」

僧院長は答えた、

「治すことを望むからには、どうしても煉獄へ行ってもらわねばならぬ」

「またどうして」

と女がいった、

「生きているままで煉獄へ行けるのですか？」

するとと僧院長が言った、

「それは一度死んでもらわねばならぬ。そうすれば煉獄へ行ける。そこでしかるべき刑を受け、その嫉妬(しっと)の罪が浄(きよ)められたら、そこで私どもがしかるべきお祈りを唱えて神にお願いし、彼をこの世に戻してもらうようにする。神様がそうしてくださるだろう」

「それではわたし」

と女がいった、

「わたしは本当に後家(ごけ)さんになってしまうのですか？」

「左様」

と僧院長が答えた、

「左様、しばらくの間はやもめ暮らしだ。その間は再婚の話が出てもいっさいそれに応じてはならない。まず神様がそれは良からぬこととして御承知になるまい。それに結婚したとしても、フェロンドが地上に生還した時、あなたは彼のもとへ帰らねばならぬわけだから、フェロンドは以前にもまして焼餅焼きになってしまうだろう」

女はいった、

「この焼餅焼きさえ治ってくれるなら、――わたしには今のこの牢獄のような暮らしには耐えられませんから、お願いでございます、なにとぞ良きようにお取計らいくださいませ」

するとすると僧院長が言った、

「それでは私がやってやろう。しかしこのようなお勤(つと)めをして進(しん)ぜる礼にあなたからなにをいただけるかな?」

「神父様」と女がいった、

「あなたのお好きなものを——それもわたしにできればでございますが——差し上げます。でもわたしのようなしがない女に貴方様のような御立派な方のお気に召すようなものがありましょうか?」

僧院長が女に言った、

「奥さん、私がこれからあなたのためにしてあげるのと同じ事をあなたはしてくだされば それでいいのです。これからあなたを慰め、あなたを喜ばすのだから、あなたも私の命を救い、私を自由にするためになにかをしてもらわなければならぬ」

そこで女はいった、

「もしそれでよいのなら、心づもりはできております」

「それでは」

と僧院長は言った、

「それではあなたは私にあなたの愛を捧げてください、私はあなたに思い焦がれ、体も心も痩せなんばかりだから、あなたの体と心で私を存分に喜ばせてください」

女はこれを聞いてすっかり驚いてしまって、答えた、

「おやまあ、神父様、一体なにをお求めになります? わたしは神父様は聖人さまのような清いお方と信じきっておりました。聖人さまともあろう方々が助けを求めにきた女

たちにこのようなことをお望みになってよろしいのでしょうか?」

それに対して僧院長は「わが美しき魂よ」と女に呼びかけながら答えた、

「美しい奥さん、驚くにはあたりません。こうしたことがあろうと、聖人様の聖なる性質は減ずるものではない。聖性は魂に宿るものです。私があなたに求めるものは肉体の罪です。だがたとえそれがなにであれ、あなたのえもいわれぬ美しさはなんともいえぬ力を秘めているから、私にそうさせずにはおかないのです。あなたはご自分の美しさについてほかのどの女よりも誇りにしてよい女です。ふだんは天上世界の美しさを見慣れている聖人様たちの目にとまるような美しさなのだから。それだけではない。私は僧院長であるけれども、ほかの男たちと同様男であることに変わりはない。御覧のように私はまだ老人ではない。それに私にいわれたことをするのは辛いことではない。それどころか、したくてたまらなくなることである。それというのもフェロンドが煉獄にいる間に、本来は彼が与えてしかるべき慰めを私が夜伽のお相手としてあなたにして進ぜるまでだからです。それにこのことには誰も気づくはずはない。世間はみな私を聖人、いやそれ以上と思い込んでいる。あなたさえもたった今しがたまでそう信じていたではないか。神様があなたに贈るお恵みを拒んだりしてはなりません。あなたが愚かにも拒んだりせず、私のこの助言に従うならば、あなたが得るであろうもの、あなたが味わうことができるもの、それが欲しくてうずうずしている女の人は世間にたくさんいます。それだけではない。私はきれいな高価な宝石を持っている。それをあなた以外の人にあげるつもりはありません。だから、甘美なるわが希望よ、私があなたのために喜んでするのと同じことをあなたも私のためにしてください」

　女は顔を伏せた。相手の申し出を断わることもできなかった。しかしだからといって相手の申し出に従うことが良いこととは到底思えなかった。だが僧院長は、女が自分の話に耳を傾けたと見てとるや、返事をせかさずに待った。ここまで来れば女はもう半ば陥落したも同然と察したからである。それで初めの言葉にさらに多くのほかの言葉をついで、相手の頭の中に院長様の言う通りにするのは良い事だという考えを入れ込むまでは話を止めなかった。すると女は気恥ずかしげに「自分は院長様のご命令ならなんなりと従いますが、ただフェロンドが煉獄へ行ってしまう前は困ります」といった。その返事を聞いた僧院長は、これでうまくいった、と大満悦で、

「では彼がいますぐ煉獄に行けるよう取計ろう。いいか、明日か明後日、ここの私のところまで寄越しなさい」

　というが早いか、こっそりと女の手にたいへん美しい指環を握らせて、女を帰した。女は贈物を頂戴して喜んだ。これからもっと頂けるという期待に心ははずんだ。女たちのお仲間のいるところへ帰ると、僧院長の世にも稀なお人柄のすばらしさを褒めあげ、それから女たちとともに家路についた。

　その二、三日後、フェロンドは僧院へ出掛けた。その姿を見るや、僧院長は彼を次のような手口で煉獄へ送り込むこととした。驚くべき効能の粉薬がある。これは僧院長が

かつて地中海東方のオリエントのさる大公から手にいれたものである。その大公の言分によると、この薬をよく用いたのは「山の老人」[*1]だそうで、誰かを眠らせて天国へ送り込み、それからまた呼び戻す時にこれを使ったのだという。その薬の匙加減で、それを飲んだ者が寝る時間は長くもなり短くもなる。ただしそれだからといって、本人になんの害も及ぼさない。そしてその薬が効いているかぎり、誰も本人が生きているとは思わないのだそうである。それで僧院長はフェロンドに三日間眠らせるに足るだけの分量を測ると、それを濃いめの色をした葡萄酒にまぜて、自分の僧房で、薬をまぜたとフェロンドが気づかぬうちに、そのグラスの酒を飲ませた。それからフェロンドを回廊へ連れて行き、そこで僧院の他の坊様たちと一緒に皆でフェロンドの馬鹿さ加減を笑い物にして興じ始めた。だがそれもほとんど続かなかった。薬が効き始めて、フェロンドはにわかに激しい睡魔に襲われ、まだ両脚で突っ立ったまま眠り込み、眠り込んだままその場に倒れた。僧院長は、この突発事故に狼狽したふりをして、フェロンドの服をゆるめさせると、冷たい水を持って来させ、男の顔に吹きかけた。そしてその他さまざまの薬の処方を命じ、この胃だかどこだかを襲った毒気からフェロンドの失われかけた命や意識を呼び戻そうとつとめるかにみえた。だが僧院長や坊様たちが八方手を尽くしても、フェロンドは息を吹き返さない。それで脈を取ってみたがまったく打っていない。それで居合わせた者はみな、これは間違いない、フェロンドは死んだのだと結論した。そこですぐにフェロンドの妻や親戚に通知が行った。みんな驚いて駆けつけてくる。そして妻や親戚がしばらく涙を流すと、僧院長はフェロンドを服を着せたまま墓の中へ葬った。
妻は家に戻った。そしてフェロンドとの間にできた息子に「お前と別れたりはけっしてしないよ」といって、フェロンドの家にそのまま残って息子の世話と夫の財産の管理を始めた。

僧院長は、たいへん信用しているボローニャ出身の僧侶で、その日ボローニャから当地に着いたばかりの者とともに、夜半起き出して、こっそりと墓からフェロンドを引き出した。そして光のまったくささない地下の墓穴に運び込んだ。この墓穴は道を踏み誤った僧侶の監獄用に拵えられたものである。そこで衣服を脱がせて、坊様の服を着せ、藁の束の上に置くと、息を吹き返すまでそこに放置することとした。その間ボローニャの僧侶は、何をなすべきかを教えられ、ほかの人は誰一人何事もいっさい知らぬままに、フェロンドが息を吹き返すのをその場で待つこととなった。

僧院長は、翌日、儀礼的なお悔やみの挨拶を述べる恰好で、何人かの坊様を伴って、女の家を訪れた。女は黒の喪服をまとい、愁傷の体である。女をしばらくのあいだ慰めた後、それとなく約束の履行を求めた。女は小うるさいフェロンドがいなくなり、いまは誰からもとやかく言われることのない自由の身である、しかも僧院長の指にはまた別の美しい指環が光っている、――それを見て「心づもりはできております」といい、僧院長に向かい今夜いらっしゃいませとしめしあわせた。それで日が暮れると、僧院長は、フェロンドの服を着て変装し、例の僧侶一人を伴って女の家へ行き、女と寝て翌朝まで歓楽の極みをつくした。そして僧院に戻った。その道をこうした御用のために足しげく通ったのである。すると道の往き帰りに何度か人に見られた。すると世間は、さてはこれはフェロンドの亡霊が贖罪のためにこのあたりをさまよっているのだ、と言い出した。それでいろいろな噂が村の粗野な人々の口にのぼった。フェロンドのかみさんにもその噂は何度も伝わったが、本人は何事かはもちろんよくわかっていた。

フェロンドが息を吹き返し、自分がどこにいるか見当もつきかねていた時、例のボローニャの僧侶は怖ろしい声を張りあげて墓の中に入って来た。手には長い枝を持っている。僧侶はフェロンドを引っ捕まえると、その枝でしたたか打擲した。

フェロンドは泣き叫びながら、

「ここはどこですか?」

と繰返し尋ねた。それに対し僧侶が答えた、

「ここは煉獄だ」

「なんだと?」

とフェロンドがいう、

「それでは俺は死んだのか?」

僧侶が言う、

「もちろんそうだ」

それでフェロンドは自分自身のこと、妻のこと、息子のことを考えておいおいと泣き

始め、およそ世にも奇態なことを言い出した。

　そこで僧侶は多少食べ物と飲み物を持ってきた。するとそれを見てフェロンドがいった、

「死んだ人もものを食べるのですか?」

　すると僧侶は言った、

「そうだ、ここに持って来たものは生前お前の妻だった女が今朝お寺へお前の魂のためにミサをあげてもらうために届けてくれたものだ。それを主がここにいるお前に届けるよう望み給うたのだ」

　フェロンドが感激していった、

「主よ、家内に恵みを与えたまえ! 俺は死ぬ前にあの女をたいへん可愛がったから、一晩中腕に抱きしめて離さなかった。ただもう接吻ばかりしていた。気が向いた時はさらにほかのこともしてやった」

　そしてひどく腹がすいていたから、飲み食いし始めた。ただ葡萄酒があまり良くなかったので、いった、

「主よ、家内を罰したまえ! お坊様に壁沿いの樽の名酒をなぜ差し上げなかったのだ」

　フェロンドが食べ終えると、僧侶はフェロンドを捕まえて、また始めから同じ樹の枝でしたたか打擲した。

フェロンドはさんざ泣き喚いて言った、

「お前はなんで俺に向かってこんなことをするのだ？」

するとと僧侶が言った、

「このように一日二回打擲するようにと主が思召すからだ」

「またそれはなぜだ？」

とフェロンドがいうと、僧侶がいった、

「それはお前がこの近辺で一番いい女を妻にしながら焼餅ばかり焼いていたからだ」

「ああ」

とフェロンドがいった、

「それはその通りで、家内は実に優しい女でした。お菓子よりもおいしい女でした。しかし嫉妬すると神様がお腹立ちになるとは知らなかった。そうと知っていたなら焼餅は焼かなかったのに」

すると僧侶がいった、

「こうした事にお前は現世にいた間に気がついてきちんと矯正すべきだったのだ。万一現世に戻ることがあろうとも、いま私がお前にあわせている痛い目をよく覚えておいて二度と焼餅を焼くでないぞ」

フェロンドはいった、

「死んだ人間が現世に戻るなんてことがあるのですか？」

僧侶がいった、

「それはある。神様の思召し次第だ」

「ああ！」

とフェロンドがいった、

「万一現世へ帰れるなら、この世で最良の夫になってみせます。妻を叩いたりはしない。悪態はつかない。今朝届けてよこした葡萄酒の件は別だが。いやそういえば蠟燭も届けてよこさなかった。お蔭で真っ暗闇の中で食事する破目となった」

僧侶がいった、

「蠟燭も届けてくれたが、ごミサで燃え尽きてしまったのだ」

「ああ！」とフェロンドがいった、

「なるほどそうでしょう。もし現世へ帰れるなら、妻には自分の好きな通りにさせる。だが私をこんな目にあわせるあなたさんは一体どこの誰です？」

すると僧侶はいった、

「私も死人だ。元はサルデーニャの出だ。以前に私の師が嫉妬深いことを良しとして褒め上げたものだから、神様によりこのような刑罰に処せられた。それでお前に食べ物と飲み物を与え、かつお前をいつまでも打擲するよう命じられている。いつの日か神様がお前と私について別のお取り決めをなさるならば話は別だが」

フェロンドがいった、

「私ら二人のほかに誰もいないのですか?」

　僧侶がいった、

「いるとも。何千という人がいる。お前は彼らを見ることもできなければ聞くこともできない。同様に彼らもお前を見ることはできない」

　するとフェロンドがいった、

「一体ここは私たちの村からどれだけ離れているのですか?」

「おー、おいおー!」

　と僧侶がいった、

「それは何哩(マイル)も離れているから糞(くそ)をしようにもできないほどの距離だ」[*2]

「やれやれ、そいつは離れてますな」

　とフェロンドはいった、

「だとすると俺たちはどうやら現世の外へ出てしまったということですな」

　こうした理屈をあれこれ聞かされて、食べたりぶたれたりしながらフェロンドは十ヵ月もの間、そこに留め置かれた。その間に僧院長は美しい女のもとへ堂々たる夜這(よば)いに足しげく通い、女とこの世でもっともすばらしい時間を過ごしたのである。しかしこの種の密通にはありがちなことだが、女は妊娠した。いちはやく気づくや女はそれを僧院長に告げた。二人はこうなった以上は大至急フェロンドを煉獄から現世の妻のもとに呼び戻し、女からフェロンドに向かいフェロンドの種を宿したという方がいい、ということになった。

　そこで僧院長は次の夜、牢獄にいるフェロンドに向け作り声でこう話しかけた、

「フェロンド、喜べ、神様の思召しでお前は現世に戻ることとなった。そこへ戻ればお前は妻との間に子供を儲けるだろう。その子供にベネデットという名前をつけるがいい。それというのもお前の聖人様の僧院長様と、お前の妻の祈りにより、また聖ベネデット様の愛により、お前にこの御恵みが与えられるはずだからだ」

　フェロンドはこれを聞いていたく喜んで言った、

「まことに有難い仕合せでございます。神よ、主と聖ベネデット様と蜜のように甘く、チーズのようにおいしく、いとおしいわが妻に、恵みを垂れたまえ」

　僧院長は、四時間ほどは眠らせる分量の例の粉薬を入れると、その葡萄酒を彼に飲ませた。そして眠り込んだフェロンドに元の服を着せると例の僧侶の手を借りて彼をそっと墓穴の中へ返した。前に埋葬された墓穴である。夜が明けるころ、フェロンドは蘇生した。見ると墓穴の隙間から光が差し込んでいる。なにしろ十ヵ月もの間、光はまったく見なかったものだから、自分はまた生き返ったと思い込み、

「開けてくれ、後生(ごしょう)だから開けてくれ！」

　と叫び始めた。そして本人も自分の頭で墓の蓋(ふた)を強く押し上げた。するとしまいに蓋石が少しずれた。これはうまく行くぞとさらに蓋石を押した。ちょうどそのころ朝のお勤めを終えた坊様たちがその近くに通りかかり、フェロンドの声に気がついた。見ると

石棺から男が身を半ば突き出している。これを見て皆は事の異常に仰天して逃げ出し、僧院長のところへ駆けつけた。

僧院長は、たったいまお祈りを済ませたという顔をして、坊様たちに言った、

「皆の者、心配するではない。十字架と聖水を持って私について来い。神がお示しになる御力のほどをとくと拝見することとしようではないか」

そして墓場へ出向いた。

フェロンドはすっかり青ざめていた。なにしろ長いあいだ天を仰がずに過ごしてきたのである。そのフェロンドが墓穴から外に出ていた。僧院長の姿を見るや、その足元に走り寄り、言った、

「神父様、あなた様のお蔭でございます。お告げがございました。あなた様のお祈りと聖ベネデット様のお祈りと家内のお祈りのお蔭で、煉獄の刑罰から現世へ引き戻されたのでございます。なにとぞ神様のご加護があなた様の上に、今日のみか永久に、ありますように」

僧院長は言った、

「神の御力は讃えられてあれ。神がお前を現世に送り戻した以上、行ってお前の妻を慰めてやれ。お前の妻は、お前が現世を去ってからというもの、いつも涙にかきくれていた。これから先はいつまでも神のよき友、よき下僕(しもべ)として仕えるように」

フェロンドは言った、

「どうも有難うございます。ご心配なく。会いましたらすぐに接吻して抱いてやります。それは大事な家内でございますから」

僧院長は他の坊様たちとその場に居残り、この事に対して非常なる讃嘆の念を述べ、いかにも信心深げにミゼレーレの讃美歌を坊様たちに歌わせた。フェロンドは田舎のわが家へ戻った。だが村では自分を見かける者がみな、なにか怖ろしいものでも見るかのように、逃げ出して行く。フェロンドは自分は蘇ったのだと声をかけて説明した。妻さえも自分を怖れておびえている様子である。

だが人々も次第にフェロンドに慣れてきて安心し、本当に生きていることを確認した。いろいろ質問した。なんだか以前よりも悧巧になって帰ってきたような感じもする。フェロンドはみんなの問いに答えた。そして集まった人々に親戚で故人となった人の霊魂についての消息を伝えたりした。そして煉獄について世にも美しい物語を自分で勝手に作って話して聞かせた。そして自分が蘇る直前にラーニョロ・ブラギエルロ[*3]の口からもたらされたお告げについて大勢の人の前で語って聞かせた。自分の家に妻とともに戻り、自分の財産をまたしっかり手に入れると、妻を妊娠させたと思い込んだ。そして女は満九ヵ月で出産するものと信じ込んでいる愚か者の思い通りに、女は男の子を出産した。その子はベネデット・フェロンディと名づけられた。

フェロンドは本当に復活したのだ、と世間の人々はほとんど全員信じ込んだので、フェロンドの生還と彼のお話は、僧院長の名声と聖性を限りなく高めた。フェロンドは焼餅焼きの件でしたたか打擲（ちょうちゃく）されたので、その嫉妬の病は治っていた。それは僧院長がおかみに約束した通りで、以後は焼餅を焼かなくなったのである。おかみはそれにたいへん満足した。そしてフェロンドと前と同じように貞淑に一緒に暮らした。ただしそうはいっても適当な機会があれば、喜んで聖人の誉れ高い僧院長にお目にかかった。すると僧院長は女のために上手に一生懸命、一番大切なお勤めをして進ぜたとのことである。

＊1　「山の老人」lo Veglio della Montagna とその薬と天国行きなどの話の出典は、マルコ・ポーロ『東方見聞録』第四十一、四十二章に出て来る。なおこれは『東方見聞録』からの引用が文学作品に現われた最初期の一例である。マルコ・ポーロ（一二五四－一三二四）はダンテ（一二六五－一三二一）の同時代人で、ボッカッチョ（一三一三－一三七五）に半世紀ほど先んじた人であった。

＊2　この下品な答えは別に意味はなく、フェロンドを戸惑わせるのが狙いで発せられたまでと解されている。

＊3　フェロンドは大天使ガブリエルとほかの天使の名前を混ぜてこんな名前を自分で勝手に拵えたのである。

第三日第九話

ジレット・ド・ナルボンヌは瘻を病むフランス国王の治癒に成功し、ベルトラン・ド・ルシヨンを夫に戴きたいと願い出る。ベルトランとしてはその気がないのにジレットと結婚させられたので面白くない。フィレンツェへ行ってしまい、その地で若い娘に惚れこむ。するとジレットは彼女になりすましてベルトランと共寝し、二人の子供を得る。ベルトランも彼女をいとおしんで、結局妻として遇する。〔女王ネイーフィレが物語る〕

ラウレッタの話が終わった時、ディオネーオが最後に話すという特権を侵したくはありませんでしたので、話す番はおのずと女王ネイーフィレということになりました。そこで彼女は仲間の誰からも催促されたわけではありませんが、いとも優雅に次のように話し始めました。

ラウレッタの話を聞いた後では、一体誰が彼女と同じようなすばらしい話ができましょうか？　ラウレッタが第一番の語り手でなくて本当にようございました。もしも最初にこのようなお話を聞かされたなら、後はうまく続かなかったかもしれません。まだこれから話す人にはどうしても分がありませんが、いたしかたございません、本日の話題〔たいへん欲しがった物をいろいろ智恵を働かせて手に入れた人や一度失くした物をまた取り戻した人の話〕に即してお話し申しあげます。

フランス王国にルシヨンの伯爵でイスナールという名の貴族がいた。どうも健康が優れないので、いつも身辺に医師を抱えていた。名前はジェラール・ド・ナルボンヌという。その伯爵には一人息子にベルトランというのがいた。たいへんな美男子で気持のよい若者である。ベルトランは似た年齢のほかの子供たちと一緒に育てられた。その中に先に述べた医師の子供でジレットという娘もいた。彼女はうら若い年頃のそこはかとない慕情というにしてはあまりにも熱烈な無限の愛慕の情をベルトランに寄せていた。伯爵が死去するや、ベルトランの後見は国王に委ねられ、パリへ勉学に行くこととなった。ジレットは快々として心が楽しまない。まもなくジレットの父も亡くなった。ここでもっともらしい理由がありさえすれば、喜んでパリまで出かけてベルトランに会うのだが、いまは金持の一人娘として世にとり残され、周囲からきびしく見張られているというのが実情である。まっとうな方策でパリへ行ける道はなかった。しかもそろそろ婿をとっても良い年頃である。しかしベルトランを忘れかねているから、ジレットの親族が嫁にやりたいと思っている大勢の相手を理由もいわずに次々にお断わりした。

ベルトランはいよいよ光り輝くばかりの美男子となった。そうした噂を聞くにつけ、ジレットの恋心はいよいよ燃え熾るばかりである。そんな時にこんな報せが伝わった。フランス国王の胸に腫瘍ができ、その治療がうまくゆかず、国王は瘻を病むようになった。それがなかなかの難病で国王はたいそうお悩みであるという。多数の医師が治療に当ったが、治せるどころか逆に悪化させてしまった。それで国王は絶望し、いまは一人の医師も身辺においていない。助言も聴こうとしない、薬も貰おうとしない、とのことである。

その話を聞いた時、ジレットは内心で躍りあがった。これでパリへ行くきちんとした理由がつくのみか、国王の病気がジレットの見立て通りであるなら、容易にベルトランを自分の婿に迎えることもできる、と思ったのである。それで、すでに父から色々なことを習っていた娘であったが、王の病気はこれに相違ないと見立てた瘻病に効く薬草の粉末を作らせると、馬に跨ってパリへ向かった。着くやまず策をこらしてベルトランに会った。それから王の御前にまかり出て「患部をお見せくださいませ」と懇願した。王は相手が若くて美しく優雅な女性なものだから、断わりきれず、患部を示した。

ジレットは見るやいなや、すぐにこれは治せると見てとり、こう申しあげた、

「陛下、もしお許しさえいただけますなら、陛下にご不快、ご疲労をおかけせず、わたくしは神かけて八日以内にこの病気を完治してみせますでございます」

国王は心中ではこの小娘の言分を小馬鹿にしていたが、こういった、

「世界中の名医が治すこともできず治し方も知らぬものを、あなたのような若い娘さんがどうして治せるのかね？」

そして女の好意には謝したが、医師の助言には一切耳を傾けるつもりはないと述べた。

それに対して女はいった、

「陛下、陛下はわたくしが若くて女だからわたくしの医術を軽蔑しておいでですが、わたくしは学問して医師となったものではございません。神のお助けとナルボンヌの医師ジェラールの学問のおかげで医師となりました。そのジェラールはわたくしの父で存命中は名医の誉れの高い人でありました」

それを聞いて国王も内心で考えた、

「ひょっとしてこの女は神から遣わされたのではあるまいか。この女が心得ていることを試してみてもいいかもしれぬ。八日足らずのうちに自分を不快な目にあわさずに治してみせるというのだから」

それで試してみようという気になり、こう言った、

「お若いの、私に一度定めた心づもりを破らせて、あなたは私に治療を施すというが、もしそれがうまくいかなかったら、おまえはどうするつもりだ？」

「陛下」

と若い娘はいった、

「なにとぞわたくしを監視下に置いてくださいませ。もし八日以内に完治いたしませせん

場合は、火焙りの刑に処してくださいませ。しかしもしご快癒の場合には、どのようなご褒美がいただけますでしょうか？」

国王が答えた、

「お見受けするところまだお一人のようだが、もし完治すれば良き配偶者を娶らせて立派な式を挙げて進ぜよう」

娘は言った、

「陛下、陛下の御配慮はまことに忝く存じます。しかし夫はわたくしに選ばせてくださいませ。ただし陛下のお子様、王室の親王さまなどをお願いするような畏れ多いことは考えておりません」

王は即座にその願いを聴き容れた。女は薬の処方を始めた。そして短期間に、約束の期限前に、国王の健康を取り戻した。国王は体が良くなったことを感じ、

「お若いの、あなたは婿殿を手に入れましたぞ」

といった。それに対し女は答えた、

「それでは陛下、なにとぞベルトラン・ド・ルシヨンを夫に迎えさせてくださいませ。子供のころから好きでございました。その後も恋心はつのるばかりでございました」

といった。

ベルトランを夫として与えることは国王にも容易なこととは思われなかった。しかし約束をしたからにはその言葉を違えたくない。ベルトランを呼び出すと、こう言った、

「ベルトラン、そなたはもう教育も終わり、一人前になった。そなたには国に戻ってそなたの領地をしっかり治めてもらいたい。ついては国に妻として私が与える一令嬢を連れて帰国してもらいたい」

ベルトランはいった、

「陛下、その令嬢とはどなた様でございますか?」

国王が答えた、

「その薬の処方で私を完治してくれた女だ」

ベルトランはジレットを知っており、見てもいた。たいへんな美女だとは思ったが、自分のような高貴な血筋の者にふさわしい女とは思えない。それですこぶる立腹(りっぷく)の体(てい)で言った、

「それでは陛下は私に妻としてあの女医者をくださるおつもりですか? こんな女を妻に娶ることは神かけていたしかねます」

それに対して国王が言った、

「それではそなたは私が約束を違(たが)えることを望むのか? 私が健康を回復できたならば、その際は褒美として婿を取らせてやろうと約束した。するとそなたを夫に迎えたいと申し出たのだ」

「陛下」

とベルトランは言った、

「陛下は私の持物はなにであれ取り上げる権利をお持ちです。そしてこの私を陛下の家臣として陛下のお好きな方に与える権利もお持ちです。さりながらこの結婚に私まったく気乗りがしていないということは陛下にはっきり申し上げます」

「いや、満足するようになる」

と国王は言った、

「あの娘は美しくて賢くてそなたを大層愛している。それだから高貴な血筋の女性と暮らすよりもはるかに幸深い生活を送ることになるだろう」

ベルトランは黙した。国王は婚礼の宴のために盛大な準備を命じた。そして定められた日が来るや、ベルトランは、ベルトランはおよそ気乗りはしなかったが、国王の御前でジレットを妻に娶った。ベルトランを自分自身以上に熱愛している女である。それがすむと、これから先なにをなすべきかをあらかじめ考えていたらしく、自分は己の伯爵領に帰り、そこで床入りもしたい、といい、国王に暇を乞うた。そして馬に乗ったが、己の伯爵領でなく、トスカーナ地方へ行ってしまった。そしてフィレンツェ軍がシエーナ軍と兵火を交えていると知るや、フィレンツェ軍のために一役買おうと申し出た。もちろん大歓迎である。それで相当数の軍勢の大将に任ぜられしかるべき栄誉と給与をもって遇され、長い間その地で勤務した。

新婦はこうした成行きを少しも喜べなかったが、自分が一生懸命勤めれば夫を伯爵領に呼び戻すこともできようと、自分は故郷のルシヨンに戻った。そこでは住人たちみんなから女主人として出迎えられた。この伯爵領では長い間伯爵が不在だったために、すべてが混沌として乱れていたが、彼女は賢い女性であったから、一生懸命仕事に精出し、万事をきちんと秩序立てた。それで家臣たちはたいへん満足し、人々の深く敬愛するところとなった。そして夫の伯爵がこのような賢夫人を毛嫌いすることをもしきりと非難した。

夫人は国中をきちんと立て直したので、伯爵に二人の騎士をつかわし、「もし伯爵様が自分ゆえに伯爵領にお帰りにならないのなら、なにとぞそうお告げくださいい、その際は自分の方から伯爵様のお気に召すようこの土地を立ち去りますから」と申し出た。ところがその二人の騎士に向かいベルトランは世にも厳しい言葉を発した、「女は自分の好きなようにするがいい。わしとしてはあの女がこの指環を嵌めて、わしの子供を腕に抱くような日になれば、その時は一緒に暮らすだろう」

ベルトランはその指環を後生大事にして、かつて指からはずしたこともない。なんでも特別の霊力のある指環なのだそうである。二人の騎士はこのおよそ無理難題としかいいようのない二つの条件を突き付けられて、自分たちがたといなんといったところでベルトラン伯爵に意向を変えさせることは無理としか思えなかった。それで、夫人のもとに帰り、伯爵の返事を報告した。

夫人は、深く心を痛めた。この二つの条件を満たすことはできないものか否か、長いこと考え抜いた。そして夫を取り返すためにはどうすればよいかその策を定めると、領地内の長老や有力者を呼び集め、伯爵への愛ゆえに自分が行なってきた事の数々についてきちんと事細かく説明し、その際、自分の感情も隠しはしなかった。その結果がどういう顛末になったかについても話した。そして最後に言った。夫人としては、自分が当地にいるために、伯爵が永久に流竄の生活を送るなどということは望まない。それよりはわが魂の救いのために自分の人生の残りの時を巡礼と慈悲慈善の仕事に捧げたい。そしてお集まり願った長老各位に伯爵領の守護と統治の任に当るようお願いした。そして自分は伯爵の所有物はすべてそのまま残す、自分は二度とルシヨンの土を踏まないつもりである、左様伯爵に伝えてくれと依頼した。夫人がそう話す間にも人々の間から嗚咽が洩れた。そしてなにとぞ決心を改めて当地に留まっていただきたい、という願いの声があがった。しかし夫人の気持に変わりはなかった。

夫人はルシヨンの人々に神の御加護を祈ると、従弟一人と小間使一人を供として巡礼のいでたちで旅路についた。お金も宝石も十分用意してある。そして行先すらも誰にも告げず、どこでも休まずフィレンツェへ直行した。そしてたまたま善良そうな後家さんがお女将さんの小さな宿屋に着くと、そこで控えめな貧しい巡礼女の風をして滞在した。主人のことを聞き知りたかったからである。ところがなんとその翌日、宿屋の前をベルトランが仲間を率いて馬に乗って通るのを見かけたのである。それが誰だか彼女にはもちろんよくわかったが、それでも宿の女将に「あの人はどなた?」と聞いてみた。

女将は答えた、

「あの方は外国の貴族でベルトラン伯爵と呼ばれています。気さくで礼儀正しくて、当市でみんなにたいそう愛されています。この近くに住む女に熱烈に恋している。その女は貴族ですがお金がないらしい。たいへん気立ての良い方ですが、貧乏ゆえにまだ結婚できずにおります。それでたいへん賢くて善良なお母さまとご一緒にお暮らしです。もしこのお母さまが居られなかったら、あの方は伯爵のお気に召すよう、そのいいなりになっておられたでしょう」

伯爵夫人はこの言葉を聞いて、とくと思案した。そしてさらに事細かく調べて事情を逐一吟味すると、案を立て、実行に移す覚悟をした。伯爵が思いをよせる娘とその母の名と住まいを確かめ、ある日こっそりと巡礼姿をしてそこへ出向いた。母と娘がいた。かなり貧しげな様子である。二人にご挨拶すると、母親にもしお差支えなければお話ししたいことがある、と申し出た。

母親は立ち上がり、お聴きいたしましょう、と答えた。そこで二人きりで一室に入り、そこで座ると伯爵夫人はこう切り出した、

「奥さま、奥さま方は、わたくしと同様、運命に見放されたお方のようにお見受けいたします。しかしそのお気持さえおありでしたら、ご自身はもとより、このわたくしをも幸せにできるのでございます」

貴婦人の母親は「まっとうな生き方をして暮らし向きがよくなるのなら、それに越したことはございませんが」と答えた。

すると伯爵夫人がそれに続けていった、

「わたくしにはあなたさまが秘密を洩らさないというお約束が必要でございます。お口の堅いことを頼りにしてよろしうございますか。もし万一秘密をお洩らしになりますと、あなたさまの為にもわたくしの為にもならぬことになってしまいますが」

貴婦人の母親はいった、

「お話しになりますことは、わたくしゆめ他人さまに洩らしたりはいたしませぬ」

すると伯爵夫人は、自分の初めての恋から説き起こし、自分が誰であるか、今日この日まで彼女の身の上にどうした事が起ったかを逐一話した。その話し方を聞くうちに貴婦人は伯爵夫人の言葉の真実を信じた。それにこの話の一部はすでにほかの人からも耳にしていたからである。そして伯爵夫人に同情を寄せた。伯爵夫人は自分の不運不幸を語った後、こう続けた、

「それではお聞き及びでございましょう、わたくしに降りかかりました様々な面倒の中に二つの条件がございます。わたくしが夫を取り返すためには、それを満たさなければなりません。それができますのはあなたさまを措いてほかにはございません。お聴きした話が本当だとすれば、夫の伯爵はお宅のお嬢さまを熱愛しているとか」

貴婦人の母親はいった、

「伯爵が娘を熱愛しているかいないか存じませんが、それらしいご様子はお見せになりました。しかしこの件でわたくしがなにかお役に立ちましょうか？」

「奥さま」

と伯爵夫人は答えた、

「それについてはこれからご説明申し上げます。しかしその前に申したいのは、お役に立ってくださいますからには、その際にはなにをお礼にして差し上げたいかでございます。お嬢さまは美しくてもう年頃でいらっしゃいます。わたくしが聞きおよびましたところでは、間違いましたら失礼をお許しくださいませ、持参金のことでお嫁に行かれずにまだお家にいらっしゃるとか。もしわたくしをお助けいただけますならば、その際はあなたさまがお嬢さまのお嫁入りにふさわしいとお考えの持参金をすぐにわたくしの方からご用立てさせていただきます」

母親は、万事不如意（ふにょい）な暮らし向きであったから、この申し出はまことに有難かったが、しかし貴族の気位もあったから、言った、

「奥様、わたくしになにができるか、まずおっしゃってくださいませ。それが道にかなったことであれば、喜んでいたします。そして後は奥様のお気持次第で良きようになさってくださいませ」

伯爵夫人はそこで言った、

「していただきたいのはこういうことでございます。どなたか信用のおける方をわたくしの夫の伯爵のもとへつかわしてこう言っていただきたいのです。「伯爵が見かけだけでなく実際に娘を愛しているという確証さえあれば、娘は伯爵の御意（ぎょい）に添う用意がある。

ただし娘は伯爵が指に嵌めて大切にしている指環を娘に贈らないかぎりは、伯爵の心を信じるわけにはいかない」。それでもし伯爵がその指環を贈ってよこしましたら、それをわたくしにくださいませ。そしてその後で伯爵に娘は御意に添う心づもりはできていると伝えて、ここへ人目につかぬよう伯爵をお呼びくださいませ。そしてお嬢さまの代わりにこっそりとわたくしを伯爵と共寝させてくださいませ。多分神様の御恵みで子供を孕むこともございましょう。そうなりましたら、伯爵の指環を嵌めて、伯爵の子供を腕に抱くこととなり、わたくしは夫を取り戻すこととなりましょう。そしてその時は、世間の妻が夫と一緒に暮らすように、わたくしも妻として夫と一緒に暮らすことになりましょう。そうなりましたら、これこそ皆さまのお蔭でございます」

貴婦人はこれは一大事だと思った。母親としてこんなことに手を貸したら娘に悪い評判が立たないかと懸念した。しかし、この善良な伯爵夫人が夫を取り戻すのに手を貸すのも、名誉ある目的のためにすることであるからと考えて、伯爵夫人のやさしい真情を信じ、助けることを約束したのみか、数日中に、用心深く注意を払って伯爵夫人に言われた通りに、伯爵がこよなく大切にしている指環を手に入れた。そして貴婦人はたくみに娘に代わって伯爵夫人を伯爵と共寝させることに成功した。伯爵は愛情をこめて寄り添った。こうして初めての夜の共寝で、それが神様の御意思であろうか、女は、出産の時にはっきりしたのだが、双子の男の子を身ごもった。しかし貴婦人は一晩きりでは満足せず何回も伯爵夫人が伯爵に抱かれるように工夫した。しかも秘密をしっかり守ったので、伯爵はいつも妻とでなく自分が愛する女と一緒に夜を過ごしたものと思い込んでいた。そして朝、別れの時刻が近づくと、女に美しく高価な宝石をいくつも与えた。伯爵夫人はそれをすべて大切に保存した。

伯爵夫人は妊娠がはっきりすると、貴婦人をもうこれ以上このような世話で煩わしたくないと思い、言った、

「奥さま、神様とあなたさまのお蔭で、わたくしは手に入れたいと望んだものを手に入れました。ここをわたくしが立ち去る前に、今はわたくしがあなたさまのためにするべきことをなす時でございます」

すると貴婦人は、伯爵夫人がお望みになったものを得られてなによりだ、自分も嬉しい。しかし自分がしたことはなにか褒賞(ほうしょう)が目当てでなく、自分にとってこうした善行はしなければならぬと思ったからだ、と述べた。

それに対して伯爵夫人は、

「奥さま、そうおうかがいして嬉しいかぎりでございます。わたくしとしても褒賞としてお求めのものを差し上げるつもりはございません。そうでなくて自分にとってこうした善行はしなければならぬと思うからでございます」

と答えた。すると貴婦人は生活の不如意もあって、たいへん恥じ入りながら、娘を嫁がせる費用として百リラ頂けないかと申し出た。伯爵夫人は相手がいかにも恥ずかしげに控えめな申し出をしたのを見聞きするや、五百リラとおそらくほぼそれに相当する値

打ちの宝石を貴婦人に贈った。貴婦人はたいそう喜んで伯爵夫人に厚くお礼を述べた。さて伯爵夫人は貴婦人と別れると、宿屋に戻った。貴婦人はベルトランがこれ以上自分の家に使いを寄越したり、本人が出向いて来たりすることのないよう、そのお目当てである娘とともに鄙の田舎の親戚の家へ引っ込んだ。それからしばらくしてベルトランは、自分の家臣たちから呼ばれて、故郷ルシヨンの我が家に戻った。それというのは伯爵夫人がその地からいなくなったと聞いたからである。

伯爵夫人は、ベルトランがフィレンツェを発って故郷の伯爵領に帰ったと聞いて、たいへん喜んだ。だがフィレンツェでお産の時まで居を動かさずにいた。そして父親にそっくりの双子の男子を産んだ。その子を一生懸命育て、頃合も良しと見はからうと、世間の誰にも気づかれぬように旅路についた。やがてフランス領内のモンプリエに到着すると、そこで数日間休養をとった。そこでベルトランはいまどこにいるかその動静をさぐったのである。なんでも万聖節の日にルシヨン地方の騎士淑女のために盛大な宴会を催すという。それを聞いて、巡礼女のなりのままモンプリエを発ってルシヨンに向かった。

到着すると、伯爵のお邸では淑女貴族が集まり、いましも食卓につこうとしている。それを耳にするや、夫人は巡礼の服装も改めず、両腕に双子の息子を抱き、食堂の広間に向かって階段を上った。そして人と人の間をわけて伯爵のいるところまで行き、その足元に跪いて、涙しながら言った、

「御主人様、わたくしはあなた様の愚かな哀れな妻でございます。あなた様にあなたの家に戻ってここに住んでいただきたい一心で、長い巡礼の苦しい旅に出てまいりました。わたくしがあなた様の御もとにつかわした二人の騎士を通してあなた様はわたくしに二つの条件をお課しになりました。なにとぞその条件をあなた様もお守りくださいますよう謹みてお願い申し上げます。この腕の中にはあなた様の息子が一人どころか二人おります。そしてこの指にはあなた様の指環が嵌(は)まっております。お約束に従い、いまこそわたくしをあなた様の妻としてお迎えくださるべき時が来たと存じます」

伯爵は事の意外にすっかり動揺した。指環は確かに自分の指環である。そのことに間違いない。子供も自分といかにも似ている。自分の子供に間違いない。それでも伯爵はこう言わずにいられなかった、

「一体どうしてこんな事があり得るのだ？」

そこで伯爵夫人は、伯爵はじめ居並ぶ人々を前に、順序立てて今までの事の次第を物語った。聴く人は伯爵はじめ全員が驚嘆した。聴くうちに夫人が話すことは真実だということが伯爵にもわかった。伯爵は妻の辛抱強さと思慮深さに感じ入った。しかも目の前に自分の可愛い子供が二人いる。それを見て自分の約束を果たすためにも、また伯爵夫人を正妻としてきちんと栄誉をもってお迎えなさいと自分に懇願する、この席に集まった淑女貴族を得心(とくしん)させるためにも、自分の頑(かたく)なな態度を捨てた。伯爵は夫人を起立させると、夫人を抱きしめ、夫人に接吻し、ジレットを正式の妻として認め、双子を我が

子として認めた。そして伯爵夫人にふさわしい衣裳に着換えさせると、その日一日はもとよりそれに引き続く数日の間、盛大な祝宴を催した。その祭のめでたい気分はその場に居合わせた人々を非常に喜ばせたが、それを伝え聞いた家臣や領民のひとしく歓呼するところともなった。そしてその日以後、伯爵はジレットを常にわが婦、わが妻として敬愛し、こよなく大切に遇したとのことである。[*1]

＊1　田辺聖子は『ときがたりデカメロン』でジレットは自分を忌避するベルトランに「嘆願や哀訴でみじめな愛にありつこうというのではない。自分のもてる一切の能力と愛を動員し、自分の誇りを男に認めさせることによって、男の愛を獲得しようとする。毅然たる愛である。愛と執着。意志力とプライド。作者はジレットに、男と女のよき特性を合せて与えているようである」とこの「お話」を額面通りに受け取って、すこぶる高く評価している。

第三日第十話

アリベックは女の身ながら世を捨て隠者となる。その女に僧のルスティコが悪魔を地獄へ追い返す方法を教える。ところがアリベックはそこを去ってネエルバーレの妻となる。〔ディオネーオが物語る〕

ディオネーオは女王の話を丁寧に耳をすまして聴いていましたが、話が終わり、残るのは自分一人となると、命令を待たず、微笑しながら語り始めました。

優雅なご婦人方、皆さま方は悪魔がどのようにして地獄へ追い返されるものか、お話をお聞きになったことは多分ございますまい。それで今日一日中皆さまがお話しになったテーマから外れることなく、そのお話をいたしましょう。このお話をお聞きになりますと、おそらく皆さまが魂を救う上でご利益が増すことと存じます。そして「愛」は楽しげなお邸や贅沢な寝室に住まうことを好むものですが、さればといって埴生の宿を見捨てるものではありません。それどころか時には葉の繁った森の中、険阻な山中、人気のない洞穴などでも「愛」はその力を感じさせるものでございます。そのことを了解するのはけっして難しいことではございません。それというのも愛の力に従わぬようなものはいないからでございます。

さて本題に入る。チュニジアのカプサの町に以前たいへんな大金持がいた。大勢子供がいたがその中にアリベックという美しくて愛くるしい娘がいた。娘はキリスト教徒ではなかったが、この町の大勢のキリスト教徒が自分たちの信仰や神に仕えることを褒め称えるのを聞き、そうした信者の一人に、一体どうしたら、一番問題なしに、神に仕えることができるのか、と問うた。すると答えていうには、現世(げんせ)の事物から遠ざかれば遠ざかるほど神によく仕えることはできる。エジプトのテーベ近辺の沙漠の孤独な場所に行って人里離れた境涯(きょうがい)で暮らした隠者(いんじゃ)たちがいい例だ、と言った。娘はたいへん単純な、年のころ十四歳ほどの少女で、きちんと考えがあったわけではなく、子供らしい衝動に駆られて、誰にも相談することなく、翌朝こっそりとたった一人きりでテーベの沙漠の方をさして旅に出た。そして非常な労苦に耐えながら、衝動の命ずるままに歩き続け、数日後、沙漠の人気(ひとけ)のない地方へたどり着いた。遠くに小さな小屋が見えたので、そこへ向かった。着いてみると、戸口に聖者が一人立っている。聖者はこんな場所に年頃の娘が一人きりでやってくるのを見ていたく驚き、一体なにを探しに来たのかと問うた。娘は、神から霊感を受け、神にお仕えしたくてやってきた。神にお仕えするにはどうすればよいか、それを自分に教えてくれる人を探している、と言った。

聖者は善き人であったから、相手が若くてたいへん美しいのを見て、このような女を身近に置けば悪魔が自分を誘惑するかもしれぬと懸念し、相手の心掛けの良さを褒め、食べ物として草の根や野生の樹の実、なつめ椰子の実など、また飲み物として水を与え、「娘さん、ここからほど遠くないところに聖者が一人いらっしゃる。お前さんが探しているものについてはその聖者の方が私よりもよほど詳しくご存知だ。その方のところへ行くが良い」

と言って、送り出した。

娘はその聖者のところへたどり着いた。するとその聖者から同じ言葉を聞かされた。それでさらに奥地へ進んだ。そうして若い隠者の僧房へたどり着いた。信心深い善良な人で、名前はルスティコといった。娘は彼にもほかの人々に向けて発したと同じ問いを発した。するとルスティコは自分の意志強固のほどを試そうと思い、ほかの人々とは違って女をさらに先送りしようとはせず、自分の僧房に娘を引き留めた。夜が来た。僧房の一隅に椰子の葉で小さな寝台を彼女のためにしつらえた。その上で休むようにといった。

だがその寝台をしつらえるや、誘惑にたちまち襲われた。ルスティコは全力を振り絞ってその襲撃に対抗しようとする。だが必勝の信念は空疎な言葉にしか過ぎなかった。立て続けに襲撃を受けるや手の平を返すがごとく、いとも簡単に降伏し、手をあげた。神聖な考えもお祈りも規律も部屋の一隅にかなぐり捨てると、考えることといえば娘のぴちぴちした若さとめくるめくばかりの美しさである。それでもそうしたことのほかに、一体どうやって、どういう方法で、娘と対したらよいかと思案した。自分がふしだらな男に堕落したということに気づかせずに、相手から望みのものを獲ようと考えたからである。そこでまずいくつか質問してみた。まだ一度も男を知らない、見かけ通りのうぶな女であることがわかった。それで神に仕えることを口実に、女に自分の欲望を満たさせようと考えた。それでまず多くの言葉をついやして悪魔がいかに神様の敵であるかを説いて聞かせた。そして神様の思召し(おぼしめ)に叶う(かな)最良の手段は悪魔をインフェルノという地獄へ追い返すことだ、そもそも神様は悪魔を地獄の奥底に落としたのだ、とも言って聞かせた。

娘は「どうやればいいのですか」と質問した。それに対してルスティコが答えた、

「じきにわかります。まず私がする通りにしてごらんなさい」

そういって身につけていた僅かの服を脱ぎ始め、素っ裸となった。そして娘にもそのようにさせた。そしてお祈りを捧げるような恰好で跪く(ひざまず)と、自分の真ん前で女にも同じように跪かせた。

こうした恰好になると、目の前の女はいかにも美しい。男の欲望はひとしきり熾ん(さか)に燃え上がる。すると肉がもりもりと盛り上がって突き出てきた。それを見てアリベックは驚いてしまい、

「ルスティコ様、あの外に突き出てきたものは何でございますか。わたしの体にはあん

なものはありませんが」

「おお、娘よ」

　とルスティコはいった、

「これこそがお話しした悪魔です。おわかりでしょう、この悪魔が私を苛んでやまないのです。もはや我慢しきれないほどです」

　すると娘が叫んだ、

「神は讃えられてあれ。ああ、なんという幸せ、あなた様と違ってわたしにはこんな悪魔はございません」

　するとルスティコがいった、

「それはその通りだが、お前さまは私が持っていない別のものを、これの代わりに、持っている」

　アリベックが、

「それはなんですか？」

と聞いた。それに対しルスティコが言うには、

「お前さまはインフェルノを持っている。思うに神様がお前さまをここに遣わしたのは私の魂の救済のためであるに相違ない。それというのはこの悪魔は私を苛むが、お前さまは私を憐れみ、私がその悪魔を地獄へ追い返すことを許してくださるでしょう。そうすればお前さまは私に非常な慰藉を与え、神様にお仕え申してさぞかし神様のお気に召

すことでしょう。お前さまが言われた通り、お前さまがそれをするためにこの地方まで来たというのが本当ならばです」

　娘は信じやすい善意の人だったから、こう答えた、

「おお神父さま、もしわたしがインフェルノを持っているのなら、いつでもお好きな時にそこへ悪魔を追い返してくださいませ」

　するとルスティコが言った、

「おお神の祝福あれ、では悪魔をそこへ追い返そう。そうなれば私が苦しめられることはもはやあるまい」

　そういうと娘を小さな寝台の上に連れて行った。そして神に呪(のろ)われた悪魔を地獄に閉じ込めるにはどういう姿勢を取らなければならないかを示した。娘はそれまで悪魔をインフェルノに入れたことがまったくなかったので、最初は多少痛みを覚えた。そこで娘はルスティコに言った、

「神父さま、確かにこの悪魔は悪い奴、本当に神様の敵でございます。インフェルノの中へ閉じ込めても痛うございます」

　ルスティコがいった、

「娘や、いつもそういうわけではない」

　そしてそうした目に二度と遭わないよう、二人は寝台から身を起こす前に、およそ六回ほど悪魔をその中へ押し込んだ。その時はさすがに高慢ちきな悪魔も、頭(ず)を高く持ち

上げることができなくて、おだやかになっていた。

悪魔はその後も何回も頭を持ち上げたが、彼女はいつも従順に進んで悪魔を引き入れた。そうこうするうちに引き入れることが楽しみになってきた。そしてルスティコにこんな風に言い出した、

「カプサで立派な殿方がおっしゃっていたことが真実だとつくづくわかりました。神様にお仕えする事は本当に気持が良い。こんな甘美で楽しいことはほかにした憶えがございません。悪魔をインフェルノへ押し込める喜びは最高でございます。神様にお仕えせず他の事にうつつを抜かすような人は愚かな馬鹿者でございます」

それで女はしばしば自分から進んでルスティコのところへやってきて言った、

「神父さま、わたくし神様にお仕えするために参りました。ひまをもてあそぶつもりはございません。さあせっせと悪魔を地獄の中へ閉じ込めましょう」

そうしたことをしながらも彼女は時々こんなことを言った、

「一体どうして悪魔は地獄から逃げ出すのでしょう。地獄が悪魔を歓迎して、悪魔もそこで喜んでいるなら、ゆめ外へ出ようとは思わないと思いますが」

女はこうして時々ルスティコを誘っては、神様にお仕えしながら、彼を慰めた。そのためにルスティコは布団の綿が抜かれるように体のはらわたも次第にくたくたに抜かれてしまい、世間の人が暑くて汗をかく時に寒いと言い出す始末になった。それでルスティコは娘に言った。悪魔を退治したりインフェルノに追い込んだりするのは奴が高慢に

も頭を持ち上げる時だけでいい、「お前と私と神様の御恵みで悪魔を散々懲らしめた。それだから悪魔ももう勘弁してくれ、といっている」

こうした言葉でしばらくの間女をおとなしくさせた。

だが女は、ルスティコがもはや自分に声をかけてくれないので、悪魔をインフェルノに追い込みたいのだが、追い込むこともできない。それである日彼に言った、

「ルスティコさま、あなたの悪魔は懲らしめられて、もうあなた様を苛むことはない様子。でもわたしのインフェルノをほうっておかないでくださいませ。わたしがわたしのインフェルノでもってあなた様の悪魔の高慢ちきな頭をへし折るお手伝いをしたと同じように、あなた様はあなた様の悪魔でわたしのインフェルノの怒り猛りを鎮めてくださいませ」

だが草の根と水で暮らしているルスティコには、その要望に応えるには無理があった。彼は女に言った、

「どうも地獄の怒りを鎮めるにはよほど多くの悪魔が必要らしい。自分としては出来るだけのことはしてみるつもりだ」

そして時々女を満足させた。しかしそれがあまりに稀なので、獅子の口に空豆を一粒投げ込んでやるようなものである。女には自分は自分が望むだけきちんと神様に御奉仕していない気がして、ややもすれば不満を呟くようになった。

ところでルスティコの悪魔とアリベックのインフェルノの間では過大な欲望と過小な

精力のためにこんな問題が続いたが、そのころカプサの町に大火事が発生し、そのためにアリベックの実家では彼女の父親と大勢いた子供やその他の家族が焼死した。それでアリベックが父親の全財産を相続する一人娘として残された。するとネエルバーレという若者が、自分の全財産を豪奢（ごうしゃ）な暮らしで物惜しみせず使[*1]い果たしてしまったが、アリベックが生きていると聞いて、探し始め、相続人不在の場合はお上（かみ）が遺産を没収するのだが、それより前にアリベックの居所をつきとめた。そしてルスティコはほっとして大喜びをしたのだが、いやがる彼女をカプサの町へ連れ戻し、彼女を妻として娶（めと）り、彼女とともに莫大（ばくだい）な遺産の相続人となった。彼女はご婦人方から沙漠でどのようにして神にご奉仕していたかを聞かれた。まだネエルバーレと共寝する前であったので、悪魔をインフェルノへ追い込むことで神にお仕え申した、このようなご奉仕から自分を引き離したネエルバーレは大きな罪を犯した、と答えた。

　ご婦人方はではどのようにして悪魔をインフェルノへ送り込んだのか、とたずねた。若い娘はあるいは言葉であるいは身振りで説明した。それを聞いてみんな大爆笑した。というかその話はいまでも笑いの種となっている。ご婦人方はいった、

「娘さん、ご心配はご無用。ここでもきちんとやってくれますよ。ネエルバーレもお前さんと一緒によく主にご奉仕してくれるにちがいないから」

　それからというもの女たちの口から口へと市中に話はひろまった。それでしまいには格言となった。「神様への一番楽しいご奉仕は悪魔をインフェルノへ送り込むこと」と

いうのである。この格言は海を渡ってイタリアにも伝わって当地ではいまもなお人口に膾炙(かいしゃ)している。だから若いご婦人方、皆さまには神の御恵みが必要だが、それをお求めになるなら、悪魔をインフェルノへ送り込む術(すべ)をお習いください。これはたいそう神様の思召しに叶うばかりか、お近づきになる双方の喜びともなるのです。そして多くの良いことがそこから続いて生まれるのです。

＊1　「財産を豪奢(ごうしゃ)な暮らしで物惜しみせず使うこと」が、第一日第八話でも話題となる cortesia である。念のために原文を引くと avendo in cortesia tutte le sue facoltà spese とある。

第三日結び

ディオネーオの話はお堅いご婦人方を何百回もいや何千回も笑いこけさせました。それほどこの青年紳士の語り口は達者だったからです。彼の話がめでたく結ばれた時、女王は自分が主宰(しゅさい)するべき日程は終わったと判断し、頭から月桂冠(げっけいかん)をはずすとそれをいとも愉しげにフィローストラトの頭に戴せて、申しました。

「これまでは羊が狼(おおかみ)を導いてきましたが、これからは狼が羊を導きます。さてどちらがお上手かじきに皆さまお手並み拝見ということになるかと思います」

狼といわれた青年紳士のフィローストラトはこれを聞くと、笑いながら言いました、

「もしも私のいうことに耳をかしてくれていたなら、狼も羊に悪魔をインフェルノに押し込む術(すべ)を、ルスティコがアリベックに教えたよりももっと上手に教えもしたでしょうに。しかし皆さま方女性も羊のように振舞ったわけでもないから、私たち男性を狼と呼ぶのはおやめください。いずれにせよ私に任されたのだから、私が委任された王国を統治いたします」

するとネイーフィレが答えました、

「お聴きなさい、フィローストラト、殿方(とのがた)の皆様は、わたくしたちになにか教えたがっ

ていらっしゃいますが、逆ではございませんか。マゼット・ダ・ランポレッキオが尼様たちからなにかと道理を習ったように、皆様もわたくしたちからなにかと道理をお習いになるとよいと思います。この次なにかお話しなさりたいのでしたら、なにとぞその節はお体が骨皮筋右衛門のように痩せこけて骨がカラコロ鳴るようになってからにお願いいたします」

　フィローストラトは、自分がこう言えば女はああ言い返す、こちらが鋭い矢を放てば先方の鷹もそれに劣らず鋭い嘴で突き返すと知らされて、ここは冗談をつべこべいわず、任された王国の統治に専心することといたしました。まず執事を呼ばせると、どういう具合になっているか事細かく聞きただしました。そしてさらに自分が在任の間、万事そつなく行なわれ皆様にご満足いただけるよう、慎重に命令を下しました。それからご婦人方に向かい、こう申しました、

「やさしいご婦人方、不幸なことに、私は善悪の区別がつく年頃になってからというもの、いつも皆さま女性のお一人の美しさゆえにその虜となってまいりました。私がいかに慎ましくしても、従順に振舞っても、また恋の道の掟にいかにきちんと従おうとも、今までなんの役にも立ちませんでした。まず私は女にほかの恋人が現われたために捨てられました。それからというもの坂道を転がるがごとく、不幸はさらに大きな不幸を呼びました。これはこの先、死ぬまで続くと思っています。それですから明日の話題としては、私に一番ふさわしい話題を論ずるのがやはりいいのではないでしょうか。いいか

えると、その恋が不幸な結末を迎えた人の話をいたしましょう。私は自分はいつかは不幸な最期を遂げるのだと思っております。それに皆様がお呼びになる私の名前からしてその意味をよく承知している人によってつけられました。〔そうです、フィローストラトとは「愛によってうちのめされた」という意味なのです[*1]〕」

こういうと立ち上がって、新しい王となったフィローストラトは「夕食まで解散」と宣言しました。

庭園は実に美しく楽しく、そこにいた人でよそへさらなる喜びを求めに行こうとする者はいなかったほどです。太陽は暑さを減（げん）じ、もはや散歩の邪魔とはなりません。婦人たちはその辺りにいる鹿や兎などの獣のあとを追いかけます。そうした動物たちは婦人たちが坐って話していた間は、何度となくその話の座に飛び込んできたものでしたが。ディオネーオとフィアンメッタはグイリエルモ氏とヴェルジュ夫人[*2]の歌をうたいはじめました。フィロメーナとパンフィロはチェスに打ち興じています。こうしてみなさんそれぞれに時間を過ごしていると、たちまち待たれていた夕食の時間になりました。それで美しい泉のまわりに食卓を並べ、いかにも楽しく夕食をいただきました。

フィローストラトは今までの女王たちが踏み外さなかった道をはずれることのないようにと、食卓から立ち上がると、ラウレッタに踊りと歌の音頭（おんど）をとることを命じました。するとラウレッタは、

「王さま、わたしはほかの方の歌は存じません。わたしの歌でもこのように楽しい一団

の皆さまにふさわしい歌曲が頭に浮かびません。それでもわたしが知っている曲でよいと仰せでしたら、喜んで歌わせていただきます」

王のフィローストラトはそれに答えていいました、

「あなたの歌うものはなにであれ美しくすばらしいにきまっています。あなたの好きな曲をうたってください」

そこでラウレッタはさわやかな、しかし哀れをもよおすような声で、ほかの女たちとコーラスで、歌い始めました。〔その趣旨は今の言葉にかいつまんで訳すとおよそ次のようになりましょう〕

われにまさりてその心いためるひとの居るべきや――いかなる不幸な女もわたしほど心を痛めている者はおりますまい。わたしは恋する女でありながら、空（むな）しく吐息をついています。そもそも神さま御自身のお喜びであったから、太陽やもろもろの星を動かす創造主[*3]は、わたしを愛らしく、軽やかに、優雅に、美しくお創りになりました。下界に住む高い知性の人々に天上の神の御前に住むものの美しい面影を多少なりとも伝えようとしての御心でした。しかし地上の人間はなにかと頭が足らず、わたしのこともよくわからず、良しとするどころかわたしを軽蔑したりいたします。

昔はわたしを恋した男もおりました。彼は若いわたしを両の腕に抱いてくれました。思いのすべてを傾けてくれました。わたしの目の光で彼の全身全霊が燃えあがりました。時は軽やかに飛び去り、彼はその時を、わたしをうっとりと見つめるうちに、費(つか)いはたしてしまいました。わたしは情けを知る女として彼の恋に応えましたが、しかし今となっては、悲しいことです、その人は亡くなってしまいましたから。

次に現われたのは気位の高い人でした。高貴な剛(ごう)の若者という評判でした。わたしを自分のものとしましたが、誤解から嫉妬(しっと)に燃え、わたしを独り占めにしました。その時わたしは、自分は多くの男を喜ばすためにこの世に生まれた女だと悟り絶望したのでした。

　わたしは自分の不幸を呪います。なんで喪服を捨てて再婚に応じたのか。喪服を着たわたしはそれなりに美しく楽しかった。それが今は晴着に辛(つら)い日々を包んでいます。以前のような貞節の誉れもありません。ああ思い返すも痛ましい結婚の宴(うたげ)でした。このような運命に出会う前に死んでしまえばよかったものを!

　ああ懐かしい初恋の人よ、あの人は素晴らしかった。いまでは天国で彼を創られた方の御前におられます。なにとぞわたしを憐(あわ)れんでくださいませ。わたしはあなたを忘れかねています。再婚してもほかの男を愛することはできません。あなたがわたしの胸中に点じた炎は消えません。なにとぞもうすぐ天上のみもとに行けますようあなたに切にお願い申し上げます。くれぐれもお頼みいたします。この祈りをお聞き届けくださいませ。

ここでラウレッタの歌が止(や)みました。その歌を全員が注意深く聞きましたが、解釈は様々でした。中にはミラーノ風に実利的に解釈して、美しい娘より肥(こ)えた豚の方がいい、という人もおりましたが、ほかの人はもっと高尚な、優れた、より知的な解釈をいたしました。ただその解釈はここでは述べるのを差し控えます。王はこれがすむと、草や花の上に多くの蠟燭(ろうそく)を灯(とも)させ、ほかの人々にも次々と歌わせました。星が昇るよりも沈む時間になり始めました。これはそろそろ寝る時刻です。王は「お休み」をいい、皆さんはそれぞれ自分の部屋へ戻りました。

＊1　三人の青年紳士の中でフィローストラトは「もてない男」と呼ぶべき人物である。
＊2　これは十三世紀のフランスの歌曲である *La Chastelaine de Vergi* のイタリア版であるという。
＊3　ダンテ『神曲』天国篇第三十三歌（最終歌）は「太陽やもろもろの星を動かす愛であった」という詩句で終わる。「太陽やもろもろの星を動かすもの」は神である。

解説

平川祐弘

第一章　西洋文学史上の『デカメロン』

『デカメロン』が占める「くびれ」の位置

ジョヴァンニ・ボッカッチョ（Giovanni Boccaccio　一三一三－一三七五）の『デカメロン』*Decameron*（一三五二）は、古代から近代にいたる西半球世界の文学史の流れを砂時計にたとえると、その中央の「くびれ」にあたる。時間の軸に沿って、上はギリシャやローマ、ユダヤやイスラムなどさまざまの源泉から流れ出たいろいろな話が、『十日物語』とも『百物語』とも呼ばれるこの一大物語集に流れ込み、そこを通って再び方々に散らばって、下はヨーロッパ各地の創作の沃土（よくど）に流れ込んで、第二次、第三次の花を咲かせたからである。

ではなぜ『デカメロン』が西洋文学史の上で「くびれ」の位置を占めることができたのか。その歴史的背景として、西洋の場合は古代地中海世界の栄華の次に文化の水準が極端に落ち込んだ暗黒の中世が長く続き、それが千三百年代に入るに及んでイタリア半島を中心に芸文の復興が見られたからである。作者ボッカッチョはそんな「くびれ」で文学的活動をするという特権的位置に居合わせた人だった。各国には貫通する歴史発展の法則はあるようでいて、あるとはいえない。同じく中世といっても、中古平安朝の栄華の次に続いた日本の中世はそれほど暗黒ではなく、東西で封建制の内実もまた甚だしく異なったのである。

内外に起源する物語がイタリア語でも広く読み得るようになった十四世紀の『デカメロン』は、インド・中国・日本に起源する物語を集め、それが日本語でも広く読み得るようになった十二世紀の『今昔物語』に時代的には近く、形式的にも似ている。しかし宗教説話が中心を占める『今昔物語』と違って、『デカメロン』はことごとく世俗物語である。その点が性格を異にする。『今昔物語』の編纂者は名前もわからないが、『デカメロン』は単なる編纂物ではなく著者ボッカッチョによって書かれた作品で、著者の人格が刻印され、その個性が物語を通して生き生きと感じられる。そうした内実を考慮すると、ルネサンス初期における『デカメロン』の出現は、明治維新の開国後の日本において諸国の物語が鷗外などの手で訳されて多くの人に広く生き生きと読まれ得るようになった知的世界の拡大や人間復興の様にむしろ似ている。私がダンテ『神曲』と並べてボッカッチョ『デカメロン』のこの新訳を、ルネサンスを告げる近代西洋古典として読者に提示したく思う所以である。

ダンテ（Dante Alighieri　一二六五－一三二一）が椽大の筆をふるい、次いでボッカッチョが半世紀遅れて同じく文筆で縦横無尽に活躍したフィレンツェは、十四世紀の西ヨーロッパの最先端を進む都市国家であった。フィレンツェは羊毛産業の実力ある一大中心地

[*1]で、ただ単に当時のイタリアで一番富裕な都市であるのみか、西半球世界きっての金融・商業都市であり、内外の情報を探る触角もおのずと発達していた。というかヨーロッパを広く旅した学者外交官ダンテも、パリをはじめ各地に勤務した商館長を父に持つ二代目商館員のボッカッチョも、彼ら自身がその都市の頭脳でありかつアンテナであった。そのような彼らの母国フィレンツェは、東はオリエントのアークリやエジプトのアレクサンドリア、西はパリ、ロンドン、フランドルと物産の交易をする中で、古今東西の文学作品の一大集散地ともなりえたのであり、またそれだからこそ初期ルネサンスの芸文の花はおのずとこのトスカーナの都で咲き乱れたのである。英国の王朝の財政をも陰で支えたといわれるフィレンツェの経済活動について訳者は通り一遍のことしか知らない。だが当時のフィレンツェを代表する人々の鋭さは、その文字なり絵画なりに即して知っている。同じ十四世紀の日本人よりも彼らの喜怒哀楽の方が私にはより親しくより如実に感じられる。そのダンテやボッカッチョのテクストに接すると、彼らの頭脳の回転の速さに驚かずにはいられない。画家のジョットなどと並んで、彼らはあきらかにそれ以前の人とは人間類型が違う。ダンテの場合は、なんと雄渾（ゆうこん）な詩的表現の数々で俗世界の現実を描写していることだろう。ボッカッチョの場合は、なんと活発な散文で男女の五欲七情を描いて、その滑稽（こっけい）や愚鈍を笑いのめしていることだろう。ジョットの場合は、同じく聖母の像といいながら、ウフィツィ美術館で隣に並ぶチマブーエのマリヤ像に比べて『百姓女』と呼ばれるジョットのマリヤ像は、またなんと人間的でなんとい

う力強さだろう。彼らはまちがいなく新時代の清新の息吹に躍る、人類史の最高の高みに達した大詩人、大作家、大画家なのである。イタリアの長い歴史の中でトレチェントと呼ばれる千三百年代を偏愛する学者や愛好家、いわゆるトレチェンティスタがいるが「むべなるかな」と思われる。実は私もダンテ以下の知性と感性を偏愛する一人である。

物質の交流の仕事は精神の交易の仕事を促進することもある。ボッカッチョは若き日にナーポリで貿易に従事し、ナーポリ王国を財政面で支えたバルディ家の貿易商館に勤め、宮廷に出入りし、やんごとない高貴な方とも恋におち、挙句にフィレンツェへ戻った人で、その人間の実力のしからしむるところか都市国家フィレンツェの名士となった。ダンテも大西洋を南下する航海を歌ったが（『神曲』地獄篇第二十六歌）、ボッカッチョの文学的世界では、海の彼方へ向けて視野が大きく開けている。それは彼が青春期を港町ナーポリで過ごしたからであろう。イタリア本土の彼方にシチリア島が、そして西洋キリスト教文明の彼方にイスラムの国々もかいま見えている。ボッカッチョの場合、地中海世界の商人や商品の交易と文学作品の交易とは無関係ではなかったろう。イタリア半島各地の口頭伝承にせよ、中世フランス語、ラテン語、ギリシャ語、アラビア語などからイタリア語に翻案された物語にせよ、ボッカッチョのもとに伝わるや、記憶力にすぐれた彼はそれをまず上流社会の淑女貴人に面白く語って聞かせ、すばやい筆で書き留めた。そしてそれを自家薬籠中のものとして細部にわたり巧みに潤色をほどこす才覚にも富んでいた。

十四世紀の北部中部のイタリアはコムーネ comune と呼ばれる都市国家が単位の時代であった。『神曲』の場合と同様、『デカメロン』ではイタリアの都市国家（コムーネ）をはじめ諸外国の港や都会が次々と百の物語の舞台となっている。[*2] その中で三分の一ほどは母国フィレンツェやその周辺の話で、特に第六日は全十話中七話までがフィレンツェ、残りの第七話、第八話と第十話もその近辺のプラート、アルノ川沿いの土地とチェルタルドの物語である。『デカメロン』を通して複数回名前が登場する都市は、フィレンツェ以外には、北からかぞえてロンドン、パリ、ヴェネツィア、ミラーノ、パヴィーア、ジェーノヴァ、ボローニャ、ピストイア、シエーナ、ローマ、ナーポリ、サレルノ、パレルモ、アレクサンドリアなどである。ほかに地中海のシチリア、サルデーニャ、キプロス、クレタ、ブローチダ、リーパリ、ロードスなどの大小の島々も舞台になるが、作者ボッカッチョの視界はそれよりさらに広い。そこはダンテと違うところで、地中海の南側のバビロニアと呼ばれたいまのエジプトやチュニジア、また私たちのよく知らないイスラム教のガルボ王国やカプサなどの地名も出てくる。これはどうやら今日（こんにち）のチュニジアのガフサであるらしい。作者の視野にはスペインなど地中海諸国は無論のこと、西は英国の先のウェールズやスコットランド、西北はフランドルのブリュージュに及んでいる。ボッカッチョの地理的認識はイタリア半島についても具体的には北はヴェネツィアの先のトレヴィーゾから寒いフリウーリ地方のウーディネやトレントに、東はアドリア海に面したプーリア地方のバルレッタにまで及んでいるが、空想的にはさらに東のギリシャの島やアテネやアルゴス、アルメニアやエルサレム、さらにはカッタイオなどという空想のオリエントの先の国にまでひろがっている。[*3]

『デカメロン』の魅力の普遍性

日本でそんなボッカッチョの文学に魅せられた一人は田辺聖子で、この人間通の女流作家は、『デカメロン』の傑作たる所以(ゆえん)について、その百物語の中から十九の物語を選んで『ときがたりデカメロン』(講談社文庫、一九八七)を編むと、その冒頭でその主題や登場人物の種類をこう簡潔に紹介した。


短篇集としてみれば、こんなにバラエティに富んだ面白い本はないのである。恋あり冒険あり、奸計あり純情あり、艶笑談から悲恋から、次々と珠玉のようなお話がボッカッチォの筆さきからこぼれ出て、興味は尽きない。

物語の舞台も広いが、登場人物たちも多彩をきわめる。

王や王妃、坊さん、商人、軍人、裁判官に馬丁(ばてい)、学者に左官屋、異邦人もいれば海賊もいる。貞淑な人妻もいれば、淫奔な貴婦人も登場する。そうして万華鏡(まんげきょう)のごとき人生の諸相を繰り拡げるのである。

田辺聖子は国文学を糧(かて)として育った作家だが、わが国の『今昔物語』や西鶴などの再話物を思い浮かべつつ『デカメロン』を読んだようである。ボッカッチョは人間性の豊かな男で、その体質がしからしむるところか、『デカメロン』には日本の古典よりもさらに熱い血が流れて、いかにも生き生きしていて、無類の面白さである。しかもイタリア的性格というものは、十四世紀の昔も二十一世紀の今も共通している面がある。その人間喜劇はほとんど今日的といってよい。これは間違いなく著者の人格がいまに生きるアクチュアルな世界文学の一大古典である。訳者は一九三一年生まれ、現役で活動する学者の間では、第二次世界大戦前の昭和日本を知る、数少ない老書生の一人となった。それで『デカメロン』の作者についてはこんな感想を抱く。ボッカッチョは戦前の日本と戦後の日本のいずれに似つかわしい男か。そう問うなら、それは間違いなく戦後の方である、と。それというのも儒教風修身道徳が支配的で、検閲官がなにかと権力を行使したがった戦前であったならば、性にまつわるいくつかの話は、伏字(ふせじ)にされてしまったに相違ないからである。

ボッカッチョが活躍した時期は、日本史でいえば室町幕府を開いた足利尊氏が初代将軍として君臨した期間（一三三八－一三五八）に相当する。そんな過去だったことを思えば『デカメロン』の近代性には驚嘆せざるを得ない。『デカメロン』は、刊行後六百六十年、平成の日本の男女にも幅広く訴える。その百の話には天然自然の生命力がみなぎっていて、読者の五感を楽しませるが、心の琴線にもふれる。一つとして退屈な話はない。そのモダーニティーを、日本の読者層はあるいは今回のこの訳文の故とするかもしれないが、それは間違いである。日本の潑剌とした文章の魅力は、本質的にボッカッチョの作品そのものに内在する人間の天然自然のフレッシュネスに由来する。

作品の結構

ボッカッチョが『デカメロン』を書き上げたのは一三五一年、作者三十八歳の年だが、物語の作中の時そのものは一三四八年に設定してある。この一三四八年は、西洋史の年表や大学入試の問題にも出てくる。ヨーロッパにペストが大流行し悲惨をきわめた年だからで、とくにフィレンツェ市では人口の三分の二が死亡するという厄年となった。シエーナのごときはその被災がさらに甚だしく二度と立ち直ることがなかった。[*4] だが作者ボッカッチョは大胆にもそれにあわせて、奔放な物語を語る口実とした。死をもたらす大災厄を身近に見聞すれば逆に生の歓喜をうたわずにはいられない。そんな人間の本能的な衝動を踏まえた上での話の設定としたのである。そうした非日常的な環境の中では、ふだんは語ることが許されない話であろうとも語ることが許されよう。それが『デカメロン』の作りというか物語を展開する口実となった。

ボッカッチョのフィクションでは『デカメロン』はこんな次第で始まる。一三四八年の春、とある火曜の朝、フィレンツェのサンタ・マリーア・ノヴェルラ寺[*5]で若い七人の淑女が一緒になる。そして最年長のパンピーネアの提案で、ペストの難を避けるために、翌水曜の朝フィレンツェ郊外の閑雅な館に移ることに相談がまとまった。そして身の安全のためにも寺に来あわせた三人の顔見知りの青年紳士に同行を求め、快諾を得たのである（第一日まえがき）。こうして水曜から始まる滞在の間に（二回にわたる金曜土曜というお話のない休息日四日を含めると二週間余）[*6]、おたがいの楽しみのために、この十人の男女が一日に一人一話ずつ、延べ十日にわたって合計百話を語るというのが、この別名を『十日物語』とも呼ばれる『デカメロン』の結構である。なお「デカ」とはギリシャ語で「10」の意味であり、「メロン」[*7]とは「日」の意味である。

その一三四八年、ペストは猖獗を極め、そのために一三三八年の統計では九万人といわれたフィレンツェの人口が三万人ほどに減った。黒死病の災害は恐るべき天譴であるかに思われた。ただボッカッチョ本人は、その最悪の年は比較的被害が少なくてすんだナーポリにいて、ペストに罹らなかった。しかし父は大災害の最中のフィレンツェで一三四九年に亡くなった。「第一日まえがき」に描かれたペストの惨状はきわめてリアルで迫真性に富む。だがそれにしても、そんな生命の危機を背景にしながら、ボッカッチョのこの物語はなんという生命力の横溢であろう。死の恐れが背景にあるからそれで逆に生の礼讃もまたあり得たということであろうか。[*8]しかし死の舞踏の足音は遠く近くで響いてはいるけれども、この作品はニヒリスティックな生の饗宴ではなく、ましてや性の狂宴ではない。語られた話の中身はともかくとして、乱痴気騒ぎは十人の語り手の間にはまったく見られない。作中の淑女貴公子は実にのびのびとしている。彼らの生と性の肯定は健康で明るく、時にはおっとりとしている。背景をなすトスカーナの空はなんという青さであろう。なんという天真爛漫であろう。二週間の田園生活は上品で、閑雅で、貴族風である。若い青年紳士と婦人たちには人間としての尊厳も感じられる。下男下女もきちんと仕え、日々の食事も、当時は一日二食のようだが、上等で、葡萄酒も極上である。一体この物語の世界は夢だろうか、現実だろうか。

フィレンツェ市中のペストの暗と、市外の別荘地の別天地の明が交叉する『デカメロン』の「第一日まえがき」はイタリア文学史上でもまれに見る見事な散文である。ボッカッチョは、ダンテもそうだが、意を尽くして語ることを心得た人である。十四世紀のイタリア語を難しいと頭からきめてかかることなく、原語で味わう日本人がさらに出ることを切望するが、当時のフランス、イギリス[*9]などの言葉に比べるなら、ボッカッチョの散文の完成度の高さは抜群である。十四世紀から十七世紀にかけては、イタリア語は西ヨーロッパ世界の人にとっての第一外国語であり、文化語であったが、そのこともなるほどと肯われる。『デカメロン』は当時のイタリアの読者のみならず、ヨーロッパ各地の宮廷や市民に歓迎された。それに触発されて書かれた英国のチョーサーの『カンタベリー物語』（一三八六－一四〇〇）であるとかフランスのマルグリット・ド・ナヴァールの『エプタメロン』（一五五九）などの名前を挙げれば、当時のイタリア文化が西洋世界で占めた地位の高さとその伝播のほどはおのずと偲ばれるであろう。

十九世紀のイタリアを代表する文学史家フランチェスコ・デ・サンクティス（一八一七－一八八三）は『イタリア文学史』の『デカメロン』の章で、この作品の出現で人間観がいかに変化したかを述べて結言としている、――ボッカッチョの登場によって中世風のスコラ哲学は色が褪せ、宗教的な幻想も恐怖も消えた。神学的なエクスタシーは芸術の殿堂から追い払われ、肉体的な恍惚が騒々しく語られるようになった。そしてその後は全イタリアがボッカッチョのあとに嬉々としてついていった、そしてそれは長いあいだ続いた、と。

平成の日本の読者もはたして嬉々としてその後について行くであろうか。反撥を覚えるであろうか。顔をそむけたがる向きは存外老人の中にも、ひきこもりの若い男女の中にもいるのではあるまいか。好き嫌いはさまざまあろうが、なにとぞ好みの話を選んでお楽しみ願いたい。読み終えてお笑い願いたい。いやらしいとお感じの話は大目に見て、読んでも読まぬふりをしていただきたい。なお今回の平川訳についてなにが特色かといえば、訳文の工夫である。清新なルネサンスの胎動を伝えよう、原作の息吹を伝えようと心掛けた。世界文学の一大古典が面目を一新して、自立した日本語芸術作品として読者諸賢の前にあらわれたという印象を与えるならば、嬉しいことに思う次第である。

詩人ダンテと散文作家ボッカッチョの格差

世の一般の読者は、十四世紀イタリアの文化史的背景は別に知らずとも構わない。現にそんなバックグラウンドはなにも知らずに、また私が先に述べた地名のことなどお構いなしに、田辺聖子はきわめて的確な論評を下した。しかし詩人ダンテと散文作家ボッカッチョの関係を知るとさらに興味深い世界も見えてくる。今回の平川訳に、もしなにがしかの学問的特色があるとするなら、それは訳者がダンテの『神曲』とボッカッチョの『デカメロン』の両者にまたがる西洋の文化史的空間を自覚しつつ翻訳し解説し註をつけたという点だろう。

ダンテの『神曲』とボッカッチョの『デカメロン』の関係についてふれた比較文学者エーリッヒ・アウエルバッハ（一八九二－一九五七）は『ミメーシス』（一九四六）第九章で、ダンテの文学史的地位についてこう特筆している、[*10]

「ダンテの作品が人間存在の現実の、全般的で多層にわたる世界を最初に開いて見せたという事実に疑いはない」

そして「古典古代以来、初めて、世界は自由にあらゆる角度から、多面的な姿で、旧来の階級的束縛も視野の制限もなく」観察記述された、と指摘した。アウエルバッハはそれに続けて、ダンテの作中人物の語りの深さとボッカッチョの作中人物の語りの軽さという両作品の差異にふれ、「ボッカッチョの興味は、ダンテなら振り向きもしなかったであろう現象とか感情とかにも向けられた」と述べた。上品な言い方だが、ボッカッチョの興味はダンテがとりあげようともしなかった男女の性的関係にも向けられ、それを面白おかしく書いたということである。——それだから『神曲』の講義は、世間で広く認められ奨励もされるだろうが、『デカメロン』の精読は、女子大学では遠慮され憚(はばか)られるのであろう……

　ではそんな『デカメロン』の好色な作者は『神曲』の深刻な詩人とはいかなる関係にあるのか。なるほど両者のコントラストははっきりしている。評価の高低も判然としている。ダンテはダンテ・アリギエーリという姓名の、アリギエーリ姓でなくダンテという名の方で呼ばれる。このような呼び方はイタリアではミケランジェロ・ブオナㇽローティをミケランジェロと呼ぶような、あるいはレオナルド・ダ・ヴィンチをレオナルドと呼ぶような、きわめて限られた大偉人にのみ許された特別の敬意で、ジョヴァンニ・ボッカッチョをジョヴァンニとファースト・ネームで呼びならわすことはない。ジョヴァンニと呼んだところでどこの誰だかわからない。このように二人は、呼び方からしてすでに格差があり、表面上はきわめて違う。対照的といえるほど異なる二人のように見える。現に日本でもダンテを尊敬する人の中にはボッカッチョを唾棄(だき)する矢内原忠雄のような人もいた。いや今でもいるであろう。ダンテ自身はボッカッチョを知らなかったが、チェルタルドなどの出の田舎者がフィレンツェ市民にいりまじってしまったことについては『神曲』天国篇第十六歌四九行以下でそのために市中に田舎者の臭気がただよい「しかもこうした連中は賂(まいない)を狙い、はや目を光らせている」と嘆いている。そのような詩句がダンテにあることもイタリア人読者にはある種の先入主を植え付けたことであろう。ダンテは都会出身の知識人らしく神経質だが、ボッカッチョは狡くて図太い。知的洗練という点でも両者に差があることは間違いない。アウエルバッハは、ダンテとその半世紀後に登場したボッカッチョは、作家として興味の持ち方が違うのみか、作家としての資質も違うと指摘した。「ボッカッチョがダンテに負うているのは、観察の才能や表現の力ではない。これらの特性はボッカッチョはもとから持っており、しかもそれはダンテのそれとは全く別なものである」。以上はまず両者の相違点についての言及である。

『神曲』と『デカメロン』にまたがる文化史的空間

ボッカッチョはただ単に万華鏡のごとき人生の諸相を描いただけではない。ある文化史的な前後関係の中で筆をふるった人である。ボッカッチョは目の前に『神曲』の詩人ダンテがいたからこそ『デカメロン』を書いたとも目し得る人である。[*11] 作品中に名のあがるイタリアを中心とするヨーロッパの都市名がほとんど重なるこの二大作が無縁でありうるはずはない。『ミメーシス』の著者は「『神曲』が存在しなければ『デカメロン』は書かれなかったであろう」と断言した。意外かもしれないが、そして日本ではほとんど知られていないが、ボッカッチョはきわめてダンテに近い存在なのである。

ダンテ・アリギエーリより四十八歳年下のジョヴァンニ・ボッカッチョは早くからダ

ンテの熱心な読者であり良き理解者であった。そのことは同時代の周囲の人々にもよく知られていた。そんなボッカッチョは晩年にはフィレンツェ市議会で投票の結果、選ばれて最初に『神曲』講義を行なった。そんな押しも押されもせぬダンテ通のボッカッチョなのである。その『ダンテ『神曲』講義録』*Esposizioni sopra la Comedia di Dante* や彼の『ダンテ頌（しょう）』*Trattatello in Laude di Dante* は世界最初のダンテ研究といえる。そればかりではない。『神曲』の詩人ダンテが存在しなければ『デカメロン』の散文作家ボッカッチョは存在しなかったであろう、とアウエルバッハは観察し、その大切な点をこう説明している。――ボッカッチョがダンテに負うているものは、自己の才能を自由に駆使して、現前する現象の世界全体を（ダンテの後発者としての）有利な視点から見渡し、その多様多彩を把握し、しなやかな表現に富んだ言葉で再現することができたという点にある、と。ダンテが『神曲』百歌を書いたからこそボッカッチョは『デカメロン』百話を書き得た、と観察した。私自身は『神曲』を読み始めた半世紀前は、両作品の異質性のみが目についていたが、『デカメロン』の翻訳を進めれば進めるほどこのような大局観に同調するようになった。

ダンテを見ていると「なんという才能に恵まれた人か」とその天才に感心せずにはいられない。それがボッカッチョを見ていると「なんと自由闊達（じゆうかったつ）に天分を駆使することか」と思わずにいられない。「なるほど余計な遠慮はせぬ方がいいのだ」とさえ思われてくる。ボッカッチョはダンテに傾倒し『神曲』を隅から隅まで読んで自家薬籠中のものとした。ダンテの詩句を多く諳んじた。そうした人であっただけに、『神曲』の詩人が自分自身の見方に立脚し、法王も、党指導部も、お寺さんも、その権威をおそれずに自由自在に論じたように、『ボッカッチョ』の作家もまた既成の宗教的世俗的権威を揶揄しつつ、自由自在に『デカメロン』を書いたのである。それはダンテがボッカッチョに影響を与えたというよりも、ダンテの『神曲』という作品が存在することによって開かれた視界の中でボッカッチョの『デカメロン』は生まれた、といってよい面があるのである。刺戟され、挑発され、触発された関係なのである。詩人ダンテは物語作家ボッカッチョにとってのロール・モデルであった。全面教師だったとはいわないが、ただ単に反面教師だったわけではない。ダンテに『神曲』divina commedia があったからこそボッカッチョには『人曲』commedia umana ともいうべき『デカメロン』があったので、そんな両者の関係のことは、すでに十九世紀にデ・サンクティスが『イタリア文学史』の第九章で繰返し説いている。それは世の凡俗な比較文学研究者がいうような狭義の影響関係とは異なる、きわめて広義の作用と反作用の関係である。刺戟伝播といってもよい。ダンテがファリナータ（地獄篇第十歌）やブルネット（地獄篇第十五歌）、ブオンコンテ（煉獄篇第五歌）やピーア（煉獄篇第五歌）、豚のチアッコ（地獄篇第六歌）やカッチャグイダ（天国篇第十五、十六、十七歌）、オデリージ（煉獄篇第十一歌）やプロヴェンツァン・サルヴァーニ（煉獄篇第十一歌）をそれぞれ彼ら自身の言葉で語らせたから、それと同じように、ボッカッチョもチェッパレルロ（第一日第一話）やチポルラ修道士（第六日第十話）、アンドレウッチョ（第二日第五話）やパン屋のチスティ（第六日第二話）、豚のグッチョ（第六日第十話）やリゼッタ夫人（第四日第二話）、ギスムンダ（第四日第一話）やフィリッパ夫人（第六日第七話）[*12]に彼ら自身の言葉で語らせることができたのである。そしてそればかりか、エーレナ（第八日第七話）などの口からはダンテが信奉するキリスト教の来世の罰に対する見方への批判をも語らせたのである。私は『神曲』や『デカメロン』という文学世界の言論の自由の幅の広さに感心せずにはいられない。このような書物が焚書の憂目に遭わなかったことをイタリアのために、そして人類のために寿ぐのである。

先輩ダンテを敬して遠ざけることなく、『神曲』を活用したボッカッチョは、自分の文章のいたるところにダンテの詩句をちりばめた。[*13]姿を変え、平気で本来の意味を違えて、引いたりもした。そんな自分勝手なボッカッチョである。大尊敬はしているが肝心の点では平気で反論もしている。些細な例だが、ダンテがボローニャを貶めればボッカッチョはボローニャを称揚したりしている。訳者も煩わしくない程度に註にその種の両者の関係について出典を記し、時に感想も添えた。そんなボッカッチョは脱線もし、パロディーも書いた。野卑も誇張も猥褻も文学的手法として駆使した。かつてダンテはキリスト教関係者の思い上がりに対して昂然と手向かい、『神曲』中でも歴代の法王を地獄に堕とすなど教会関係者にも筆誅を加えて憚らなかったが、ボッカッチョも『デカメロン』で彼流の筆致で世の坊主どもを冷やかした。坊さまだけでなく尼さまもそのおとなしからぬ風俗を笑いものにした。

『デカメロン』はその冒頭の物語がすでに意味深長である。第一日第一話は「チェッパレルロ氏は嘘の懺悔をして尊い坊様を騙して、死ぬ。生涯を通じて極悪非道の人間であったにもかかわらず、チェッパレルロ氏は死後にわかに聖人の名が高くなり、聖チャッペルレットと呼ばれるにいたる」という内容である。そして第一日第二話もさらに徹底した揶揄である。「キリスト教に改宗するようジャノー・ディ・シュヴィニーに懇ろに説諭されたユダヤ人アブラハムはローマの都へ行く。そこで僧侶たちの邪まな生活を目のあたりにしたアブラハムはパリへ戻るやいわれた通りにキリスト教に改宗する」。それというのも邪悪な僧侶どもにもかかわらずキリスト教の光はあまねく、その教えはいよいよ栄えている。これはキリスト教の聖霊が他のいかなる宗教よりも真実で聖なる信仰の基礎を支えているからにちがいない、――そういって改宗したという理屈である。読者は誰一人そんな理屈でユダヤ教からキリスト教に改宗した者がいたとは思うまい。よくもまあぬけぬけとこう思い切った理由を書けるものだ、と気の弱い私はただただ驚嘆するのである。

また第六日第十話ではチポルラ修道士なるいんちき坊主が登場し、聖アントーニオ修道会に対する冷やかしも述べるが、その条りは、ダンテが『神曲』天国篇第二十九歌一一五‐一二六行で述べた聖アントーニオ修道会に対する次のような批判を念頭に置いたものである。

しかし昨今の坊主たちは諧謔や洒落をまじえて
　説教し、それで聴衆が沸けば、もうそれで満悦して、
　それ以上は一向に求めようとしないのです。
しかし例の〔悪魔という〕鳥が坊主の帽子の端の方に巣くっています。
もしそれが見えたなら、聴衆はこの坊主の許しなどで
　安心してはおられないことがわかるでしょう。
気を許している為に地上では愚かしい事がふえました。
　別に確かな証もないのに
　救いの約束といえばなににでも駈けつけて行きます。
このために聖アントニウスの豚が肥え、
　そのほかの、豚よりももっと豚らしい者どもが
　贋金をばらまいて肥えふとる始末です。

このように宗教風俗に対する批判を繰返す『デカメロン』である。そのようなボッカッチョを怪しからぬ男と思う向きはイタリアにもいたし、日本にもいるであろう。しかしボッカッチョのそのような宗教者批判もダンテの先例に鼓舞されて書いた節は大いにあるのだということを忘れてはならない。なお日本でも『今昔物語』の著者も坊様を手厳しく批判している。十二世紀の日本で僧侶としての出世の条件は、第一に声がいいこ

と、第二に男前であること、第三に口がうまいこと、第四に金持であること、第五に学識もあった方がいいこと、と出ているが、日本には日本なりのチポルラ修道士は昔からいたのであり、東西世界で宗教界の実態はそのようにすこぶる似通っているのである。

　なお宗教者の頽廃(たいはい)という問題もさりながら、それよりさらに大きな危険は、ダンテ本人をも含むキリスト教至上主義者の態度そのものに潜んでいるのではあるまいか。中国でも汚職貪吏(おしょくどんり)の弊にもまして恐ろしいのは清官(せいかん)の弊であるといわれるが、堕落腐敗よりもさらに大事な問題点である原理主義的徹底性の危険性*14をボッカッチョは自覚していた。このことはもっとずっと注目されてしかるべき点であろう。実はこれこそがボッカッチョの特に貴重な点だと私は感じている。この解説(中巻)第四章中に「ダンテ批判の一例」の節を掲げ、さらに十字軍の問題にふれて詳しく論じる所以である。

　私自身は『神曲』を訳さなければ『デカメロン』は訳さなかったであろう。ボッカッチョはダンテを説き明かしたが、『神曲』は『デカメロン』を理解させる。両者は相互に照明する関係にある。そのようなダンテとボッカッチョにまたがる初期ルネサンスのイタリアの文化史的空間に私は惹かれるのである。それがまた『神曲』の背景の歴史的空間でもあるのだが、それは美術史的にも真に魅力ある時代で、ジョットもチマブーエもオデリージも、いやブッファルマッコも、『神曲』や『デカメロン』の世界には登場する。彼らが仕事した教会の祭壇に置かれた大きな絵の下には裾絵(すそえ) predella がついているが、画家たちはそこに物語を描き始めた。そんな物語るのが趣味の西暦千三百年代(トレチェント)なので、画工たちは絵筆で、ボッカッチョなどの作家は文筆で、物語を書き始めたのである。そして私はその祭壇画そのものもさりながら、その裾絵(すそえ)の世界や十二ヵ月の暦詩(れきし)や彫刻が大好きな留学生だった。イタリア語でいうI cicli dei mesiである（『源氏物語』の「絵合(えあわせ)」の巻に出て来る「年の内の節会ども」の月次(つきなみ)の絵に相応する）。そして丁寧に読むと『神曲』の中にもvignetteとでも呼ぶべき人物像がいくつも書き込まれていて、おのずとボッカッチョの先蹤(せんしょう)をなしている。実はそうした人物にまつわる挿話(ヴィニエット)が『神曲』を活気づけ、『神曲』そのものの生命力もこの種のエピソードに負うているのである……

ダンテはキリスト教西洋の最高の詩人と呼ばれる。それに引き続くボッカッチョはヨーロッパ最大の物語作家と呼ばれる。そのような位置関係にあるボッカッチョが、ダンテに傾倒しながら、それでいて畏敬の念の奴隷(どれい)とならなかったところがいい。なにとぞ読者諸賢が『デカメロン』からさかのぼって平川訳『神曲』と、平川『ダンテ『神曲』講義』（いずれも河出書房新社）を読まれることを希望する。『神曲』百歌があったからこそ『デカメロン』百話も書かれたのであり、この両作品を一望のもとにおさめることによって読者は偏狭な信仰の目隠しを脱して広角の文化史的パノラマの中に初期ルネサンスの詩と散文を享受しうるものと信じる。

＊1　フィレンツェが羊毛産業で栄えた様子は『デカメロン』にも関係記述が多いことで知られる。毛織

業の職人は『デカメロン』の中に何人も登場する（第七日第一話のジャンニ・ロッテルリンギほか）。第七日第八話にあるように、裕福な商人が貴族の娘を娶って自分も貴族になろうとしたような事例も見られる（アルリグッチョ・ベルリンギエーリ）。また第三日第三話のように、名家に生まれた女が羊毛商人に嫁いだものの、いかに富んでいようと夫は所詮職人だ、身分の低い生まれの者は高貴な女性に不釣合いだ、と夫に対する軽侮の念を消すことができず、一紳士と通じてしまう話が語られている（「金持ではあるけれど、夫にできることといえば布の交ぜ織りのこと、織機で布を織らせること、女工と紡ぎ糸について言いあうことぐらいで、他の事はなんの取柄もない」）。西暦千三百年代のフィレンツェは羊毛の産業と通商がその繁栄の最大の基盤であった。第四日第七話ではボッカッチョはリアリスティックにその仕事場内の雰囲気を描いている。親方 maestro が羊毛を男女の紡績工に割当て、子分 discepolo とか徒弟 garzone といわれる地位の者が実際に羊毛を配布し、紡いだ糸を取り立て機織場へ届ける。それが彼らの役目である。機織場で働いているのは毛梳職人で、第四日第七話に登場する者は粗暴である。そこに描かれたシモーナ Simona は女紡績工 filatrice だが、これがイタリア文学で女紡績工を描いた最初の例といわれる。なお織機の発達にともなって、その動きで性行為を暗示する卑猥な隠語も発達したらしいことが、第三日第三話の末尾ほかに看取される。

＊2　日本人によく知られる近代イタリア少年文学の傑作『クオレ』（De Amicis *Cuore* 一八八六）も、話題を意識的にイタリア各地方から拾っている。『クオレ』の場合は作者デ・アミーチスがイタリアの国民統合を意図してそんな選び方をしたのである。なお『デカメロン』の場合は、フィレンツェの人がパリへ行くという風に一つの話の中で複数の土地が話題となることがままあり、第何日第何話はどこの話という風に確定的に分類することは必ずしもできない。また土地による人の気質や雰囲気がよく出ている物語の場合（たとえば第二日第五話や第三日第六話のナーポリ、第六日第十話のチェルタルド）もあるが、地名が何であろうとどこでも通じる話も多い。

＊3　カッタイオとはボッカッチョが生まれる少し前にマルコ・ポーロが『東方見聞録』で報じた中国のことで、発音は契丹に由来する名称である。ただし、第十日第三話に出てくる Cattaio は名前だけ

で中国の様はまったく描かれていない。なおボッカッチョの頃から中国産の絹がいわゆるシルク・ロード経由でイタリアにも届くようになり始めていた。

*4 半世紀前の『神曲』ではシエーナはまだフィレンツェと覇を競いあう間柄であった。それが『デカメロン』では登場回数が減るのは、やはりシエーナの力が相対的に衰えたからではあるまいか。

*5 サンタ・マリーア・ノヴェッラ寺とは鉄道でフィレンツェ終着駅に到着したとき、駅舎を抜けて広場をはさんで駅前の向うにそびえる大教会である。ちなみに駅名も Firenze, Santa Maria Novella という。

*6 十人の一行が話した曜日は、水木、日月火水木、日月火、となる。一行は話し始めた水曜からかぞえて第十五日目の水曜にまたフィレンツェのサンタ・マリーア・ノヴェッラ寺へ戻って解散したことになる。

*7 デカメロン Decameron を時にデカメローネ Decamerone と呼ぶのはn音で終わることを普通はしないイタリア語に合わせたまでのことである。英語のライオン lion がイタリア語ではリオーネ lione ないしはレオーネ leone と呼ばれるのと同様の変化である。

*8 いってみれば第二次世界大戦で敗北し日本社会が混乱するや、逆に生と性に対する欲望がたかまり、田村泰次郎の小説『肉体の門』などがいちはやく評判となったが、そんな様と雰囲気的には似ていたのであろうか。敗戦後の日本で『デカメロン』の必ずしも上質とはいえない翻訳が相次いで出版されたのもそうした風潮にのってのことだったのではあるまいか。

*9 ドイツのごときは未開で比較の対象ともなり得ない。アルプス以遠の土地にも目配りのよいダンテもボッカッチョもドイツ語圏の都市には一切言及していないことは逆に注目に値しよう。

*10 『ミメーシス』邦訳は篠田一士、川村二郎、筑摩叢書。このドイツを追われた亡命ユダヤ人比較文学史家は博学ではあったが『史記』とか『源氏物語』などは知らず、ヨーロッパに視野を限定されていた。次の行にある「最初に」も西欧文学史の中で「最初に」、いいかえると「西洋古典古代以来、初めて」の意味である。アウエルバッハには『世俗詩人ダンテ』(小竹澄栄訳、みすず書房)もあるが、こちらにはボッカッチョへの言及はない。なおこの種の「文学学」の研究書を読むより

先にダンテ『神曲』やボッカッチョ『デカメロン』などの「文学」の作品をまず読むことの方が大切である。それがものの順序である。日本の文学青年や文芸評論家に限らず海外の文学学研究者や大学教授の中には解釈書を先に読む人がいるが、本末転倒であろう。アウエルバッハは米国の大学では一時期必読文献に指定されていたが、テクストそのものでなくこの種の解釈書の読書を大学生に強制するのは誤りであり不健全であると私は感じている。

＊11　『神曲』に登場しながら『デカメロン』に名前が出てこないようなイタリアの大都市は、ウェルギリウスの故郷であるためダンテによってよく引かれるマントヴァを除けば、まずないといってよいのではあるまいか。

＊12　印象深い人物としてアウエルバッハは第十日第十話のグリゼルダの名前もあげているが、私にはこのグワルティエーーリの妻は拵え物としか思われず、血が通った女とは認めない。『神曲』中のベアトリーチェと同様、作者の観念的産物と考える。ただしこのようにしてダンテとボッカッチョの登場人物を並べると、ダンテの女性のあるものは不滅の輝きを帯びて読者の念頭に浮かぶ――フランチェスカ、ピーア、サピーアなどである――が、ボッカッチョの作中の女の名はすぐ口先に浮かばない。それに反して読者はボッカッチョの作中の男どもの名は次々と口にする。これが世の『デカメロン』読書の実態であるとするならば、読者はやはりボッカッチョの女性には清らかさの魅力に欠けることを認めなければならないであろう。しかし『デカメロン』第七日第五話の冒頭に語られるような、深窓に閉じ込められた女性の鬱屈をリアルに伝える言葉は、ダンテの『神曲』には見当らない。ダンテとボッカッチョといずれが女性問題のより鋭き理解者であったかというならば、それはボッカッチョの方であろう。

＊13　たとえば第七日第五話の冒頭の「ラウレッタはこう論じ終えた」という言い方は『神曲』煉獄篇第十八歌一行にもある。それはイタリア語原文を照らし合わせるとPosto aveva fine al suo ragionamentoと『神曲』の十一音節の一行と、ラウレッタという固有名詞を加えたことを除けば、まったく同一なので、ダンテの句を諳んじていたボッカッチョが、別の主語だけ足して、そのまま繰返したと合点される。一番深い影響は、内容の次元であるよりも、このような文章の次元に示されるものであ

るかもしれない。しかし日本語訳でそのような影響関係を示すことは難しい。

＊14　これについては「解説」（中巻）第四章の「ダンテ批判の一例」の節のほか平川祐弘『ダンテ『神曲』講義』の第十七回「ダンテの自己中心的正義感」、第十八回「地中海世界と寛容の精神」を参照。

第二章　新訳にあたって

既訳にまつわる諸問題

以下、先輩後輩諸氏の既訳との関連でここに新しく訳を出すことの意味にふれたい。ジョヴァンニ・ボッカッチョ（Giovanni Boccaccio　一三一三－一三七五）の主著『デカメロン』（*Decameron*　一三五二）の日本語訳にはまず英語から重訳された、

戸川秋骨訳、『十日物語（デカメロン）』国民文庫刊行会、一九二七年、抄訳
森田草平訳、『デカメロン』新潮社、一九三一年

が昭和初年に多く出まわった。その前にもやはり英語からの重訳の梅原北明訳『デカメロン』が一九二五年に南欧芸術刊行会から出たとのことだが、この先行の翻訳を私は手にとって見たことがない。なおスッペ作曲のオペレッタ『ボッカッチョ』（初演一八七九年、ウィーン）は日本では一九一五年に帝国劇場で初演された。『ボッカチオ』と表記されたこの喜歌劇は、浅草オペラでは最大の人気演目となり、テノール歌手田谷力三が「ベアトリ姐ちゃん」を歌って市中でも流行した。「恋はやさし野辺の花よ」などの歌をなつかしく記憶している年配の方はまだご存命ではあるまいか。『デカメロン』の作品

内容は詳しく知らずとも作者ボッカッチョの名前はこうしてすでに大正年間から日本では広く知られていた。ちなみにこのオペレッタではボッカッチョ自身が作中人物として登場するが、日本では原信子が男装してボッカッチョ役を演じたりもした。作家のボッカッチョが雑貨屋の養女フィアンメッタ（実はトスカーナ大公の娘）に恋するという話の筋で、人気作家ボッカッチョに憧れるパレルモの王子、三人の妻を寝取られた亭主たち（床屋、桶屋、雑貨屋）、その奔放な女房たちが織りなす喜劇で、舞台はフィレンツェである。オペレッタの台本はリヒャルト・ジュネとフリードリッヒ・ツェルが合作した。『デカメロン』第七日の「女たちが夫に対してやらかした悪さの数々が話題となる」からヒントは拾われており、ロッテルリンギなどは第七日第一話の人物がそのまま喜歌劇中ではボッカッチョ排斥の旗頭の桶屋となって登場する。フィアンメッタは若き日のボッカッチョが恋慕した女性で、ボッカッチョはその名を冠した作品も実際に書いている。「ベアトリ姐ちゃん」のベアトリーチェは台本作家がダンテから借りて勝手に床屋の色っぽい女房につけた名前である。ダンテが聞いたならば神聖冒瀆と怒るところであろう。

イタリア語から直接訳した文学作品『デカメロン』の日本への紹介は第二次世界大戦後の野上素一訳（岩波文庫、一九四八－五九）、柏熊達生訳（日本評論社、一九四八、河出書房、一九五三）に始まる。野上教授の『デカメロン』翻訳は同教授の『神曲』翻訳よりはあきらかに優れている訳業である。散文の訳に詩的感受性が必要でないというつもりは毛頭ないが、野上素一訳『神曲』は詩的感受性が著しく欠ける憾みがあり致命的欠陥となっているので、それとの相対評価では優れているのである。柏熊訳『デカメロン』も労作であり、本邦初のイタリア語からの翻訳として一定の評価を獲ている。それでも出版元の河出書房は後年、イタリア語を解さないドイツ文学の高橋義孝教授を煩わして柏熊訳の日本語に手を加えさせている（一九六三）。河出としては同社から出版した柏熊訳にかねてから満足していなかった証拠であろう。ほかに高橋久訳（新潮文庫、一九六五－六六）が広くでまわり、岩崎純孝訳（筑摩書房、一九六七、全体の三割。全訳は集英社、一九七一）も出ている。高橋訳は全文を「ですます」調で訳したために、日本文として冗長の感を免れない。またイタリア語原文のニュアンスを必ずしも把握し切れていない点は欠点だが、しかしこれとてもなかなかの労作である。岩崎訳もまた「ですます」調を踏襲している。

イタリア語から訳した部分訳『デカメロン』には大久保昭男（角川文庫、一九七四、全体の三割の訳）、河島英昭（講談社、一九八九、全体の五割強の訳）がある。河島訳は原文忠実主義を旨としているが、よかれあしかれ典型的な主人持ちの翻訳となっている。フランスのブルゴーニュもボルゴーニャとイタリア式発音で写しているのも原文に極端に忠実に寄り添った一例で、ほぼ全文そのイタリア語発音方式で徹底している。十四世紀、ボッカッチョが視野におさめた地中海を中心とするヨーロッパ貿易の二大活動中心はキプロス島とパリであった。それだから『デカメロン』の中でもキプロス関係が第一日第九話、第二日第四と第七話、第三日第七話、第五日第一話、第十日第九話、パリないしはフランス関係が第一日第一話と第二話と第七話、第二日第三話と第八話と第九話、第三日第四話と第九話、第四日第八話、第七日第七話、第八日第七話と第九話と多出する。『デカメロン』が当時のイタリア語圏を越えた地中海世界全体を包み込んだ大作品であることはこの東西への拡がりからも窺(うかが)えよう。『デカメロン』の掉尾(とうび)を飾る物語の一つは第十日第九話だが、その中の主人公の一人はイスラム教国の君主サラディンである。それが「私どもはキプロスの商人でキプロス島から来ました。商売でこれからパリへ向かうところです」などと名乗っているのである。地中海を往復するガレー船は、当時はバビロニアと呼ばれたエジプトへ行く道すがら、東ではキプロス島にも寄港していた。ところがもしこのキプロスをイタリア語表記のCipriに即してチプリと訳し、パリをイタリア語表記のParigiに即してパリージと訳したならば、読者はやはり異(い)に感じるのではあるまいか。というかチプリやパリージがどこを指す地名か見当がつかないのではあるまいか。パリージだけはさすがに気が引けるとみえてパリと訳している訳者も見かけるが、しかしこの原文原語隷属(れいぞく)主義は、日本の外国追従(ついしょう)式の外国研究の典型的表現とみるべきであろう。世界でも珍しい言語的主体性の喪失である。日本には大新聞の中にも毛沢東をマオ・ツートンなどと読ませる外国追従式があったのと同然で、それが一見学問的に忠実であるかにみえて実際的にはいかに愚昧(ぐまい)であるかは、そのかつての原語発音主義の人々自身が、中国語学習者でないかぎり、いまでは劉少奇や江青をどう片仮名表記すればよいかもうわからなくなっている事実からも察せられよう。漢字は視覚的記憶には長く留まるが、単なる表音記号としての片仮名表記にはなじまず、音（おん）としての発音以外は、じきに記憶から薄れるからである。[*1]

そのようなイタリア文学作品翻訳の原語発音主義は千九百四十年代末の野上訳、千九百五十年代の柏熊訳はもとより、六十年代の新潮文庫の高橋久訳でも変わらず、平成年間の河島訳でも踏襲された。[*2] それに対して岩崎純孝訳、またとくに大久保訳は、原則としてイタリア語読みでなく現地読みに従って訳している。たとえばフランス女性であればGiovannaとボッカッチョが書いたイタリア式固有名詞でもそのまま音をジョヴァンナと写すことはせず、Jeanneジャンヌというフランス語にきちんと戻している。これはただ単に固有名詞の転写の問題にとどまらず、訳者の日本語文章に対する主体的態度と無縁ではない。もっとも話が複数の国に跨（また）がっている場合など、その両者のいずれを選択すべきか判断に苦しむ場合があるのもまた事実である。たとえば第一日第一話の主人公の名前は私はフランス語読みとせず、本名も通称もイタリア語読みのままとした。さらに細かい事をいうと、岩崎訳も訳し方が首尾一貫しているわけではない。岩崎訳でアンゲルサと表記されている第二日第八話の地名は今のベルギーの、フランス語でいえばアンヴェールだが、フラマン語でいえばアントウヴェルペン、日本ではその英語名のアントワープで知られているから、私としても現地読みという原則を貫徹することも難しい。この訳本では日本での慣用に従って結局アントワープにした。

原文に隷属せず、しかも原文に忠実に、千三百年代のイタリアの雰囲気を伝え、それでいて平易明快な日本文に訳すのは容易ではない。実は日本語訳に限らず、同じくインド－ヨーロッパ語族として文法構造がイタリア語に近い西洋諸語の翻訳の多くが、『デカメロン』翻訳の際、意外に原イタリア語からかなり離れていた。直訳ではなくいわゆる意訳となっている。それが多いのは、十四世紀のイタリア語散文が古い構文であるから直訳のままでは通じにくいという理由もあったであろう。『デカメロン』を現代語訳者たちが、自分たちと同時代の読者に楽しく読んでもらいたいという配慮が働いて、もってまわった箇所、まどろっこしい箇所を明確化したからでもあろう。それになによりも翻訳文はそれ自体が独立した文章であらねばならぬとする気風が日本よりも西洋諸国でより強いことも関係しているからであろう。

　しかしここで私が「意外に」と感じたのは、ボッカッチョより四十八年前の一二六五年に生まれたダンテが詩で書いた『神曲』の英訳・仏訳・独訳の方がはるかに原詩に沿って訳されており、原詩から離れていなかったからである。ダンテが精魂をこめて書いた詩行は徹底して推敲されている。精密で、完成度が高い。そうした出来上がりにはそれだけの詩的・言語的必然性があり、そのきちんとした詩作品としての建築性そのものが、訳者をして原詩から勝手に離れることを許さなかったからではあるまいか（ただし脚韻を踏んだ訳詩の場合はその形式に引かれて原意から遠ざかることがしばしばあるのは避けがたい）。そのようなダンテの彫心鏤骨の詩文に比べると、ボッカッチョは良かれ悪しかれ奔放な語り口で、それでもって人間性の本質をついた、お喋りをしている、といえないこともない。同一表現の反復が多いのはボッカッチョの書き方が調子に乗って速かった証拠であろう。一気呵成に書かれた魅力というか迫力を感じる節もある。しかしボッカッチョも時と場合によっては文章の推敲に苦心したと思われる箇所も多い。たとえば「第一日まえがき」など構成にもいろいろ慎重に配慮している。しかしだからといってさらに苦心したに相違ない韻文の部分は、散文の部分に比べて、出来映えがよいとはいえない。ボッカッチョの場合、抒情的にも牧歌的にも美しいのは散文であろう。[*3]

モダーン・ライブラリー Modern Library にはいった『デカメロン』の英訳者フランセス・ウィンウォー Frances Winwar は一九三〇年、『デカメロン』を「普通のわかりやすい言葉」common, understandable idiom に訳したといっている。実は私自身も今回翻訳して、訳文の冗長を避け、明確化を図るうちに、原文の言葉にこもる熱気がやや冷めて理性化[*4]されていくのを感じた。

ここで一般的な翻訳論を述べると、日本語の翻訳にとかく問題があるのは、中学・高校・大学の英文和訳やとくに試験の際の和訳の仕方に毒されて、日本人の多くの身にしみついた誤訳と指摘され減点されることをおそれる心理ゆえであろう。そのためであろうか、直訳主義という無難な訳し方が生じた。これは共通一次以来の試験制度が日本人の精神を委縮させ、直訳調はいまや日本人の痼疾となりつつあるのではあるまいか。なおその種の悪癖は「脳内白人」化した戦後日本人作家の文体にまで及んでいる。

訳者は欧文和訳の際の模範は森鷗外の翻訳であると常に考えてきた。意味を正確に日本語に移し、しかも日本語文章として独立して美しい。拙訳がその理想に達し得たとは思えないし、また訳文の出来映えについては訳者自身が云々すべきことではないであろう。だが次の点は述べておきたい。同じくイタリア語散文からの翻訳といっても、原文を見てすなおに日本語に訳すことを得たマンゾーニやゴルドーニやヴァザーリの場合よりも、ボッカッチョ翻訳の際は原イタリア文から一旦(いったん)離れて、頭の中で考えて、等価値の日本語文を求めて訳した感じが強かった、ということである。このような問題点を意識させられた翻訳者はあまり多くないに相違ないから、そのことは述べておきたい。

同一訳者であろうとも訳し方に自ずと異なる場合が生じ得る。たとえばアーサー・ウェイリーは、世界の文化史に名前をとどめる大翻訳家だが、白楽天の漢詩を訳した際、中国語漢語の一つ一つを正確に英語に移しながら、しかも英語の近代詩としても見事な詩に訳して新しいリズムの詩的世界を創出した。それに比べて『源氏物語』の英訳の際は、平安朝の日本女性ならば口に出さずとも理解し得たであろう条(くだ)りを顕在化(けんざいか)して、それを見事に捌(さば)いている。時に原語を削り、時に英語を巧みに補い、同一人物の英語の呼び方は一つに統一し、二十世紀の英語芸術作品として比類ない傑作に仕立てている。それは異なる訳し方をした、というより詩と散文という異なる対象が同一訳者に異なる訳し方を求めた、というべきであろう。それだからウェイリーの中国詩英訳は、原作者が誰であろうと、訳詩はみなウェイリー調の英語近代詩と化してしまうのである。それを非難する向きもあるようだが、しかしそのウェイリーの行き方が無理のない素直な翻訳の仕方であったと私は感じている。なにをもって原作の訳文における等価値語 equivalence とするかは、訳者の知的・芸術的感受性と言語駆使能力に左右されるところである。さらには出版社や読書界、大学入試センター（これも文教関係者の天下りの受入機関であるが故に不幸にも永く存続するものと認識すべきであろう）を頂点とする受験産業界、学界の要求とも関係するところである。

ボッカッチョの文章に対しながら、当初の試行錯誤の後、私は日本語として無理のない自然な調子で訳し続けることのできる文体を選んだ。翻訳の文体は、原作よりも、より多く訳者の文体の問題である。原作者の原語の問題でもあるが、より多く訳者の母語の問題なのである。その中で母語の文章として独立していない原語隷属主義の翻訳を私はとらなかった。そのことは申し添えたい。「訳文は、できるだけ、固苦しくない言葉使いをして、すらすらと、口から出るような口調で、日本文にしなくてはならない」と述べた訳者がおり、妥当な見解だと思うが、しかしそう言った訳者の翻訳の出来映えがいいかどうかはまた別問題である。文学の翻訳は文学を伝えることにある。伊文和訳の試験には合格しても、ボッカッチョの作品そのものに内在する人間の天然自然の爽やかさが伝わらないような翻訳に対しては、読者の不満は残るであろう。しかしいかなる邦訳にせよ、原作の文章の生きの良さを伝えることは至難であり、それとの対比において、訳者が非難を蒙ることは避けがたいことかと思われる。

ポリティカル・コレクトネスと『デカメロン』

『デカメロン』の影響は全ヨーロッパ的である。これについては夥しい数の研究が西洋にある。大陸ではハンス・ザックス、モリエール、ラ・フォンテーヌ、ローペ・デ・ベーガ、レッシングなど、また英国ではチョーサー、シェイクスピア、キーツ、テニスンなどに痕跡が認められる。当然『デカメロン』の各国語訳は古くから部分訳はあった。不正確だが見事な英語全訳と称するものは一六二〇年に出た。ただしこれはアントワーヌ・ル・マコン Antoine le Macon のフランス語訳からの重訳である。イタリア語からの英語全訳が出たのは意外に遅く一八八六年（明治十九年）のことである。

ここでポリティカル・コレクトネスと『デカメロン』という今日的な問題点にふれたい。フランセス・ウィンウォー Frances Winwar は一九三〇年にモダーン・ライブラリーに収めた彼女の英訳について「なにも削らずなにも足さなかった」と訳者覚書で述べた。私はフランセス・ウィンウォーも原イタリア文隷属式の正確至上主義者かと一瞬錯覚して驚いた。彼女が直訳主義の literal な翻訳を良しとする人かと思ったからである。しかし問題点はそこにあるのではない。それ以前のことであった。

何が問題だったのか。その点をまず具体的な一例を引くことで説明させていただく。ウィンウォーは第一日第四話に出てくる premiere（平川が「修道士は断食とか夜を通してのお勤めを何よりも上にすべきことは存じていましたが、女を上にするということは存じませんでした」と訳した条り(くだ)に出てくる動詞である)を、語源は同じでも英語では死語である press は用いず、また比喩(ひゆ)的な mortify とも訳さず、lie heavily とした、と説明している。平川は「上にする」という一つの言い方に「女を尊重する」という聖職者としての心得の意味と「女を男の上にする」という男女の交合(こうごう)の際の体位の意味の二つをかけたが、ウィンウォー女史は「女は男に重たくのしかかる」という一つの言い方に「精神的に負担になる」という聖職者としての心得の意味と「肉体的に上からのしかかる」という男女の交合の際の体位の意味の二つをかけたのである。しかしウィンウォーが「なにも削らずなにも足さなかった」と訳者覚書で述べた時の問題意識は実はこのような表現にまつわる、世間の検閲官的態度の方の問題であって、翻訳技法にまつわる文学的修辞的問題以前の社会問題の方だったのである。

『デカメロン』は長い間、風俗壊乱(かいらん)の卑猥(ひわい)な作品と見做(みな)されてきた。たとえばいま premiere という二重の意味に取れるその話の鍵となる動詞について説明した第一日第四話は、女と罪を犯した若い修道士が、同じ罪を犯した修道院長の男女同衾(どうきん)の現場をつかんで、それをほのめかすことで、自分は罰を免れる話である。田辺聖子は『ときがたりデカメロン』でこの話を「大らかな笑いが朗々と描かれる。罪ふかい聖職者を指弾しているのではなく、人間の本能を謳歌しているような太々しい笑いというべきであろう」と評し、「こういう肉厚な笑いは日本の古典には少い」と述べている。しかしそういう特質に溢れる『デカメロン』であればこそ、プロテスタント諸国では非難されることもまた多かったのであろう。顔を顰める人は『デカメロン』を良風美俗に背くものとして認識しているからである。顔をほころばせる人は『デカメロン』をエロティックな作品としているからである。

エヴリマンズ・ライブラリーは二十世紀に入ってからの出版で、リッグJ. M. Riggの手になる翻訳だが、一八八六年にペインJohn Payneの手で初めて英語全訳が出た時と同様、英語に訳されていない部分がある。たとえば第三日の第十話「アリベックは女の身ながら世を捨て隠者となる。その女に僧のルスティコが悪魔を地獄へ追い返す方法を教える」という物語の一部はイタリア語原文のまま印刷されている。バジル・ホール・チェンバレンが『古事記』を英訳したのはペイン訳『デカメロン』が出る三年前の明治十六年だが、「みとのまぐはひ」などの部分をチェンバレンは英語に訳さずラテン語に訳した。それと同様の「良識」を重んじた措置である。あの時代にはあの時代なりのポリティカル・コレクトネスを言い立てる人がいて、正義面をして『デカメロン』や『古事記』のおおらかな性的場面の記述を非難したのであろう。当時には当時なりの言葉狩りがあり、言論表現の自由に対する圧迫があったのだ、と思わずにはいられない。フランセス・ウィンウォーが「なにも削らずなにも足さなかった」と述べたのは、実はそうした倫理規制にまつわる風潮へのプロテストだったので、翻訳美学にまつわる問題ではなかったのである。彼女は「不健康なまでに偽善的な」女性団体指導者に抗議したのであった。ちなみにニューヨークで一九三〇年に出た彼女の翻訳が、英語圏における最初のunlimited edition「無削除の訳本」といわれている。いま『ボッカッチョ』の全訳が日本でも言葉狩りの対象とならないことを訳者は切望するが、しかし私は、男女差別主義者と非難されるかもしれないけれども、女子大学で『ボッカッチョ』のある種の場面を教えるつもりはまったくなかった。『源氏物語』にも「賢木」の巻などで源氏と朧月夜の密会の場面を父親に見つけられる場面がある。ウェイリーArthur Waleyの*The Tale of Genji*が一九二五年に刊行され始めた時「『デカメロン』を連想させる」と指摘された条りと思われるが、しかし同じく男女の密会の場面が父親に見つけられる場面でも、『デカメロン』第五日第四話では「(男女)二人ともなにもかけずに眠り込んでしまった。そして左手でカテリーナはリッチャルドの首の下に右腕を通して彼を抱きしめている。皆さまが人前で口にするのをもっともはばかる彼のあそこを握っていた」などという露骨な記述がある。男女の関係は文学の永遠の話題だが、しかしセックスの行為そのものを描く作家とそれは遠慮する作家とがあるとすれば、紫式部は後者である。sexual partsへの露骨な言及の有る無しがボッカッチョと紫式部を分かつ目安となっているので、英語でいえばdecorum「品のよさ」の感覚が作品に行き渡っているのが『源氏物語』である。これはこれで尊ぶべきことといわねばならない。

『デカメロン』に猥褻のための猥褻趣味も混じっていることもまた事実である。第八日第八話などは米国で性革命後の一九六八年に出たアップダイクの『カップルズ』の先駆といえるであろう。言外に司祭の獣姦を示唆した話も、大人の読者にそうしたことは存外ぴんと伝わって、察しのよい読者はいまも陰で笑っているかもしれない。なお猥談を猥談と認めず、ボッカッチョを性革命の先駆者のごとく祭り上げた近年の批評家はD・H・ロレンスである。彼は『ポルノグラフィーと猥褻』というボッカッチョ礼讃ともいえる一大論文――というかマスターベーション弾劾論――を書いているが、[5]二十世紀前半の性体制に対する反抗の、ヒステリカルな面もなしとしない「雄叫び」を発したという印象を私は受けた。ロレンスは彼自身の自己主張のためにボッカッチョを担いだのではないだろうか。笑いのないロレンスの論は空回りしているような気がしてならない。それより注目すべきはロレンスが描いた『デカメロン』第三日第一話の油絵[6]の方であろう。これは一興と呼べる作品で、ロレンス本人にとっては執筆からの気分転換でもありさぞかし愉快であったろう。その絵に「自分の感情や考えを描き込むことができて面白かった」"It's rather fun, discovering one can paint one's own ideas and one's own feelings―― and a change from writing.[7]"と一九二六年十一月二十四日ブレット宛に書いているが、論文『ポルノグラフィーと猥褻』に見られるボッカッチョ礼讃も彼がひたすら自分の感情や考えを書き込んだ論といえないことはない。ロレンスのこの評論には『デカメロン』の個別の物語に即しての分析や具体的な鑑賞は見られないのである。

『デカメロン』の男女が喜びを味わった話の結びのいくつかには「このような至福の夜にすべてのキリスト者を早く導き給え」という主への願いが添えられる。これは「『デカメロン』の特筆すべき異議申し立て」の節には原語も引くが、一見ふざけているかのようで、その実、著者ボッカッチョは存外真面目だったのかもしれない。D・H・ロレンスがどの程度精密に『デカメロン』を読んだかはさだかでないが、真面目人間の彼がボッカッチョを礼讃したのはこうした台詞に作者の誠実を認めたからではあるまいか。というかその種の発言を圧殺することこそが政治的に正しい、それこそがポリティカル・コレクトネスだと思い込んでいた千九百二十年代の社会的風潮にロレンスは楯突きたかったのであろう。

私は道学者風なコメントをするつもりはないが、それでも『デカメロン』中でいくつかの話にやや抵抗を感じた。知能程度の低いカランドリーノをブルーノとブッファルマッコが馬鹿にする一連の話（第八日第三話、第六話、第九日第三話、第五話）がある。カランドリーノの愚かさ加減に私自身も笑いはするけれども、しかし心からの哄笑とはならない。ただし、知能差別が行なわれているからといって、この一連の滑稽譚を印刷に付することに反対するなどという言論統制的な主張に同調する気は私にはまったくない。それに、カランドリーノを愚弄する第八日第三話でも、その終わり近くでカランドリーノがおかみを引っぱたこうとまた血相を変えて立ち上がったのを見た時は、ブルーノとブッファルマッコの二人はあわててその前に立ちはだかって引き留める。そして「この件に関して奥さんに罪はなにもないぞ。悪いのはお前さんの方だ」と懇々と言って聞かせる。そのあたりに作者の人情味はおのずと感じられよう。また第八日第七話の冒頭で

「ご婦人方は哀れなカランドリーノのことを大層お笑いになりました。もし豚を盗んだ二人にそのうえ雄鶏まで取られた様を見て、カランドリーノのことを気の毒に思わなければ、もっとずっと笑っていたかもしれません」とやはり不埒な二人の行為に対して婦人たちの態度を語ることによって著者はカランドリーノを愚弄する悪戯者どもに対するおだやかな批判を示している。そのような口調にも著者ボッカッチョのバランス感覚は感じられよう。

なおこの種の文学作品の常として、エロティックな要素と並んで正義派というか疑似正義派の指弾の対象となりやすいのがいわゆる差別語の多用であろう。『デカメロン』の現行の西洋語翻訳では原文にあるイタリア語の mutolo は dumb, deaf-mute, muet, stumm などにそのまま訳されている。しかしながらいまの日本では辞書類にも「唖」の字を避けて「口の利けない人」と訳し、唖の字を用いる場合も音の「あ」は用いるが訓の「おし」は避ける傾向にある。それがポリティカル・コレクトネスを言い立てる昨今の風潮に押された結果であろう。そして人の感情を傷つけぬよう留意することは文明の作法ではあろう。しかしだからといって原作者ボッカッチョが原語にこめた感情を訳者が勝手に手加減して変改するのは許されないことであろう。というか他人を慮って、そのような過度の自己検閲をする風潮にこそ問題があるのではないだろうか。日本国憲法は言論表現の自由を保障しているが、新聞にものを書くと「それは差別語です」と注意されることがある。印刷しては困るといわれてしまうと、その文字を書くわけにもいかない。

電子辞書からも削除されている。強いて別の表現を用いれば「頭の不自由な人」とでもいおうか。しかし「カランドリーノは頭の不自由な人だ」というわけにはいかない。そう聞いた途端に多くの人は笑い出し「なんだ××××しい」と動物の名前を二種類二回ずつ繰返す。ここまで書けばもう自明だが、問題の言葉は「馬鹿（ばか）」である。馬鹿は差別語なのだそうである。一体どこのだれが差別語と認定するのか。どうしてある特定の人にはこの言葉は不適切と言いうる認定権があるのか。そのような表現の制限と憲法の関係はどうなっているのか。ふだん口にしている「馬鹿馬鹿しい」をなぜ活字として使っていけないのか。「馬鹿」はいけないが「馬鹿馬鹿しい」はいいとは本当か。そんな区別はそれこそ馬鹿馬鹿しくないか。——とボッカッチョの驥尾（きび）に付して訳者も過度のチェックに対してはあらかじめ抗議しておく次第である。

原作の語りの区分と訳文の文体の区分について

翻訳の文体とも関連するので、ここで『デカメロン』の構成と語りの区分について説明させていただく。

この作品の大枠は十人の男女（女七人と男三人）が各々一日一つずつ物語を延べ十日間にわたって語るという趣向であり、この一つ一つの物語は説話と呼んでも短編小説と呼んでも差支えないであろう。文学ジャンルとしては枠短編小説 nouvelle à cadre と呼ぶのが適切ではあるまいか。合計百の物語から成る集であるが、このボッカッチョの『デカメロン』百話という数はダンテの『神曲』百歌に張り合って考えられた構成だという推定は可能であろう。

各々の物語の組成は百話全部に共通する次のような区分から成っている。訳者はそのコンポジションの区分を次のように扱った。

一、各話の初めに五字分下げて印刷してあるのは、

(A)「まとめ」sommario の部分

である。ボッカッチョは「著者結び」に「物語が読者の皆さまを騙すことのないよう冒頭に本文中に何が書いてあるか、その胸の内に秘めた事は額に書き記してございます」と述べている。「額」とは冒頭という(A)の部分のことである。しかし版により、とくに西洋語訳本により、内容に多少異同もある。後世の人が読者の便を考えて書き改めたものもあるらしい。それで固有名詞などの内容が明示されていない「まとめ」については訳者がそれを補足した。*8 日本の読者向けに内容を明示するべく訳者が「まとめ」を書き足したのは第三日第三話であり、内容をやや書き改めたのは第五日第十話の「まとめ」である。前者はボッカッチョのまとめだけでは舌足らずで、話の内容が伝わらないおそれがあるから補足したのだが、後者は「まとめ」で口に出すことを多少憚った内容であるために原著者ボッカッチョ自身が物語の内容とはやや別種のまとめとしてしまったと思われるからで、これでは読者を騙すことになってしまうからである。それで内容

を明示する「まとめ」に訳者が手直しした。なおボッカッチョ自身の筆になる「まとめ」の方も本解説（下巻）の第六章の「風俗壊乱の小説か」の節の註に訳して掲載してある。ほかに各話の語り手が明らかになるよう「まとめ」の末尾に〔何某が物語る〕と平川が書き加えた。その何某の誰が女で誰が男であるかは、イタリアに慣れ親しんでいる人にはイタリア語固有名詞の女性・男性の区別はおおむね一目でわかるのだが、訳者は次に来る代名詞に「彼女」「彼」を補うことで、日本の読者にもわかるよう工夫した。私は「彼女」「彼」といった代名詞は翻訳文といえども使いたくない趣味性の持主だが、固有名詞だけでは男女の区別が日本の一般読者にはつきかねるので、そのような補い方をした。なお語り手が婦人方の場合はおおむねひらがなの「わたし」、男どもの場合はおおむね漢字の「私」を用いて区別した。ただしこれは機械的に区別したのではなく、次に説明する社交会話の部分での婦人方の語りが、男どもの語りより感じがなべて穏やかで柔らかだからである。また第八日第七話ではイタリア語では同じ tu が用いられていても、日本語訳では前後の友好的・非友好的雰囲気に応じて、リニエーリのエーレナに対する口調を「あなた」と「おまえ」に使い分けた。

二、各物語の組成は以下の通りである。

（B）語り手を紹介する部分

（C）語り手自身による話の初めの社交的な御挨拶の部分

（D）本体の物語の話そのものの部分

（E）一日の十の物語が終わったあとの結びの散策や食事や遊興の描写の部分

この中で（B）（C）（E）の三つとも「ですます体」に訳してある。それはこの（B）（C）（E）部分は枠短編小説の枠部分に相当するからであり、そう訳すことで、

三、「ですます体」でない普通の文体で語られる（D）本体の物語部分との区別を明確につけ、訳文の語調に枠部分と本体部分ではっきりと変化をつけた。なおその各部分の間に一行空きを入れたのは、（かつて『神曲』を訳した際に試みたのと同様）、訳者による明確化の工夫である。その工夫の一助として枠の部分は「ですます体」、本体の物語部分については「ですます体」は用いず訳文の冗長化を避けた。

この原則に従って、本体の物語部分は、語り手が男であろうと女であろうと、短く締まった語調に訳した。『デカメロン』は、たとえ枠つき短編小説の枠部分をはずしても、通読可能な作品である。語り手の男女の性別によって主題に選別が見られる（たとえば、婦人は性的に淫らな物語を聞きはするが、語りはしない）物語がないとはいわないが、しかし語り手の性別による文体上の顕著な差異は認められない。それは日本語と違ってイタリア語には男性形・女性形の名詞・代名詞・形容詞・過去分詞などはありこそすれ、男言葉と女言葉の区別がもともと書き言葉に少ないためでもある。それにボッカッチョ自身に物語に応じて男言葉女言葉を区別して書き分ける意識が少なかったからである。ボッカッチョにとってはまず物語が先に存在しており、その物語を『デカメロン』の中で誰に語らせるかという選択は最初から念頭にあったわけではなく、後から男女十人の

中から語り手を適宜選んで振り当てたまでだったと思われるからである。ただしディオネーオが物語る場合のみは例外で彼だけは個性的な語り手である[9]（なおイタリアのボッカッチョ研究の権威ヴィットーレ・ブランカは女の語り手の中でフィアンメッタの「楽しげな」語りの態度には個性を認めているが、第九日第五話の註2に記したように、訳者はその説に疑問を持っている）。

四、ボッカッチョは作品全体のプレゼンテーションにも非常に気を使った。著者自身が語るという体裁は「著者序」のほかに、このような放恣な内容として世間の指弾を浴びかねない作品を世に出したことに対する自己釈明として「第四日まえがき」と第十日の後に続く「著者結び」が雄弁である。「第六日結び」では第七日に「女たちが夫に対してやらかした悪さの数々が話題となる」ことへの弁明が、第七日の王（主宰者）となることが予定されていてその職権から第七日の発題者でもあるディオネーオの口を通して語られる。そのほかにも、第六日の初めには下男下女のいさかいの場面も挿入し、下がかった話が飛び出し、それをディオネーオが仲裁することで、作中の淑女貴公子ならびに読者の頤も解いている。

ここで『デカメロン』読書についての私的な回想を添えさせていただく。

訳者は大学紛争が終焉に向かった一九六九年頃、東大と東京芸大の教室でフランス語中級の授業の際にもガルニエ版 Bourciez のフランス語訳[10]を用いて『デカメロン』を教え、めぼしい短編を次々と読んだ。[11] その際は『デカメロン』の枠の部分は読まず、ひたすら本体の物語部分のみを読んだ。教室毎に異なる物語を読んだので、三十数話を読むことを得た。その時、各話に男女の語り手は添えてはあるものの、短編小説の本来の物語部分は散文として語り手の性別に関係する少数の場合と（男女の語り手の差が現われるのはいわゆる猥談に近い話の場合のみである）、必ずしも関係のない多数の場合とがあると感じた。

たとえば第一日第八話で語り手はグリエルモ・ボルシエーレを引合いに出しながら「近頃の宮仕えの連中はとてもそんな名前に値しません」と言って義憤を発する。しかしこれはあくまで男の声、というか著者ボッカッチョの生の声であって、語り手の女のラウレッタの声とは到底思えない。また第一日の冒頭部分でのパンピーネアの人間の権利についての堂々たる論も、いかに最年長の女性とはいえ、女の声とは思えない。これはボッカッチョの声がパンピーネアの口を借りて述べたとみるべきだろう。なにか法学部の講堂で大教授から講義を受けているかのような印象すら受ける。それと似た印象は第四日第一話のギスムンダの堂々たる自己主張を聴かされたときにも受ける。[12]

そうした次第だから、もし将来『デカメロン』訳本の縮小版が企画されるなら、その際は「ですます体」の枠部分は取り外して本体部分のエッセンスのみをまとめて出版するのもまた一法かと思われる。「為にもなり楽しみにもなるのはやはり皆さまのお話の部分でございます」とは二日目の女王に選ばれたフィロメーナの言葉だが、作者ボッカッチョ自身もそう感じていたのであろう。なおこのこととの関連において述べ得ることは、チョーサー（Geoffrey Chaucer 一三四〇－一四〇〇）の『カンタベリー物語』（一三八六－一四〇〇）との対比裡に浮かびあがる『デカメロン』（一三五一）の違いである。このイギリスの詩人はボッカッチョの影響下に創作したが、『カンタベリー物語』作中のさまざまな巡礼の語り手は、彼らが語る物語から離れても、それぞれ異なる職業や階級の人間としてそれぞれ自分の社会生活を独立して生きている。そのことは、読者の脳裏に彼らの個性が消し難く印象されることからもいえるだろう。それだから『カンタベリー物語』の場合は「粉屋の話」という風に語り手によって記憶されるのである。それに対して『デカメロン』の場合は女七人男三人の語り手たちは全体としてはある安定した貴族的な雰囲気を醸し出してはいるが、語り手各自の個性は、ディオネーオを別とすれば、それほど記憶されない。「ナスタージョの話」という風に作中の物語の主人公によって記憶されるので「フィロメーナの話」という風に作中の語り手の名前によって記憶されることはない。ということは『デカメロン』の魅力はそのほとんどすべてが各短編の話の中にあるということである。『源氏物語』の雨夜の品定めにしても語り手はすべて貴族だが、頭中将（とうのちゅうじょう）、左馬頭（さまのかみ）などの個性がくっきりしていて、彼らの方が『デカメロン』の十人の語り手よりもはるかに個性が鮮明に私には記憶されている。それはなにも私が日本人だからというわけではあるまい。

ところで十人十話の話が一日続いた後で、物語の本体部分とは違う牧歌的な雰囲気の枠部分がめぐって来ると、読者はほっと一息をつく。ムソルグスキーの組曲『展覧会の絵』で、絵と絵の観覧の間にプロムナードの曲が流れるとその繰返しにほっとする。それと似て、ボッカッチョが描く一日の話のすんだ後の夕暮の牧歌的な情景は、ダンテが煉獄(れんごく)篇第二十八歌冒頭で描く地上楽園の情景を私に思い起こさせる。「第三日まえがき」の初めての日曜日の移動した二番目の別荘の庭園であるとか「第六日結び」の「女たちの谷間」の描写など忘れがたい。自然を描く抒情詩人ボッカッチョの散文の文筆はダンテやペトラルカの詩に見劣りするものではない。『デカメロン』の中でボッカッチョはそのような枠の散文の部分で鮮やかな牧歌的詩人なのである。実は枠の韻文でうたわれる詩の部分よりもその散文の方でボッカッチョは真正の詩人であると感じられる[*13]。そのような本体部分の緊張と、緊張がリラックスする枠組部分が、一日の始めと終わりにある。そのような緩急自在の額縁小説の構成の手法もまた見事というべきではあるまいか。

訳者は原文にある枠部分と本体部分の区別を、翻訳では「ですます」調とそうではない調子にすることで截然(せつぜん)と分類した。そのように文体を変えることによってその区分を一層際立たせ文章に変化をつける工夫を訳者としてこらした次第で、このような区分は、原文イタリア語の内容には認められても、文体的には顕在的にあるわけではない[*14]。

翻訳底本

翻訳底本としては Giovanni Boccaccio: *Decameron*, Nuova edizione, A cura di Vittore Branca, Einaudi, Torino, 1992（初版は1980年）を用いた。平川がこの翻訳に際し、語釈についてももっとも依拠したのもこのブランカ教授の手になる版本である。[*15] 一九一三年生まれのブランカ教授はボッカッチョ研究の第一人者として知られ、この本は註釈が詳しい。同じブランカ教授は他の書肆からも *Decameron* を前に出している（訳者は Le Monnier 社から出た版を所蔵する）が、エイナウディ版の二巻本註釈がはるかに優れている。訳文中の註は日本人読者の関心を惹くであろう事柄に限定し、多くはブランカ一九九二年版の註に依拠した。言語的・歴史的な註もあるが、私見も時にその註にまじえた。また訳者の作品鑑賞にまつわる批評感想も時に添えた。訳文に即しその場で説明しなければ話が通じがたく、「解説」にはその種の具体的な細部にまつわる感想はまとめがたいからである。また先にダンテ『神曲』翻訳に際し諸家の批評を拾い、自家の見解もまじえたところ好評だったからである。諸名家の見解ならばともかく、平川の私見は読書の邪魔になるとお感じの向きは、註の感想部分は読まずに飛ばしていただくようお願いする。読者の中には各物語の一つ一つを楽しむ向きもあろうかと思い、煩をいとわず註やルビを物語に応じて繰返し掲げた場合もある。

なお一般に『デカメロン』の原話そのものの出典や系譜について関心をお持ちの向きはこのブランカ教授の Boccaccio, *Decameron*,（Torino: Einaudi, 1992）の各話冒頭の註を参照されたい。なお平川の解説（中巻）の第三章の「ボッカッチョの生涯」の紹介も主としてこの書の第一巻の冒頭に掲げられた Vita e Opere di Giovanni Boccaccio に依拠した。

イタリア語片仮名表記の原則

「ル」の小字、チェッパレルロのルなどllの一番目のlの標音に当てる。イタリア語固有名詞の日本語表記については平川訳ヴァザーリ『ルネサンス画人伝』（白水社、一九八二年初版、二〇一一年、白水Uブックス版で刊行の際『芸術家列伝』1と改題して内容を多少改めて刊行）の「あとがき」に準則が書いてある。イタリア語でアクセントが後ろから二番目の母音に置かれるか三番目の母音に置かれるかの区別は大切である。地名や人名でアクセントが置かれる母音は長音で示した。長音記号がない場合はそこにはアクセントは置かれないということでもある。例、ディオネーオ、エーレナ、フィエーゾレ、フィローストラト、ジェーノヴァ、ジローラモ、リーパリ、マントヴァ、ミラーノ、ミヌートロ、モーデナ、ナーポリ、ネイーフィレ、（ギリシャ名ニコーストラトスのイタリア語表記である）ニコーストラト、パードヴァ、パンフィロ、パンピーネア、パヴィーア、プローチダ、リーミニ、トラーパニなど。なおMonacoはイタリア語ではモーナコと発音する。当然、第二日第十話の女を奪った男の名前もパガニーノ・ダ・モーナコとしたい。そう書きたいのはやまやまだが、いまはその土地でもモナコと発音する。これはこのプロヴァンスの王国では言葉が完全にフランス語化されたからである。それでこの場合は後ろから三番目の母音に対して長音記号はつけないことにした。中途半端な混じった書き方をして恐縮である。なおイタリア語で Monaco di Baviera とはドイツのミュンヘンのことである。

翻訳上の工夫

ブランカ校訂本よりも内容に応じ段落をふやした。とくに会話の際は必ず行を改めた。原文で間接話法の部分を文意を明確化するために直接話法にした箇所もあるが、その場合はおおむね改行していない。

訳者が直面する困難の一つは、原作に不要とはいわぬまでも余計な装飾部分がある際、それをいかに処理するか、という問題であろう。多くの訳者は日本人読者はその部分をきちんと読みはしないだろうとは思いながらも、普通直訳して訳出している。そうすることで訳者としての責任は形式的には果たしているが、日本人読者に対する実質的な責任は回避しているように思えてならない時もある。かつて『いいなづけ』翻訳に際して、元の序文ではマンゾーニが匿名の著者の原稿を発見しそれに手を入れた、という体裁を取るための四ページ弱の「芸術的偽装」の序を略して、読者が直接本文にはいれるように按配した。読者が本文に入る前に踵(きびす)を返して立ち去るような事態は避けたい、と思ったからである。それと同じような配慮から、今回の『デカメロン』翻訳でも「著者序」

Proemioなどは訳者が手短かに圧縮したかったのであるが、私がそのような工夫をすると、その先例を悪用して翻訳に際して手抜きする人が将来出ても困ると思い、結局全訳した。ただし毎日の終わりに出てくる歌の詞(ことば)などには、〔その趣旨は今の言葉にかいつまんで訳すとおよそ次のようになりましょう〕という台詞を入れることで歌の部分は意味が通じるように散文に訳した箇所もある。第十日第七話のミヌッチョがピエートロ王の前で歌う詩の訳も、詩の趣きを伝えるための雅文体と意味を伝えるための散文体を併用した。この種の文学作品の翻訳では読者がすらすらと読めることがなによりも大切であろうかと思い、そのような妥協というか工夫をこらした次第である。

なお翻訳者の中には一般読者にとってはくだくだしい箇所と考えて翻訳を飛ばしているような箇所も散見する。しかしそのような一見装飾的な箇所にも意味のある発言が混じっていることもある。たとえば「著者序」の前書きの第一行には「本書は『デカメロン』別名を『ガレオット公』という」と出ている。日本人の読者一般には「本書は『デカメロン』という」で十分であろうが、しかしそれでも私は原文に忠実にすべて訳出した。ボッカッチョは自分が八歳の時に死んだダンテの存在を強烈に意識していた。ダンテの『神曲』でもっとも有名な話の一つは地獄篇第五歌のパオロとフランチェスカの悲恋である。二人は一緒にランスロットの物語を読んで恋に落ちた。

あの憧(あこが)れの微笑(ほほえ)みにあのすばらしい恋人が接吻(くちづけ)る

あの条りを読みました時に、この人は、
私から永久に離れることのないこの人は、
うちふるえつつ私の口に接吻いたしました。
本が、本を書いた人が、ガレオットでございます。
その日私どもはもう先を読みませんでした。

ここにガレオットとあるのは、円卓騎士の物語の中でランスロットとグィニヴィアの仲を取り持ったのがガレオットだからであり、ここでは愛の仲立ちという意味に用いられている。ボッカッチョもそれを意識していたからこそ「本書は『デカメロン』別名を『ガレオット公』という」と宣言し、自著もまた愛の仲立ちに役立つ本であろうと述べたのである。ボッカッチョは「こうした昔や今のお話は、お読みになる皆さまにもなにかとお役に立つこともございましょう」と「著者序」で述べ、かつ「著者結び」でもまた述べた。このようにガレオットの名前を引いたことは、一つにはパオロとフランチェスカの恋を描いたダンテへの敬意の表明であり、二つには自分自身をガレオット公に擬することにひそかな自負を感じている作者としての喜びの表明であると考える。こうした一見不用な別名も洩らさずに訳した所以である。

＊1　ドイツでも大文字を使わず小文字だけで文章を書く試みがなされたときにも、読みにくいと読者の

間で不評であった。関係者は慣れの問題と考えたようだが、そうではあるまい。実は日本の小学校低学年の児童も、かなだけでべた組みに組まれた文章よりも易しい漢字がまざった文章の方が読みやすいと感じている。言葉は子供たちの聴覚だけでなく視覚に訴えて機能する側面があることを忘れてはならない。

＊2 このような原音忠実主義はダンテ『神曲』和訳の場合も多くの訳者によって踏襲された。失礼ながら苦笑させられたのは集英社版『神曲』の場合で、訳者の没後身内の方が率直に書かれたように、壽岳文章は英訳を参照して翻訳した。それでも壽岳訳では固有名詞がことごとくイタリア語の発音を仮名にして写してある。その部分はイタリア語テクストに依拠したからである。ところが註のあるものは、英訳本の註に依拠したからに相違ないが、トスカーナなどのよく知られたイタリアの固有名詞であるにもかかわらずタスカニーと英語風の呼び方が片仮名で表記されている箇所があることである。しかしこれは壽岳氏個人の問題ではなく、ヨーロッパ大陸の地名も英語風に表記することの多い英米本位の日本英米文学会のしきたりの名残であろう。チョーサー作品の日本語翻訳の註などでもヨーロッパの大陸の地名など固有名詞はおおむね英語風の表記のままフローレンスとかネープルスとかシシリーなどと片仮名書きされている。

＊3 これはボッカッチョ作『フィローストラト』の邦訳（岡三郎訳、国文社、二〇〇四）を読む際におぼえる違和感からもいえるような気がする。読書を楽しもうとする普通の読者は、散文で書かれた「緒言」より先の韻文の訳へはなかなか読み進みはしないのではあるまいか。

＊4 ジャーマニックな語とラテン系の語の混合語であるドイツ語はフランス語に比べると、語彙も多く、言葉の組合わせが豊かなために、外国語の翻訳を受付けやすい。そのような言語であることは、シェイクスピアの伊訳・仏訳と独訳を比較した際にも、またマンゾーニ『いいなづけ』の英訳・仏訳を独訳と比較して参照した際にも感じた。ところが『デカメロン』の場合は――これは個々の訳者の資質の違いももとより関係するに相違ないが――『いいなづけ』のすぐれたドイツ語訳を出したと同じヴィンクラー Winkler 社から出ているカルル・ヴィッテ Karl Witte 訳にしても、意外に原文に密着していなかった。ボッカッチョの文章は繰返しも多いが、それだけに自由自在な生命力が溢

れている。それが、翻訳過程を通じて、訳者の手によりより多く抽象語が用いられ、それによって、平準化されたように見受けられた。いうならば沸騰している原イタリア文が翻訳では沈静化して文章温度が下がっているのである。ドイツ語訳で私がよく参考したのはインゼル Insel 書店のアルベルト・ヴェッセルスキー Albert Wesselski 訳で、難解な箇所を何度か合点するところがあった。このインゼル書店版には一四九二年にイタリアで出た版本に添えられた挿絵が複製されている。この翻訳でもその挿絵を多く挿入した。なお翻訳に際しときどき参照した西洋語の翻訳は以下である。

Giovanni Boccaccio: *The Decameron* translated by Mark Musa & Peter Bondanella, Signet Classic, 2002

Giovanni Boccaccio: *The Decameron* translated by Guido Waldman, Oxford World's Classics, 1993

Giovanni Boccaccio: *Decameron,* A new English version by Cormac Ó Cuilleanáin based on John Payne's 1886 translation, Wordsworth Classics of World Literature, 2004

Jean Boccace: *Le Décaméron,* traduction nouvelle de Jean Bourciez, Classiques Garnier, 1963

Boccaccio: *Das Dekameron,* Deutsch von Albert Wesselski, Insel Verlag, 1999

＊5　D. H. Lawrence, 'Pornography and obscenity', *Late Essays and Articles,* ed. James T. Boulton (Cambridge Univ. Press, 2004) pp. 236–253.

＊6　ロレンスの絵画の複製は Keith Sagar, *D. H. Lawrence's Paintings* (London: Chaucer Press, 2003) p. 32。

＊7　D. H. Lawrence, *Letters,* V 585.

＊8　訳者が固有名詞を補ったのは第一日第六話、第二日第三話、第四日第十話、第七日第五話、第七日第八話、第七日第十話、第八日第七話、第八日第八話、第八日第十話、第九日第二話、第九日第六話、第十日第一話、第十日第十話である。

＊9　アンリ・オヴェットは『評伝ボッカッチョ』（大久保昭男訳、新評論、一九九四）で「ひとり、ディオネーオの役だけはほぼ一貫性を保っている。不作法で、からかい好きで、いかがわしい話の好きなこの陽気な男、つまり素行の芳しくないこの人物は、その機知のゆえにたいていゆるされてしまうし、……これが若い日の、快楽好きなボッカッチョその人だと、当然ながら見られている」

(p217) と述べている。確かにディオネーオは三人の青年紳士の中でも話しっぷりが独特で、露骨に卑猥なことをいう。男女十人の一行の中でもっとも際立った個性の持主であり、しかも我儘な彼には各日の最後に話をするという特権も与えられている。しかしだからといってディオネーオがボッカッチョだと言い切るのはいかがなものか。それはいってみれば日本の読者が「坊っちゃん」は夏目漱石だというようなものではあるまいか。

*10 英独訳をも参照したいまにして思えばあまり良い訳とはいえない、フランス語化の度合いの強い、難しい単語が多用された訳だった。

*11 あの紛争のころの学生、とくに東大生には組織勢力やらマスコミやらに煽られて騒ぎに参加し、主観的な正義感にとらわれ、眼の吊り上がった学生が多かった。私が『デカメロン』を選んだのは、授業再開に際して彼らの興奮した気持を静め、クラスに笑いが戻るようにとの配慮もあってのことである。私は「団塊の世代」と呼ばれる敗戦直後に生まれた若者が騒ぐたびに、昭和二十三年ごろの停電の多かった夜を思い出して「この連中はあの停電のせいで大勢生まれたんだな」と内心で笑っていた。はなはだ不埒な不真面目な教師と思われるかもしれないが、マスコミが書きたてるいい加減なことを鸚鵡返しに繰返す程度の学生の声高な主張に対しては、真面目に相手にしないことこそ実は真面目なのである、と当時も思っていたし、今も思っている。私はもともと「もっともな願いは即座に聞いて黙って実行に移さねばならぬ」という信条の持主で、毎学期の試験用紙に採点外として「授業に対し何か希望や提案のある者は裏面に書け」という項目を添えていた。そこで出された新提案で有意味の案にはなるべく応えるよう、学生との対話をつとめて実行してきたと自負する者である。大学が騒然となるや、自分自身の頭でよく考えたポジティヴな提案をする人が教師側にも学生側にもいかにも少なかったことが心淋しかった。ふだんはもっともな願いも聴かないくせに、紛争が起きると学生の要求ににわかに従う「良心的な」教師が嫌いであった。

*12 これほどまでに立派にギスムンダが論を述べるのなら、なぜ再婚の望みをあらかじめ父親にいわなかったのか、と思わずにはいられない。第四日第一話が一つの物語として首尾一貫性に欠けるという印象をもし読者がもつとするなら、それは女のギスムンダの口を借りて作者自身の強烈な主張が

語られているからではあるまいか。なおギスムンダの主張と西鶴の作中女性のきわめて相似た主張のことは「解説」（下巻）第七章「ボッカッチョと西鶴」の節に詳しい。

＊13　ボッカッチョが各日の終わりに付した歌は、その内容がたとえ魅力的な詩である場合ですらも、物語作品の枠組の内にかっちりと収まっていないという批評（オヴェット、p. 219）は適切である。

＊14　作品の「額縁」部分と本体の文章の質的な相違については、平川祐弘『ダンテ『神曲』講義』、p. 12-13を参照。

＊15　このEinaudi版はその後も引き続き出まわっているきわめて権威の高い*Decameron*であるが、それにもかかわらずp. 874, l.7に一行だけ、誤った行の重複のために脱落がある。

まとめ一覧

第一日

第一日まえがき

第一日が始まるが、そこではこれから登場する人物がどうした理由で一緒に集まり話をするようになったかが著者によって説明される。第一日はパンピーネアの主宰の下で各自が一番お気に入りの話を披露する。

第一日第一話

チェッパレルロ氏は嘘の懺悔をして尊い坊様を騙して、死ぬ。生涯を通じて極悪非道の人間であったにもかかわらず、チェッパレルロ氏は死後にわかに聖人の名が高くなり、聖チャッペルレットと呼ばれるにいたる。〔パンフィロが物語る〕

第一日第二話

キリスト教に改宗するようジャノー・ディ・シュヴィニーに懇ろに説諭されたユダヤ人アブラハムはローマの都へ行く。そこで僧侶たちの邪まな生活を目のあたりにしたアブラハムはパリへ戻るやいわれた通りにキリスト教に改宗する。〔ネイーフィレが物語る〕

第一日第三話

ユダヤ人メルキゼデックは、サラディンが自分に仕掛けた、答えようによっては財産を没収されかねない質問に対し、三つの指環の物語を語ることで、たくみに難を免れる。

〔フィロメーナが物語る〕

第一日第四話

ルニジャーナのベネディクト会の僧院で、厳罰に値する、女と交合する罪に落ちた修道士が、修道院長が犯した、自分と同じ罪を巧みに難詰することで、ものの見事に厳罰を免れる。〔ディオネーオが物語る〕

第一日第五話

モンフェルラート侯爵夫人は牝鶏の料理としとやかな言葉でフランス国王の道に外れた恋心をたしなめる。〔フィアンメッタが物語る〕

第一日第六話

見事な一言でしっかり者が、フィレンツェの聖フランチェスコ会で異端邪悪糾問役をつとめる修道士の偽善の皮をはぎ、性悪の坊様どもをやりこめる。〔エミーリアが物語る〕

第一日第七話

ベルガミーノはプリマッソとクリュニーの修道院長の逸話を語ることで、にわかに貪欲となったカン・デルラ・スカーラに堂々と一矢を酬いる。〔フィローストラトが物語る〕

第一日第八話

グリエルモ・ボルシエーレは軽やかな言葉でエルミーノ・デ・グリマルディ氏の吝嗇にとどめを刺す。〔ラウレッタが物語る〕

第一日第九話

臆病者だったキプロス島の王様が、ガスコーニュの婦人の嘲罵を浴びて、恥を知る支配者となる。〔エリッサが物語る〕

第一日第十話
マルゲリーダに恋した外科医アルベルト・ダ・ボローニャを女は赤面させてやろうとしたが、男は巧みに女を赤面させる。〔女王パンピーネアが物語る〕
第一日結び

第二日

第二日まえがき
第二日はフィロメーナの主宰(しゅさい)の下(もと)で、散々な目に遭いながら、予想外なめでたい結末を迎えた人の話が披露される。
第二日第一話
マルテルリーノは蹇(あしなえ)の振りをし、アルリーゴ聖人の遺体の上にのせられたお蔭で快癒(かいゆ)したかのような様を演じる。その正体を見破られ、皆に寄ってたかって半殺しの目にあわされる。吊(つ)るし首(くび)の刑に処せられるところを辛うじて助かる。〔ネイーフィレが物語る〕
第二日第二話
リナルド・ディ・アスティは追剥(おいは)ぎに金目(かねめ)の物を奪われたが、カステル・グイリエルモで夫に死なれた女の家に泊り、その損失の埋め合わせをしてもらい、無事にめでたくわが家に戻る。〔フィローストラトが物語る〕
第二日第三話
ランベルト、テダルド、アゴランテの三人の兄弟は自分たちの財産を蕩尽(とうじん)し、一文無(いちもんな)しとなる。その甥(おい)のアレッサンドロは英国で金融業者として成功するが、英国で内乱が勃発し、一旦は絶望的な状況に追い込まれる。しかし旅先のブリュージュで知り合った若い英国の修道院長が実は女で英国国王の娘だという正体を発見する。この内親王は法王聖下の御前でアレッサンドロを正式に夫として迎え、アレッサンドロは三人の叔父を貧窮から助け出し、彼らを立派な地位に昇らせる。〔パンピーネアが物語る〕

第二日第四話

ランドルフォ・ルーフォロは貧窮の末、海賊となり、ジェーノヴァ人に捕まって海に突き落とされる。しかし宝石が一杯詰まった箱にすがって無事に逃げおおせる。コルフ島で女に救われ、自分の家に金持となって生還する。〔ラウレッタが物語る〕

第二日第五話

ペルージャのアンドレウッチョはナーポリへ馬を買いに行く。一晩のうちに三回酷い目に遭い、いずれも難を逃れ、結局ルビーを一個持って自分の家に戻る。〔フィアンメッタが物語る〕

第二日第六話

ベーリトラ夫人はシチリア島の国守アルリゲットの妻である。マンフレーディの死により、夫はシチリア島の国守の地位を失う。運命の逆風に翻弄され、ベーリトラは難を逃れ無人島にたどりつくが、息子二人は海賊に拉致されてしまう。夫人は二匹の子鹿とともに暮らす。夫人はそこからルニジャーナへ渡る。息子の一人は土地の主君クルラードに小姓として仕えていたが、主君の娘と通じ獄に投ぜられる。他方、シチリア島では〔カルロ・ダンジョーのイタリア名でも知られた〕国王シャルルに対し叛乱が起きる。身分を明かした息子は主君の娘と結婚し母親と再会する。弟の行方もわかり、栄誉の中に一同は帰国す

る。〔エミーリアが物語る〕

第二日第七話

バビロニアのサルタンは彼の娘の一人アラティエルをアフリカのガルボの国王の花嫁として送る。〔ガルボの国とは、アンダルシアやグラナダと対岸のアフリカ、現在のモロッコにあたるサラセンの国である〕。娘は様々な事件のために四年の間に様々な場所で九人の男の手中に落ちる。しかし最後に父王のもとへ送り返され、そこからまたあらためてガルボの国王のもとへ、最初の時と同じように、新妻として赴く。〔パンフィロが物語る〕

第二日第八話

アントワープの伯爵は、不当な罪で訴えられ、亡命し、二人の子供をイギリスの二つの町に残して去る。しかし人に気づかれずにスコットランドから戻り、子供たちが幸せでいることを確認する。そしてフランス王の軍隊に馬丁(ばてい)として入隊する。無実が明らかとなり、伯爵は晴れて本来の地位に戻る。〔エリッサが物語る〕

第二日第九話

ジェーノヴァの商人ベルナボはアンブルオージュオロにまんまとしてやられ、財産を失い、無実とは知らずに不義を働いたと思い込んだ妻を下男に命じ殺させる。妻は逃げのびて男装してサルタンに仕える。そして夫を騙(だま)した男を見つけ出し、ベルナボをアレクサンドリアに来させる。その地で騙した犯人のアンブルオージュオロは処罰され、女装に戻った妻はめでたく夫とともに金持となりジェーノヴァへ戻る。〔フィロメーナが物語る〕

第二日第十話

パガニーノ・ダ・モナコはリッカルド・ディ・キンチカの妻バルトロメーアを奪う。リッカルドは妻がどこにいるかを知り、出かけてパガニーノの友人となり、彼に妻を返してくれと頼む。パガニーノは、妻が望むなら譲るという。ところが妻はリッカルドと一緒に帰ることを肯んじない。そしてリッカルドが死ぬやバルトロメーアはパガニーノの妻になる。〔ディオネーオが物語る〕

第二日結び

第三日

第三日まえがき

　第三日はネイーフィレの主宰の下で、たいへん欲しがった物をいろいろ智恵を働かせて手に入れた人や一度失くした物をまた取り戻した人の話が披露される。

第三日第一話

　マゼット・ダ・ランポレッキオは唖のふりをして尼僧院の庭師となる。すると尼さんたちがみんな競って彼と寝ようとする。〔フィローストラトが物語る〕

第三日第二話

　さる馬丁がアジルルフ王の妻と寝る。王は気がつくがなにも言わない。犯人を認定して長髪を削ぎ落としてしまう。髪を切られた馬丁はほかの連中の髪もみな切ってしまう。そうすることで哀れな末期を迎えることを免れる。〔パンピーネアが物語る〕

第三日第三話

　ある若い紳士に惚れ込んだ婦人が、清らかな良心の持主という様子で懺悔を口実に一修道士に近づき紳士の横恋慕を訴える。修道士はそんな女の下心に気づかず紳士を呼び出して戒める。ありもせぬことを説諭された紳士は、初めて女の好意に気づき、修道士にしてはならぬと説諭されたことに従い女の家に入り込み二人は欲望を存分にとげる。〔フィロメーナが物語る〕

第三日第四話

ドン・フェリーチェは在宅で修道に励むプッチョに、悔い改め贖罪をすることで福者になれるとそのやり方を教える。プッチョは言われた通りにする。坊主のドン・フェリーチェはこのような手段を用いることで在宅修道士の妻モンナ・イザベッタと結構な楽しい時間を過ごす。〔パンフィロが物語る〕

第三日第五話

ジーマがフランチェスコ・ヴェルジェルレージに自分の馬を一頭贈る。そしてその代わりに、フランチェスコの許しを得て、その妻に声をかける。妻は返事ができずに黙っている。するとジーマは自分が妻になりすましたような振りをして返事する。そして結局、返事した通りに事が運ぶ。〔エリッサが物語る〕

第三日第六話

リッチャルド・ミヌートロはフィリッペルロ・シギノルフィの妻を愛する。この女が嫉妬深いことを知っていたので、リッチャルドは女にフィリッペルロが翌日自分の妻と温泉場で密会するらしいと告げ、女に現場に行かせる。女は暗い寝室で夫と一緒になっていたつもりで、実はリッチャルドと一緒だったことに気づく。〔フィアンメッタが物語る〕

第三日第七話

テダルドは女に腹を立て、フィレンツェから立ち去る。しばらくしてから巡礼のなりをして舞い戻り、女と話して女にテダルドを見捨てたことの誤りに気づかせる。そして女の夫を死罪から無罪放免にする。というのは夫はテダルドを殺したという嫌疑をかけられていたからである。ついで夫を自分の兄弟たちと仲直りさせ、それからは巧妙に女とお楽しみを続ける。〔エミーリアが物語る〕

第三日第八話

ある粉薬を飲まされたフェロンドは、一旦死人として埋葬される。フェロンドのかみさんと懇ろになった修道院長の手で、墓から引き出され、真っ暗な獄に入れられる。そして煉獄にいるのだと信じ込まされる。復活したとされた後に、修道院長が自分の妻に産ませた子供を自分の子供として養育する。〔ラウレッタが物語る〕

第三日第九話

ジレット・ド・ナルボンヌは瘻を病むフランス国王の治癒に成功し、ベルトラン・ド・ルシヨンを夫に戴きたいと願い出る。ベルトランとしてはその気がないのにジレットと結婚させられたので面白くない。フィレンツェへ行ってしまい、その地で若い娘に惚れこむ。するとジレットは彼女になりすましてベルトランと共寝し、二人の子供を得る。ベルトランも彼女をいとおしんで、結局妻として遇する。〔女王ネイーフィレが物語る〕

第三日第十話

アリベックは女の身ながら世を捨て隠者となる。その女に僧のルスティコが悪魔を地獄へ追い返す方法を教える。ところがアリベックはそこを去ってネエルバーレの妻となる。〔ディオネーオが物語る〕

第三日結び

本書は二〇一二年十月、河出書房新社より全一巻の単行本として刊行された『デカメロン』を三分冊にした上巻です。

Giovanni Boccaccio:
Decameron (1351)

デカメロン　上

二〇一七年　三　月二〇日　初版発行
二〇二〇年　八　月三〇日　4刷発行

著　者　ボッカッチョ
訳　者　平川祐弘（ひらかわすけひろ）
発行者　小野寺優
発行所　株式会社河出書房新社
〒一五一－〇〇五一
東京都渋谷区千駄ヶ谷二－三二－二
電話〇三－三四〇四－八六一一（編集）
〇三－三四〇四－一二〇一（営業）
http://www.kawade.co.jp/

ロゴ・表紙デザイン　粟津潔
本文フォーマット　佐々木暁
本文組版　株式会社創都
印刷・製本　凸版印刷株式会社

Printed in Japan　ISBN978-4-309-46437-4

神曲 地獄篇

ダンテ　平川祐弘〔訳〕　46311-7

一三〇〇年春、人生の道の半ば、三十五歳のダンテは古代ローマの大詩人ウェルギリウスの導きをえて、地獄・煉獄・天国をめぐる旅に出る……絢爛たるイメージに満ちた、世界文学の最高傑作。全三巻。

神曲 煉獄篇

ダンテ　平川祐弘〔訳〕　46314-8

ダンテとウェルギリウスは煉獄山のそびえ立つ大海の島に出た。亡者たちが罪を浄めている山腹の道を、二人は地上楽園を目指し登って行く。ベアトリーチェとの再会も近い。最高の名訳で贈る『神曲』、第二部。

神曲 天国篇

ダンテ　平川祐弘〔訳〕　46317-9

ダンテはベアトリーチェと共に天国を上昇し、神の前へ。巻末に「詩篇」収録。各巻にカラー口絵、ギュスターヴ・ドレによる挿画、訳者による詳細な解説を付した、平川訳『神曲』全三巻完結。

新生

ダンテ　平川祐弘〔訳〕　46411-4

『神曲』でダンテを天国へと導く永遠の女性・ベアトリーチェとの出会いから死別までをみずみずしく描いた、文学史上に輝く名著。ダンテ、若き日の心の自伝。『神曲』の名訳者による口語訳決定版。

なぜ古典を読むのか

イタロ・カルヴィーノ　須賀敦子〔訳〕　46372-8

卓越した文学案内人カルヴィーノによる最高の世界文学ガイド。ホメロス、スタンダール、ディケンズ、トルストイ、ヘミングウェイ、ボルヘス等の古典的名作を斬新な切り口で紹介。須賀敦子の名訳で。

白痴 1・2・3

ドストエフスキー　望月哲男〔訳〕　46337-7　46338-4　46340-7

「しんじつ美しい人」とされる純朴な青年ムィシキン公爵。彼は、はたして聖者なのか、それともバカなのか。ドストエフスキー五大小説のなかでもっとも波瀾に満ちた長篇の新訳決定版。

高慢と偏見

ジェイン・オースティン　阿部知二〔訳〕　46264-6

中流家庭に育ったエリザベスは、資産家ダーシーを高慢だとみなすが、それは彼女の偏見に過ぎないのか？　英文学屈指の作家オースティンが機知とユーモアを込めて描く、幸せな結婚を手に入れる方法。永遠の傑作。

大いなる遺産　上・下

ディケンズ　佐々木徹〔訳〕　46359-9 46360-5

テムズ河口の寒村で暮らす少年ピップは、未知の富豪から莫大な財産を約束され、紳士修業のためロンドンに旅立つ。巨匠ディケンズの自伝的要素もふまえた最高傑作。文庫オリジナルの新訳版。

ボヴァリー夫人

ギュスターヴ・フローベール　山田𣝣〔訳〕　46321-6

田舎町の医師と結婚した美しき女性エンマ。平凡な生活に失望し、美しい恋を夢見て愛人をつくった彼女が、やがて破産して死を選ぶまでを描く。世界文学に燦然と輝く不滅の名作。

山猫

G・T・ランペドゥーサ　佐藤朔〔訳〕　46249-3

イタリア統一戦線のさなか、崩れ行く旧体制に殉じようとするシチリアの一貴族サリーナ公ドン・ファブリツィオの物語。貴族社会の没落、若者の奔放な生、自らに迫りつつある死……。巨匠ヴィスコンティが映画化！

ナボコフの文学講義　上

ウラジーミル・ナボコフ　野島秀勝〔訳〕　46381-0

小説の周辺ではなく、そのものについて語ろう。世界文学を代表する作家で、小説読みの達人による講義録。フロベール『ボヴァリー夫人』ほか、オースティン、ディケンズ作品の講義を収録。解説：池澤夏樹

ナボコフの文学講義　下

ウラジーミル・ナボコフ　野島秀勝〔訳〕　46382-7

世界文学を代表する作家にして、小説読みの達人によるスリリングな文学講義録。下巻には、ジョイス『ユリシーズ』カフカ『変身』ほか、スティーヴンソン、プルースト作品の講義を収録。解説：沼野充義

皇帝銃殺

菊池良生　41272-6

ハプスブルク帝国の次男として生まれたマクシミリアンは、皇帝として君臨する兄に野心を燻らせる。その焔は自らの運命をも狂わせていく。ハプスブルクの悲劇をスリリングに描いた傑作評伝。

レクィエムの歴史

井上太郎　41211-5

死者のためのミサ曲として生まれ、時代の死生観を鏡のように映しながら、魂の救済を祈り続けてきた音楽、レクィエム。中世ヨーロッパから現代日本まで、千年を超えるその歴史を初めて網羅した画期的名著。

ハプスブルク帝国

加藤雅彦　40813-2

アルプスの小城主から興り、日没なき世界帝国を築いて二十世紀初頭に至るまで、およそ六百年間も続いたヨーロッパ史最大の王朝。その独特な多民族国家の盛衰に富んだ全史を多数の図版とともに描く決定版。

古代ローマ人の24時間　よみがえる帝都ローマの民衆生活

アルベルト・アンジェラ　関口英子〔訳〕　46371-1

映画「テルマエ・ロマエ」の人物たちも過ごしたはずのリアルな日常——。二千年前にタイムスリップ！　臨場感たっぷりに再現された古代ローマの驚きの〈一日〉を体験できるベストセラー本。

ユダヤ人の歴史

レイモンド・P・シェインドリン　入江規夫〔訳〕　46376-6

ユダヤ人の、世界中にまたがって繰り広げられてきた広範な歴史を、簡潔に理解するための入門書。各時代の有力なユダヤ人社会を体系的に見通し、その変容を追う。多数の図版と年譜、索引、コラム付き。

第二次世界大戦 1・2・3・4

W・S・チャーチル　佐藤亮一〔訳〕　46213-4 46214-1 46215-8 46216-5

強力な統率力と強靭な抵抗精神でイギリス国民を指導し、第二次世界大戦を勝利に導き、戦時政治家としては屈指の能力を発揮したチャーチル。抜群の記憶力と鮮やかな筆致で、本書はノーベル文学賞を受賞。

著訳者名の後の数字はISBNコードです。頭に「978-4-309」を付け、お近くの書店にてご注文下さい。